유니버설
야구협회

유니버설 야구협회

INNING	1 2 3 4 5 6 7 8 9 10 11 12 R H E B
VISITOR	로버트 쿠버 장편소설
HOME	김두완 옮김

오월의봄

여기서는 그러한 원형적 지성이 가능하다는 것을
증명할 필요가 전혀 없다.
우리가 그 이념으로 이끌려 간다는 것만 증명하면 된다.

—칸트, 《판단력 비판》에서

1

　원 아웃! 투 아웃! 스리 아웃! 브록의 아들이 한 이닝을 또 삼자범퇴로 끝냈다. 지금까지 처리된 아웃 카운트는 21개, 이제 남은 아웃 카운트는 여섯 개! 이제 7회 말이다. 헨리의 심장은 요동치고 있었다. 헨리는 안도와 긴장을 동시에 느끼며 땀을 뻘뻘 흘렸다. 그 **안에서**, 그들과 **함께하는** 동안 앉을 수도, 딴생각을 할 수도 없었다. 좋아, 애들아, 시작됐어! 그는 확신에 차 있었다. 지금 하는 건 그냥 야구 경기가 아니다. 역사다! 데이먼 러더퍼드가 역사를 만들고 있었다. 하하! 너무 좋아서 믿기지가 않아! 그리고, 그렇다, 관중은 이 광경에 열광하며 흥분해 있었다. 다시 옛날로 돌아가 있는 것이다. 헤이메이커스의 스타 해밀턴 크래프트가 헛스윙으로 데이먼에게 세 번째 스트라이크를 잡히자, 관중은 일제히 큰 함성을 질렀다. 휭! 쉭! 휙! 아웃! 헨리는 소리 내어 웃었다. 그리고 홈팀 파이어니어스의 팬들이 이 녀석에게 환호하고 이름을 연호하고 나서 스트레칭하는 모습을, 그냥 스트레칭을 하는 게 아니라 행운을 빌며 **폴짝폴짝 뛰는** 모습을 지켜봤다. 사람들이 맥주를 사서 마시고, 핫도그를 먹고, 유행을 초월한 제스처를 취하는 모습도 보였다. 그렇다, 그렇다. 사람들은 고개를 끄덕이고, 검지와 중지를 엇갈려 십자가 모양을 만들고, 나무를 두드리고, 손바닥을 비비고, 손가락 끝에 입을 맞추고, 손뼉도 쳤다. 그리고 이 위대한 야구 경기, 최고의 이벤트, 엄청난 순간을 목격하며 거기에 푹 빠져 있는 자신들의 모습, 그리고 헨리의 모습을 보며 소리 내어 웃었다. **비교 불가의 명선수 브록 러더퍼드의 아들이자 신인 투수인 데이먼 러더퍼드, 퍼펙트게임까지 2이닝, 아웃카운트 여섯 개를 남기다!** 헨리는 흥분에 마른 입술을 핥았다. 그리고 찡그린 눈으로 파이어니어파크 위에 높이 뜬 태양을 본 다음 시계를 확인했다. 거의 11시였다. 디스킨네가 곧 문을 닫을 시간이었다. 그래서 헨리는 샌드위치를 몇 개 사두기 위해 7이닝 스트레치(홈팀의 7회 말 공격이 시작되기 전, 관중이 일어나 스트레칭을 하는 등 긴장을 풀며 행운을 비는 관습-옮긴이) 시간을 틈타 계단을 서둘러 내려갔다. 그리고 디스킨네 조리 음식점으로 향했다. 밤이 길어질 수도 있을 것 같았다. 파이어니어스도 노장 스와니 로의 기세를 아직 못 꺾고 있었기 때문이다.

따뜻한 느낌의 작은 전구가 그의 집 문밖에서 어슴푸레한 빛을 냈다. 그 빛은 층계참의 끝을 알렸다. 전원에서 멀리 떨어진 작고 누르스름한 아크 전구는 섬광보다 반딧불에 가까웠다. 계단은 어두웠다. 하지만 헨리는 그 계단을 오랫동안 자주 오르내리다보니 너무 잘 알고 있었다. 차갑고 푸르스름한 가로등 불빛이 계단의 밑부분을 비췄다. 그 빛은 힘없이 건물 안으로 들어와 그 근처를 맴도는 것 같았다. 하지만 헨리는 거의 알아채지 못했다. 지금 진행되고 있는 게임에, 위대한 신인 투수 데이먼 러더퍼드에게 정신이 팔려 있었기 때문이다. 이날 오후 그는 6연승에 도전하고 있었다. 어쩌면 연승이 더 길어질 수도, 영원히 이어질 수도 있었다. 보도로 잽싸게 들어선 헨리는 방향을 바꿔 디스킨네 출입문으로 들어갔다. 그러자 끈질긴 헤이메이커스의 상대 투수인 에이스 스완니 로의 모습이 떠올랐다. 투수는 마운드에 올라 준비 투구를 하고 있었다. 헨리는 서둘러야 한다는 걸 잘 알고 있었다.

"베니, 파스트라미로 두 개 부탁해." 헨리는 청소 중인 아이에게 말했다. 디스킨 씨의 둘째는 아니고, 셋째인가 넷째 아들이었다. "그리고 시원한 맥주 여섯 캔들이도."

"앗, 워 씨, 방금 다 정리했는데요." 아이는 우는소리를 했지만, 어쨌든 파스트라미 샌드위치를 가지러 갔다.

지금 스와니 로는 강했다. 에이스이자 7년 차 베테랑인 로는 한때 최고의 신인으로 군림했다. 래그 루니가 이끈 헤이메이커스가 50년도부터 54년도까지 최종 3위 밑으로 내려가지 않은 이유 중 하나도 로의 활약 덕분이었다. 통산 99승 61패, 해를 거듭할수록 구속이 올라가는 패스트볼, 헤이메이커스 투수 중에서 가장 견실하고, 가장 침착하고, 가장 패기 넘치는 선수, 콧노래를 부르다 멈추고 공을 던지는 빅맨. 경이로운 지구력은 과거 브록 러더퍼드에 맞먹는 수준이었다. 하지만 로에게는 브록과 같은 기품이 없었다. 저 깔끔하고 부드러운 투구 폼, 저 남성미 넘치는 침착함이 없었다. 그래도 로는 벅찬 상대였고, 이날 오후에도 무실점 경기를 펼치고 있었다. 그리고 어쨌든 로에게도 100승의 금자탑을 쌓을 수 있는 중요한 날이었다. 물론 그의 공은 신인 포수인 어린 빙엄 힐이 받고 있었다. 그리고 누가 알겠는가? 두 사람은 잘 어울리지 못하고 있었을지도 모른다. 그럴 수 있었다. 로는 절대 어울리기 쉽지 않은 사람이었다. 자기주장이 강하고 기가 셌다. 게다가 힐은 쉽게 흥분한다고 알려져 있었다. 그러니 루니로서는 믿음직한 노장 매기 에버츠를 경기에 내보내는 편이 더 나을 수 있었다. 에버츠는 로가 가장 좋아하는 배터리 파트너이기도 했다. 정말 그렇게 하는 게 어떨까? 헤이메이커스의 감독 래그 (패피) 루니는 야위고 희끗희끗한 턱을 쓰다듬더니 에버츠를 보고 고개를 끄덕였다.

"워 씨, 잘 지내시죠?"

"피클 넣었어?"

"다 떨어졌어요. 30분쯤 전에 다 팔렸어요."

거짓말. 헨리가 한숨을 내쉬었다. 한때 헨리는 벤 디스킨이라는, 외야수에게 딱 맞는 이름을 쓸까 고민했다. 이름에어떤 힘이 있었기 때문이다. 하지만 베니가 다 망쳤다. 착한아이, 그게 전부였다. "괜찮아, 베니. 다음에 와서 두 배로 가져갈게."

"워 씨, 오늘 밤에 일 빡세게 하나 보네요?" 베니가 금전등록기를 두드려 잔돈을 꺼냈다.

"늘 그렇지."

"쉬엄쉬엄하세요. 요즘 좀 지쳐 보이세요."

헨리는 그 순간 움찔하고는 억지웃음을 지었다. 그리고"지금처럼 좋았던 적이 없어" 하고는 가게를 나섰다.

사실이다. 그 일, 혹은 헨리가 말하는 자신의 일은 단순한노동보다 훨씬 더 큰 의미를 가졌고 그에게 좋은 영향을 미쳤다. 그래서 그의 나이가 예순에서 네 살 모자라다는 걸 알아차리는 사람은 아무도 없었다. 헨리가 자기 나이를 말하면 사람들은 항상 놀라 까무러쳤다. 헨리의 젊음을 유지시키는 것은 자신의 협회였다.

헨리는 계단을 오르며 군중의 함성을 듣고, 사람들이 자리에 앉는 모습을 보았다. 안짱다리를 한 노장 매기 에버츠가 헤이메이커스 더그아웃에서 느릿느릿 걸어 나와 힐을 대신했다. 그러느라 준비 투구가 조금 더 계속되자, 헨리는 속도를 줄여 위쪽 계단을 한 걸음씩 밟아 나갔다. 로는 노장 매기를 보고 고개를 끄덕이고는 씹던 껌 덩어리를 한쪽 볼에 가득 채워넣었다. 헨리는 부엌에서 여섯 캔들이 맥주 팩을 뜯어 캔 하나를 땄다. 그리고 남은 캔들을 냉장고에 밀어 넣고는, 선수들이 독일 차라고 부르는 맥주를 한 번에 길게 들이켰다. 로가 에버츠에게 가볍게 공을 던지는 동안, 헨리는 파스트라미를 씹으며 라인업을 살폈다. 그래머시 로크가 파이어니어스의 첫 타자였고, 세 명의 스타 타자들이 그 뒤를 이었다. 근래 들어 로크가 공을 잘 치고 있긴 했다. 하지만 파이어니어스 감독 바니 밴크로프트는 성공 확률을 따져 로크를 빼고 턱 윌슨을 대타로 세웠다. 전성기 때 엄청난 스타였던 윌슨은 선수 경력의 막바지에 다다라 있었다. 그는 배트 몇 개를 골라 비교해보고 그중 하나를 고른 다음 모자를 힘껏 눌러쓰고는 타석에 들어섰다.

헨리는 앉아서 주사위들을 집어 들고 에버츠의 사인을 허락했다. 그가 확성기로 "타석에서 윌슨이 로크를 상대합니다!" 하고 알리자, 사람들은 옛 영웅에게 고향에서만 경험할 수 있는 큰 박수갈채를 보냈다. 헨리는 주사위를 굴리며 파스트라미를 덥석 물었다. 윌슨은 가슴 쪽으로 날아온 초구를 받아쳐 3루 라인으로 보냈다. 헤이메이커스의 3루수 해밀턴 크래프트가 오른쪽으로 깡충 뛰어 공을 잡아 돌아서서 1루로 던졌다. **악송구!** 윌슨은 1루에서 세이프! 헨리가 에러를 표시해 득점판에 올렸다. 정상급 선수인 크래프트는 시무룩한 표정으로 3루 베이스를 발로 차고는 코를 문지르더니 이제 타석에 들어서는 해트랙 하인스를 노려봤다. 밴크로프트는 윌슨을 빼고 발이 빠른 힐리어 브라이언을 대주자로 내보냈다.

"좋았어! 이제 해보자고! 좀 더 가자!"

박수를 치며 헨리가 소리를 질렀고, 밴크로프트가 소리를 질렀다. 파이어니어스 선수들은 목소리를 높였고, 관중은 함성을 질렀다.

"얘들아, 저 촌놈들 기를 죽여놔! 계속 쳐서 나가자고!"

"해트랙, 한 방 날려버려! 스와니는 오늘 끝이야!"

"저 자식 마운드에서 내려버려!"

"집으로 가자, 스와니야!"

"어이, 해트랙! 저기 크래프트한테 날려버려. 쟤 온몸이 버터야!

주사위들이 헨리의 주먹 안에서 달그락거리다 식탁 위로 굴러떨어졌다. **타격!** 강습 땅볼. 이번에 크래프트는 점프를 해서 공을 잡아 2루로 뿌렸다. 원 아웃. 하지만 어린 브라이언이 발뒤꿈치를 높이 드는 바람에 더블플레이가 무산되었다. 또 주자가 살았다! 이어서 밴크로프트는 미리 계산한 모험을 강행했다. 로가 위트너스 요크에게 던진 2구째 공에서 해트랙을 잽싸게 2루로 보냈던 것이다. **세이프!** 샌드위치를 다 먹은 헨리는 궁금했다. 경험 부족으로 빠진 신인 빙엄 힐이라면 2루에서 하인스를 잡았을까? 아마 그랬을 것이다. 헤이메이커스의 두목 패피 루니는 경멸하듯이 침을 뱉었다. 자기가 무슨 일을 벌이고 있는지는 잘 알고 있었다. 누가 알겠는가? 힐이 악송구를 했을지도 모른다.

어쨌든 그건 중요하지 않았다. 파이어니어스의 스타 중견수 위트너스 요크가 다시 타석에 들어섰다. 그리고 행운을 빌며 배트를 꽉 쥐고 공을 사정없이 후려쳤다. 그 공은 요크의 시즌 열한 번째 홈런이 되었고, 요크는 하인스에 이어 홈을 밟았다. 이후 로가 숨을 채 돌리기도 전에 스타 우익수인 거구 스탠 패터슨이 자신의 시즌 아홉 번째 홈런으로 그 뒤를 이었다. 쾅! 탕! 감사합니다! 결국 그렇게 일곱 번째 이닝이 마무리되었다. 파이어니어스 대 헤이메이커스, 3 대 0. 이제 데이먼 러더퍼드의 차례였다.

헨리는 일어나서 맥주를 들이켰다. 그리고 마음속으로 뜨거운 함성을 보내는 파이어니어스 팬들과 어울렸다. 이 아이가 해낼 수 있을까? 그것이 무엇인지 모두가 알고 있었지만 아무도 말하지 않았다. 관중의 희망 찬 포효는 하나의 쉰 목소리에서 나오는 단음절어처럼 들렸다. 하지만 헨리는 거기서 데이먼의 유명한 성이 이룬 잔물결을 가려낼 수 있었다. 그 성은 이 경기장에 20년 넘게 빛바랜 채 남아 있었다. 과거에 그 성은 데이먼의 아버지이자 역사상 정상급 선수로 꼽히는 브록 러더퍼드의 것으로 유명했다. 유니버설야구협회(UBA)의 업둥이라고 할 수 있던 시절, 브록은 아주 걸출한 에이스였다. 차분한 성격에 강속구를 던지면서도 완벽한 제구를 뽐낸 파이어니어스의 우완 대들보였다. 브록은 14년 동안 팀에 아홉 번의 우승을 안겼다. 찬란한 20년대! 파이어니어스의 황금기! 여기에는 바니 밴크로프트도 있었다. 그도 그때를 잘 알고, 잘 기억하고 있었다. 그는 UBA 역사상 정상급 달리기 속도를 뽐내며 외야의 중간 지대를 책임졌다. '노철학자' 바니의 양옆으로 윌리 오리어리와 서리 모스가 있었고, 내야에는 모스 스탠퍼드, 프로스티 영, 조녀선 눈, 게이브 버데트, 그리고 홈 플레이트 뒤에는 겁 많은 홀리 티베트가 있었다. 투수로 투스브러시 테리건이 있었고, 버디 디튼, 채드번 콜린스…… 그리고 브록. 브록은 스무 번째 시즌에 루키로 등장했다. 아니다, 열아홉 번째 시즌이다. 그게 맞다. 맞아야 한다(헨리는 잠시 멈춰서 기록을 확인한다. 그렇다. 정답은 열아홉 번째 시즌이다). 촌뜨기 애송이였던 브록은 태평하고 심지어 태만한 것처럼 보였지만, 첫 해에 전력을 다한 끝에 에이스의 위치에 올랐다. 시즌 막바지에 6연승을 했고, 그중 세 번 완봉을 했다. 이로써 오래도록 고전하던 파이어니어스는 2부 리그를 나와 2위까지 올랐다. 훌륭한 시즌! 훌륭한 팀이었다! 그리고 이듬해 이어진 우승! 브록은 그야말로 황제였다! 아마 모든 선수 중에 최고였을 것이다! 브록은 나이와 어깨 문제로 은퇴하기 전까지 협회에서 17년 동안 뛰었다. 그가 남긴 통산 311승이라는 기록은 지금도 깨지지 않고 있다. 311승! 브록 러더퍼드…… 아, 시간은 자꾸 흘러간다. 헨리는 가슴을 옥죄는 답답함을 떨쳐냈다. 바보 같긴. 그는 한숨을 내쉬고 주사위들을 집어 들었다. 황제 브록. 물론 명예의 전당에 헌액되기도 했다.

그리고 지금, 저기 마운드 위에 서 있는 사람은 그의 아들이다. 키가 크고, 유연하고, 아버지보다 더 탄탄하면서 호리호리한 체구를 갖고 있다. 그만큼 빠르고 부드러웠다. 아니 그보다 더 부드러웠다. 그리고 왠지 더 진지했다. 그렇다. 데이먼은 뭔가 더 깊은 수심에 잠겨 있었다. 명상하듯이 침착했고, 조용히 고민에 잠겼다. 그러한 평온함은 두 사람의 공통점이자 러더퍼드 유전자의 특징이라 할 수 있었는데, 브록의 평온함이 일종의 강한 자만심, 그러니까 소박한 힘에 가까웠다면, 데이먼의 평온함은 어떤…… 감각으로 품위를 높인 자기 확신이었다. 어떤 감각이냐면 아마도 책임감, 의무감일 것이다. 브록이 대중적인 현상이었다면, 데이먼은 고고하지만 융화를 마다하지 않는 수수께끼 같은 존재였다. 자기 자신이 야구 세계의 일부가 되면서 그의 모든 것이 거기에 관여했다. 어쩌면 전부라고 할 수 있었다. 자신의 모든 것을 UBA에 쏟아, UBA와 한몸이 된 것이다. 헨리는 주사위를 만지작거리며 골똘히 생각했다. 파이어니어스의 내야수들은 공을 가볍게 주고받았다. 포수 로이스 잉그램은 마운드에 나가 데이먼과 조용히 이야기를 나눴다.

물론 패피 루니는 그 순간의 기이한 미학을 별로 신경 쓰지 않았다. 무안타 기록을 깨는 것뿐 아니라 그 풋내기를 이기는 것도 그의 일이었다. 어쨌든 나이 지긋한 패피는 러더퍼드 가문이 달갑지 않았다. 아빠 러더퍼드가 파이어니어스에서 처음 스파이크화 끈을 묶었을 때, 패피는 이미 세계선수권대회를 두 번이나 경험하고 협회의 올스타 1루수로 네 번이나 뽑힌 헤이메이커스의 스타이자 베테랑이었다. 하지만 헤이메이커스는 브록이 합류한 파이어니어스에게 매년 고전을 면치 못했고, 래그 루니도 브록의 강속구에 헛스윙만 해댔다. 그래서 그랬을지 모른다. 8회 초 선두 타자로 예정되어 있던 헤이메이커스의 우익수가 오늘 꼬마 러더퍼드가 장난 아니라고 얘기하자, 루니는 이렇게 대꾸했다. "그딴 말 하지 마. 음, 아저씨, 엉덩이 박고 앉아 계셔." 그러고는 대타를 내보냈다.

그래봤자 소용없었다. 헨리가 보기에 오늘은 데이먼을 위한 날이었다. 루니가 오늘 무슨 짓을 해도 어린 파이어니어스의 마법을 깰 수는 없었다. 헨리는 소리 내어 웃었다. 그리고 과거에 브록이 뽐내던 부드러운 폼으로 거의 아무렇게나 주사위를 던졌다. 데이먼 러더퍼드가 타자들을 몰살하는 장면이 눈앞에 펼쳐졌다. 원 아웃! 투 아웃! 스리 아웃! 그리고 태연하게, 거만한 게 아니라 평소에도 그런 것처럼 자연스럽게 덕아웃으로 걸어갔다. 마치 아무 일도 없었던 것처럼 말이다. **아무 일도!** 헨리는 자기도 모르는 사이 깡충깡충 뛰고 있었다. 이제 남은 이닝은 단 하나! 헨리는 맥주를 마시고 와인드업을 한 다음, 싱크대 근처에 있는 플라스틱 쓰레기통으로 빈 캔을 날렸다. 골인! **끝!** 그리고 외쳤다. "끝내버려!"

물론 지금은 파이어니어스가 여덟 번째 공격에 나설 차례였다. 이 기회를 살려 점수 차를 벌리고, 타율도 좀 높이고, 스와니에게 안 좋은 기억을 안겨주지 않을 이유가 없었다. 헤이메이커스가 9회에 운이 따라 데이먼의 노히터 기록을 막는다고 해도 경기까지 질 이유는 없었다. 그렇게 해도 데이먼은 앞으로 300경기 넘게 이겨야 아버지의 기록을 뛰어넘을 수 있었다. 다시 말해, 나갈 수 있는 모든 경기에서 승리를 따야 했다. 헨리는 자기 일이 아니라는 듯 웃었다.

파이어니어스의 어린 1루수 굿맨 제임스가 배트를 집어들고 야윈 다리로 타석에 들어섰다. 2년간 마이너에 있다가 올라와 라인업에 고정되기 위한 그의 두 번째 도전이었다. 스와니는 그에게 오래된 '로 스페셜'을 먹였다. 무릎 높이에

꽂히는 기막힌 싱커였다. 제임스가 친 땅볼은 라인을 따라 1루로 향했다. 가볍게 아웃. 이어서 데이먼이 모습을 드러냈다. 그러자 어마어마한 박수갈채가 쏟아졌다. 그 응원에 관중석에 있던 그의 아버지는 환한 미소로 응했을 것이다. 데이먼은 스파이크화의 흙을 털어냈다. 박수 소리는 듣지 않는 듯했다. 그건 자만이 아니었다. 데이먼은 사람들의 반응을 이해하고 받아들였다. 하지만 그것과 별개로 자기만의 무언가를 내세우기에는 너무 겸손했고, 너무 **다 알고 있는 듯**했다. 데이먼은 배트를 몇 번 대충 휘두르고는 타석에 들어섰다. 로가 내려가길 기다렸지만, 데이먼은 결국 뜬공 처리됐다. 타자 데이먼은 그렇게 뛰어나지 않았다. 하지만 그가 **빠른** 걸음으로 덕아웃으로 들어가는 사이에 관중은 환호했다(코치 한 명은 재킷을 들고 그를 마중 나왔다). 누구는 그 환호만 듣고 그가 적어도 홈런은 친 줄 알았을 것이다. 헨리의 얼굴에 미소가 번졌다. 1번 타자 토비 램지는 1루 앞 땅볼로 아웃됐다. 세 타자 모두 범타로 물러났다. 백투백 홈런의 주인공들은 로를 더 강하게 만들었을 뿐이다. "나는 말이지, 맞을수록 더 강해져!"

9회 초.

드디어 때가 왔다.

물론 데이먼이 불리했다. 실제로 운이 전혀 따라주지 않으면서 자연스럽게 나오는 행운의 안타에 대비해야 한다는 걸 명심해야 했다. 무안타 경기도 극히 드물었지만, 퍼펙트 게임은 훨씬 더 드물었다. 역사상 몇 번? 두세 번 있었다. 그 중에 신인 투수는? 제로, 한 번도 없었다. 그의 아버지는 17 년 동안 최고의 선수로 군림하면서도 노히트노런은 딱 두 번 기록했고, 퍼펙트게임은 단 한 번도 기록하지 못했다. 헨리는 초조해서 부엌을 서성였다. 맥주를 마시면서 진정하고 마음의 준비를 하려 했지만 그 생각을 떨쳐낼 수가 없었다. **이미 시작됐으니까!**

오후 들어 약해진 햇빛이 내야의 고른 잔디를 금빛으로 물들였다. 관중석에서는 아무 소리도 들리지 않았다. 모두 숨을 죽이고 있었다. 물론 무슨 일이 일어나든, 심지어 데이먼이 경기를 내준다고 해도, 사람들은 그를 응원할 것이다. 결과에 상관없이 엄청난 경기였다. 그래, 사람들은 그를 사랑하고, 그에게 그 마음을 알리겠지…… 하지만 여전히 사람들은 그것을 원했다. 그렇다, 진심으로 원했다! 데이먼은 포수 잉그램에게 가볍게 공을 던지며 몸을 풀었다. 헨리는 데이먼을 바라봤다. 데이먼이 속으로 흥분한 게 느껴졌지만, 그가 겉으로 보이는 침착함에 놀라 고개를 절레절레 흔들었다. "이런 적은 처음이야." 그렇다, 스탠드에서 은은한 속삭임이 고동쳤다. 이렇게 흥분되고 새로운 건 없었다. 지금 여기서 새로운 일이 벌어지고 있었다. 헨리는 잠시 멈추고 오줌을 갈겼다.

바니 밴크로프트 감독은 파이어니어스 덕아웃에서 기둥에 기댄 상태로 그 모습을 지켜봤다. 그러면서 데이먼의 아버지를 떠올렸다. 그들이 함께 경기를 뛰었던 시절, 함께 나가 싸운 경기들, 승리를 일궈낸 페넌트레이스, 수많은 환희와 고통을 떠올렸다. 그중 몇 년 동안 두 사람은 원정을 나가면 룸메이트로 지내기도 했다. 브록도 훌륭하고, 이 아이도 훌륭했다. 하지만 둘이 판박이는 아니었다. 브록은 자신의 두 아들을 야구 선수 이상으로 키웠다. 아니면 브록의 노력이 아니라 단지 이름 덕에 두 아들의 품격이 높아졌을지도 모른다. 어떻게 보면 그들은 정말로 협회가 낳은 첫 번째 귀족이었기 때문이다. 거기까지 생각이 닿자 밴크로프트의 얼굴에 미소가 번졌다. 하지만 그건 정말 사실이다. 리그에는 이미 4대째에 해당하는 젊은 선수들이 있었다. 예를 들면 키스톤스의 케스터 플린트, 자크 케이시, 패디 설리번. 하지만 러더퍼드네 아이들 같은 경우는 하나도 없었다. 브록 주니어조차 야구 선수로는 실패했어도 이런 자질, 이런 침착성을 갖고 있었다. 거칠고 당당한 기운을 갖고 있으면서도 아버지한테는 전혀 없던, 약간 아이러니한 품격까지 갖추고 있었다. 잉그램은 공을 2루수 램지에게 던졌고, 램지는 그 공을 유격수 윌더에게 가볍게 건넸다. 이어서 윌더는 그 공을 3루수 하인스에게 언더핸드로 넘겼고, 하인스는 마운드까지 반쯤 올라가서 다음 순서인 데이먼에게 그 공을 던졌다. 자, 간다!

밴크로프트는 헤이메이커스 포수 매기 에버츠가 굵고 짤막한 배트를 휘두르며 타석으로 향하는 모습을 바라봤다. 신인 로드니 홀트는 배트 두 자루를 위협적으로 다리 사이에 긴 채 대기 타석에 쭈그리고 앉아 있었다. 에버츠는 모자 끝을 마운드 쪽으로 당긴 후 타석에 들어섰다. 위험하다. 그렇다, 에버츠는 위험했다. 이 노장이 저 아이를 무너뜨릴 수 있었다. 그는 여전히 적시타를 칠 수 있었다. 매력적인 남자, 마음씨 좋은 노장 매기. 밴크로프트는 매기를 좋아했다. 하지만 그 사실은 역사에 길이 남을 야구 경기의 9이닝에서는 아무 소용이 없었다. 물론 루니는 로를 대신해 대타를 내보낼 것이다. 밴크로프트도 만약을 대비해 불펜에 구원투수 몇 명을 대기시켜야 한다는 걸 알고 있었다. 하지만 뭔가 그를 막아섰다. 밴크로프트의 생각에도, 그것은 시작되었다.

루니는 상대 팀의 텅 빈 불펜을 의식했다. 밴크로프트는 지나칠 정도로 자신감에 차 있었고, 이미 놀라운 일을 준비하고 있었다. 하지만 그런들 루니가 뭘 할 수 있겠나? 루니한테는 타자가 정말 하나도 없었다. 햄 크래프트도 심각한 부진에 빠져 있었다. 그를 빼서 벤치에서 좀 쉬게 해야 할 텐데, 젠장, 루니한텐 아무도 없었다. 패피는 헤이메이커스 감독을 15년째 하고 있었고, 협회 소속 코칭스태프 중에서는 나름 노장에 속했다. 그리고 일이 돌아가는 형편에, 그러니까 감독인 자신과 자신의 궤양이 곧 16년째를 맞이하는 상황에 별로 확신이 없었다. 그동안 패피의 팀은 2회의 우승과 여섯 번의 리그 2위를 포함해 단 한 번도 리그 상위권을 벗어나지 않다가 지난해 5위로 떨어졌고…… 지금도 그 자리에 머물고 있었다. 팀이 나아지기는커녕 더 안 좋아질 것처럼 보이는 상황이었다. 패피가 에버츠를 봤을 때, 상황은 투 스트라이크 투 볼이었다. 에버츠가 단호한 자세로 서 있는 상황에서 본인도 제대로 못 볼 정도로 빠른 공이 세 번째 스트라이크로 들어왔다. 저기 저 투구판에 서 있는 녀석은 훌륭한 데다가 번개처럼 빠른 공을 던졌다. 무엇 때문일까? 루니는 제대로 파악할 수 없었다…… 어깨는 좁은 것 같고, 가슴도 두껍지 않은데, 집안은 너무 좋고, 하지만 기골이 장대한 아버지만큼 원기 넘치는 건 아니잖아. 젠장, 난 이 꼬마를 아직 이길 수 있어! 루니는 생각했다. 그리고 자신의 도끼눈을 벤치 쪽으로 돌려 애버내시에게 홀트의 대타로 나가라고 외쳤다.

그제야 헨리는 자기 손에 새 맥주가 들려 있다는 걸 깨달았다. 그걸 땄다는 것도 모르고 있었다. 그는 그제야 "시작됐어! 어이들, 잘해보라고!" 하고 큰 소리로 말했다. 이 긴 경기에서 처음으로 데이먼에게 유리한 상황이 왔다. 애버내시랑 누구? 그렇지, 호바스를 둘 다 이길 확률은 대략 4 대 3이었다. 루니는 로를 대신해 하드 존 호바스를 내보냈다.

둘 다 눌러버리고 퍼펙트게임을 만들자고!

헨리는 지난 몇 주 동안 별로 신난 적이 없었다. 사실 몇 달 동안 그랬다. 자연스러운 일이었다. 어떤 날은 눈 깜짝할 사이에 지나간 것 같았다. 게임이 계속되고, 결정이 나고, 평균이 오르내리는, 이 모든 게 안개 속에서 이뤄졌다. 어느 날 협회에 갑작스러운 생기와 긴박감을 안긴, 그 믿을 수 없는 사건이 벌어지기 전까지는 말이다. 이날 모두가 갑자기 정신을 차리더니 지나간 시간에 놀라고, 박스 스코어를 다시 보고, 무슨 일이 있었는지 확인하려 했다. 감각이 둔하던 시기에는 홈런도 박스 스코어에 적히는 'HR'('Home Run'의 약자-옮긴이)에 불과했다. 물론 펜스도 있었고, 그 펜스를 넘어가는 공도 있었다. 하지만 헨리는 제대로 보지 않았다. 아, 고정 팬들의 함성은 들었다. 맞다, 그 사람들은 계속 소리를 질렀고, 그래야만 했다. 하지만 그에게 그런 함성이란 경기가 계속된다는 걸 알리는, 멀리서 들려오는 메아리, 잡음에 불과했다. 하지만 이와 반대로 데이먼 러더퍼드 같은 누군가가 나타나 스위치를 올려 전원을 켜니, 투수의 뜬공도 흥분을, 어떤 차원을, 색깔을 만들어냈다. **탁월함이 낳은 마술**이었다. 헨리는 그 마법에 걸려 주사위를 던졌다. 애버내티는 삼진으로 물러났다. 이제 투 아웃에 남은 아웃카운트는 단 **하나!** 현실이 될 수 있었다. **현실이 될 수 있었다!** 헨리는 크게 웃으며 의자 근처에서 몇 번 휘청거리더니 다시 소변을 보러 갔다.

로이스 잉그램이 마운드로 걸어 나갔다. 10년 차 베테랑이자 UBA에서 공인된 최고의 포수. 하지만 로이스는 그 아이를 진정시키려고 나간 게 아니었다. 이런 순간에 모두가 그에게 바라는 것이 바로 그런 행위였기 때문이다. 게다가 데이먼은 구장 전체를 통틀어 흥분한다고 지리지는 않을 유일한 놈이었다. 헤이메이커스 선수들도 대기록 달성이 없길 바라며 비명을 지르고는 있었지만, 모두 일어나서 데이먼의 투구를 놓치지 않고 지켜보고 있었다. 그 아이는 정말 제구력뿐 아니라 좋은 변화구 구종까지 갖추고 있었다. 잉그램은 그 정도로 아주 좋은 공을 받아본 적이 없었다. 꽤 좋은 공은 몇 번 받아봤지만 말이다. 이제 고작 스무 살, 남은 것은 더 성장하는 데 필요한 넉넉한 시간뿐. 가능하다면 말이다. 로이스는 마스크를 뒤로 넘기고 활짝 웃었다. "돼지들 키운다고 걔네 똥구멍에 코르크 박아 넣은 농부 이야기 들어봤어?" 로이스가 물었다.

"네, 로이스, 들어봤어요." 데이먼은 그렇게 말하고 활짝 웃었다. "왜 그 생각이 난 거예요? 혹시 쥐났어요?"

그러자 잉그램이 웃었다. "어떻게 알았어?"

"저도 그래요." 그러더니 데이먼은 발끝으로 투구판의 자갈을 떨어냈다. 잉그램은 설명하기 힘들 정도로 가슴 벅찬 안도감을 느꼈다. 그리고 그는 깊은숨을 들이마셨다. 우린

해낼 수 있을 거야, 그는 생각했다. 두 사람은 로 대신 호바스가 타자로 나온다는 방송을 들었다. "저 사람은 어떻게 할까요?"

"몸 쪽 가슴 높이로 붙여. 늦어서 보지도 못할 거야." 잉그램이 말했다. 그러고는 활짝 웃을 수 없다는 걸 깨닫고 마스크를 내렸다. 그리고 "충분해" 하고 의미 없는 말을 덧붙였다. 데이먼은 고개를 끄덕였다. 데이먼이 로진백에 손을 뻗거나, 셔츠에 손을 닦거나, 모자를 끌어당기거나, 뭔가 할 거라고 잉그램은 예상했지만 그렇지 않았다. 데이먼은 제자리에 서서 기다리기만 했다. 휙 돌아선 잉그램은 서둘러 홈베이스 뒤로 갔다. 그리고 호바스에게 왜 땀을 흘리느냐고 물었다. 내복이 너무 꽉 끼거나 뭐 그런 거야? 그 바람에 하드존은 괜히 샅 쪽이 불편하게 당기는 느낌을 받았다. 그리고 잉그램이 홈베이스 뒤에서 쭈그리고 앉아 러더퍼드를 봤을 때, 그 아이는 여전히 움직임 없이, 여전히 저 오르막 위에서 태세를 갖추고 있었다. 공을 한 손에 꽉 쥐고, 양손을 몸의 양옆에 두고, 머리를 오른쪽으로 살짝 기울이고, 무표정하지만 날카로운 눈빛으로 침착하게 기다리고 있었다. 잉그램은 웃었다. 그리고 "인마, 너 죽었어" 하고 호바스에게 말했다. 헨리는 입을 꾹 다물었다.

물론 이때가 이야기책 스포일러한테는 딱 좋은 타이밍이었다. 그렇다, 너무 당연하다. 퍼펙트게임, 9회 투 아웃, 대타가 1루타를 치면서 역사적인 기록을 막는다. 이런 일은 이미 너무 많이 있었다. 흔하지 않은 무언가 혹은 누군가, 아니면 평범한 사람, 잊어도 될 만한 실수, 가치가 절대 높지 않아 리그에서 1년 후에 쫓겨나는 유틸리티 선수 때문에 역사적 사건이 흔한 일로 바뀌어버렸다. 샌디가 노래한 〈노히트 닐리〉가 그랬듯이……

노히트 닐리, 눈에 뭐가 들어가는 바람에
공이 낮게 날아오면, 그는 방망이를 높게 휘둘렀지.
99년 동안 안타는 하나도 없었어.
바로 그때 그들이 그를 내보냈지,
파이어니어스가!

헨리는 물을 틀고 씻으려다 망설였다. 미신 같은 걸 확실히 믿어서가 아니라 데이먼 러더퍼드가 두 손을 로진백에도 겨드랑이에도 두지 않고, 공을 꽉 쥐지도 않고 그냥 양옆에 둔 채 저기 저 마운드 위에 서 있는 게 보였기 때문이다. 담담하고, 늠름하고, 참을성 있었다. 그리고 자기가 손을 씻으면 왠지 헨리의 투구를 망칠 것 같은 느낌이 들었다. 욕실 문 너머로 식탁이 보였다. 그의 협회는 저기 저 정돈된 종이 뭉치 안에 있었다. 주사위들도 식탁 위에 놓여 있었다. 상아로 된 세 개의 정육각형, 역사에 무관심하지만 역사를 만들어가고 있는 주사위들은 여전히 애버내시의 삼진을 알리고 있었다. 데이먼 러더퍼드가 거기서 기다리고 있었다. 숨을 죽인 헨리는 곧장 탁자로 걸어가 주사위를 집어 들고 탁자 위로 던졌다.

하드 존 호바스는 러더퍼드의 두 번째 공, 가슴 높이의 몸 쪽 커브볼을 커트해 3루 라인 쪽으로 보냈다. 타구를 백핸드로 잡은 해트랙 하인스는 잠시 강렬하고 매혹적인 순간을 남긴 다음, 다이아몬드를 가로질러 굿맨 제임스에게 공을 던졌다. 그렇게 호바스는 아웃됐다.

경기가 끝났다.

정신이 혼미해진 헨리는 욕실로 돌아가 손을 씻었다. 헨리는 젖은 손을 내려다보며 '걔가 해냈어!' 하고 생각했다. 그러고는 **"와-후!"** 하고 목청껏 소리를 질렀다. 그리고 부엌으로 폴짝폴짝 뛰면서 돌아갔다. 정말 갈 곳이라도 있으면 제대로 뛰어올라 거기로 날아갈 수도 있을 것 같았다. **"후-하!"**

그리고 팬들은 흥분을 감추지 못했다. 담장을 뛰어넘고, 더그아웃 지붕을 미끄러져 내려가고, 경찰들을 꼼짝 못하게 하고, 외야 관중석에서 쏟아져 나오고, 공중으로 모자와 스코어카드를 던졌다. 루니는 헤이메이커스 선수들을 벤치로 떠밀었지만 파이어니어스 팬들이 불쌍한 호바스를 어깨 위로 들어올리는 걸 막지 못했다. 싸움이 일어나 하드 존이 몇 사람 코를 깨뜨렸지만, 거기에 맞서 주먹을 날리려는 사람은 전혀 없었다. 어떤 노부인은 그에게 키스 세례를 퍼부었다. 파이어니어스 팀 동료들은 우선 러더퍼드에게 가서 목말을 태웠다. 흥을 주체하지 못해서이기도 했지만, 러더퍼드를 다치지 않게 보호하려는 것이기도 했다. 심하게 흥분한 홈팬들이 러더퍼드에게 다가와 그를 너무 좋아한 나머지 만신창이로 만들 수 있었기 때문이다. 위에서 본 이 광경은 데이먼을 중간에 둥둥 띄운 채 거대하게 넘실대는 소용돌이 같았다. 그런데 이어서 요크가 코르크 마개처럼 툭 튀어올랐다. 그러더니 패터슨과 하인스, 결국에는 감독 바니 밴크로프트까지 튀어올랐다. 그들을 들어올린 팬들은 너무 기쁜 나머지 자기들이 확실히 뭘 축하하는지도 더 이상 모르고 있었다. 소용돌이는 곧 똬리를 풀고 파이어니어스 라커룸 쪽으로 밀려들어갔다.

"아!" 헨리가 입을 열었다. "아!"

그리고 그 단단한 어깨 위에서, 물밀듯이 몰려와 치이고 넘어지는 팬들 속에서, 말 그대로 뚜껑이 열린 험한 세상 속에서 잠시나마 둥둥 떠 있으면서도 데이먼 러더퍼드는 믿기 힘들 정도의 평정심을 유지했다. 몸이 가끔 크게 흔들릴 때를 제외하면 양손은 무릎 위에 있었고, 자신이 거둔 결과에 대한 기쁨으로 얼굴은 환하게 빛나고 있었다. 하지만 흥분한다고 달라지는 것은 없었다. 그는 당당하고, 바르고, 듬직했다. 사람들이 공을 달라고 소리를 질렀다. 러더퍼드를 한쪽 어깨에 태우고 있던 로이스 잉그램은 그 공을 러더퍼드에게 건넸다. 여자들은 팔을 필사적으로 휘저으며 소리를 질렀다. 러더퍼드는 그들을 보고 미소를 지었지만, 공은 군중 끝에 서 있던 작은 소년에게 던졌다.

헨리는 냉장고를 열어 마지막으로 남아 있던 맥주 캔에 손을 뻗었다. 그리고 손목시계를 힐끗 봤다. 거의 자정. 마음을 바꿨다. 부엌 창문과 가로등 사이의 공간을 내다봤다. 공기 중에는 여전히 습기가 많았지만, 그게 내리고 있는 건지 오르고 있는 건지는 분간이 안 갔다. 퇴근해서 집에 오는 길에 받은 묵직한 한가을의 느낌을 곱씹어봤다. 혼란과 공허함이 불러온, 막연한 두려움으로 가득한 느낌이었다. 그런데 이 아이가 그것을 깔끔하게 없애고 빛과 생기를 가져왔다. 이런 이벤트가 있었는데 자러 가면 안 되지! 헨리는 다시 넥타이를 매고, 모자와 레인코트를 걸치고, 한쪽 팔에 우산을 걸고 한잔하러 길을 나섰다. 문을 닫기 전에 다시 한번 식탁을 흘끗 돌아봤다. 거기에 있는 주사위들을 보고 활짝 미소를 지었다. 이번만큼은 장관의 일부처럼 보였다. 그러고는 행복한 파이어니어스 선수가 샤워장으로 향하듯이 서둘러 계단을 내려갔다. 그는 바닥을 비추는 가로등 불빛 사이로 빠르게 걸었다. 그리고 우산을 지휘자의 지휘봉처럼 빙빙 돌리면서 이웃에 있는 피트네 바 쪽으로 경쾌하게 걸어갔다.

노오오오 히트 닐리!
버디 디튼의
퍼-허-펙트 게임을 깨고
명성을 얻었네!

밤하늘은 어두웠지만 거리는 환했다. 가로등, 지나다니는 자동차, 공중전화 박스, 밤새 켜진 네온사인에서 나오는 간헐적인 빛으로 젖은 거리가 일렁였다. 안개가 껴 있었고, 그의 입김도 보였지만, 근처의 사물들은 선명함을 뽐내며 반짝였다. 밤길을 거니는 그의 옆으로 불쑥불쑥 모습을 드러내는 사물들의 반짝이는 신선함이 그를 미소 짓게 했다. 멀리서 차의 전조등이 후광을 드러내고, 후미등이 흐릿하게 타올랐지만, 그가 지나는 어두운 창문 너머로 불을 밝힌 '디 바인폼 파운데이션스: 투웨이 스트레치'라는 간판은 또렷하고 선명한 글씨로 강렬하게 빛나고 있었다.

모퉁이의 드러그스토어는 아직 영업 중이었다. 비쩍 마르고 곱슬머리를 한 아이가 창가에서 핀볼 게임을 하고 있었다. 솜털이 난 윗입술 아래에는 담배꽁초가 달랑거렸다. 헨리는 걸음을 멈추고 그쪽을 지켜봤다. 핀볼 기계는 점수가 비현실적이긴 했지만 야구 게임처럼 조작할 수 있었다. 헨리는 그 기계를 혼자 자주 갖고 놀았고, 비시즌에는 그걸로 UBA 핀볼 토너먼트 전체를 치른 적도 있었다. 아이가 엉덩이와 팔꿈치로 공에 스핀을 주자, 안에서 빛을 발한 선수가 주루 라인을 따라 질주했다. 색이 입혀진 투수는 발을 높이 치켜들고 와인드업 자세로 고정되어 있었고, 색이 입혀진 타자는 몸을 살짝 쭈그린 상태로 고정되어 플레이트 쪽으로 움직였다. 상단 구석에서 다리를 벌리고 허벅지까지 오는 치마를 입은 여자아이 둘은 입을 크게 벌린 채 소리 없이 주자들을 응원했다. 아이는 걔들을 정말 괴롭히고 있었다. 무료 게임만 이미 일곱 번째였다. 빛이 번쩍였고, 주자들은 달렸다. 여덟 번. 아홉 번. 위쪽에 반짝이는 여자아이들 사이로 '미국의 위대한 게임'이라는 문구가 보였다. 음, 그렇다. 운, 실험, 실수를 통해, 그리고 그 유명한 1889년 경기규칙위원회를 기점 삼아 미국 야구는 공격과 수비 사이에서 거의 완벽한 균형을 이루었다. 헨리가 야구를 자신의 마지막 대형 프로젝트로 받아들인 이유도 그러한 균형에 있었다. 더 자세히 말하자면 균형과 책임에—각 행위의 최소 단위를 영구적으로 포괄하는 기록 체계의 미학에—있었다.

아이는 몸을 비틀고, 긴장을 하고, 숨을 돌리고, 등을 구부리고, 똑바로 섰다. 그리고 골반을 쭉 들이밀며 기계를 때렸다. 무료 게임은 17회까지 갔다. 조명판에 뜬 점수는 야구 게임보다 크리켓 경기에 더 가까웠다. 헨리는 가던 길을 계속 갔다. 분명히 그는 UBA 핀볼 토너먼트를 딱 한 번 했고, 또 할 생각은 전혀 없었다. 결국 그때는 별 생각이 없었고, 마찬가지로 당연히 별 생각이 없는 선수 제이버드 월이 우승을 차지했다. 불빛은 그렇게 반짝였지만 그건—입을 벌린 채 굳어 있는 두 여자아이, 홈베이스로 계속 다가오기만 하는 타자, 와인드업을 한 상태로 꿈쩍도 않는 투수처럼—정적인 게임이었다. 진짜 야구가 가진 움직임, 품위, 복잡함이 전혀 없었다. 결국 자기만의 야구 게임을 하기로 결심한 헨리는 그 복잡함의 근사치를 계산하기 위해 거의 두달 동안 확률과 균형의 문제를 붙잡고 늘어졌다. 주사위 두개로는 해결이 안 됐다. 헨리는 색이 다른 세 개의 주사위로 실험을 했고, 그렇게 만들어진 216가지 조합이 복잡함을 규정했다. 좋았어. 하지만 주사위를 던질 때마다 색을 구분하느라 눈이 멀 뻔했다. 결국 헨리는 주사위를 세 개로 고수하되 모두 하얀색으로 통일했고, 조합은 총 56가지로 줄이는 것으로 타협을 봤다. 물론 확률은 그대로 216가지에 바탕을 두고 있었다. 헨리는 여러 색을 활용한 방법의 복잡함을 되살리고, 더 나아가 강화하기 위해 트리플 원과 트리플식스, 즉 1-1-1과 6-6-6이 나오면 더 극적인 일이 벌어지도록 했다. 이어서 주사위를 던져 '압박 차트' 또는 '세 주사위 차트'라 부르는 차트를 참고하도록 한 것이다. 이렇게 하면 사실상 기본적인 경우보다 훨씬 더 드라마틱한 결과가나왔다. 그런데 여기서 두 번 연속 트리플 원이나 식스가 나오는 상황이 극히 드물긴 해도—두 시즌 평균 세 번에 불과했다—발생한다면, 다음에 던진 결과는 결국 '특이 상황 차트'를 참고해야 했다. 여기서는 주먹다짐부터 경기 조작까지 어떤 일이든 일어날 수 있었다. 이 두 가지 차트는 안타와 볼넷과 아웃만 이어지는 게 아닌 그 이상을 만듦으로써 게임에 특성을 부여했다. 이와 함께 헨리는 히트앤드런, 도루, 희생번트, 스퀴즈 플레이에 쓰는 특별 전략 차트들도 만들어두었다. 그 외에 처음 등장한 신인의 나이를 결정하거나, 부상과 에러의 세부 사항을 규정하거나, 매년 숨겨야 하는 사람을 결정할 때 쓰는 차트도 있었다.

맥주 네온 광고판과 붉은 커튼 너머 희미한 빛을 내는 창문 모두 피트네 가게를 상징했다. 이곳은 단골이 많고, 확실히 큰 수익을 내진 못했으며, 대체로 조용했다. 주크박스에서는 주로 컨트리앤드웨스턴 아니면 인기 차트에 오른 노래들이 나왔고, 여자아이 한두 명이 가끔 지나다녔다. 가격은 적절했다. 헨리는 빙빙 돌리던 우산을 멈추고 축축한 세상을 뒤로한 채 문을 밀어 열었다.

"워 씨, 오셨어요." 바텐더가 말했다.

"제이크, 안녕."

물론 그는 제이크가 아니라 피트였다. 그건 말실수에서 시작된 오래된 개그였다. 피트는 적당한 체구에 처진 어깨, 그리고 큰 다크서클과 멋진 삭발 머리를 하고 있었다. 목소리를 낮추고 일종의 반어법을 써서 모든 말의 의미가 딱딱

하고 애매하게 느껴졌다. 요컨대 그는 헨리의 선수 중 한 명인 제이크 브래들리를 똑 닮아 있었다. 제이크는 패스타임 클럽 출신 2루수였다. 헨리가 항상 추측하건대, 지금은 패스타임클럽 홈구장 근처 어딘가에서 바를 운영하고 있을 것이다. 몇 해 전 우승 다툼이 치열하던 어느 날, 헨리가 실수로 피트를 '제이크'라고 부른 적이 있었다. 이후 헨리는 계속 그를 그렇게 불렀다. 피트한테 그건 헨리가 기분이 좋고 맥주나 바 위스키보다 더 괜찮은 뭔가를 원한다는 일종의 신호였다. 제이크네 바에 들어가서 실수로 제이크를 피트로 부른 사람이 또 있었을지 헨리는 가끔 궁금했다. 헨리는 주인 없는 바 스툴 세 개 가운데 중간 스툴에 앉았다. 제이크가—피트가—VSOP 병을 들고 눈썹을 치켜올리자 헨리는 고개를 끄덕였다. 딱이었다.

바는 거의 비어 있었다. 평일인 화요일 밤이었기 때문에 놀랍지 않았다. 손님은 예닐곱 명밖에 없었는데 모두 친숙한 얼굴이었고, 대부분 생활보호 대상 노인들이었다. 피트의 고양이들은 몸을 문질러 세수를 하다가 성큼성큼 걸었고, 샐쭉거리다가 잠을 청했다. 헨리의 오랜 친구이자 이웃인 바 접대부 헤티는 옛날 컨트리 사랑 노래가 나오는 주크박스에 돈을 넣었다. 향수鄉愁는 이곳에서 중요한 비행이었다. 피트는 수건으로 브랜디 잔의 먼지를 닦고, 거기에 코냑을 살짝 따랐다. "위 씨, 일은 어때요?"

"아주 좋아." 헨리는 미소를 지었다. 제이크는 항상 올바른 질문을 했다.

제이크는 통통한 볼에 주름을 만들면서 활짝 웃었다. 그리고 이해했다는 듯 고개를 끄덕였다. 정수리가 누런빛을 받아 반짝였다. 어쨌든 그를 제이크라고 부르기에 딱 좋은 밤이었다. 제이크 브래들리도 브룩 러더퍼드 시대 사람이었고, 분명히 그와 비슷한 시기에 등장했을 것이다. 그런데 지금, 헨리가 그렇게 칭했나? 브룩 러더퍼드 시대라고? 그는 전에 한 번도 그렇게 표현한 적이 없었다. 재밌군. 데이먼은 미래만 만드는 것이 아니라 과거에 대해서도 뭔가를 하고 있었다. 제이크는 코냑 병을 제자리에 갖다 놓기 전에 선반의 먼지를 닦았다. 언젠가 그는 미들맨으로서 한 경기에 더블플레이를 다섯 번이나 성공시킨 적도 있었다. 이 기록은 여전히 협회 최고 기록으로 남아 있었다.

헨리의 기분을 슬쩍 파악한 헤티는 수다를 떨기 위해 그에게 접근했다. 헨리는 헤티에게 술을 한 잔 대접했다. 한때 괜찮던 그녀의 턱선은 어금니가 몇 개 빠지고 살에 주름이 지면서 망가져 있었다. 하지만 그녀가 바 스툴에 올라타서 다리를 꼴 때 스타킹에서 나는 정전기 소리, 그리고 상대 남성에게 꾸밈없고 순수한 이야기를 하면서 내가 당신 것이라고 말하려는 듯 꼬박꼬박 하는 윙크는 여전히 어딘가 끌리는 데가 있었다. 헨리는 협회를 만들기 전부터 꽤 오랫동안 그녀와 어울리지 않았다. 하지만 그녀는 연감에 간접적으로 자주 등장했고, 둘이 나눈 대화들은 다른 형태로 자주 재현되었다. "요즘 안타 좀 쳤어?" 그녀는 이렇게 말하고는 큰 위스키 잔 너머로 윙크를 보냈다. 두 사람은 야구 용어를 자주 쓰곤 했다. 그녀가 생각하는 그는 매년 월드시리즈 때만 되면 정신을 못 차리고 신문에 괴짜로—야구에 미친 골수 팬으로—소개되는 그런 야구장 죽돌이임에 틀림없었다. 헨리는 그녀에게 다른 이야기는 전혀 하지 않았다. 그녀가 스포츠에 대해 아는 게 전혀 없었음에도 그는 자신의 협회에 대해 그게 마치 메이저리그인 양 말하곤 했다. 정작 그녀는 그가 다른 무언가를 얘기하고 있다고 생각했다고 해도, 그는 다른 누군가와 협회를 얘기하면서 재미 같은 걸 느꼈다.

"많이 쳤지. 그런데 충분하지는 않았던 것 같네." 그의 말에 그녀는 벌어진 잇새들을 드러내며 크게 웃었다. "헤티 당신은? 득점 좀 많이 냈어?"

"점수를 뽑는다고 뽑았는데, 자기야, 득점이 없네!" 그녀는 이렇게 말하고 다시 고함을 질렀다. 옛날 개그. 다른 손님들이 돌아서 미소를 지었다.

헨리는 헤티가 진정되기를 기다렸다가 다시 함께 술을 마시고 말했다. "있잖아, 헤티, 한번 생각해봐. 아무리 사소한 일이라도 절대적이고, 완전무결하고, 정말 더할 나위 없는 그런 **완벽함**으로 뭔가를 해낸다는 게 얼마나 멋지면서도 드문 일인지 말이야!"

"그게 왜 드물다고 생각하는데?" 그녀는 이렇게 말하며 윙크를 하더니 다리를 바꿔 꼬며 오래된 신호를 보냈다. "당신 나한테 안 던진 지 오래됐어."

헨리는 활짝 웃었다. "그렇지, 그런데 생각해봐, 헤티. 당신이 뭔가를 정말 완벽하게 해내는 거야. 빌어먹을 세상이 영원히 계속된다고 해도 그걸 더 잘할 수 있는 사람은 없는 거지. 당신이 할 수 있었을 뿐 아니라 정말 해낸 거니까." 헨리는 말을 멈추고 코냑의 자극적인 향기를 맡았다. 바보처럼 눈물이 글썽거리려고 해서 그렇게 핑계거리를 만들었다. "그런데 한편으로는 말이야, 그건 왠지 슬프기도 해. 왜냐하면, 음, 끝났으니까. 당신이 그다음에 바랄 수 있는 건 그걸 두 번째로 하는 거니까." 물론 할 일은 더 있었다. 무엇보다 기록 장부는 가능성의 카탈로그라 할 수 있었다.

"두 번째라! 근데 당신 나랑 두 번째로 했을 때 기억나?" 헤티가 물었다.

헨리는 소리 내어 웃었다. 아무 소용이 없었다. 그래도 어쨌든 상관없었다. 헨리는 경이를 느꼈다. 전처럼 기뻐서 어쩔 줄 몰라 하진 않았지만 여전히 기쁨에 취해 있었다. 그리고 이제는 의기양양한 향을 머금은 평화에 압도된 것 같았다. 황홀감. 그는 혼자 웃었다. 그렇다. 그게 거기에 어울리는 빌어먹을 유일한 단어였다. 좋다. 그는 또 한 잔씩 샀다.

그리고 피트에게 물었다. "제이크, 그렇게 좋은 몸을 유지하는 비결이 뭐야?"

"모르겠어요, 워 씨. 일찍 자고 일찍 일어나고, 그러면서 착실하게 생활해서 그런가봐요."

이윽고 바 주인이 그들 곁을 떠나자 헤티가 갑자기 진지하게 나왔다. "헨리, 당신한테 오늘 밤 뭐가 있는지는 모르겠는데, 당신이 날 좀 흥분시키는데." 그리고 다시 다리를 바꿔 꼬았다. 깊은 곳에서 신호가 왔다.

헨리는 시계 방향으로 브랜디 잔을 천천히 돌리며 미소를 지었다. 누런 갈색빛을 발하는 한 모금 술이 그의 손바닥 안에서 따뜻해졌다. 유혹이 틀림없었다. 하지만 헤티가 그걸 망칠까봐, 기쁨을 날리고 이 감정을 누그러뜨릴까봐, 영예를 앗아갈까봐 두려웠다. 그건 누군가와 공유하면 전부 잃어버릴 수밖에 없는 무엇이었다. 너무 나쁜걸. "헤티, 당신한테 술을 스트레이트로 두 잔 사준 사람이 오랫동안 없었기 때문에 그런 거야."

"에이." 그녀는 투덜거리며 자기 잔을 노려봤다. 그 말에 마음은 상했지만 약간 침착해진 것 같았다. 그는 점수를 만회하려는 목적으로 그녀에게 세 번째 잔을 대접했다. 그는 이미 충분히 마신 상태였다. 집으로 돌아갈 시간이 되었다. 아침에 출근하려면 지금 나서야 했다. 늙은 지퍼블래트가 최근 몇 주 동안 그를 괴롭히고 있었고, 뭔가 트집을 잡아

역정 낼 기회만 엿보고 있었다. 하지만 그때 피트가 그에게 한 잔을 서비스했다. 매일 퍼펙트게임을 기록하고 공짜로 VSOP를 마실 수 있는 게 아니었다. "제이크, 고마워."

"헨리, 우리 자기야, 주크박스에 넣게 돈 좀 주라."

그는 바 위에 있던 동전들을 그녀에게 밀어 보냈다. 브랜디 잔 안을 바라보다가 갈색 물웅덩이 속에 있는 자신을 발견했다. 어쨌든 그의 눈이 있었다.

패스타임클럽 구장 뒤에
제이크의 오래된 술집이 있었어.
평소대로 제이크는 세팅을 하고 있었고
밤은 점점 깊어만 갔지.
바에는 나이 든 번 매켄지가 서 있었는데,
그의 두 눈에 빨갛게 핏발이 서 있었어⋯⋯

〈그들이 번 매켄지를 해고한 날〉은 샌디 쇼의 멋진 발라드곡이다. 번은 지금 이 세상 사람이 아니다. 게임이 배출한 최초의 슈퍼스타인 번은 원년에 에이브 플린트가 이끄는 익셀시어스에서 유격수로 처음 등장해 명예의 전당에 최초로 헌액되었다. 하지만 나이가 들면서 공을 맞히지 못했고, 사람 좋던 플린트는 그를 내보내야만 했다. 사람들 모두 번의 기분을 알고 있었다. 번을 전혀 모른 채 지금 뛰고 있는 젊은이들도 마찬가지였다. 조만간 그들도 똑같은 처지에 놓일 테니. 헤티는 헨리에게 기댔다. 머리를 그의 어깨에 올리고, 주크박스에서 나오는 멜로디를 혼자 흥얼거렸다. 헤티를 그렇게 곁에 두고 있으니 그는 기분이 좋았다. 그리고 브랜디를 홀짝이면서 조금씩 울적해졌다. **기분 좋게** 울적해졌다. 황제 브록이 비틀거리면서 떠들썩하게 거리를 지나는 모습이 보였다. 멋진 사내들인 윌리 오리어리와 프로스티 영이 그와 팔짱을 끼고 있었다. 졸린 눈을 한 모스 스탠퍼드와 게이브 버데트, 다리를 심하게 휘청대는 제이버드 월도 그들과 조우하려고 했다. 그렇다. 그리고 그들은 노래를 부르고 있었다. 옛날 노래들인 〈던지고, 잡고, 돌리고〉와 〈행복한 젊은 시절〉을 노래하고 있었다. 아! 그것은 행복이었다! 그리고 젠장! 그것은 동료애였다! 그리고 애들아, 아 애들아! 그것은 중요한 의미가 있었다! "제이크네로 가자!" 그들은 소리를 질렀고, 소리 내어 웃었고, 결국 자리를 떴다.

"어디?" 헤티가 중얼거렸다. 꽤 취해 있었다. 헨리도 마찬가지였다. 자기가 큰 목소리로 말을 하고 있는지도 몰랐다. 부끄러워서 피트를 흘끗 봤더니 피트는 미동조차 없었다. 그는 바 가운데에 있는 굳건한 기둥 같았다. 발목을 엇갈려 두고 팔짱을 낀 상태에서 얼굴은 어둠 속에 가두고 있었다. 벗겨진 머리만이 빛을 발했다. 어쩌면 그는 자고 있었을지도 모른다. 다른 손님이라고는 아직 바에 있는 노인 한 사람

뿐이었다. 바깥의 네온 불빛도 아마 꺼졌을 것이다.

"내 집으로 가자." 헨리는 그렇게 말하면서도 그게 자신이 한 말인지 확신이 안 섰다. 그녀를 거기까지 데려갈 수 있을까? 그의 어깨에서 몸을 뗀 헤티는 윙크를 하려고 했지만 제대로 하지 못했다. 그 대신 그의 말이 진심인지 아닌지 궁금하다는 듯이 그를 의아한 눈빛으로 살폈다. 그는 그녀를 뚫어져라 보면서 그녀의 이름을 속삭였다. "헤티." 그렇게 해서 자기 말이 농담이 아니라는 것을, 그리고 그녀가 그 제안을 받아들이는 편이 좋을 것임을 알리려고 했다. "당신 어떻게 자고 싶어……? 데이먼 러더퍼드랑 말이야."

헤티는 눈을 깜박이더니 의심하듯 날카로운 눈초리를 만들었다. 하지만 보아하니 그녀는 여전히 꽤 흥분해 있었다. 헤티는 한 손을 그의 바지 지퍼 근처로 옮겼다. "그 사람이 누군데?"

"나." 그는 웃지 않고 그녀를 똑바로 쳐다봤다. 휘둥그레진 그녀의 두 눈에는 두려움도 조금 있었지만 당연히 경외감도 있었고, 흥미도 희망도 있었다. 그녀는 그가 할 수 있다, 그래, 할 수 있다는 걸 확인하면서 헨리의 배트를 꽉 쥐었다. 마치 배트를 휘두르기 전에 항상 배트에 행운을 비는 위트너스 요크 같았다. 그녀는 다리를 바꿔 꼬았다. **휙!** 헨리가 제이크에게 돈을 낸 다음, 두 사람—당당하고 자신감 있게 서 있는 헨리와 덜덜 떨면서 그의 품에 안긴 헤티—은

밖으로 나갔다. 헨리의 예상대로 네온 불빛은 꺼져 있었다. 밖은 어두웠다. 난 참 똑똑해, 하고 헨리는 생각했다.

"헨리, 당신 뭐 하는 사람이야?" 안개로 둘러싸인 가로등이 뿜어내는 둥근 불빛 아래로 두 사람이 걸어가는 사이에, 헤티가 다정하게 물었다. 헨리의 레인코트 주머니 뒤쪽 안감에는 구멍이 나 있었는데, 그녀의 손이 이 구멍을 지나 그의 동전 지갑 속으로 들어갔다.

"지금? 아니면 우리 집에 간 뒤에?"

"지금."

"회계사야."

"그런데 야구는……?" 그러더니 그녀는 다시 위트너스 요크처럼 헨리의 배트를 잡고 꽉 쥐었다. 하지만 이번에는 그녀의 손에 동전도 가득했다. 동전들이 배트를 갑옷처럼 감쌌다.

"야구협회에서 회계 감사를 해."

"거기에도 회계 감사를 담당하는 사람이 있구나." 그녀가 말했다. 그녀가 이번만은 제대로 듣고 있었던 걸까? 지금 두 사람은 어둠 속에 있었다. 다음 가로등은 거의 한 블록 더 지나 디스킨네 앞까지 가야 있었다. 그녀는 다른 손도 배트에 갖다 대려고 했다. 어쨌든 여자는 제대로 된 그립을 못하면 정상적인 스윙을 할 수 없으니까. 하지만 그녀는 구멍으로 두 손을 다 집어넣진 못했다.

"아, 그렇지. 클럽별로 재정 관리 대장이 있어. 거기에 현금 출납 내역이 나오는데, 주로 팀 성적이라든가 선수 매매, 경기장 개선, 선수 계약 같은 부분에 따라 달라져." 헤티 어든이 타석에 들어섰다. 리그 역사상 최초의 여성 선수. 배트를 쥔 두 손을 쥐었다 폈다 하며, 어금니 빠진 입안을 보이며 특유의 인상적인 미소를 짓고, 포수와 농담을 주고받고, 작은 동전들이 부딪히는 소리처럼 변함없이 명랑한 웃음을 터뜨린다. 어쩌면 이 세상 모든 남자 선수를 패러디해 삶을 잡아당길지도 모른다. 그녀가 협회 최고 타자는 아니었을 테지만, 협회는 그녀와 함께할 수 있음에 기뻐했다. 그녀는 모두에게 웃음을 안겼고, 그들 자신이 죽어가는 사람이라는 사실을 잠시나마 잊게 해줬다. "활동을 그때그때 일지에 기입하고, 그 모든 걸 영구 기록 책자에 올리는 작업도 있어. 그리고 책임을 분배하고, 자산을 다시 모으고, 변동 사항을 그래프로 만드는 기본적인 문제에 내가 힘을 보태. 정치 쪽도 마찬가지야. 선거가 많거든. 팀 주장도 뽑고, 구단 단장도 뽑고. 또 4년마다 협회에서 총장을 뽑는데, 그건 내가 잘 봐야 돼."

"와아, 헨리, 난 정말 몰랐는데……!" 헤티는 그를 올려다보고 있었다. 그리고 두 사람이 가로등과 가까워지면서 헨리는 그녀의 눈에서 그전까지 보지 못했던 뭔가를 느낄 수 있었다. 헤티가 인식을 했다는 것, 그것이 현실이 되었다는 것이 기뻤다. 하지만 둘이 침대에 가면 다를 것이다. 그때가 되면 헤티는 그걸 잊어야 할 것이다.

"박스 스코어 감사하고, 중간에 평균 시산표 내고, 시즌별 재고 자산 파악하고, 상벌 내리고, 사람들 일대기 관리하는 것도 있어." 헨리는 헤티의 엉덩이를 꽉 잡았다. "인간은 결국 죽잖아."

그러자 헤티는 "그렇지" 하고 말했다. 헨리의 손에 흥분했는지, 그녀도 배트를 조금 더 세게 쥐었다.

"거기 있는 사람들은 보통 늙어서 죽어. 은퇴한 지 이미 오래 지난 다음에 말이야. 하지만 젊어서 죽을 수도 있어. 선수로 뛰고 있어도 그렇고. 겨울 시즌에 사고를 당하는 경우도 있어. 작년에 서른 살밖에 안 된 젊은 친구가 성적이 부진해서 마이너로 내려갔거든. 사람들은 감독이 그 친구를 너무 심하게 몰아붙였다고 얘기해." 패피 루니, 그는 그 아이를 포기하지 않았을 것이다. "그 예민한 녀석은 그걸 너무 맘에 담아뒀단 말이지. 그러다가 절벽으로 차를 몰아버렸어."

"아이고!" 놀란 헤티는 배트를 꽉 쥐었다. 지금 풀어주기 두렵다는 듯이. "일부러 그런 거야?"

"모르겠어. 그런 것 같아. 그리고 투수가 트리플 원이나 식스를 두 번 연속 던지면 특이 상황으로 넘어가. 세 번째 트리플 원이 나오면 빈볼이 타자를 죽이게 되고, 다시 트리플 식스가 나오면 직선타가 투수를 죽이게 돼."

"윽, 너무 끔찍하다!" 헨리는 두 상황 모두 벌어진 적이 없다는 사실을 그녀에게 말하지 않았다. "헨리, 그런데 트리플 식스가 뭐야?"

"투구의 일종이야. 우리 다 왔다."

헤티는 그의 집 건물 계단을 오르면서도 배트를 잡은 손을 풀려고 하지 않았다. 하지만 통로가 너무 좁은 탓에 둘의 몸이 계속 부대꼈다. 그래서 그녀는 손을 놓고 앞장섰다. 타석 뒤에서 쭈그리고 앉은 포수는 긴장을 푸는 그녀의 모습을 바라봤다. 그리고 자기네가 그녀에게서 '볼 두 개'를 절대 얻을 수 없기 때문에 그녀가 절대 볼넷을 얻지 못할 거라고 놀렸다. 그녀는 어깨 너머로 그를 내려다보며 활짝 웃었다. 벌어진 치아를 드러내는 미소는 왠지 계속 아름다웠다. 어쨌든 나는 특이 상황이야, 그 차트에서 그냥 지나가는 경우는 없다고! 그녀는 말했다. 포수는 소리 내어 웃고는 손을 뻗어 그녀의 엉덩이를 툭툭 건드렸다. 그리고 "맞는 말이야!" 하면서 그녀의 말에 동의했다. 그사이에 그의 손은 그녀의 허벅지를 미끄러져 내려가더니 치마 밑의 스타킹을 소리 내어 만졌다. "특이 상황이지!"

헤티는 한 발로 계단 두 개를 깡충 뛰어오르더니 두 허벅지를 철썩 붙였다. "헨리! 나 간지럼 잘 타!"

헨리는 아파트 문을 열고 현관의 야간등을 켰다. 부엌과

협회는 안전한 어둠 속에 남겨뒀다. 그리고 그녀를 침실로 이끌었다.

"우리가 당신 방에 있네." 두 사람이 그 안에 들어서자 그녀는 쉰 목소리로 그렇게 말하고는 그에게 몸을 바짝 붙였다. "당신은 이제 누구야?" 그녀가 기억하고 있다니! 정말 끝내줬다!

"야구 역사에서 가장 위대한 투수." 그가 속삭였다. "날 이렇게 불러줘…… 데이먼."

헤티는 그의 벨트 버클을 풀고 셔츠를 벗기면서 "데이먼" 하고 속삭였다. 그리고 그의 등을 쓰다듬고, 바지 지퍼를 내리고, 버클과 동전이 달그락거리는 바지를 바닥으로 보내면서 "데이먼" 하고 한숨을 쉬었다. 그리고 "데이먼!" 하면서 그의 배트에 인사를 하고 그것을 꽉 움켜쥐었다. 그때 헨리는 생각했다. 이 여자는 스윙 한 번으로 무조건 장외 홈런을 때릴 수 있을 거야. 심판이 "플레이볼!" 하고 소리쳤다. 마스크와 보호 장구를 벗은 포수는 다름 아닌 투수 데이먼 러더퍼드였다. 그가 협회 역사상 최초 여성 선수의 유니폼을 벗겼다. 그러자 두 사람은 갑자기 도움과 방해를 주고받으며, 서로 밀고 당기며 베이스를 돌았다. 요란한 걸음으로 1루까지 가고, 발꿈치를 들어 2루에서 슬라이딩을 하고, 3루 위에서 공중제비를 돌고, 선 채로 잽싸게 홈으로 들어갔다. 그러고 나면 한 번 더 타석에 들어와 배트를 돌리고 다시 모든 베이스를 돌았다. "데이먼!" 하고 그녀가 소리쳤다. "데이먼!"

2

오전 8시. 아, 그 아이가 정말 해냈다. 그렇다, 해냈다. 손이 활짝 펴지고, 주사위가 떨어지고, 하드 존이 스윙하는 것을 그는 보고야 말았다. 아웃! 믿기지가 않았다. 마법의 팔을 가진 아이, 있을 수 없는 일이다. 하지만 일어났다. 그리고 또 일어날 것이다. 그리고 또! 새로운 날, 새로운 시대, 영광이 아닐 수 없다. 젠장, 너무 **영광스럽다!**

오전 9시. 다시 잠에서 깼다. 거의 깼다. 침대 시트에 스며든 햇빛이 희미하게 머리를 비췄다. 사무실에 있는 지퍼블래트에게 전화를 걸어야겠다는 생각을 한다. 저기요, 저 출근 못할 것 같아요. 네, 몸이 좀 안 좋아요. 독감인 것 같아요. 입술이 텄어요. 복식부기 때문에 피곤했나봐요. 원인을 알 수 없는 암일 수도 있죠, 지프 씨. 소모성 자산, 아무 쓸모

없다. 하지만 아니, 기분은 아주 좋다. 마냥 좋다. 아직도 홀려 있다. 이내 지퍼블래트는 헨리의 건강 상태를 파악하고, 그의 비밀스러운 웃음을 알아챈다. 워, 웃기지 마. 넌 끝이야. 나가, 경기에서 퇴장, 팀에서 아웃, 메이저에서 탈락이야. 지프, 당신 이러면 안 돼요. 당신한테 그럴 권한 없어요. 워, 우리가 자네 업무를 정리하고 있고, 장부 가격도 없애고 있고, 원장도 마무리 중이야. 아웃이라고! 하지만 그때 그 아이들이 빠른 걸음으로 그라운드에 나온다. 잉그램, 요크, 턱 윌슨, 매캐미시, 패터슨, 하드 존. 그들은 아무 말도 하지 않는다. 지퍼블래트에게 눈길을 줄 뿐이다. 그리고—쉬이익!—그는 사라진다.

오전 10시. 깊은 잠에서 깼다. 후우, 숙취는 약간 있을지 몰라도, 아주 오랜만에 최고의 밤잠을 만끽했다. 꿈에서 일어난 일은 거의 잊었지만, 과하면서 진을 빼게 하는 말과 행동은 어렴풋이 기억이 났다. 마지못해 침대에서 나와 실내화를 신은 헨리는 웅얼거리며 뭔가 항의하는 헤티의 모습을 보고 싱긋 웃었다. 그러고는 비틀거리며 욕실에 가서 축적된 유동 자산인 오줌을 누고, 씻고, 입을 헹구고, 거울 속 얼굴의 자산과 부채를 따지고, 숨을 한두 번 고르며 정신을 가다듬었다. 다시 침대로 돌아간 헨리는 꿈만 같은 기분으로 그 말도 안 되는 엄청난 경기를 복기했다. 그 경기의 우아함에 소름이 돋았다. 데이먼 러더퍼드. 그렇다, 멋지고 새로운 일이 벌어졌다. 첫 투구에서 그것을 느낄 수 있었다. 나이 든 패피 루니가 아픈 배를 주무르는 모습에 웃음이 나왔다. 루니, 조만간 받아들여야 할 것들이 있을 거야. 아아, **제엔 장!** 그게 그 배탈을 낫게 할걸. 난 참을 수 있어. 구제불능 자식. 그때 헤티가 뭣 때문에 혼자 킥킥대느냐고 투덜거렸다. **완벽함**과 **연**관성 때문이라고나 할까, 하고 헨리가 답했다. 헤티는 끙 하는 소리를 내더니 활짝 웃었다. 그러고는 가볍게 코를 골며 다시 잠들었다. 새로운 러더퍼드 시대. UBA에서 새로운 러더퍼드 시대가 열리기 직전이다. 바니, 어떻게 생각해요? 난 잘 모르겠어. 그럴 수도 있겠지. 기다려봐. 지금 당장은 우린 우승에 신경 써야 하거든. 밴크로프트는 항상 신중했다. 통찰력이 있었고, 전형적인 비관주의자임에도 열린 생각을 갖고 있었다. 그는 이런저런 생각을 했다. 새로운 러더퍼드 시대. 그럴 수 있는, 일어날 수 있는 일이다. 어쩌면 그것이 2세들이 갖고 있을 법한 여분의 힘인지도 모른다. 첫째 아들 브록 주니어는 49년도에 아주 멋지게 리그에 등장했지만 처음에 괜찮은 성적을 내고는 침묵했다. 물론 브록의 아들들은 투수가 되어야 했지만, 밴크로프트는 그런 브록 주니어를 마이너로 내려보내 1루수를 할 수 있도록 훈련시켰다. 1루수가 됨으로써 얻는 영예도 있었기 때문이다. 하지만 52년도에 돌아온 브록 주니어는 첫 두 경기에서 세 개의 홈런을 때렸을 뿐 타율 0.147로 빛이 바랬고, 반 시즌 동안 에러를 일곱 개나 기록했다. 바니, 두 아들 사이에 가장 중요한 차이는 무엇인가요? 모르겠어. 처음에 두 사람한테 같은 느낌을 받긴 했어. 그러니까, 부모랑 판박이였다는 거지. 바니, 그 말은 브록이랑 판박이였다는 뜻이죠? 응, 헤헤. 바니는 싱긋 웃었다. 그리고 둘 다 아버지가 갖지 못한 다른 무언가를 갖고 있었어. 일종의 우아함이라고 해도 될 거야. 브록의 기분을 상하게 하려는 건 아니지만, 브록은 항상 더 열려 있었고, 더 눈에 띄었어. 자신에게 확신이 있었지만, 그걸 도중에 어디선가 증명해야 하는 것처럼 굴었어. 자수성가한 사람처럼 말이죠? 음, 그런 거지. 그런데 아들들은 달랐어. 그러면 바니, 젊은 시절의 브록에게는 부족했지만 지금의 데이먼은 갖추고 있는 부분이 뭘까요? 음, 2세들이 어떤지 잘 알잖아. 아직 어렸을 때 두 사람은 항상 좀 더 열심히 노력해야 했어. 그리고 또 하나, 데이먼이 더 똑똑하다고 할 수는 없지만, 음, 거기엔 다른 뭔가가 있었지. 왠지는 모르겠지만 데이먼이 더 예민했어. 맞아요, 바니. 무슨 뜻인지 알 것 같아요. 마치 어떤 사람이 기자석에서 말을 했는데, 말한 거라고는 본인이 **안다**는 것뿐이었어요. 그런데 그 사람이 무엇에 대해 말하는지 모두가 아는 듯했다는 거죠. 바니 밴크로프트는 이해했다는 뜻으로 고개를 끄덕이고는 생각에 잠긴 채 시선을 돌렸다.

오전 11시. 드디어 헤티가 나타나 담배에 불을 붙였다. 헨리의 코를 즐겁게 하곤 하는 향기들이 섞여 있었다. 순수한 아침 햇살 속에서 '늙은 엄마'는 살짝 초췌해 보였다. 하지만 그녀는 상쾌함이 감돈다고 말했고, 고맙다고 말했다. 아마 사실이었을 것이다. 헤티가 어떤 기분인지 헨리는 알고 있었다. 소용돌이처럼 오르는 연기는 타고 있는 불씨에서 나오는 것이 아니라 오래된 담뱃재에서 나오는 것 같았다. 하지만 거기엔 아직 많은 생명이, 많은 가능성이 있었다. 두 사람은 지난밤에 있었던 게임을 얘기하며 웃음을 터뜨렸다. 더블헤더. 젠장, 그 더블헤더는 월드 시리즈였어! 깔깔거린 헤티는 침대에 썰렁한 기운을 남기고 잠시 방에서 나왔다. 그사이에 헨리는 다시 한 번 홈베이스로 성큼성큼 다가오는 하드 존 호바스를 떠올렸다. 투 아웃, 데이먼이 대기록까지 남겨둔 아웃카운트는 단 하나. 하지만 지퍼블래트의 살찐 찡그린 얼굴이 다시 떠오르자 헨리는 아찔함을 느꼈다. 밖에 무슨 일이지? 거센 폭풍우인 듯. 대중교통이 사라지고, 수많은 사람이 죽어가고, 물에 잠긴 거리에 자신이 갇힌 모습이 보인다. 바로 그때, 헤티가 수도꼭지를 틀어 물소리를 냈다. 도시들이 무너져가고, 모든 사람이 바다로 휩쓸려 간다. 지퍼블래트가 사과의 말을 건넨다. 헨리, 자네를 거기서 빼내려는 의도는 없었어, 미안해. 지프, 사과하기엔 너무 늦었어요. 물에 빠져 죽은 사람한테 사과를 할 수는 없죠. 우린 끝났어요, 난 더 못 참겠어요. 그때 헤티가 돌아왔다. 신

선한 향기와 훈훈한 온기를 몰고 슬며시 들어왔다. 그녀의
발은 차가웠다. 헨리는 밖에 나가서 아침 식사를 하자고 말
했다. 하지만 헤티는 헤어지는 게 두렵고 싫었다. 지금은 아
니었다. 헤티가 자기 몸 위로 그를 끌어당겼다. 던질 공이
없어, 무기도 다 치워버렸어. 헨리가 항변했다. 상관없어, 그
냥 그대로 있어. 헤티가 말했다. 두 사람은 시간과 사람과
역사를 이야기하고, 모든 것이 동시에 혼란스럽게 흘러가는
것 같다는 이야기를 나눴다. 이곳에서 두 사람은 따뜻함을
느꼈다. 아주 편안했고, 평화로웠다. 완전한 애착을 갈구한
헤티의 몸은 그의 몸 밑에서 묘하게 계속 움직였다. 헤티의
생각에 야구는 생각보다 훨씬 더 괜찮은 게임이었다. 모든
폭투가 그랬다. 그 사람이 그 놀라운 공을 뭐라고 불렀더라?
아, 그래, 싱커. 히히! 정말 예술이었어! 음, 맞는 얘기다. 그
아이는 온갖 기술을 다 갖고 있었다. 그렇다. 그래도 비밀
이 있다면 제구였다. 힘과 제구, 그게 패피 루니의 이론이었
다. 가슴 쪽으로 하나 던지고, 그다음에 바깥으로 하나 던지
고, 둘을 섞어 던지고, 그러면서도 항상 자신이 원하는 곳으
로 던지는 것, 그것이 바로 제구다. 타자는 그런 투수의 공
을 아무렇게나 칠 수 없다. 배트를 짧게 쥐고 간결하게 휘둘
러봤자 1야드도 못 나간다. 안쪽과 바깥쪽, 속구, 가끔 커브,
체인지업, 안쪽과 바깥쪽. 아, 좋아. 헤티가 말했다. 안쪽과
바깥쪽, 던지고 받고, 죽이는 게임이네. 물론 그것이 진짜 야

구라고는 할 수 없었다. 헤티는 야구를 실제보다 더 쉽게 표현했다. 크고 꽉 찬 자궁을 떠받치고 안전하게 쭈그리고 앉은 엄마, 그 안에 즉흥적으로 계속 공을 던지는 아빠. 쉬워 보이긴 했다. 하지만 헤티는 타자를 잊고 있었다. 그의 동료들은 두말할 것도 없었다. 타석에 서 있는, 그러다가 중간에 자기 막대를 쭉 내밀어 나이 든 아빠를 좌절시키는 타자. 물론 아빠는 혼자가 아니었다. 다른 일곱 사람이 각자의 자리에서, 뒤에서, 그를 받쳐주고 있었다. 엄마의 순결과 상황의 순리를 지키고, 크고 거친 배트를 든 난폭한 아이를 혼내고 있었다. 하지만 그들이 계속 막기만 한 것은 아니다. 아이가 자기 나무 조각으로 한번 터뜨리기만 하면 모든 것이 발칵 뒤집힌다. 노인을 마운드에서 끌어내리고, 빌어먹을 시스템 전체를 뒤집을 수 있다. 물론 배트를 쓰는 것만으로는 부족하다. 여전히 한 바퀴를 완전히 돌아야 한다. 그렇게 돌려면 긴 시간이 필요하다. 갈 길이 멀다. 도중에 많은 일이 생길 수 있다. 하지만 본인은 할 수 있기를 바란다. 자식이 출발하자마자 저 낡은 홈베이스가 그 아이를 거대한 힘으로 당기기 시작한다. 자식이 건강하고 날이 괜찮으면, 그곳에서 그 작업이 한 번 더 이뤄진다. 그런데 헨리, 어떻게, 어떤 식으로 당기라는 거야, 이런 거 말하는 거야? 맞아. 아이는 계속 달리고, 계속 움직이고, 깨어 있고, 살아 있어야 한다. 멈추지 말고, 가능한 것은 훔치고, 버티고, 속속들이 낡

아채고, 돌고 돌아야 한다. 그러고 나면 헤티가 거기 있을지 모른다, 정말 어쩌면 말이다. 하지만 사람들이 말하길, 이 아이는 그렇게 할 수 없다. 젠장, **해야 돼, 해낼 거라고!** 아, 어서, 어서, 헨리, 여기, **홈으로** 와! 알았어, 사람들이 아이를 응원하고 있어, 헤티. 아이는 2루를 돌아 3루까지 가려고 한다. 그런데 모르겠어. 홈베이스까지 갈 길이 아직 멀거든. 안 돼, 이 아이는 할 수 없어. 이번엔 안 돼. 2루수가 공을 갖고 있거든. 걔가 이제, 아냐, 아냐, 나한테 있어, 헨리, 나한테 있다고! 어서! 어서! 계속해! 헤티는 그의 엉덩이 뒤로 차가운 발바닥을 마주치며 그를 응원했다. 좋아, 아이가 이제 3루로 밀고 나간다, 좋아! 강해지고 있어, 그래, 그거야! 이제 막기 힘들어, 마구 휘젓고 있어, 쏟아붓고 있어, 3루 근처까지 왔어! 홈으로 간다! 앗, 3루와 홈 사이에서 걸렸다! 와! 3루에서 잡힌다! 3루로 돌아가! 하! 잡아! 던져! 잡아! 던져! 잡아! 던져! 홈이야, 헨리, **홈!** 왔어, 헤티! 그들을 재꼈어! 그들을 재꼈어! 그들을 재꼈어! 홈으로 달아나고 있어, 잽싸게 재껴서 가고 있어, 슬라이딩, **팟!** 아, **팟**, 헨리! 팟 팟 팟 **팟!** 두 사람은 부드럽게, 미친 것처럼, 함께 계속 웃었다. 헤티는 그곳을 잡고 있던 손을 풀었다. 헨리는 땀 흘리는 몸을 빼내 미끄러져 나왔다. 아, 죽이는 게임이야, 헨리! 정말 죽이는 **엄청난 게임**이라고!

그런 이유로 헨리는 수요일에 점심시간을 조금 지나서 덩켈만·차우버 앤드 지퍼블래트 사무실에 모습을 드러냈다. 그곳은 중소기업을 대상으로 경리 서비스 및 시스템, 지불 급여 총액 및 세액, 월별·분기별·연도별 회계 감사, 노크 없는 입장을 전문으로 하는 세무·일반 회계 사무소였다. 그리고 회사명에서 세 번째 이름의 주인공이자, 동업자 중 유일한 생존자, 신탁 전문가 겸 중소 산업 부관인 호레이스 지퍼블래트 씨는 분명히 화가 나 있었다. 물론 이유는 있었다. 지퍼블래트는 근무시간에 대해서는 까다로운 사람이었다. 그리고 헨리의 지각 기록은 그다지 좋지 않았다. 그리고 지난 시즌 리그에서 우승 경쟁이 치열할 때 심각한 소동도 있었다. 헨리가 키스톤스 투수진의 부상에 정신을 팔고 불안해하다가 어떤 회사의 총계정원장과 보조원장에 다른 회사의 분개장을 게시했기 때문이다. 분기 전체 값이었다. 그래서 헨리는 최악의 상황을 기다려야 했다. 하지만 오늘만큼은 그런 데 개의치 않는 자신의 모습을 발견했다. 한평생 노력과 신뢰를 존중했어도, 그런 실수들을 저지른 후에 팀을 실망시킨 죄책감에 항상 시달렸어도 소용없었다. 그렇다. 헨리는 행복을 향한 완벽한 도약의 발걸음을 옮겼다. 그 행복은 수정처럼 맑고 확인 불가능한 것이었다. 지퍼블래트의 분노는 그것을 절대 깨뜨릴 수 없었다.

썻고 준비를 마친 헨리와 헤티는 서둘러 나가서 늦은 아침을 먹었다. 커피숍 메뉴의 하이라이트인 2.25달러짜리 풀 세트였다. 스탠 패터슨과 위크너스 요크 같은 외야수들이 기꺼이 먹어치울 만한 농부의 아침 식사 같았다. 식사와 함께 커피 한 잔이 따라 나왔다. 바깥 날씨는 희한했다. 잠깐 맑더니 이내 비가 내렸다. 두 사람은 커피숍으로 가는 길에 마지막 블록에서 갑자기 폭우를 맞는 바람에 뛰어야 했다. 그리고 커피숍으로 겨우 들어갔을 때에는 한 쌍의 발정 난 말들처럼 씩씩대고 쿵쿵거리며 웃어댔다. 꼴망태(가축이 먹을 꼴을 담는 바구니-옮긴이)가 절실했다. 헤티는 두 사람의 축하 행사에 배경음악을 깔기 위해 주크박스에서 옛날 컨트리 음악을 틀었다. 그중 한 곡이 헨리의 마음을 사로잡았다. 샌디 쇼가 UBA를 위해 만든 정말 새로운 발라드가 밖에 내리는 폭우처럼 갑자기 그의 입에서 쏟아져 나왔다. 전혀 어렵지 않았다. 오늘은 모든 것이 수월했다. 헨리는 호기심 많은 헤티에게 그런 작곡이 취미와 같다고 설명했다. 아니, 지금껏 운이 없었지, 하고 거짓말을 했다. 실제로 UBA에서는 모두가 샌디의 노래를 불렀다. 컨트리 음악과 야구에는 소위 말하는 '전원의 녹지'가 함께한다. 하지만 실제로 둘 다 시골스럽지 않다는 점은 재밌다. 둘 다 어쨌든 새 이름을 가지면서 도시적으로 변했다. 영웅주의와 순수함을 꿈꾸는 유치한 행위가 프로들을 통해 무대 위에 올라 큰 사업으로 바뀌었다. 옛날에 하던 타운볼 방식은 '뉴욕 게임'이라 불렸는데,

도시에서 생기고 성장한 그것은 이제……

이른 아침, 난 밤새 밖에 있었어
애인과 사이가 안 좋아서 잘해보려고 하고 있지
비틀거리며 침대로 가니 감독이 내 이름을 부르네
그러더니 그가 하는 말, 그라운드로 나가, 우리한테 중요한
경기가 있어

플레이볼! (내 머리는 젠장 터져버릴 것 같아!)
플레이볼! (그때 심판이 하는 말……)
플레이볼! (얼른 가, 최대한 버티다 와!)
플레이볼! (하지만 얘들아, 난 여기서 더 자야 해!)

음, 거기 내 침대 위에서 난 늙은 수고양이처럼 몸을 쭉 뻗고
누웠어
내가 어디에 있는지 모를 정도로 숙취는 심하고
그렇게 애인 꿈을 꾸고 있는데 감독이 문을 부수고 들어와
내 머리에 물을 뿌리고 날 바닥으로 내동댕이치네!

플레이볼! (아 안 돼! 내 머릿속에서 나가!)
플레이볼! (그때 심판이 하는 말……)
플레이볼! (내 눈이 거의 멀었다는 것 모르겠소?)

플레이볼! (전지전능하신 신이시여, 날 좀 죽여주세요!)

현명하게도 헤티는 데이먼 러더퍼드가 누구고 어디서 왔
는지 더 이상 묻지 않았다. 그래도 그 아이의 새로운 구종을
나이 든 베테랑한테 써먹어보고 싶다면 피트네에서 의자를
덥히고 있는 자신을 찾아오라는 메시지를 헤티 어든표 윙크
와 함께 전했다. 벤치에서 대기하던 헨리는 그녀의 이야기
를 바로잡았다. 그녀가 아직 슬라이더, 스핏볼, 스크루볼, 너
클볼을 못 봤다고 지적했다. 더스터는 말할 것도 없고 턴오
버 패스트볼이나 '고의성 투구'도 마찬가지라고 전했다. 그
긴 리스트에 그녀는 와아! 하고 소리 질렀다. 그리고 고의?
무슨 고의? 하고 말했다. 빈볼. 공이 안쪽 높이 들어가서 타
자를 뒤로 물러서게 하고 무릎 꿇게 만드는 공이야. 투스브
러시 테리건이 유명했지. 게임 전체를 막장으로 만들 수 있
는 비열한 느낌이 있었어. 자기야, 그거 딱 나네! 헤티는 키
득거리더니 오늘 밤! 하는 속삭임과 함께 그의 곁을 떠났다.

음, 한번 확인할 필요가 있었다. 헨리는 일단 책상 위에
미결산원장을 펼쳐 바빠 보이는 척하고 다음 라운드 경기
를 위한 라인업을 고민했다. 자, 어제 리그 선두 니커바커스
가 패하면서 파이어니어스와의 게임 차가 두 게임으로 줄었
다. 하지만 유감스럽게도 오늘 밤 헤이메이커스와의 경기에
데이먼을 또 쓸 수는 없었다. 그렇게 되면 패피 루니는 완전

히 끝장이었다. 그러면 누구를 던지게 하지? 에이스인 미키 헬러팩스는 다가오는 닉스와의 시리즈를 위해 아껴둬야 했다. 그래서 '일반' 중에 한 사람을 골라야 했다. 어쩌면 드루 맥더모트가 괜찮을 수 있다. 헨리는 상사인 호레이스 지퍼 블래트의 눈치를 보면서 한가하게 영수증을 정리했다. 지퍼 블래트는 사무실의 유리 우리 안에서 벌건 얼굴로 서성대고 있었다. 거기서 나오지는 않았다. 헨리는 그게 좋은 징조인지 나쁜 징조인지 알 수 없었다. 아마 나쁜 징조겠지.

다만 한 가지가 마음에 걸렸다. 헨리 본인도 그 부분을 직시해야 함을 알고 있었다. 선수들 중에 데이먼 러더퍼드가 가장 각별했다는 것이다. 과거에도 그런 경우가 있었고, 그때마다 문제가 생겼다. 지금도 그랬다. 데이먼은 이미 60이닝 넘게 공을 던졌고, 협회에서 방어율이 가장 낮았다. 한 투수가 다음 해에 에이스로 분류되려면, 최소 80이닝을 던지고 리그 방어율 순위 10위 안에 들어야 했다. 타자의 경우도 마찬가지였다. 한 시즌에 상위 스물네 명 안에 든 타자들이 이듬해 스타가 되었다. 이러한 순위 평가는 상위 선수들에게 조금 더 좋은 주사위 확률을 허락했고, 게임에도 지속성을 부여했다. 물론 매년 약간의 변화는 있었다. 스타와 에이스 중에 보통 4분의 1이 자격을 잃었고, 새로운 얼굴들이 치고 올라와 그 자리를 대신했다. 하지만 이건 더할 나위 없이 자연스럽고 바람직한 현상이었다. 실제로 이것 때문에 데이먼 러더퍼드 같은 선수들에게도 자리가 생겼다. 좋다, 자, 지금은 시즌 중이고 아직 37경기가 더 남았다. 선수들이 데이먼을 갑자기 난타하기 시작할지도 모른다. 현명한 방법은 데이먼한테 필요한 15~20이닝 동안 그를 조심스럽게 다루는 것일 수 있다. 약팀을 상대로 던지게 하고, 규칙에 따라 에이스로 내보내서 1이닝만 구원투수로 쓰는 것이다. 그렇게 하면 내년에 아주 중요한 도약을 반드시 이뤄낼 수 있다. 그렇지 않으면 훌륭한 커리어를 쌓기란 불가능하다. 반면에 데이먼이 규칙적으로 계속 던지면 갑자기 무너질 수 있다. 과거에 재능 있는 어린 신인들이 그랬다. 많이들 그랬다. 그렇다면 밴크로프트는 왜 그러면 안 되는 걸까? 왜 데이먼을 조심스럽게 다루면 안 되는 걸까? 바니 밴크로프트는 헨리가 아는 바를 몰랐기 때문이다. 차트가 여럿 있는 것도 몰랐다. 에이스조차 몰랐고, 잘하는 선수가 왜 여러 해에 걸쳐 맹활약을 하곤 하는지도 몰랐다. 물론 그는 느꼈을 것이다. 모두가 느꼈을 것이다. 이 훌륭한 선수들이 내뿜는 듯한 그 기이한 힘을 말이다. 예를 들어 헤이메이커스의 해밀턴 크래프트는 지금 끔찍한 슬럼프에 빠져 있다. 하지만 루니는 어제 라인업에서 그를 뺄 수 없었다. 해밀턴이 자기 선수 중에 왠지 최고로 느껴졌기 때문이다. 맞긴 했지만 정확한 이유를 알 수 없었다. 어떤 사람의 클래스가 떨어질 때도 마찬가지였다. 그걸 믿기 힘들 때가 가끔 있긴 했지만 느낄 수는 있었다. 그럴 때면 그 사람이 회복하기를 기다리면서 그 사람을 계속 썼다. 하지만 지금 당장 데이먼 러더퍼드에게서 느낄 수 있는 건 무엇인가? 그가 세계 역사상 최고의 투수가 될 것이라는 것밖에 없다. 그런 사람을 어떻게 벤치에 앉힐 수 있겠나? 안 된다. 데이먼은 에이스인 핼러팩스를 추월했다. 파이어니어스의 명실상부한 기둥이자 최고의 선발투수였다. 밴크로프트가 알아챌 수 있을 정도로 컨트롤 난조의 징후를 보이지 않는 이상—그런 징후를 보여도 바니는 당연히 **더** 던지라고 하지 덜 던지라고 하진 않겠지만—적어도 10~12경기는 더 던져야 했다. 그렇다면 헨리는 그냥 한가하게 앉아서 그 아이가 움직이는 모습, 에이스로 거듭나는 희망을 잃는 모습을 바라볼 수 있을까? 그래야했다. 아, 물론, 마음껏 주사위를 던지고 내키는 대로 게임을 진행할 수는 있었다. 하지만 그럴 경우 이유는 무엇이 될까? 그리고 데이먼 러더퍼드는 정말 누가 될까? 아무도 아니게 된다. 무명 배우가 된다. 헨리가 자신만의 규칙과 한계를 정하고 언제든 선수를 바꿀 수 있어도, 그와 선수들은 생각 없고 예측 불가능한—말하자면 무책임한—주사위의 회전에 목을 맸다. 상황은 그렇게 돌아갔다. 헨리는 그 상황을 받아들이거나 게임을 완전히 접어야 했다.

바로 그때 웬 거구가 그의 책상 옆에 나타났다. 낌새를 챈헨리는 최악의 경우를 상상하며 시선을 들었다. 다행히 눈에 들어온 사람은 친구 루 엥걸이었다. 지퍼블래트는 자기 책상에서 바빠 보였다. 그러면서 입은 되새김질하듯 놀리고 있었다. "헨리!" 루가 지퍼블래트 눈치를 보면서 낮은 목소리로 말했다. "아팠던 거야, 아니면…… 아니면 무슨 일 있었어?"

헨리는 루에게 퍼펙트게임에 대해 설명하고 싶은, 이야기해주고 싶은 충동을 느꼈다. 하지만 시간이 오래 걸릴 것 같았고, 루도 이해를 못 할 것 같았다. "아냐, 아냐! 나 컨디션 좋아, 루! 정말 좋아!"

루는 확신이 없어 보였다. "일 끝나고 얘기하자." 그때 지프가 고개를 들었다. 그러자 루는 통로를 지나 자기 책상 쪽으로 허겁지겁 발걸음을 옮겼다. 그러다가 휴지통을 차고 말았다. "아이고! 정말 죄송합니다!" 불쌍한 루.

가끔은 정말 그랬다. 헨리는 게임에 대해 이야기하는 것만이 아니라 게임을 함께할 상대를 갖기를 간절히 바랐다. 특히 일상적인 장기 레이스 기간에 한 팀이 치고 나가거나 게임의 지속성과 패턴이 사라지면서 단순한 우연이 발생할 때, 게임에서 외로움을 느끼면서 자신과 대등한 상대와 함께 추억을 나누고, 판단을 내리고, 계획을 세울 수 있길 간절히 바라곤 했다. 헨리는 둘 이상의 소유주를 허용하는 게임을 하려고 대체 전략을 만들어두고, 루와 얘기할 때 그 게임의 존재를 넌지시 알리기도 했다. 하지만 루한테는 그런

프로젝트에 딱 맞는 느낌이 없어 보였다. 루는 체스를 하거나 우표를 모으거나 클래식 음악 듣는 걸 더 좋아했다. 물론 이제는 헤티가 있었다. 그러니까 게임을 할 상대는 나와 대등할 필요가 없었다. 그렇다. 서로 경쟁하고 대적하는 대등한 두 사람이 아니라 누군가의 양도, 그러니까 여성의 힘과 자질, 말하자면 대리 소유주의 창작에 기초한 새로운 제도가 나타날 가능성이 있었다. 하지만 헤티는 너무 무의식적인 것 같았다. 그녀가 하는 건 뭐든지 아주 단순해야 할 것 같았다.

그래서 난 그라운드로 나와 있어, 햇빛이 아주 뜨겁네
난 온갖 빌어먹을 골칫거리들을 생각 중이야
정신을 차려보니 놈들이 내 1루를 밟고 있네
이 친구가 안타를 치고 내 앞으로 와서 서 있어!

플레이볼! (이대로 끝난다면 난 떠나겠어!)
플레이볼! (이 게임의 이름은 도대체 뭘까?)
플레이볼!

"그래, 워 씨, 오늘 아침에 어디 있었어요?" 그일 거라고 거의 예상하지 못한 바로 그때, 그가 있었다. 호레이스 지퍼 블래트.

헨리는 뭐라고 말할 수 있을까? 술집 여자랑 종이 뭉치를 사이에 두고 야구를 했다? UBA에서 데이먼의 날을 축하했다? 헨리는 미소를 지었다. 그리고 바로 자기가 하던 일을 자세히 살펴보고는 수치 리스트 전체를 잘못된 열에 기입했음을 알아챘다. 다행히 연필이었다. 지퍼블래트는 헨리 앞에 우뚝 서 있었다. 그리고 냉정하면서도 분하다는 듯이 몸을 부들부들 떨었다. 두 엄지손가락은 검정색 회색 줄무늬 바지에 매인 뱀 가죽 벨트 안쪽에 처박혀 있었고, 가장 창백한 세 번째 턱은 자주색과 크림색이 섞인 넥타이의 견고한 매듭 위로 살짝 나와 있었다. 헨리는 그 사람이 갈 때까지 기다려야 한다는 걸 알고 있었지만, 그는 가지 않았다. 헨리는 지우개를 꺼내 일을 시작했다.

"헨리, 뭐가 **잘못**됐나요?" 호칭을 바꾼다는 것은 꼭 좋은 징조는 아니었다. 지프가 숫자를 지우는 자신의 모습을 바라보고 있다는 것을 헨리는 알고 있었다.

헨리는 협회 관련 확률을 계산하고 기록을 표로 만드는 데 신경을 쓸수록 이곳 업무에서 더 많은 실수를 저지르는 듯했다. 그 부분은 인정해야 했다. 그 사실에 정말 개의치 않아야 한다는 것은 알고 있었지만, 컴퓨터의 확실성에 대한 직업적 자존심은 여전히 고통스러웠다. 그래서 지금 얼굴을 붉히고 있는 건 당연했다. 헨리는 폐지 위에 널린 지우개똥을 털어내고 업무를 살폈다. 지금 사무실 전체가 두 사람을 바라보고 있다는 생각이 들었다. 하지만 지프한테 무슨 말을 해야 할지는 정말 알 수 없었다. 그때 저쪽 라커룸에서 한 발을 벤치에 올리고 스파이크화 끈을 묶고 있는 데이먼 러더퍼드의 모습이 보였다. 데이먼은 외부의 존재를 느끼고 있었다. 반듯하고 훤칠하고 유연하고 침착해 보였고, 어린 눈썹을 둥글게 구부리면서 동정심 어린 즐거운 얼굴을 하고 있었다. 이내 몸을 돌린 그는 화가 나서 어쩔 줄 몰라 하며 서 있는 이 땅딸막한 남자를 얕잡아 봤다. 그리고 입을 열었다. "친구, 왜?"

너무 놀란 지퍼블래트는 뒤로 기우뚱하고는 볼에 있던 바람을 뺐다. "워! 내일 아침에 오자마자 나부터 봐요, **나부터**! 알겠어요?" 그러고는 돌아서서 머리를 앞으로 내밀고 자기 사무실로 쿵쾅대며 걸어갔다. 헨리는 그 모습을 본 후 장부로 시선을 옮겼다. 루가 조심스럽게 헨리 자리에 들렀지만, 헨리는 손짓으로 그를 돌려보냈다. 자기가 신경을 전혀 안 쓴다는 걸 루는 몰랐을까?

헨리는 잘못 적힌 숫자들을 알맞은 열로 옮겨 적었다. 하지만 한 번 하고 났더니 계속할 수 없을 것 같았다. 마음이 자꾸 식탁으로 갔다. 오늘 밤이 중요했다. 헨리한테는 마흔일곱 번째 경기들의 세부 사항을 모두 게시한 다음에 '책'에 적는 작업이 아직 남아 있었다. 멋진 우승 경쟁을 펼치고 있는 니커바커스와 파이어니어스, 그 뒤를 바짝 쫓고 있는 패스타임클럽과 작년 우승 팀 키스톤스. 하지만 데이먼의 노히터 기록 때문에 지금 패트릭 먼데이의 새 정당에는 흥미가 덜했다. 덜 중요해 보였다. 그래도 씨앗은 뿌려졌다. 먼데이는 리그의 새로운 분위기에 조마조마할 것이다. 기다려 보자. 그리고 니커바커스의 월트 매캐미시와 파이어니어스의 위트너스 요크 사이의 장타 경쟁도 치열해지고 있었다. 모든 것이 러더퍼드의 새 시대가 온다는 징조들이다. 엄청난 시즌이다! 물론 오늘 밤 대형 이슈는 퍼펙트게임이다. 마법의 팔을 가진 아이. 자신을 잘 아는 남자. 그의 머릿속에 여러 문구와 제목이 떠다닌다. 파이어니어스의 귀환. 24년만의 첫 우승을 향한 기대감 상승. 오늘 아침 침대에서 바니 밴크로프트와 가진 인터뷰를 기억해야 한다. 이어서 축하하는 의미로 데이먼이 뜨거운 잠자리를 갖는 것은 어떨까? 당연히 되지, 안 될 게 뭐람? 누군가의 자식 중에 처녀인 딸하고 말이야. 니커바커스 감독인 시커모어 플린한테 아마 그런 딸이 있었을 것이다. 그런데 한 명만? 말도 안 되는 소리, 경기장에 꽉 채워! 줄 세워! 마법의 총을 가진 도련님이 나가신다!

여기서 뭘 하고 있는 거지? 나가야 했다, 집에 가야 했다! 시계를 보니 4시 21분이었다. 그렇다고 9분을 못 기다린다고? 책상 서랍에 넣어둔 경마 게임이라도 할 수는 없는 거야? 그럴 수 없었다. 헨리는 장부 위로 몸을 구부리면서 지퍼블래트가 있는 사무실 쪽을 힐끗 봤다. 글쎄, 헨리의 조퇴는 그 늙은이가 받아들이기에 어려운 일일 테지만 헨리 본인에게도 빡센 일이었다. 헨리는 장부를 덮어 치운 다음 모자걸이로 가서 회색 펠트 모자, 레인코트, 검정 우산을 집어들고는 사무실을 나섰다. 이동 중, 자, 애들아, 수비하자. 준비됐어. 그러다가 지프의 사무실을 지나면서 흘긋 본 순간, 그 노인네가 갑자기 백발을 쳐들고 일찍 퇴근하는 그의 모습을 쏘아봤다. 이런, 망했네. 하지만 호레이스 지퍼블래트라는 사람을 누가 심각하게 받아들이겠는가? 일단 엘리베이터를 타고 내려가니 이곳 업무를 완전히 잊을 수 있었다. 헨리는 집으로 향했다. 그의 리그와 그 모든 선수를 향해, 연감과 오늘 밤의 대형 이슈를 향해 되돌아갔다. 거기엔 '호레이스 지퍼블래트' 따위는 하나도 없었다.

밖에는 다시 비가 오고 있었다. 향수를 불러일으키는 가을 저녁. 헨리는 우산을 쓰고 걸으며 이런저런 게임을 시작했던 순간을 떠올리는 재미에 빠졌다. 헨리는 항상 야구, 농구, 이런저런 카드 게임, 전쟁 게임과 자금 게임, 경마, 축구 등등 많은 게임을 즐겼다. 물론 전부 다 보드게임이었다. 한번은 우편으로 진행하는 전쟁 게임 클럽에 가입한 적이 있었다. 상호방위협정, 군수품 판매, 첩보원, 심지어 암살 옵션도 있었는데, 다른 회원들이 편협한 역사적 선입견에서 벗어나지 못해 실망스러웠다. 표준화된 2인용 제로섬 게임보다 더 복잡한 건 그 사람들 능력 밖이었다. 그래서 헨리는 그들을 위해 모노폴리를 변형한 게임을 하나 만들었다. 한 번에 12개, 16개, 24개의 보드를 쓸 수 있고, 참여자 수도 제한이 없었다. 여기서는 대기업이 여러 보드에 한꺼번에 투자하면서 전쟁이 진행될 가능성도 있었고, 정부 관리가 통째로 매수당하거나, 국제 통신망 및 공공사업 관련 거물이 등장할 수도 있었다. 빈민가 주민들이 '시작'과 '감옥' 사이에서 일으키는 파업과 저항, 보드 사이의 동정 어린 유대로 인한 혁명적 전복과 사보타주, 탄탄한 권력 집단이 주도하는 국제 규제 기관 창설도 있었다. 그러면서도 사람들이 원래 하던 전쟁 게임의 기본적인 특징은 그대로 유지했다. 하지만 인기가 전혀 없었다. 헨리는 건강, 성, 종교, 캐릭터 변수까지 도입했지만 히트 근처도 못 갔다. 클럽에서 나가기 전에 클럽 인쇄물에 자신의 '인터모노프Intermonop' 게임에 대한 기사 몇 개를 간신히 실었는데도 말이다.

그래서 결국 헨리는 야구로 다시 돌아갔다. 정말 그만한 게 없었다. 실제 경기와 차이는 있었지만 (사실 진짜 야구는 그에게 따분했다) 기록, 통계, 그리고 개인과 팀, 공격과 수비, 전략과 운, 우연과 패턴, 힘과 지능 사이의 특이한 균형은 비슷했다. 이 세상에 어디에도 그렇게 정확하고 포괄적인 역사, 그렇게 구체적인 윤리를 가진 활동은 없었다. 동시에 이상해 보일 만큼 너무나 미스터리했다. 헨리는 남북전쟁과

재건 시대에 있었던 초기 야구에서 여덟 개 팀을 골라 게임을 시작했다. 선수 로스터에는 팀당 스물한 명씩 넣었다. 마셜 윌리엄스. 번 매켄지, 팬시 댄 케이시, 바너비 노스……

원년 스타들이 어쩌면 이렇게 잘 기억나는지! 헨리는 초반에 치러진 경기들의 정확한 결과까지 기억하고 있었다. 비니터스가 처음 여섯 경기를 연승하고, 선두를 꿋꿋이 지키고, 키스톤스와 가진 다섯 경기를 모두 이긴 것을 기억했다. 더 머리를 짜냈으면 정확한 점수까지 기억할 수 있었을 것이다.

물론 갑자기 시작하다보니 안 좋은 점도 있었다. 어떻게 보면 너무 제멋대로고 너무 말이 안 됐다. 처음 맞이한 선수들에게 넘칠 정도로 애정을 쏟았음에도 선수들의 인생사를 확인할 수가 없다는 점이 항상 문제였다. 예를 들면 이미 30대인 훌륭한 선수는 앞선 10년 동안 뭘 하고 있었나, 하는 것이었다. 그나마 어떤 연속성이 한번 자리를 잡고, 커리어를 완전히 새로 쌓는 새 선수들이 리그를 넘겨받고 나서야 훨씬 나아졌다. 헨리는 사실 마지막 원년 선수가 은퇴했을 때 협회가 다 컸다는 느낌을 받았고, 마지막으로 남은 원년 베테랑인 전 총장 바너비 노스가 몇 해 전에 죽었을 때 묘한 안도감을 느꼈다. 이제 먼 과거에 대한 느낌은 순전히 '역사적'이었고, 애매한 것도 자연스럽기만 했다. 다행히 첫 해 기록은 모두 깨졌다. 그리고 첫 해 전에 태어난 베테랑 중에 생존자는 곧 모두 사라질 것이다.

우산 위로 떨어지는 비가 가벼운 박수 소리처럼 들렸다. 우산을 쓴 헨리는 물웅덩이를 피해 걸었다. 마치 꼭대기가 뾰족한 검은 돔 밑에서 유리에 둘러싸인 것처럼 호우에도 젖지 않았다. 경기에서 진 후 인파를 뚫고 앞다투어 경기장을 벗어나는 화난 선수들처럼, 몸을 웅크린 차들이 도로를 뚫고 지나갔다. 헨리는 모퉁이에서 신호가 바뀌기를 기다렸다. 사람들은 사무실을 비우고 거리를 채웠다. 슬리커를 입은 경찰 한 사람이 붐비는 도로 위에 태연히 서 있었다. 호루라기를 불고, 주자를 재촉하는 베이스 코치처럼 두 팔을 열심히 돌렸다. 신호등이 녹색으로 바뀌자 헨리는 버스 정류장 쪽으로 길을 건넜다. 녹색Green, 슬리커slicker, 경찰Cop. 카퍼 그린Coper Green. 한번 써봐야겠다. 집에 가면 꼭 적어봐야지.

시선이 가는 곳마다 이름이 보였다. 머릿속이 이름으로 꽉 차 있었다. 버스 스톱, 위슬스톱, 위슬스톱 버즈비, 2루수. 이렇게 간단했다. 길 건너 공터 너머의 상점은 손튼네. 그는 새드웰과 어울리는 이름을 찾고 있었는데, 그게 딱인 것 같았다. 손튼 새드웰. 팀의 아들. 아빠처럼 투수로? 아마도, 하지만 좌완 투수. 키스톤스에서 뛸까? 아니다. 올해 아빠가 잘리지 않는 한 아니다. 그가 이끄는 키스톤스는 슬럼프에 빠져 있었다. 지난해 '올해의 감독', 하지만 올해는 곧

경에 빠져 있었다. 인생은 빠르고 악랄했다. 멜버른 트렌치가 이끄는 익셀시어스가 어린 섀드웰을 잡을 가능성이 더크다. 탁월한 전망이다.

헨리는 항상 이름에 신경을 썼다. 리그에 성취감과 실패감, 그리고 감정을 부여한 것이 이름이었기 때문이다. 주사위, 차트, 다른 용품 들은 드라마를 만드는 기제일 뿐 드라마 자체는 아니었다. 따라서 영접의 무게를 모두 견딜 수 있는 이름들을 정해야 했다. 브록 러더퍼드가 그런 이름이었다. 호레이스 지프블래트는 아니지. 이제는 이름에 관한 것이 재미있었다. 예를 들어 마이너에서 선수 하나를 콜업해서 그 사람을 A라고 부른다 치자. 선수 A는 동기들과 마찬가지로 주사위 결과에 따라 신인으로 가질 수 있는 특정한 득실을 본다. 이건 어느 신인에게나 다 똑같다. 주사위를 굴리면 선수 A는 안타를 치거나 못 치고, 상대편 선수를 아웃시키거나 시키지 못한다. 꽤 단순해 보인다. 하지만 선수 A를 '시커모어 플린'이나 '멜버른 트렌치'라고 부르면 뭔가 일이 벌어지기 시작한다. 그 선수는 추락하거나 성장하고, 맞고 뻗거나 더 강해진다. 구장 곳곳에 안타를 날리거나, 담장 너머로 강한 타구를 날린다. 스와니 로처럼 주로 속구를 던지거나, 미키 핼러팩스처럼 주로 커브를 던진다. 래그 루니처럼 화를 잘 내거나, 그의 옛 1루수 라이벌 모스 스탠퍼드처럼 느긋하고 차분할 수 있다. 단순히 방법과 이유를 애기하기란 쉽지 않다. 아니면 올드 페니모어 매캐프리의 예를 들어보자. 니커바커스에서 3루수로 처음 모습을 드러냈을 때, 그는 '올드'한 상태였다. 신인 시기 차트상에서 주사위 결과가 안 좋게 나오고 30세에 뛰기 시작했기 때문만이 아니라 그게 바로 그 사람, '올드 페니모어'였기 때문이다. 학자이자 정치인. 어둡고, 마르고, 진지하고, 근육질에다가 빠르고, 거칠기까지 한 인물. 19년도에 브록 러더퍼드와 함께 신인으로 데뷔. 비록 그해 흥분의 도가니 속에서 두각을 드러내지는 못했지만 21년도에는 타율 0.371을 기록하면서 타율 1위와 MVP를 차지했다. 다부진 남자. 변함없는 올드 펜. 이번에는 불쌍한 우디 윈스럽을 살펴보자. 당시 우디는 올스타 3루수 부문에서 단골 후보였다. 그리고 헨리의 기억이 맞다면 신인의 해라고 할 수 있는 19년도에 그가 MVP로 뽑혔다. 만일 그가 선수 A였다면, 그런 영예도 점점 희미해졌을 것이다. 아닙니다, 동료 및 투표자 여러분, 역시 올드 페니모어였다. 기민하고 매정하고 냉정한, 믿음직한 펜. 당시 니커바커스를 상대로 점수를 뽑으면 3루를 돌 때마다 올드 펜의 날카로운 눈빛에 한기가 느껴지기도 했다. 그런데 그는 갑자기 늙어버린 것이 아니라 이미 너무 늙어 있었다. 활동 기록은 훌륭했지만 너무 짧아서 명예의 전당 입성을 장담할 수 없었다. 하지만 펜의 역사에서 타협이란 없었다. 본인이 생각하기에 감독으로 화려한 경력을 쌓는 것이

성공하기가 더 쉬웠다. 그래서 급기야 당시 챔피언인 니커바커스의 감독 우디 윈스럽한테 가서, 하던 일 그만두고 협회 정치 쪽으로 갈 것을 권했다. 약삭빠른 올드 펜 매캐프리 본인이 우디가 만들어놓은 강팀의 감독이 되겠다는 것이었다. 욕을 먹을 만했다. 하지만 올드 펜은 결국 많은 경기에서 승리를 거뒀다. 야구에선 그게 중요했다. 12년 동안 우승만 여섯 번을 했다. 결국 올드 펜은 명예의 전당에 입성하는 데 성공했다. 게다가 지금은 UBA 총장이다. 누구의 후임으로? 우디 윈스럽의 후임으로 말이다. 돌아보면 거의 필연이었다. 희한했다. 하지만 어떤 사람의 이름을 짓는 것이 곧 그 사람을 만드는 것이다. 물론 그렇게 이름을 받은 사람이 예상치 못한 방향으로 더 나아질 수도 있고, 뭔가 잘못될 수도 있다. 별명은 신인 때 어떤 놀라운 성과를 거뒀느냐에 따라 거의 다 정해졌다. 하지만 기본적인 것은 이미 이름에 다 있었다. 더 정확히 말하면 이름 짓기에 있었다.

버스가 늦게 왔다. 날씨가 안 좋아서 그랬던 것 같다. 사무실에 머무르는 것이 더 나았을지도 모른다. 하지만 그렇지는 않았다. 헨리는 이 순간을 즐겼다. 생각할 시간을 얻었다. 오늘 밤 활동을 앞두고 마음의 준비를 했다. 56년도는 흥미진진했다. 헨리는 지금 느끼는 19년도에 대한 향수를 그대로 갖고 나중에 56년도를 돌아볼 것이다.

"헨리!" 친구 루였다. 모자를 잡은 채 물웅덩이를 건너 빠른 걸음으로 불쑥 나타났다. 앞섶이 잠기지 않은 코트는 빗속에서 펄럭였다. "헨리!" 하지만 숨이 차서 계속 부르진 못했다. 버스가 왔다. 헨리는 루에게 미소를 보이고는 간신히 차에 탔다. "나도…… (씩씩) 탈 것…… 같은데." 루는 숨을 헐떡이다가 자신의 육중한 몸을 쑥 들이밀었다.

버스 안에 발 디딜 틈이 없어서 두 사람은 서서 가야 했다. 그리고 사람들이 질척이면서 거칠게 미는 바람에 뒤쪽으로 밀려났다. 마천루가 거시기 수용소라면 버스는 뭘까? 원형 정관? 기사가 정류장을 순서대로 외쳤다. 승객들은 밀지 말라고 목소리를 높였다. 루는 딱 봐도 덩치가 제일 컸다. 그래서 다들 루를 경멸의 눈으로 쳐다봤다. 어떤 여자는 팔꿈치로 밀지 말라고 항의까지 했는데, 루는 실제로 자기 잘못이 아닌데도 사과의 뜻으로 쓰고 있던 모자를 살짝 기울였다. 그 바람에 모자챙에 있던 물방울이 두 사람 옆에 앉아 있던 남자의 석간신문 위로 뚝뚝 떨어졌다. 검게 얼룩진 신문은 폭탄, 출생, 결혼, 침입, 사교 행사 등을 전하고 있었다. 헨리가 입을 열었다. "루, 있잖아, 인간은 역사를 인정할 수도 있고 안 할 수도 있어. 그런데 인정한다면 말이지, 남겨지고 버려지는 것에 대한 어떤 전제나 기본 원칙은 받아들여야 해."

"왜…… 그런 건데?" 코를 찡그리면서 루가 말했다. 루는 여전히 짧게 발작적으로 헐떡이며 숨을 쉬고 있었다. 그렇게 헐떡이다가 질문이 중간에 끊기기까지 했다. 루는 그 체중으로 그렇게 열심히 뛰어서는 안 된다.

"역사, 엄청나지. 사람들이 정말 좋아하기도 하고. 그런데 혹시 너 숫자나 치수가 없으면 역사도 없을 거라는 생각을 제대로 해본 적 있어?" 헨리는 루를 생각해서 그렇게 질문했다. 정말이지, 버스와 지하철에서 항상 하던 생각을 오래된 비교를 하면서 떠올리고 있었다. 그는 궁금했다. 이렇게 더할 나위 없이 기쁜 순간에 이렇게까지 우울한 이유가 뭘까? 비 때문일까? 아니면 그렇게 훌륭한 데이먼 러더퍼드도 언젠가는 다른 사람들처럼 야구를 관둬야 한다는 암암리의 의식 때문일까? 어쩌면 이번이 56년도라는 이유만일 수도 있다. 헨리와 협회는 나이가 같았다. 물론 '연령'을 세는 법은 달랐다. '56'이라고 표시된 공간의 한 점에서 두 개의 시간선이 교차하고 있었다. 생사를 가늠하는 중대한 순간일까? 바보 같은 생각. 다음 시즌에는 더 나아질 것이다. "11월의 어느 비 오는 오후 4시 34분, 루 엥걸은 시내버스에 올라타 자신의 모자챙에 고여 있던 물을 한 남자의 신문에 쏟았다. 역사일까?"

신문을 들고 있던 남자가 갑자기 의심의 눈초리를 보내자 루의 얼굴은 빨개졌다. 루는 "난…… 난 모르겠는데" 하고 말을 더듬거렸다.

"그걸 누가 적고 있는데?" 헨리가 물었다.

"헨리, 내 말 들어봐. 무슨 일 있어? (씩씩) 어쨌든 뭣 때문에 지퍼블래트 씨랑 그렇게 마찰이 있었던 거야? 오늘 아침에 어디에 (씩씩) 있었어? 그리고 그렇게 급하게 어딜 가는 거야? 너 9분 일찍 (씩씩) 나갔어. 왜 그래? 그거 알고는 있었어? 내가 다섯 블록을 뛰어야 했다고." 루는 목이 메어서 숨을 다시 크게 들이마셨다. "그렇게 해서 널 겨우 따라잡았어. 뭐야, 헨리? 내가 어떻게 도와줄까? 뭐가 (씩씩) 잘못된 거야?" 한번 열이 받은 루는 세차게 몰아쳤다.

"아니야, 아니야, 말했잖아, 루, 다 괜찮아. 정말 괜찮아. 사실대로 말하면, 아주 좋아." 그사이에 헨리네 정류장에 닿았다. 헨리가 내리고, 루가 눈치 없이 따라 내렸다. 헨리는 집에 가서 또 그 박스 스코어를 보고 싶어 미칠 지경이었는데 말이다. 그래도 루를 기다려줬다. 루한테는 우산이 없었다.

"헨리, 널 더 이상 이해 못 하겠어!" 루가 힘주어 말했다. 두 사람이 내리치는 빗속을 걷는 사이에 어색한 침묵이 흘렀다. "봐봐, 헨리, 이렇게 하자. 오늘 밤에 나 따라오는 거 어때? 미치네 바 앤드 그릴이라고 새로운 데를 알아냈거든. 스테이크가 죽이는데—"

"루, 미안해. 나 오늘 밤에 바빠."

"헨리, 너 항상 그렇게 말하잖아. 뭘 하는데? 이해를 못 하겠어. 봐봐, 이렇게 하자—"

"루, 오늘 밤 말고." 두 사람은 디스킨네 조리 식품점 앞 문에 있었다. 루한테 그 게임을 보여줘야 할 때가 오늘 밤일 수 있었다. 하지만 젠장, 왠지 그 퍼펙트게임을 지켜야 한다 는 느낌이 들었고, 오늘 밤에는 혼자 있고 싶다는 바람이 꽤 강했다. 게다가 루가 모든 걸 망칠 수도 있었다. 루가 하는 질문들은 제대로 된 게 거의 없었다. "나중에. 사실 곧 나가 서 축하를 하고 싶을 수도 있거든."

"축하를……?"

"루, 내 우산 쓸래? 가는 길에 쓰지?

"아니야, 고마워, 헨리, 나 다음 코너에서 버스 잡을 거야. 그리고 그건…… 그런데, 그런데 들어봐봐—"

헨리는 집으로 향하는 계단 출입구로 돌아서면서 말을 끊 었다. "저기, 루, 근데 미치가 이름이야, 성이야?"

"미치? 아까 그 가게……? 이름이야, 그런데……?"

"성은 뭔데?"

"포터일걸."

"미치 포터." 헨리는 우산을 접고 빗줄기에서 비껴 서 미 치 포터라는 이름에 집중했다. 외야수로 만들어야겠다. 아 니면 괜찮은 3루수나. "우리 언제 같이 해봐야겠어. 잘 가, 루."

루가 한숨을 내쉬었다. "가, 헨리." 빗속에 선 친구 루는 우울해 보였다. 모자챙은 처져 있고, 눈썹은 젖어 있었다. 헨

79

리는 자신을 기다리는 퍼펙트게임 기록만 아니었으면 루의 말을 들었을 것이다. 그래서 오늘 밤 협회에서 벗어나 루와 함께 미치네 바 앤드 그릴에 가서 루의 기를 살려주려고 했을 것이다. 그리고 당연히, 의심의 여지없이, 언젠가 루한테 그 게임을 보여줄 것이다. 만약에 이해를 못 한다면, 뭐 어때? 적어도 루한테 기회는 줘보자.

계단에서는 항상 헨리의 맥박을 빨리 뛰게 하는 어떤 냄새가 났다. 경기장의 핫도그와 맥주처럼 말이다. 조리 음식점에서 나는 냄새일 텐데, 헨리는 언제든 그 냄새만 맡으면 마지막 열 걸음에서 열다섯 걸음 정도는 뛰었다. 그리고 아파트 문 앞에서 살짝 공포에 사로잡혀 자신이 만든 이 존재의 위태로움을 느끼는 일이 잦았다. 화재, 도둑, 심지어 강풍까지…… 헨리는 열쇠를 자물쇠에 넣고 돌린 다음 안으로 들어갔다.

하지만 식탁 위에는 모든 것이 집에서 나갔을 때와 똑같이 그대로 있었다. 경기 득점표도 그랬고, 아마도 조금 흥분해서 휘갈겨 쓴 최종 엔트리도 그랬다. 주사위는 여전히 하드 존 호바스의 3루 앞 땅볼을 가리켰다. 어떻게 보면 아직 그 순간에 머물러 있었다. 헨리 자신이 그것을 음미하고 싶거나 다른 일로 바쁘다면 오래도록 계속 그 순간에 머물러 있을 수도 있었다. 그런데 그러다가 게임이 다시 진행된다면, 선수들은 시간이 얼마나 멈춰져 있었는지 의식이나 할 수 있을까? 못할걸…… 하지만 그 순간의 모든 디테일이 자신들 마음에 얼마나 확실하게 새겨졌는지는 궁금해할 것이다.

물론 어제는 다른 경기도 있었다. 하위권의 익셀시어스는 투타의 선전으로 리그 선두인 니커바커스를 6 대 2로 물리쳤다. 이로써 상승세를 타고 있는 파이어니어스와 니커바커스의 게임 차는 2게임으로 줄었다.

연승 중인 패스타임클럽은 9이닝에 역전을 성공하면서 키스톤스를 4 대 3으로 이겼다. 이로써 두 팀은 공동 3위가 됐고, 근심에 빠진 팀 섀드웰 감독은 흰 머리카락이 더 늘었다.

이어서 혼돈에 빠진 하위권에서는 윈슬로 비버 감독의 비니터스가 갈팡질팡 중이던 윌리 위커샘 감독의 브라이드그룸스를 최하위로 밀어 넣었다. 결과는 12 대 8. 두 팀 모두 투수 여섯 명 중 다섯 명을 쓸 정도로 치열한 경기였다.

헨리가 모자, 코트, 우산을 제자리에 건 다음 가장 먼저 한 일은 '팀 순위판'을 업데이트하는 것이었다. 그 판은 식탁 뒤쪽 벽에 걸려 있었다. 헨리가 수년 전에 탈착 가능한 목재 이름표와 숫자로 만들었던 것이다. 업데이트가 끝난 후 기록은 다음과 같았다.

팀	승	패	승률	게임 차
니커바커스	28	19	.596	-
파이어니어스	26	21	.553	2
패스타임클럽	24	23	.511	4
키스톤스	24	23	.511	4
헤이메이커스	23	24	.489	5
비니터스	22	25	.468	6
익셀시어스	21	26	.447	7
브라이드그룸스	20	27	.426	8

　이어서 헨리는 새 커피 물을 올리고 탁자 바로 위 전등을 켰다. 안쪽이 하얗게 칠해진 녹색 철제 덮개가 100와트짜리 전구를 감싸고 있었다. 헨리는 올해 사용 중인 투구 통계 바인더를 꺼내 47라운드 경기에서 나온 세부 기록을 적어 넣었다. 헨리는 지금 갖고 있는 모든 서식과 마찬가지로 이들 통계에 알맞은 서식을 갖고 있었다. 그것을 소형 프린터기로 뽑아두었다. 각 서식마다 투수 여섯 명 전체에 대한 빈칸이 있었다. 거기에 헨리는 출전 경기 수, 완투, 승, 패, 완봉, 삼진, 볼넷, 피안타, 투구 이닝, 실점, 특이 사항 등을 기록했다. 그가 적은 작은 표시들은 철로처럼 보이곤 했다. 연말에 승률과 방어율을 적어 넣는 칸도 있었다.

　커피가 다 되자 헨리는 커피를 한 잔 따랐다. 그리고 그날의 타격 통계를 올리기 위해 탁자로 돌아왔다. 이 차트는 더 컸다. 선수 스물한 명 전체 명단에 대한 빈칸이 있었다. (물론 투수한테도 타율 기록이 있었다. UBA 역사에서 어떤 투수들은 자신에게 주어진 불리함을 무릅쓰고 선전을 펼친 끝에 스타 카테고리에 들어갔고, 나중에는 우익수가 되었다.) 거기에 출전 경기 수, 타수, 득점, 안타, 2루타, 3루타, 홈런, 타점, 도루 등 관련 정보가 담겨 있었고, 매 게임 후에 주어지는 MVP 포인트뿐 아니라 부상까지 기록하는 특수 열도 함께 있었다. 시즌 최종 타율과 장타율을 기록하는 칸도 있었다. 한편 총 아홉 가지 기본 차트상에서 주사위가 3-3-3으로 나오면 부상이 발생했다. 이때 주사위를 다시 던져 따로 마련된 '부상 차트'와 대조해야 부상의 세부 사항이 결정됐다. 부상 차트에는 공에 맞아 진루한 타자가 부상을 당하지 않는 경우를 포함해 온갖 부상이 포진해 있었는데, 부상에 따라 선수가 라인업에서 몇 경기만 빠지거나 시즌 전체를 빠지는 경우도 있었다. 모든 감독이 이것 때문에 골머리를 앓았다. 에이스가 팔꿈치 한쪽 때문에 치료를 받거나 스타가 깁스를 하고 다리를 저는 바람에 우승을 놓치는 건 최악이었을 것이다. 그런데 경기 전체에서 부상은 실제로 아주 결정적인 부분을 차지했다. 그런 일이 발생하면 헨리는 항상 후회로 고통스러워하면서도 스스로 만든 체계의 치밀함에 만족해했다.

마지막으로 가장 시시한 일, 수비 통계 기록이 있었다. 문제는 이쪽의 모든 평균이 너무 그대로 이어졌고, 그 기록으로 가치를 판단하기 어렵다는 데 있었다. 여기서 실력 없는 선수들은 처음부터 빅리그에 진입하지 못했다. 그리고 실력 있는 선수들 역시 여기저기서 나타난 몇 가지 퍼센트포인트로는 설명이 제대로 되지 않았다. 그래서 헨리는 여러 해 동안 만들어진 자잘한 세부 사항으로 거기에 약간의 특징과 패턴을 간신히 더했다. 뛰어난 야수가 더 많은 기회를 얻고, 실책을 덜 내고, 외야에서 송구로 주자를 잡아내거나 더블플레이를 할 수 있는 더 괜찮은 기회를 얻었다. 하지만 흔치 않은 화려한 수비수 몇 명만 제외하면, 이쪽은 제대로 신경 쓸 수 없었다. 완전히 포기할 생각도 했다. 시간도 많이 걸리고 그만한 가치도 없어 보였기 때문이다. 하지만 모든 수비 기록이 이미 자리를 잡고 있었고, 도전자가 있기에 의미가 있었다. 게다가 샌디 쇼가 아는 것처럼 그건 게임의 세 번째 요소였다. "……**던지고, 잡고, 휘두르고, 하루 종일 그라운드에 나가 있지!**" 그래서 헨리는 게임에서 가장 귀찮은 이것마저도 충실히 지켜나갔다.

이렇게 그날의 기록에 대한 모든 통계를 정리한 다음에 헨리는 자신이 가장 즐기는 일을 시작했다. 바로 연감에 적는 것이었다. 헨리는 일지 작성을 9년도에 시작했다. 그때 스스로 신중하게 사고할 필요를 느꼈다. 그전까지도 아주 흥분된 순간을 타이프 종이 낱장에 적어두고는 있었다. (헨리는 이 작업을 즐겼다. 종이들은 나중에 장정 처리했다.) 이제 그 기록들은 40권 정도의 책으로 구성되어 부엌 벽에 짜인 책장에 보관되어 있었다. 거기엔 영구 기록 책자, 리그 재정 관리 대장, 종이의 탈부착이 가능한 현역 선수 신상 기록 노트가 같이 있었다. 헨리는 마치 쓸 거리를 더 많이 찾으려고 게임을 더 많이 하는 것 같았다. 그리고 이런 아카이브 책자의 권수가 리그의 연수를 넘어서는 날이 올 것으로 예상했다. 헨리는 항상 내구성 좋은 래그 페이퍼로 만들어진 300쪽짜리 표준형 기록 책자를 썼다. 그리고 만년필로 쓰는 속기 포인트를 유지했고, 검정색 내구성 잉크만 썼다. 보기 드문 사건이나 발견에만 빨간색 제도용 잉크로 밑줄을 긋거나 박스 처리를 했다. 각 권의 속표지에는 권수와 함께 다음 문구가 적혔다.

공식 아카이브
유니버설야구협회
소유주 J. 헨리 워

연감은 통계부터 기사 보고, 시즌 분석부터 일반 야구 이론까지 UBA와 관련된 모든 것을 포함했다. 한마디로 모든 기록에 보존 가치가 있었다. 문체는 극도로 축약된 사실 데이터부터 스포츠 기자들의 과장된 관용구까지, 그리고 이론가들의 과학적·객관적 설명부터 수필가·일화 작가의 문학적 사유까지 모두 제각각이었다. 거기에는 테이프 녹음 대화, 선수 기고, 선거 보도, 부고, 풍자, 예상, 스캔들 등 다양한 내용이 있었다. 글은 리그 차원의 관점에서 제공되었다. 그만큼 경기에 실용적인 세부 사항은 절대 언급되지 않았다. 예를 들어 팀 분석에서는 비유를 쓰거나 일부러 살짝 실수를 하는 경우를 제외하면 스타와 에이스를 절대 언급하지 않았다. 헨리의 감정 기복은 리그의 이슈에 자주 영향을 받았다. 그래서 거창한 생각과 꼬인 생각, 환희와 절망, 열의와 무관심, 재미와 싫증 사이를 자꾸 오가다보니 기록에도 안 좋은 영향을 미쳤다. 최근에 헨리는 자신에게 우울과 감상벽의 성향이 있음을 깨달았다. 그리고 그것을 곧 극복하길 바랐다. 어쩌면 내년에 등장할 카퍼 그린, 손튼 섀드웰, 위슬스톱 버스비 같은 신인 애들을 통해 마음을 조금 추스를 수도 있겠지. 그렇게 하는 경우가 예전부터 자주 있었다. 적절치 못한 이야기를 만들어 억지로 기분 전환을 하는 식이었다. 한번은 잔병치레로 꼼짝 못하다가 심하게 우울해진 적이 있었다. 이때 롱 루 리델이 니커바커스 덕아웃에서 올드 페니모어 매캐프리의 처녀 딸을 겁탈하고, 그 광경을 본 5,000명의 관중이 눈이 휘둥그레졌다는 이야기를 만들었다. 결국 루는 정치적 압박을 받고 그 처녀와 결혼까지 했다. 매캐프리가 이끄는 법치당이 스캔들을 감당할 수 없었

기 때문이다. 결국 롱 루는 패니 때문인지 본인의 정치적 야
망 때문인지 말하기는 어렵지만 어쨌든 길들여지기까지 했
다고 한다. 헨리는 이때를 떠올리며 미소를 지었다. 샌디에
게 이 사건을 다룬 노래가 하나 있었다.

……믿기 힘들 텐데,

롱 루한텐 많았지만,

패니한텐 단 한 번도 없었지!

만약 사람들이 롱 루를 리그 제명으로 위협하지 않았다
면, 협회를 향한 새로운 사전 운동이 시작되었을지도 모른
다. 딱한 페니모어! 나약한 사람이라면 죽어버리고 말았을
것이다. 하지만 올드 펜은 그렇지 않았다. 현재 그는 협회
총장이고, 사위는 단체의 거물로 있었다. 오는 겨울에 새로
운 선거가 예정되어 있는데, 매캐프리가 재선할 것으로 보
였다. 딸이 겁탈을 당하든 말든 아무 상관이 없었다.

헨리는 연감의 최근 호를 펼쳐 예전 기록을 꼼꼼히 살피
고는 이것을 적격으로 삼았다. 메모지에 가능한 도입 문장
을 몇 개 적었지만 마음에 드는 건 없었다. 일어서서 커피를
또 한 잔 따라 들고는 탁자로 돌아와서 일어선 채로 펼쳐진
연감을 내려다봤다. 연감에 박스 스코어를 옮겨 적는 일은
거의 없었다. 박스 스코어는 모두 연도별 마닐라지 폴더에

보관되어 있었기 때문이다. 하지만 오늘은 옮겨 적는 게 맞는 것 같았다. 저 모든 0을 말이다! 이 0들을 적을 때는 빨간 잉크를 쓰기로 했다. 0, 수의 부재, 정말 놀라운 생각이 아닐 수 없다! 0에 비할 수 있는 것은 무한성뿐이다. 홈런을 무한 수로 칠 수 있는 타자는 아무도 없다, 아무도. 그런 면에서 투수는 운이 좋은 편에 속했다. 그들에게는 완벽이란 것이 가능했기 때문이다.

데이먼 러더퍼드, 러더퍼드. 자리에 앉은 헨리는 커피에서 모락모락 나는 김 사이로 리그 순위판을 바라봤다. 그리고 저기 마운드 위에 서 있던 아이의 모습을 되새겼다. 불멸이 되기까지 남은 것은 아웃카운트 하나. 씰룩임이나 깜박임도 없었다. 헨리는 여자들이 소리를 지르고 기도하는 모습, 격하게 흥분하는 관중의 모습을 바라봤다. 데이먼이 저기 꼬마한테 공을 던지는 모습이 보였다. 저 꼬마 누구지? 언젠가 다들 알아낼 것이다. 기자들은 당연히 데이먼을 직접 인터뷰하려고 했다. 하지만 데이먼은 정말 할 말이 없다고 말했다. 그는 이날 기록에 기분이 좋았을까? 네, 그러니까, 정말 좋았냐고요? 네. 그의 성공 비결은 무엇이었을까? 비결은 없습니다. 하지만 그 투구, 어땠는지……? 그는 무엇을 했는지……? 아무것도 없습니다. 그냥 던졌습니다. 저기, 데이먼, 잉그램이 마운드에 올라와서 무슨 말을 했나요? 별 얘기 안 했어요. 그냥 제 긴장을 풀어줬어요. 긴장을 풀어줬다! 주변에 핀 웃음꽃. 데이먼은 미소를 짓는다. 자, 당신의 아버지가 자랑스러워할 것 같은데, 그렇죠? 그렇길 바랍니다. 그분이 와서 당신 던지는 걸 봤나요? 네. 끝나고 뭐라고 말씀하시던가요? 게임 잘했다고요.

헨리는 부엌을 서성거렸다. 머릿속에 여러 가지 생각이 한꺼번에 오갔다. 남은 커피를 컵에 따르고 새로 주전자를 올렸다. 창문에 비가 내리쳤다. 밖은 이미 어두워지고 있었다. 슬슬 일을 시작해야 했다. 오늘 밤에 할 일이 아직 남아 있었다. 하지만 우선 브록 러더퍼드 시대의 아카이브 책들을 보기로 마음먹었다. 그렇다, 분명히 지금 그걸 원하고 있었다. 헨리는 사색에 잠긴 채 메모를 해가며 연감들을 훑어봤다. 얼마 지나지 않아 파이어니어스의 전성기가 마치 오늘 일어나는 일인 것처럼 되살아났다. 작은 싸움닭 프로스티 영이 2루 주변에서 휘파람을 불고 야유를 하면서 막을 올렸다. 당시 영과 그의 유격수 짝 조너선 눈은 '악마의 듀오'라고 불렸다. 그리고 뚱뚱이 땅딸보 홀리 티베트는 다리를 쭉쭉 뻗으면서 베이스를 달렸다. 하하! 쟤 가는 것 좀 봐! 한편 유연한 모스 스탠퍼드는 통 큰 바지를 끌어올리고, 헐렁한 셔츠 밑자락을 벨트 밑으로 집어넣고, 졸린 듯이 손에 침을 뱉고, 신발 끈은 풀려 있고 양말목은 흘러내린 모습이었다. 그는 순식간에 결승 2루타를 때려냈다. 그가 세운 2루타 부문 5년 연속 1위는 역대 최고 기록으로 남아 있다! 그리고 투스브러시는—특이 상황 차트에서—거스 멀로리를 때리면서 UBA 역사상 최고의 싸움을 촉발했다. 헤이메이커스 구원투수들이 윌리 오리어리를 공격하려고 불펜에서 집단으로 뛰쳐나온 외야 좌측에서도 그랬다. 그리고 당시 외야 중앙에는 뛰어난 '노철학자' 바니 밴크로프트가 있었다. 바니는 침착하고 품위 있게 움직였고, 공중에서 말도 안 되는 캐치를 해냈으며, 홈 송구도 아주 빨랐다. 활동 당시 UBA에서 무시무시한 타자이자 발이 가장 빠른 선수였다. 그런 바니는 명가로 불리던 파이어니어스에서 은퇴했다. 실제로 그는 UBA 역사상 가장 많은 나이에 현역으로 뛴 선수로 남아 있다. 스타 등급을 45세까지 유지하다가 결국 43년도에 은퇴한 다음 파이어니어스의 코치가 되었고, 나중에는 감독이 되었다. 그는 멈출 수 없었다.

19년도는 신인의 해였다. 그해 등장해 결국 명예의 전당에 헌액된 사람만 다섯 명이나 되었다. 파이어니어스의 러더퍼드와 영 외에도 브라이드그룸스의 유격수이자 현재 니커바커스 수장인 시커모어 플린, 니커바커스 출신의 명선수 페니모어 매캐프리, 그해 키스톤스 소속으로 첫 경기를 던진 에드거 배스가 있었다. 23년도에 배스는 팀이 니커바커스와 파이어니어스를 누르고 예상 밖의 우승을 차지하는 데 큰 역할을 했다. "음," 배스가 입을 열었다. "그해 우리가 운도 좋았지만 잘하기도 했어. 우리가—" 아니, 잠깐만. 헨리는 사망자 명단을 확인했다. 그렇지, 배스는 죽었다. 그런 것 같더라니. 이들 외에 제이크 브래들리도 19년도에 데뷔했다. 패스타임클럽에서 2루수로 활약했다. 적어도 명예의 전당에는 아직 헌액되지 않았지만 UBA 출신의 훌륭한 선수로 꼽힌다.

그러다가 헨리의 머릿속에 떠오른 한 가지는, 당시 그가 낙관적으로 글을 썼다는 것이다. 일종의 쾌활함이라고도 할 수 있었다. 하지만 헨리는 변했다. 지금은 그때처럼 쓸 수 없었다. 그해 있었던 이야깃거리가 지금 일어났다고 해도 불가능했다. 브록의 위대한 첫 시즌, 그보다 바로 앞서 있었던 팬시 댄 케이시의 명예의 전당 선거, 열네 가지 신기록 탄생. 나중에 (24년도 바너비 노스의 멋진 연설을 통해) 불만당으로 불린 반공식 개인당과 법치당과 같은 진짜 정치 단체들이 처음 만들어진 것도 그해였다. 그리고 항상 약체로 평가받던 브라이드그룸스가 오랫동안 UBA의 강팀으로 군림하던 헤이메이커스와 니커바커스는 물론 전력의 완성도를 갖춰가던 파이어니어스까지 제치고 우승을 차지한 것도 그해였다. 당시 우승을 견인한 선수는 타격 부문 1위와 MVP를 차지한 명선수 우디 윈스럽이었다. 브라이드그룸스가 1위로 시즌을 마감한 것은 협회 역사를 통틀어 이 해가 유일했다! 19년이 지나고 나서는 그야말로 파이어니어스의 리그였다. 파이어니어스는 열네 시즌 동안 아홉 번이나 우승을 차지했고, 가장 낮은 순위는 딱 한 번 있었던 3위 기록이었다. 헨리는 끝내 자신이 파이어니어스의 리그 지배에 얼마나 짜증이 났는지, 도전하는 팀이면 어디든 얼마나 남몰래 응원했는지 떠올렸다. 물론 그가 어떤 경로로든 직접 개입한 적은 없었다. 하지만 파이어니어스는 어쨌든 헨리의 저항을 느꼈을 게 분명했다. 그리고 실제로 헨리는 정말 보이지 않는 방식으로 그들의 상황을 더 어렵게 만들었을 것이다. 하지만 파이어니어스는 해마다 정상을 지켰다. 그리고 역사상 가장 많은 승리를 거둔 투수 브록 러더퍼드는 동료들과 함께 정상을 지켰다. 그러다가 에이스의 지위를 잃은 다음에는 리그에 오래 머물지 못했다. 딱 2년 더 있었다. 브록을 생각하면 차라리 기쁜 일이었다. 신에 가까운 누군가가 어설퍼지는 모습을 본다는 건 가슴 아픈 일이었기 때문이다. 브록이 가고 나서 파이어니어스는 무너졌다. 이후 열네 시즌 동안 최종 순위에서 7위 위로 올라간 적은 두 번뿐이었다. 헨리는 이 모든 걸 그래프로 그린 다음 새 커피를 마시며 검토했다. 브록 러더퍼드 시대. 아래층 조리 식품점에 전화한 헨리는 베니를 시켜서 뜨거운 파스트라미 샌드위치 몇 조각과 맥주를 더 갖다 달라고 디스킨 씨한테 부탁했다.

홀리 티베트는 파스트라미와 맥주를 정말 좋아한 사내였다. 물론 먹는 건 다 좋아했다. 항상 뭔가를 먹었다. "개가 투구 사이사이에 파스트라미 샌드위치를 까먹으려고 그걸 자기 배 옆, 보호대 밑에 끼고 있었던 거 기억나?" "당연히 기억나지!" 브룩이 활짝 웃으며 말했다. "내가 거기다 대고 던지곤 했다니까!" 그의 목소리는 여전히 허스키했다. 약간 희끗해진 듯한 짧은 머리, 격자무늬 양모 셔츠와 워시 팬츠 차림, 이제 둘레에 조금 더 살이 붙은 허리가 눈에 띄었다. "그래서 맞힌 적 있어?" 활짝 웃는 얼굴로 팀 새드웰이 물었다. "한 번 있어. 걔가 안 보고 있을 때 던져야 했는데 말이야." 게이브 버데트가 소리 내어 웃었다. "나 기억나! 걔가 심판이랑 다투고 있었는데, 네가 걔를 맞혀서 기절시킬 뻔했잖아!" 이제는 프로스티 영과 제이크 브래들리도 소리 내어 웃고 있었다. 영은 수년 동안 선수로서 퍼부은 욕설을 지금 심판 일을 하면서 듣고 있던 터였다. 점핑 조 갤러거와 윌리 오리어리도 있었다. 브래들리가 "그 얘기 들은 적 있어" 하고 끼어들었다. 그러자 게이브가 말했다. "웃긴 건 나이 든 홀리가 뛰는 모습이었어. 내가 아는 포수 중에 보호대를 하건 안 하건 상관없이 항상 바보처럼 발은걸음으로 다니는 유일한 선수였다니까." "그러게 말이야!" 바에 기댄 브래들리가 특유의 비꼬는 듯한 가벼운 웃음을 터뜨렸다. 황색 빛줄기가 그의 정수리를 어슴푸레 비췄지만 그의 셔츠는 눈부시도록 하얬다. "걔가 1루에서 나한테 달려오는 걸 볼 때마다 얼마나 무서웠다고! 한 번에 사방으로 가는 것 같았다니까!" "그리고 동시에 가만히 서 있는 것 같았지!" 프로스티가 끼어들었다. "그래, 맞아, 걔 별로 안 빨랐어." 나이 든 홀리 티베트가 2루로 씩씩거리며 뛰어가는 모습을 떠올리며 모두가 웃음을 터뜨렸다. 2루에는 대머리 제이크 브래들리가 무서운 척하며 기다리고 있었다. 제이크가 한 잔씩 돌렸다. 게이브 버데트가 클램 차우더 이야기를 다시 꺼냈다. 다들 전에 들은 이야기였지만 다시 듣고 싶어 했다. 늙은 일곱 남자가 옛 친구 홀리 티베트 생각에 웃으면서 바에 서 있었다. 홀리는 결국 과식이 아닌 뇌종양으로 죽었다. 주크박스에서 향수를 자극하는 음악이 흐르는 사이에 게이브가 이야기를 꺼냈다. 홀리는 음식을 심하게 찾는 만큼 여자를 보면 심하게 부끄러움을 타고 피하곤 했다. 그런 그가 모두가 아는 어떤 여자의 집에 방문한 적이 있었다. 친구들이 말하길, 그 여자가 인류 역사상 가장 맛있는 클램 차우더를 만들었기 때문이었다. 홀리는 그 이야기를 믿고 게이브, 프로스티와 함께 그 집에 찾아갔다. 그들이 탁자 앞에 앉아 있는 사이에, 여자는 이미 받은 요청에 따라 홀리의 무릎에 물을 왕창 쏟았다. 그러자 게이브와 프로스티는 바지를 조금 손질해줄 수 있는지, 아니면 다림질을 해줄 수 있는지 여자에게 물었다. 여자는 흔쾌히 응했고, 홀리가 따지기도 전에(어쨌든 바지는 엄청 뜨거웠다) 두 사람은 그를 욕실로 데려가 바지를 벗도록 했다. 그들이 그 바지를 가지고 몰래 빠져나온 바로 그때, 여자가 소리를 질렀다. "으악! 여보!" 그러자 안경을 쓰고 가짜 코와 콧수염을 단 브록이 성난 배우자가 되어 현장을 급습했다. 그리고 어안이 벙벙해진 홀리를 발견하고는 총을 가지러 갔다. "내 바지!" 홀리가 비명을 질렀지만 브록은 바로 총을 쐈고, 늙은 홀리는 문밖으로 달아났다. "홀리의 모습이 딱 옛날 영화의 한 장면 같았어!" 게이브가 울부짖었다. 다들 웃고 있었다. 제이크 브래들리의 눈엔 눈물까지 맺혔다. 프로스티는 옛 영화 속에서 다리가 벌어진 홀리 티베트를 흉내 내며 술집을 마구 뛰어다녔다. 브록은 허공에 총을 쏘면서 티베트를 길거리까지 뒤쫓았다. "그 후에 홀리한테 클램 차우더 얘기만 꺼냈다 하면!" 게이브가 큰 소리로 말했다. 브록의 웃음소리가 자유로이 울려 퍼져 다른 사람들에게 전해졌다. "그때가 좋았지!" 제이크가 말했다. 그리운 홀리. 곧 그들의 웃음소리는 잦아들었다. 그들은 각자의 잔을 아쉬운 듯 바라보다가 자기도 모르게 한숨을 내쉬었다. "제이크, 한 잔 더." 브록이 다정하게 말했다.

헨리는 베니가 샌드위치를 가져다준 것도 모르고 있었다. 샌드위치 하나는 이미 없었다. 시계를 봤다. 11시. 헨리는 영감을 덮고 남은 샌드위치 하나를 먹은 다음 맥주로 소화를 시켰다. 지금 시작하면 자기 전에 게임 한 라운드는 치를 수 있었다. 이내 헨리는 여덟 개의 라인업을 적었다. 각 팀의 필요를 고려해 여기저기 전략도 몇 개 바꿨다. 하위권 팀들은 이미 내년 준비를 시작한 상황이었고, 1위에 근접한 팀들은 끝까지 싸우면서 여전히 최선을 다해야 했다. 그래도 이번 시즌은 모든 팀의 승차가 별로 나지 않는 보기 드문 시즌이었다.

UBA의 56번째 시즌, 48번째 게임은 평소처럼 마무리되었다. 니커바커스는 멜버른 트렌치의 익셀시어스를 초토화해 두 게임 차 선두를 유지했다. 2위 파이어니어스는 헤이메이커스를 또 이겼고, 패피 루니의 궤양은 악화되었다. 답이 안 보이는 브라이드그룸스는 비니터스의 속을 긁었고, 케이시 베일리가 이끄는 뜨거운 팀 패스타임클럽은 지난해 우승팀 키스톤스를 상대로 3연승을 거뒀다. 버진 도노번과 보 맥빈의 맹활약이 컸다. 이로써 패스타임클럽은 단독 3위로 올라섰다. 헨리는 팀 순위판을 업데이트하고, 모든 통계를 기록하고, 그날의 일상적인 보도를 연감에 적었다. 그리고 맥주 캔을 하나 더 땄다. 시간은 아직 2시 30분, 내일은—실은 오늘은—사무실에서 상쾌한 하루가 될 것이다. 음, 지퍼 블래트와 성가신 상황이 있었지만 그 부분은 주의할 수 있었다. 더욱이, 솔직히 말하자면, 지난 두세 시간 동안 이 생각이 자꾸 그를 괴롭혔다. **데이먼 러더퍼드가 다시 던지는 걸 오늘 밤에 보고 싶었다!**

투수 한 사람이 딱 하루만 쉬고 다시 던지게 하는 것은 추천할 만한 관행이 아니었다. 하지만 규칙에 어긋나지는 않왔다. 게다가 이번에는 니커바커스가 익셀시어스의 플린트 필드에서 열차를 타고 파이어니어파크로 이동하면서, 시간이 하루 더 주어졌다. 그리고 그를 흥분시키는 건 다름 아닌 이 부분이었다. 파이어니어스가 리그 선두 니커바커스를 맞아 3연전을 펼치면서 시즌 전체의 최종 결과가 결정될 수 있다는 것! 연감에 쓸 문구들이 머릿속에 이미 번뜩였다. 헨리는 맥주를 다 마시고 새 맥주를 딴 다음 몇 분 동안 신장의 반항을 가라앉혔다. 그러고 나서 엄청난 드라마가 곧 펼쳐질 것이라는 예감에 이끌려 재빨리 탁자 쪽에 앉아 선발 라인업을 적었다. 게임을 대등한 경기로 만들기 위해 니커바커스의 선발투수로 신인 자크 케이시를 내세웠다. 속으로는 알고 있던 바였다. 실제로 헨리는 망설이다가 큰 소리로 이 사실을 인정했다. "걔네는 좌완 에이스인 엉클 조 섀넌을 선발로 내세워야 하는데."

이러한 비판에 니커바커스 감독 시커모어 플린이 맞섰다. "섀넌은 아꼈다가 핼러팩스를 상대로 던지게 할 거야." 그의 말이 옳았다. 두 게임 차로 앞선 상황에서 니커바커스는 첫 경기를 내줄 위험이 있었지만, 두 명의 에이스를 내세워 나머지 두 게임을 이기면 더 나은 결과로 시리즈를 마무리할 수 있었다. 어쨌든 정말 그 말이 맞는다면, 더 이상 물러설 수 없었다. 그것이 데이먼의 임무였다. 그리고 데이먼은 그 임무가 자기 혼자만의 것이라고 생각하지 않았다면 별로 반기지 않았을 것이다. 데이먼은 여느 때와 같이 믿기 힘들 정도로 침착하고 아무렇지도 않은 듯 차분한 상태로 라커룸에서 나왔다. 사인을 모으려는 사람들이 그에게 몰려들었다. 대부분 어린아이들이었다. 데이먼은 스코어카드 몇 개에 사인을 하고 다른 아이들한테 미소를 보내고는 그라운드 쪽으로 움직였다. 그때 한 남자아이가 외쳤다. "저기요, 데이먼! 오늘 공 하나 받을 수 있어요?" 그러자 다른 사람들이 일제히 목소리를 높였다.

데이먼이 준비 투구를 위해 그라운드에 모습을 드러내자 파이어니어스의 홈팬들이 열광했다. 밴크로프트 감독은 이 상황에 약간 조바심을 냈지만 데이먼이 전혀 영향을 받지 않을 것이라고 생각했다. 바니에겐 이번 경기가 절실했다. 그는 데이먼을 그렇게 금방 또 내보낸 것이 과연 잘못된 것인지 궁금했다. 군중은 소리를 지르고 있었다. **"러더퍼드! 러더퍼드! 러더퍼드!"** 계속 반복했다. 헨리는 앉으려고 했지만 너무 흥분됐다. 목구멍에서 긴장을 덜어내기 위해 맥주를 조금 삼켰다. "아버지를 위해 가서 꼭 이겨, 아들." 누가 말한 거지? 아니, 나이 지긋한 브록이라니! 그렇다, 저기 3루 근처 위쪽, 파이어니어스 덕아웃 뒤쪽에 있는 특별 박스석에 브록이 앉아 있었다. 헨리는 갑작스럽게 깨달았다. **오늘이 파이어니어파크에서 열리는 브록 러더퍼드의 날임에 틀림없어!**

헨리는 폴짝 뛰고 부엌을 서성이더니 다시 자리에 앉았다. 그렇지, 그거야! 물론 데이먼이 던져야지! 장식용 깃발로 화려하게 장식된 특별 공간에서는 깡마른 체구에 검은 정장을 빼입은 총장 페니모어 매캐프리가 브록과 악수를 하고 있었다. 오 이런, 파이어니어스 팬들이 경기장이 떠나갈 듯 큰 함성을 질렀다! 그래, 브록의 날, 그리고 다들 저기서 브록과 함께 있었다. 게이브 버데트와 윌리 오리어리, 연로한 모스, 서리 모스가 있었다. 서리 모스는 헨리가 마지막으로 봤을 때보다 더 머리가 빠지고 뱃살이 쪄 있었다. 노히트 닐리, 버디 디튼, 투스브러시 테리건도 있었고, 항상 그랬던 것처럼 여전히 껑다리인 조너선 눈도 있었다. 거스 멜로니, 제이버드 월, 심리 샘 터커도 있었다! 다들 거기에 모여 악수를 하고, 어깨를 치고, 관중에게 손을 흔들고, 서로의 뱃집을 보며 웃었다. "야, 저기 봐! 롱 루 리델이다! 큐볼 매콜리프도 있네! 햇빛에 눈을 깜박이고 있는 사람은 제이크 브래들리야! 어이, 제이크! 술 돌려! 그리고 브루저 브루새티! 그리고 채드번 콜린스, 나이 든 처킹 채드도 있다! 어마어마한 팀에서 어마어마한 친구들이 다 나왔어!"

어쩌면 그의 생일일 수도 있었다. 안 될 게 뭐람? 헨리는 확인해봤다. 보자, 19년도에 데뷔했고…… 헨리의 심장이 마구 뛰었다. 맥주를 거의 쏟을 뻔했다! 말도 안 돼! **브록 러더퍼드는 쉰여섯이었다!**

헨리는 망설였다. 아무렴 어때! 선수들이 우르르 몰려나오면서 경기장에는 활기가 넘쳤다! 신나는 음악이 흐르고, 경기장 위로 공중 곡예와 공중 문자가 나타나고, 불꽃놀이가 벌어지고, 모든 여성이 꽃을 받았다. 누군가는 이번 경기가 왕조의 대결이 될 것임을 감지했다. 자크 케이시도 명문가 출신이었기 때문이다. 실제로 원년으로 거슬러 올라가면 명선수 팬시 댄 케이시가 있었다. 헨리는 자크를 내보내는 게 별로 달갑지 않았다. 케이시라는 이름에 싫증이 나서 같은 이름을 또 마주하는 게 여전히 내키지 않았다. 하지만 UBA에는 항상 케이시가 있었고, 습관이 그를 집어삼켰다. 자크는 팬시 댄과 성격은 달랐지만 싸움닭이었고, 의외의 작전에서 항상 빛을 발했다. 자기 방식대로 경기에 임했고, 포수가 주문한 공을 제외한 모든 공을 던졌으며, 아무와도 어울리지 않았다. (그는 그 정도라고 추측했다. 당장 그 부분을 생각해보면 그 애의 얼굴조차 기억할 수 없었기 때문이다.) 그리고 어쨌든 패했을 때보다 나가서 이긴 경기가 여전히 많았다. 니커바커스의 우승 전략에서 중요한 요소였다. 자, 이제 헨리는 자신이 벌인 일에 신이 났다. 그렇게 케이시 한 명을 내보낸 건 중요한 날의 마지막 선택이었다. 이로써 이날 경기는 누가 어떻게 이기건 상관없이 역사적인 이벤트가 되었다.

총장 매캐프리는 19년도 일화를 이야기하는 것으로 특

별 의식을 시작했다. 19년도는 브록은 물론 매캐프리 본인에게도 첫 시즌이었다. 거동은 조금 불편하지만 여전히 멋진 노신사로 남아 있는 전 총장 우디 윈스럽에게도 마찬가지였다. 그러면서 매캐프리는 그해 타격왕을 대부분 브록 때문에 못 받았다고 말했다. 이후 소개와 발표가 더 이어졌고, 큰 박수가 터졌다. 현장에서 촬영 기사들은 흥분한 원숭이 무리처럼 종종걸음을 쳤다. 그다음에 양 팀 감독인 바니 밴크로프트와 시커모어 플린이 앞으로 나왔다. 두 사람은 어깨동무를 하고 브록 러더퍼드 시대의 일원이 된다는 것이 어떤 의미인지 이야기했다. 그렇다, 모든 사람 앞에서 그렇게 말했다. 브록 러더퍼드 시대라니, 감격스럽고 황홀한 순간이었다! 이날은 냉소와 체면을 잊고 존경의 마음을 담아 눈물을 어느 정도 흘려야 하는 날이었다! 역사 **이상의** 의미가 있었다, 그랬다, 정말 그랬다. 염원이 이루어진 날이었다!

스피커로 공식 라인업이 발표됐다. 먼저 리그 1위 팀인 니커바커스.

유격수 스캣 뱃킨(신인)
2루수 매컬리스터 위크스
1루수 맷 개리슨(스타)
중견수 비프 볼드윈(스타)

우익수 월트 매캐미시(스타)

좌익수 브랜 메이벌리(스타)

포수 천시 오셔(신인)

3루수 게일런 머스그레이브스

투수 자크 케이시(신인)

다음은 홈팀이자 리그 2위 팀인 파이어니어스(박수갈채가 쏟아지면서 라인업 소개가 거의 들리지 않았다).

2루수 토비 램지(신인)

좌익수 그래머시 로크

3루수 해트랙 하인스(스타)

중견수 위트너스 요크(스타)

우익수 스탠 패터슨(스타)

포수 로이스 잉그램(스타)

유격수 랜스 윌더

1루수 굿맨 제임스

투수 데이먼 러더퍼드(신인)

그리고 경기가 시작되었다. 헨리는 나중에 연감에 넣을 목적으로 경기 전 행사의 세부 사항을 급하게 적었다. 그리고 흥분된 마음으로 경기를 진행했다. 브록과 같은 팀에서 뛴 동료이자 함께 신인 시절을 보낸 프로스티 영이 오늘의 주심이었다. 프로스티는 햇빛 속에서 새하얗게 빛나는 새 공을 브록에게 건넸다. 파이어니어파크 전체, 그야말로 야구계 전체가 여기에 환호성을 보냈고, 브록은 마운드에서 기다리던 아들에게 그 공을 던졌다. 프로스티는 홈베이스 뒤로 가볍게 뛰어가 마스크와 보호 장구를 착용했다. 그리고 파이어니어스 포수 로이스 잉그램의 뒤에서 몸을 웅크리고는 외쳤다. "플레이볼!"

밴크로프트는 초조했다. 너무 큰 볼거리 탓이었겠지. 그는 오늘 데이먼을 특별히 신경 쓰기로 했다. 데이먼에게 문제가 생기면 바로 뺄 계획이었다. 이유는 많았다. 휴식 기간도 너무 짧았고, 압박도 너무 심했다. 그리고 역사에 경도되어 자기네들을 바라보는 집단적인 시선 앞에서, 인생에서 가장 뜻깊은 날을 맞은 아버지 브록 앞에서 아들 데이먼이 깨지게 하고 싶지 않았다. 물론 밴크로프트는 활짝 웃었다. 애써 자신을 진정시키며 자리에 앉히고 저기 마운드 위에 서 있는 아이를 봤다. 누가 애한테 문제가 생길 거라고 하는 거야?

그런데 문제가 생겼다! 데이먼을 상대한 첫 세 타자(뱃킨, 위크스, 개리슨)가 모두 삼진을 당한 것이다! 오, 이런! 경찰들 불러! 폭동이 일어날 거야! 저기 있는 저 팬들 좀 막아! 여러분, 8이닝 남았어요! 너무 놀라지는 마시고!

그 순간의 엄청난 열기에 휩싸인 케이시는 자신의 옛 선인처럼 공을 던졌다. 선두 타자 토비 램지에게 볼넷을 내준 후 이어진 세 타자를 모두 아웃시켰다. 니커바커스의 투지 넘치는 감독 시커모어 플린이 그라운드에서 덕아웃으로 들어오는 선수들을 맞았다. "자, 이제 이 꼬마를 박살내자고!" 그는 이렇게 외쳤지만, 그게 진심인지 아닌지는 본인도 몰랐다.

"야, 이 **빌어먹을** 놈들아!" 니커바커스를 향해 헨리가 외치고, 관중이 외치고, 파이어니어스 선수들이 외쳤다. 괜히 망치지 마! 진정해!

"별말 아니야, 우리 데이먼! 저놈들 그냥 변태야!"

당연하지, 변태들이야! 2회에 데이먼이 상대해야 하는 타자들은 야구계 전체에서 무시무시한 슬러거로 손꼽히는 세 선수였다. 닉스의 스타 외야수들인 볼드윈, 매캐미시, 메이벌리. 뱅크로프트는 불펜에 구원투수를 대기, 아니다, 대기시키지 않았다! 침착해, 애들아! 침착해, 바니! 자 간다, 던져! 하! 음, 어쨌든 비프 볼드윈은 삼진을 당하지 않았다. 뜬공을 쳐서 포수 잉그램에게 잡혔다. 이어서 매캐미시가 친 직선타는 좌익수에게 잡혔고, 메이벌리가 3루 라인 안쪽으로 친 땅볼은 데이먼이 직접 처리했다. 그가 던진 공이 다이아몬드를 가로질러 제임스에게 잡히면서 아웃! 헨리는 부엌에서 미친 듯이 소리를 지르며 춤을 췄다. 그리고—얼른 해!—또 다른 맥주 캔을 쳐서 땄다.

엇, 잠깐만! 헨리는 기록을 살폈다. 그렇지, 이로써 데이먼 러더퍼드는 세계 기록에서 딱 16이닝 모자란 23이닝 연속 무실점, 세계 기록에서 6이닝 모자란 17이닝 연속 무피안타 기록을 세웠고, 세계 기록에서 2이닝 모자란 14이닝 연속 퍼펙트 피칭이라는 환상적인 기록까지 갖게 되었다. 생각해보라! 이 게임에만 최소 두 가지 세계 신기록이 달려 있었다!

"좋았어, 걔들 들여보내, 애들아!"

"이제 매운 맛 좀 보여줘야지!"

"자, 우리 스탠, 장외 홈런 날려버려!"

"저 꼬맹이 케이시를 마이너로 보내버려!"

"우리 스탠, 자크 감봉시켜버리자!

파이어니어스의 첫 타자는 다시 볼넷을 얻었다. 건장한 스탠 패터슨이었다. 케이시는 분명히 예민한 상태였다.

"박살 내! 박살 내! 박살 내!" 관중석에서 사람들이 목소리를 높였다.

파이어니어스 원로들은 휴대용 술병으로 술을 마시면서 박수로 경기 진행을 부추겼다.

"자크를 끌어내려버려!"

"우리 로이스, 깔끔한 안타 하나 날려줘!"

"케이시를 얼른 보내버리자!"

"기다리면 알아서 나갈 거야! 팬시 댄이 아니라 얼간이 자크니까!"

하지만 잉그램과 윌더는 세 번째 스트라이크가 들어오는 것을 두 눈으로 확인했고, 굿맨 제임스는 3루수 앞 땅볼로 1루에서 아웃됐다. 제임스 순서 때 주사위는 트리플 원이 나왔다. 적절한 상황에서는 삼중살인데, 그게 아닌 경우에는 특별 압박 차트로 이어지는 결과였다.

아! 아직 흥분할 일이 없었다는 것인가! 헨리는 압박 차트를 확인할 때마다 정신이 번쩍 들었다. 지금은 땀이 났다. 이제 데이먼은 니커바커스의 신인 포수 천시 오셔를 상대했다. 어떤 상황이든 일어날 수 있었다. 백투백 홈런이 두세 번 나올 수도 있고, 싸움이나 에러가 날 수도 있고, 심판과 말다툼을 할 수도 있었다. 헨리는 얼른 경기를 하고 싶어 하면서도 쉽게 그러지 못했다. 그러다가 팬들과 선수들의 함성에 못 이겨 주사위를 던졌다. 1-1-1! 삼진 세 개가 한꺼번에 나오다니! 더 나아가 세 번 연속 삼자범퇴였다! 또다시 퍼펙트 이닝! 15이닝 연속 기록! 세계 기록까지 남은 이닝은 단 하나!

외야석은 발칵 뒤집혔다! 역대 최고의 투수전으로 남을 것이다! 파이어니어스의 원로들과 다른 팀의 원로들은 자리에서 일어났다. 단, 고령의 브록은 예외였다. 브록은 시골 신사처럼 앉아 있었다. 가죽 재킷을 풀어 헤치고 서글서글

한 미소를 지으며, 손을 무릎 사이에 포개놓고 몸을 살짝 앞으로 구부리고 있었다.

"러더퍼드! 러더퍼드! 러더퍼드!"

하지만 헨리는 척추 쪽에 이상한 통증을 느꼈다. 입술은 마르고, 심장은 스스로도 느껴질 만큼 마구 뛰고 있었다. 데이먼이 던진 트리플 원, 연속해서 나온 두 번째 트리플 원이 특이 상황 차트로 이어졌기 때문이다! 이 차트는 헨리가 여태껏 암기하지 못한 유일한 차트였다. 한 시즌에 두 번 이상 쓰이는 경우가 거의 없을 정도로 자주 사용되지 않았고 너무 복잡했기 때문이다. 이 차트로 스타와 에이스가 자신이 가진 특별 등급을 잃을 수 있고, 무명 선수가 갑자기 각광을 받을 수도 있었다. 비가 내려서 경기를 매조지할 수도 있고, 만취한 팬이 맥주병을 던져 선수의 뼈를 부러뜨릴 수도 있었다. 싸움이 일어날 수도 있고, 경기에 차질을 빚는 스캔들이 발견될 수도 있고, 유행성 독감이나 이질이 라인업에 큰 지장을 줄 수도 있었다. 하지만 헨리가 차트를 뽑아 확인했을 때, 눈에 보인 것은 단 한 줄이었다.

1-1-1: 타자가 빈볼에 맞아 크게 다친다.

그리고 3회 말 자크 케이시를 상대할 첫 번째 타자는 파이어니어스 라인업의 9번 타자, 데이먼 러더퍼드였다!

헨리는 그 자리에서 일어섰다. 냉장고, 난로, 싱크대 주변을 서성이다가 탁자로 돌아왔다. 그리고 의자 뒤를 손으로 찰싹 때렸다. 믿기지가 않는군! 마른침을 삼키려 했지만 불가능했다. 냉장고로 가서 문을 열었다. 더 이상 맥주는 없었다. 밴크로프트는 이 아이를 빼고, 이 미친 경기를 후회하면서, 대타를 내보내야 할지도 모른다. 멍청하게 굴지 말라고! 주자는 없었고, 그 아이는 또 다른 퍼펙트게임을 만들어가고 있었다. 세계 기록까지 남은 이닝은 단 하나.

자, 진정하자. 물론 헨리가 트리플 원을 던질 가능성은 216분의 1에 불과했다. 예를 들어 헨리는 트리플 식스를 꽤 쉽게 던질 수도 있었다. 이렇게 되면 투수가 직선타를 맞고 죽게 된다. **그게** 실제로 그렇지 않나? 단순한 왕조 간의 결투가 아닌 진짜 결투, 자크 케이시와 데이먼 러더퍼드 사이의 목숨을 건 결투? 헨리는 내리쬐는 태양을 보고, 투구판과 홈베이스 사이에 난 6피트 6인치 길이의 모래땅을 보고, 호리호리하고 유망한 이 두 명의 훌륭한 신인이 서로 마주한 모습을 보고, 이 무시무시한 의식이 치러지길 기다리며 숨을 죽인 군중을 보았다.

하지만 아니, 물론 아니다. 그 사람들은 알 수 없었다. 높아지는 긴장감, 엄청난 스트레스, 순간의 절정은 느낄 수 있었지만 그게 다였다. 헨리만이 알 수 있었다. 테이블 위에서 트리플 원이 그를 올려다보고 있었다. 헨리는 시선을 돌려

비가 내리는 것이나 관객이 맥주병을 던지는 모습을 상상하려고 했다. 하지만 불가능했다. 하늘에는 구름 한 점 없었다. 팬들은 기뻐서 날뛰었지만 악의는 없었다. 거리가 멀었다.

생각해보자. 물론 이제까지 한 번도 그런 일은 없었다. 왜 지금이어야 하는 건데? 넌 아무것도 아닌 일에 속을 썩고 있다고. 예를 들어 헨리가 3-4-6을 던지면, 데이먼이 3루타에 이어 홈을 훔칠 수도 있었다. 녀석 스스로 승리를 쟁취할 수도 있는 것이다.

하지만 젠장, 헨리는 데이먼을 거기에 과감하게 내버려둘 수 있을까? 아니, 어떻게든 거기서 데이먼을 빼야 했다. 변명거리를 찾아봤다. 그 애가 홈베이스 쪽으로 가면서 배트 연습을 하는 사이에 밴크로프트가 발견할 만한 것은? 슬럼프나 공을 던질 때 어깨에 생기는 경련 같은 것? 안 될 게 뭐람? 바니, 자세히 봐봐! 하지만 그가 데이먼을 대신해 누구를 희생시킬 수 있을까? 턱 윌슨? 로울링스? 그리고 들어봐! 만약에 그가 데이먼을 빼고 나서—언제나 그랬던 것처럼—케이시가 평범한 숫자를 던진다면? 세계 역사의 거의 모든 기록을 강타할 두 번째 노히터가 사라지는…… 허무한 결과를 낳을 것이다. 헨리는 싱크대에서 컵을 헹구고 거기에 차갑고 진한 커피를 따랐다. 떨리는 두 손이 보였다. 그리고 데이먼은, 그런 게임에서 교체돼버리면, 그 후에 데이먼의 태도는 어떻게 될까? 데이먼은 어떻게 생각할까? 위험

요소가 하나만 있는 게 아니다.

헨리는 탁자로 돌아가 의자에 기대어 라인업을 살폈다. 혹시 어떤 착오가…… 타자라도 빠뜨렸을까? 헨리는 주사위들을 던져 나온 결과를 하나씩 따졌다. 아니, 틀린 건 없었다. 특이 상황 차트에서 러더퍼드를 상대하는 케이시. 거기에 따로 손댈 건 하나도 없어, 하고 헨리는 혼잣말을 했다. 어서 해버려. 헨리는 자리에 앉아 차가운 커피를 마시고, 옆에 있는 탁자 위에 컵을 올리고, 주사위로 손을 뻗었다.

하지만 바로 그때 갑자기 헨리는 저 위 관중석에서, 온갖 깃발이 장식된 저 위에서, 러더퍼드 시대에 활동한 파이어니어스의 원로들과 위대한 스타들이 모두 모인 저 위에서, 그들과 함께하고 있는 고령의 브록 러더퍼드를 떠올렸다. 모두 거기에 앉아 응원을 하고 있었다. 파이어니어파크에서 열린 이 브록 러더퍼드의 날은 기쁨으로 가득했다. 위험 같은 건 안중에 없었고 오로지 흥분만 있었다. 이 위대한 경기, 엄청난 아이, 그렇지. 다들 어린 데이먼에게 안타를 치라고 소리를 질렀다. 헨리는 펄쩍 뛰어올라 다시 거실을 서성였다.

"우리 데이먼, 계속 가보자고!"

"쟤네는 니커바커스가 아니라 블루머 입은 여자애들이야!"

"야, 발라버려! 저 새끼 죽여!"

그리고 조녀선 눈은 안타를 치라고 소리를 지르면서 박수를 쳐대고 있었다. 옛날처럼 절대 가만히 있질 못하고 계속 움직였다. "야, 해보자!" 그러자 모든 이가 거기에 응하며 목소리를 높였다. 게이브 버데트는 인디언처럼 울부짖었고, 제이크 브래들리는 자기 민머리를 철썩철썩 때렸고(바 밖에서는 제이크가 어찌나 작아 보이던지!), 늙은 광대 제이버드 월은 자기 양복 상의를 벗어서 계속 깃발처럼 펄럭였다. "젠장, 애야! 한 방 날려라!"

헨리는 양손으로 두 귀를 막았다. 그리고 의자 옆에 서서 종이들과 스코어카드와 주사위 세 개를 내려다봤다. 주사위들은 두려움에 동공이 수축된 듯한 눈으로 헨리를 올려다보고, **꿰뚫어**봤다. 브록은 핫도그를 먹고 있었다. 그는 고령의 모스 스탠퍼드 옆에서 그와 농담을 주고받고 있었다. 자신이 가진 최악의 타격 기록에 관한 이야기였다. 그러고 나서 핫도그를 다 먹고 콜라를 한 잔 마신 후, 그냥 모르는 게 약이라는 듯 몸을 앞으로 숙여 아들을 응원했다.

데이먼은 타석에서 벗어나 있었다. 배트로 스파이크화를 툭툭 건드려 먼지를 털어내고 있었다. 관중석을 흘긋 보고 아버지가 거기 있는 걸 확인했다. 덕아웃도 봤을 것이다. 그렇다. 만약을 대비해 덕아웃과 밴크로프트를 봤다. 밴크로프트는…… 가만히 그 아이에게 미소를 짓고 있었다. 데이먼은 눈길을 돌려 다시 타석에 섰다. 어깨를 움직여 자세를 잡고 케이시에게 시선을 고정했다.

헨리는 탁자에서 주사위 세 개를 덥석 잡아채 땀에 젖은 손안에서 만지작거렸다. 하지만 차마 앉을 수 없었다. 침을 삼킬 수도, 생각을 할 수도, 본인이 하고 있는 일에 쉽게 집중할 수도 없었다. 셔츠 소매로 얼굴을 닦았다. 빨리 끝내라고 말했다. 고무판 위에 선 케이시는 오셔의 사인을 받았다. 고개를 절레절레 흔들었다. 또 흔들었다. 그러고는 끄덕였다.

손안에 있는 주사위는 끈적끈적했다. 헨리는 찬장에서 플라스틱 컵을 꺼냈다. 그러다 유리잔이 떨어져 깨졌다. 헨리는 주사위를 컵에 넣고 흔들었다. 달그락거리는 소리가 차갑고 공허하게 느껴졌다. 케이시가 몸을 폈다. 태양이 작열했다. 그냥 전등이었을지도 모른다. 어쨌든 그것이 탁자 위에 있던 종이 뭉치에 압도적인 빛을 내뿜었다. 헨리는 눈을 찡그릴 수밖에 없었다. 왠지 스스로가 불길하다는 느낌까지 들었다. 그만해, 하고 자책했다. 그렇게 과장하다가 아무 일도 안 일어나면 참 어이없을 텐데. 헨리는 달그락거리는 소리를 듣고, 함성을 듣고, 숨을 죽이며, 탁자 위에 주사위를 던졌다.

확인하기도 전에 알 수 있었다. 1-1-1.

데이먼 러더퍼드가 죽었다.

아무도 움직이지 않았다. 모두 홈베이스를 응시했다. 데이먼은 그 자리에 반듯이 누워 태양을 바라보고 있었다. 물론 그에게는 더 이상 보이지 않는 태양이었다.

말도 안 돼. 헨리는 눈을 깜박이며 다시 확인했다.

브록은 털썩 주저앉았다. 충격에 고개를 든 얼굴은 핼쑥해져 있었다. 갑자기 창백하고 늙어 보였다. 그는 일어섰다.

헨리는 난롯가까지 뒷걸음질했다. 탁자에서 눈을 뗄 수 없었다. 이제 밴크로프트, 파이어니어스 고정 멤버들, 플린, 원로들 등 다른 사람들이 움직이고 있었다. 그들은 데이먼 쪽으로 달려가 그를 바짝 둘러싸고는 비명을 질렀다. 어떻게 좀 해봐!

하지만 무엇을 하란 말인가? 주사위는 던져졌다.

케이시가 보고 있었다.

헨리는 생각했다. 생각**해야** 했다. 뭔가를, 어떤 방법이라도 있지 않을까……? 다시 탁자로 와서 주사위 쪽으로 몸을 숙였다. 머릿속에서는 터무니없이 큰 톱니바퀴들이 서로 부딪혀 귀에 거슬리는 소리를 내는 듯했다. 헨리는 그것을 멈추려고, 막으려고 했다. 팬들은 모두 비명을 지르고 있었다. 울면서 소리를 질렀다. 헨리는 어떻게 손을 써보려고 했다. 하지만 아니다, 그들을 내버려뒀다. 그대로 흘러가게 놔뒀다. 그래야 했다. 헨리는 움직이던 손을 멈췄다. 그 아이가 죽었으니까, 그가 죽었으니까, 데이먼이 죽었으니까. 데이먼 러더퍼드! "아, 안 돼!"

바니 뱅크로프트는 아이 옆에 무릎을 꿇었다. 그리고 믿기지 않는다는 눈빛으로 그가 있는 쪽을 응시하며 지나가는 사람들의 시선과 마주했다. 한 손에는 데이먼의 가늘고 아름다운 손목을 쥐고 있었다. 그 손목으로 던진 것이…… 주변에 사람들이 모여들었다. 실제 상황은 아직 모른 채 의사를 제각기 큰 소리로 불렀다. **"뒤로 물러서세요!"** 태양 바로 아래, 달걀처럼 깨진 머리. 뱅크로프트는 맥박을 찾았지만 온기가 빠져나가는 것을 느꼈다. 모든 온기가 빠져나가고 있었다.

움직이는 기자들. 페니모어 매캐프리는 창백한 얼굴로 성큼성큼 발걸음을 옮겼다. 군중 사이에서 침울하게 모습을 드러낸 그는 통화를 위해 곧 파이어니어스 구장 사무실로 들어갔다.

뱅크로프트는 잡고 있던 손목을 놓았다. 손목은 그대로 떨어졌다. 바니는 일어서서 게이브 버데트와 윌리 오리어리 쪽으로 돌아섰다. 그리고 스탠드에서 고통스러워하고 있는 브록을 보고 고개를 끄덕였다. 그들은 이해할 수 있었다. 그리고 스탠드로 가서 브록과 함께했다.

신인 포수 천시 오셔가 데이먼의 몸 뒤에 앉았다. 입은 벌어지고, 눈가는 촉촉해져 있었다. 그가 그렇게 사인을 냈을까? 케이시가 그의 사인을 거절했다. 두 번이나.

헨리는 숨을 돌리고 의자에 털썩 주저앉았다. 그리고 저기서 보고만 있는 자들의 이상한 고집과 맞닥뜨렸다.

브록은 우두커니 혼자 서 있었다. 모든 상황을 파악하긴 했지만 확실히 아는 건 없었다. 애절한 마음으로 두 손을 조용히 꽉 쥐었다. 그렇게 아들을 내려다보고 있는 그를 향해 쭈그리고 앉아 있던 옛 친구가 고개를 들어 전했다, 틀렸다고.

"맞습니다, 장례식은 내일입니다." 매캐프리가 말했다. 그 사실을 확증하려는 듯이 자신의 길고 창백한 손을 검은 소매와 흰 소맷동에서 빼냈다. 손끝은 검은 전화기의 하얀 다이얼 위에 있었다. "우리가 거기로 가겠습니다." 통화 상대가 차분한 목소리로 말했다.

니커바커스 감독인 올드 시커모어 플린이 홈베이스에 있다가 일어섰다. 그리고 스탠드 쪽을 힐끗 보다가 브록과 눈이 마주쳤다. 브록은 플린만 콕 집어서 보고 있었던 것일까? 플린은 시선을 돌려 버데트와 오리어리가 이동하는 모습을 보았다. 움츠린 듯 보였다. 헨리는 그렇게 느꼈다. 저쪽에서 오셔는 눈물을 훔치고 있었다. 그에게 다가가는 사람은 아무도 없었다. 하지만 케이시, 두 번이나 그랬다! 그리고 이제 조용히 마운드에 선 그는……

브록은 두 사람을 바라봤다. 그들이 왜 왔는지 알고 있었다. 버데트와 오리어리는 아무 말도 없었다. 브록 옆에 서 있으면서도 브록이 편한 대로 조용히 내버려뒀다. 결국 두 사람의 발걸음이 브록을 움직였다. 브록은 갑자기 늙고 축 처진 몸뚱이에서 있는 힘을 다해 숨을 한 번 내쉬었다. 그리고 그라운드 쪽으로 향하기 시작했다. 두 친구가 그의 뒤를 천천히 따랐다. 인파가 둘로 나뉘고, 그들은 그 사이를 지나갔다.

헨리는 다시 앉았다. 주먹을 깨물고, 눈물을 삼키려 애썼다. 그들을 막을 수 없었다. 로이스 잉그램이 나와서 마운드 쪽으로 향했다. 케이시 쪽으로 갔다. 그렇다! 케이시는 움직임이 없었고 여전히 마운드 쪽에 서 있었다. 이상하게 초연했다. 밴크로프트는 잉그램을 막고 싶었지만 우느라 목소리를 내지 못했다. 플린도 어쩔 줄을 몰랐다. 두 사람 손을 벗어난 일 같았다. 이제 분명했다. 그렇다. 경쟁, 그동안 남몰래 품어온 원한, 사인 거부, 케이시는 그것을 **원하고** 있었던 것이다. 이제 램지와 하인스가 잉그램 뒤를 따르고 있었다. 니커바커스 선수들은 물러섰다. 작열하는 태양, 수축된 동공. 안 돼, 기다려! 하지만 그때 요크와 패터슨까지 나섰다. 케이시는 그들이 오는 모습을 지켜봤다. 개의치 않는 것 같았다. 그저 그들이 몰려오는 모습을 지켜봤다. 로크, 윌슨, 제임스, 윌더. "저 새끼 죽여!" 그들이 소리쳤다. 모두가 소리쳤다. 급기야 팬들까지, 하지만 순식간에…… 망설임이 일고…… 밴크로프트가 그들을 말렸다. 그렇지. 안 돼, 그게 아니야. 그가, 케이시가 미소를 지었다! 이런 미친놈! 잉그램이 녀석을 먼저 때렸다. 그의 깡마른 얼굴을 갈겼다. 그렇다, 움푹 들어간 두 눈과 두껍고 건방진 입술을 가진 깡마른 얼굴을 갈겼다. 또라이, 걘 또라이였다! 또라이 케이시가 뒤로 휘청거렸다. 하인스가 복부에 한 방을 먹이면서 살인자의 몸은 앞으로 기우뚱했다. 그리고 패터슨이 오른손으로 그의 입에 치명타를 날려 녀석을 바닥에 쓰러뜨렸다. 헨리는 종이를 찢으며 눈물을 흘렸다. 미치광이의 웃음처럼 고통스럽게 흐느꼈다. 제임스와 램지가 달려들어 그 더러운 새끼를 발밑으로 끌고 왔다. 그리고 위트너스 요크, 안 돼! 안 돼! 그들은 때리지 않았다.

"안 돼!"

그 목소리에 그들은 하던 행동을 멈췄다. 모두가 멈췄다. 녀석을 건드리지 않았다. 첫 주먹을 날리고 팔을 치켜들고 있던 잉그램도 그 목소리를 들었다. 그리고 참았다. 모두가 돌아섰다. 브록은 아들의 몸을 옆에서 지켜봤다. 그의 고요하고 슬픈 시선은 모두를 부끄럽게 했다. "안 돼." 그가 다시 말했다.

안 돼. 완벽히 좌절한, 완벽히 실패한 유니버설야구협회의 소유주는 식탁 위에 놓인 종이 뭉치에 얼굴을 파묻고 오래도록 울었다.

3

밖으로 나갔다. 기분이 씁쓸했다. 4시의 실안개 긴 하늘
에서는 태양을 찾을 수 없었다. 하지만 거리는 꽤 밝아서 헨
리를 비웃고 있는 듯했다. 나중에 꼭 비를 맞을 것 같았다.

밤새 탁자 위에서 졸았더니 목과 등이 뻐근했다. 조는 사
이에 이상한 꿈을 꿨다. 잔해가 널려 있는 어떤 높은 언덕이
있었다. 거기서 아이 여럿이 공놀이를 하고 있었다. 그런데
공이 언덕 비탈 너머로 자꾸 사라졌다. 그래서 헨리가 공 하
나를 쫓아갔다. 절대 되찾아오지 못할 거라는 생각이 들었
지만 그래야 했다. 아래쪽에는 뭔가 끔찍한 게 있었는데, 그
게 뭔지는 몰랐다. 공을 잡았더니 계속 손에서 미끄러져 떨
어졌다. 그래서 공을 가슴에 꼭 안고 언덕을 오르는데, 알고
보니 한쪽 다리가 다른 쪽 다리보다 더 짧았다. 짧은 다리는

막대처럼 가늘고 약해서 몸무게를 못 이기고 휠 것 같았다. 반면에 긴 다리, 즉 왼쪽 다리는 코끼리 다리처럼 굵어서 질질 끌고 다녀야 했다. 헨리는 울고 있었다. 아이들은 그를 기름손이라 부르면서 그가 있는 언덕 밑으로 잔해들을 밀어 보냈다. 기름손, 이거 잡아! 하면서 소리를 질렀다. 그리고 아이들은 이상한 표시가 되어 있는 돌들을 던졌는데, 잽싸게 움직이면서 그 표시를 읽으려고 했다. 나중에 아이들은 그의 얼굴에도 표시를 해서 그를 신문지로 싸버렸다. 헨리가 흘린 눈물은 그의 공책들을 못 쓰게 만들었고, 한 선생이 그의 얼굴을 공책으로 밀어 넣었다. 그 선생은 지퍼블래트를 닮았지만, 목은 래그 루니처럼 햇볕에 심하게 타 있었다. 꿈은 이른 아침까지 계속되었다. 죽은 그 아이는 한 번도 꿈에 나오지 않았다.

7시, 헨리는 자리에서 일어섰다. 휘청했다. 그는 회사 일을 완벽히 잊어본 적이 없었다. 항상 마음 한구석에 회사 일이 차리하고 있었다. 특히 7시에 그랬다. 하지만 헨리는 이상해진 두 다리로 비틀비틀 걸으며 곧장 침실로 향했다. 그 사이에 셔츠와 바지를 벗었다. 그리고 헝클어진 침대 위로 쓰러져 오후 중반까지 잠을 잤다. 셔츠에 달린 단추를 모두 뜯어버렸다는 것은 나중에야 알았다.

루의 집까지 걸어가려면 시간이 꽤 걸렸지만, 아직 여유가 있었다. 5시가 훨씬 지나서도 루는 집에 없을 게 뻔했다.

어른이건 아이건 살아 있는 사람은 모두 올 것 같았다. 자동차, 기차, 비행기로 말이다. 이미 브룩을 위한 특별 행사 때문에 많은 원로가 도시에 와 있었다. 실제로 브룩을 위한 특별 행사가 많이 마련되어 있었다. 그 불쌍한 노인을 위해 말이다. 그래도 젠장, 남보다 많은 야구 선수를 낳고 길러서 얻는 게 바로 그것이었다. 러더퍼드가에서 태어난 사람은 평범하게 죽을 수 없었다. 절대 안 된다. 그래서 데이먼은 자신의 혈통과 이름을 어떻게든 신격화해야 했다. 만약 그 녀석이 래그 루니 같은 이름을 가졌다면 환상도 거의 없었을 것이다. 과도한 영광과 역사 탓에 헨리는 가슴이 아팠다. 그것은 어쨌든 브룩의 잘못처럼 느껴졌다.

루니는 그 아이의 죽음이 유감스러웠지만 (누구에겐 그렇지 않았다) 그 덕에 하루 쉬면서 생각할 시간을 얻는 바람에 곤란하게도, 매정하게도 고마움까지 느꼈다. 루니는 시즌의 속도와 반복되는 의식 속에 갇혀 있었고, 한여름의 열기 속에서 아무 생각도 하지 않고 있었다. 그러다가 이제 갑자기 정신이 들었다. 자기 아이들을 깨우고, 라인업을 정리하고, 아이들을 움직이게 하고, 뛰게 하고, 다시 싸움터로 내보내야 했다. 멜버른 트렌치가 이끄는 익셀시어스와의 어제 경기는 루니가 깨닫기도 전에 진행되고 있었다. 그전에 뭔가 하려고 했던 게 분명했는데, 빌어먹을 심판이 경기를 계속하라고 닦달하는 바람에 그게 뭔지 알 수가 없었다. 자신이 너무 늦어서 그런 게 아닌지 의심했다. 혼란스러웠다. 배는 계속 아팠다. 그래서 그라운드로 몰려 나가는 헤이메이커스 선수들을 지켜보면서 굳은살 박인 손을 플란넬 셔츠 안에 넣고 배를 쥐어짜며 달렸다.

그렇다, 기분이 구렸다. 뭐라도 먹어야 하는데 먹을 수가 없었다.

스포츠 담당 기자들은 선수들을 홈메이커스(주부들-옮긴이)라고 부르기 시작했다. 패피의 팬티웨이스츠(여자 같은 놈들-옮긴이), 루니의 부비스(멍청한 놈들-옮긴이)도 있었다. 루니는 도대체 무엇을 해야 했을까, 답을 얻으려고 하면서 벤치를 훑어봤다. 거기에 스와니 로가 몸을 앞으로 기울이고 있었다. 자기가 던지는 날이 아닌데도 똑같이 옷을 입은 채 껌을 씹으며 터뜨리고 있었다. 역시 프로다워, 그렇지. 요크와 패터슨 같은 선수들이 받쳐줬으면 로가 리그에서 최고가 됐을 것이다, 빌어먹을. 사실 로와 러더퍼드 꼬마 중에 골라야 했다면 루니는 길게 보고 여전히 로를 뽑았을 것이다. 그런 생각을 하고 있던 와중에 덕아웃 전화기가 울려 소식을 전해 들었다. 루니는 로에게 몸을 돌려 말했다. "러더퍼드가 죽었대." 왜 로한테 처음으로 말했을까? 루니도 그 이유를 잘 몰랐다. 스와니가 그 애한테 지면서 느꼈던 분함을 알아서 그랬을 것이다. 스와니가 그럴 거라고 생각했다. 하지만 아니었다. 로의 얼굴은 아주 창백해졌다. 루니는 자기 선수들을 그라운드에서 불러들여 덕아웃에서 대기하도록 했다. 그리고 그들이 샤워를 하러 가기 전에 공식 발표가 났다.

거리에는 상점들이 늘어서 있었다. 그리고 헨리는 꽃을 파는 곳을 막 지나고 있었다. "모든 경우에 맞춰드립니다. 화초 재배가 겸 모형 제작자 B. 밸런타인." 진열창에는 주로 개미취, 국화, 수레국화가 있었고, 인디언 옥수수송이와 장례식 화환도 있었다. 산나리는 총장 매캐프리의 아이디어였다. 밴크로프트는 흔하디흔한 메리골드를 골랐다. 그리고 노박덩굴. 안 될 게 뭐람? 그래서 헬리오트로프와 나이트세이드를 골랐다. 밴크로프트는 쓴웃음을 짓고 두 눈을 비볐다. 수북이 쌓인 꽃들 위로 원뿔형 꽃병 하나가 있었는데, 그 안에 빨갛고 하얀 카네이션들이 어수선하게 꽂혀 있었다. 바람을 맞은 것처럼 한쪽으로 쏠려 있었다. 그리고 가게 안. 습한 진열장에는 장미, 푸크시아, 붓꽃, 히아신스, 글라디올러스, 칼라 릴리가 나란히 놓여 있었다. 공작고사리 장식품과 대조를 이루었다. 난초도 조금 있었다. 초목이 우거진 곳이었다.

한 노인이 안쪽 방에서 나왔다. 피부가 쪼글쪼글 주름져 있었고, 이중초점안경 너머로 어렴풋이 시선을 던지며 엷은 미소를 띠었으며, 앞쪽에 회색 앞치마를 두른 채 두 손을 그의 앞으로 힘없이 내밀었다. 어떤 은색 물체가 손끝에서 반짝였다. 안쪽 방에서는 뭔가 요리되고 있는 것 같았다. "부케." 그의 말은 질문이라 할 수 없었다.

"음, 그냥 보고 있었어요." 헨리가 말했다.

노인은 헨리 옆에 서서 같이 봤다. 풍성하고 축축한 진열 선반을 무테안경 너머로 들여다봤다. "난초" 하고 그가 부드럽게 말했다.

"음, 사실—"

"보기 드문 발달이에요." 꽃집 주인이 속삭였다. "외떡잎 식물 진화의 정점입니다. 불완전함의 완벽함이고요."

"왜요?" 헨리가 물었다. 그는 자신도 속삭이고 있음을 깨달았다.

"단성이에요. 곤충 없이는 생식이 절대 불가능해요. 외톨이, 예민해요." 밸런타인 씨는 계산대 꽃병에서 개미취를 뽑았다. "완벽한 건 양성이죠." 손톱이 날카로운 엄지손가락으로 밝은 화관을 떼면서 그가 설명했다.

"흐음."

"따분해요? 그렇겠죠. 하지만 다채롭잖아요." 꽃집 주인이 웃으면서 말했다. "괜찮으면 예쁜 코스모스도 좀 있는데. 백일홍, 메리골드, 천일홍. 큰 다발로 하면 아주 기분이 좋죠."

"저는 화환을 생각하고 있었어요."

"아! 몰랐네요." 밸런타인 씨가 슬퍼했다. 그러더니 계산대 뒤로 걸어가 가시 많은 화환 하나를 꺼냈다. 은이 칠해져 있고 검정 리본이 달려 있었다. "인기 상품입니다."

헨리는 그것을 두 손으로 받았다. "와, 플라스틱이네!"

"그쵸, 내가 만든 겁니다." 꽃집 주인이 미소를 지었다.

급기야 헨리는 모든 벽에 있는 꽃들을 유심히 살폈다. 디기탈리스, 은방울꽃, 프림로즈, 제비꽃, 한련, 미나리아재비, 노랑수선화, 스위트피, 담쟁이덩굴 떠, 나팔꽃, 튤립, 모두가 플라스틱이었다. 헨리는 화환을 손으로 만지작거렸다. "사실 제가 생각하고 있던 건—"

"영원히 남을 겁니다." 노인이 속삭였다.

"그런데…… 음, 그게 중요한 게 아니잖아요?"

꽃집 주인은 푸른 정맥이 비치는 은빛 손 안에 개미취를 넣고 짓이겼다. 그리고 "우린 계속 탐구해야 해요. 하던 일을 계속해야 합니다. 끝까지 버텨야 합니다!" 하고 쉰 목소리로 속삭였다.

"흰 카네이션 하나 살게요." 헨리가 말했다.

다시 거리로 나섰다. 옷깃에 카네이션을 단 채로 신문 가판대를 지났다.

데이먼 러더퍼드 사망!

브록 러더퍼드의 날에

비극적으로 숨겨

파이어니어파크, 56년도: 49—(속보) 오늘 니커바커스 신인 자크 케이시가 몸 쪽으로 높게 던진 패스트볼이 파이어니어스 신인 투수 데이먼 러더퍼드의 두개골을 맞혀 깨트렸다. 데이먼은 그 자리에서 사망했다. 이러한 죽음은 UBA 역사상 처음 있는 일이다. 경기에서 이미 불멸의 인물로 남은 어린 나이의 러더퍼드는 3회 말에……

　　루니는 콧방귀를 뀌었다. 죽었는데 불멸이라니! 누가 저런 헛소리를 생각한 거야? 물론 느껴야 한다. 그 갑작스러운 죽음을 말이다. 로도 느꼈다. 그런데 훌륭한 약속이 지켜지지 않았다거나, 역사를 만들어가고 있는 인물이 역사에서 사라졌다거나, 신기록 제조기가 죽었다거나 하는 나머지 얘기들은 지친 루니를 열받게 만드는 감상적인 헛소리 같았다. 그래, 그렇다, 거기에 신물이 나 있었다! 기자 놈들이 코의 좌우로 눈알을 굴리며 모든 걸 써내려가고 있는 모습이 보였다. 그들 모습 그대로였다. 실제 상황에 너무 겁을 먹어서 시간과 장소를 아예 창작해버리는 망할 놈의 거머리 떼거지들. 역사라니 맙소사. 불멸의 사자死者들이 싸지른 치료 불가능한 설사일 뿐. 루니와 로의 생각이 서로 다른 부분이 바로 여기 있었다. 로는 책 속의 모든 기록을 외우고 있었다. 다른 사람들도 그걸 알아야 한다고 생각했다. 그만큼 어리석었다.

헨리가 걷고 있는 주택지에는 그을음이 시무룩하게 내려 앉아 있었다. 낮의 불빛이 사라지고, 깊고 씁쓸한 우울함이 그를 찾았다. 더 우울해지지 않으려고 시선을 돌렸다. 창문 너머에서 개 한 마리가 짖었다. 차들이 지나다녔다. 보도에 서 아이 하나가 계란 모양의 돌멩이로 개미들을 내리쳤다. 아니다, 돌이 아니다. 또 플라스틱이다. 사람들은 수세기의 탐구 끝에 그것을 발견했을까? 그냥 돌이 아닌 '현자의 돌' 로 불린 엄청난 미덕을 가진 그 돌을? 그다음으로 금본위 제에 등을 돌리고 포트 녹스의 금괴 저장소를 플라스틱으 로 채우겠지. 제5원소, 신성한 환단還丹. 물론 개미들은 동의 하지 않을 것이다. 헨리는 이른 시간에 도착했다. 고작 5시 였다.

"그러고 나서 그 사람들이 케이시한테 갔다고 하던데." 열 차 안에서 선수 하나가 시간을 때울 겸 말하고 있었다.

"개 죽여놨대? 신문에는 아무 얘기도 없는데—"

"브록이 사람들을 말렸어."

"음, 그렇지, 그래봤자 바뀌는 게…… 없으니까. 그런데 개가 혹시…… 그러니까, 일부러 그렇게 던졌을까?"

그때 스와니 로가 진지하면서도 웃긴 얼굴을 들이밀면서 그들 사이에 끼어들었다. 그리고 음모라도 꾸미듯이 속삭였 다. "나 펜이랑 연락했거든. 별말 안 하더라고. 그런데 그게 확실하다고 생각하더라. 케이시가 천시 사인을 두 번이나 거절했잖아."

"천시가 뭐라고 했을까?"

"아무 말도 안 해. 그런데 걔랑 케이시가 룸메이트였는데, 천시가 방을 나갔대. 엄청 쫀 것처럼 말이야."

루니는 로의 큰 얼굴에 제대로 만들어진 주름을 보고 활짝 웃었다. 저렇게 나쁜 새끼를 좋아할 사람은 아무도 없다. 하지만 이건 인정해야 한다. 로는 엄청난 선수라는 걸 말이다. 루니는 나흘 전 파이어니어스와 치른 경기를 다시 떠올렸다. 당시 로가 8회에 굴욕적인 홈런 두 방을 맞으면서 팀이 승리할 기회를 얻을 가능성도 없어졌다. 하지만 9회에 올라온 로는 그 어느 때보다 강했다. 15, 20, 30이닝도 던질 수 있을 것 같았다. 이 개자식은 한 이닝 이상으로 방해받는 일이 없었다. 가끔 생각에 잠겼지만 정말 특별한 건 없었다. 그냥 기분 변화였을 뿐이다. 저절로 그랬다. 정말 멍청한 것도 아니었다. 하지만 다른 사람들은 거의 다 통하는데 로한테는 통하지 않는 어떤 연결고리들이 있었다.

"뭔 소리야, 스와니? 네 생각에는 케이시가 조금…… 이상하다는 거야?" 누군가가 물었다.

로는 신성하고, 무엇이든 고민하고, 학구적이고, 자애롭고, 훈계하는 듯한 얼굴 표정을 하고는 속삭였다. "우린 아직 모르지."

"아, 제에엔장!" 루니가 투덜댔다. "이 어이없는 놈들 때문에 돌겠네! 투수가 빈볼을 던진다, 타자가 몸을 숙이지 않는다. 그러니까 젠장, 그게 **걔** 팔자야."

"귀 뒤쪽이에요, 패피. 엄청 깊은 거예요."

"올드 펜은 이걸 법적 케이스라고 생각해요." 로가 힘을 주어 말했다.

"걔한테 케이스가 있긴 하지." 루니가 말했다. "걔한테는 정치적인 가래톳이 있거든. 그게 걔가 가진 증상 케이스야." 모두 크게 웃었다. 하지만 로의 마음은 딴 데 있었다. 케이시라는 아이한테는 진정한 야망이 있었기 때문이다. 루니는 매캐프리를 비롯한 충직한 법치당원을 모두 증오했다. 로가 그중 한 명이라는 사실이 자꾸 맘에 걸렸다. 자신의 바보 같은 이름(법을 뜻하는 'law'와 철자가 같다―옮긴이)이 너무 좋겠지. "아니, 로, 난 네가 참 놀라워. 그렇게 많은 놈을 자빠뜨렸다니!"

로는 몸을 뒤로 기대며 항의하는 척 두 손을 들어올렸다. 큰 얼굴에는 공모한 듯한 기풍과 그동안 남용해온 순진한 표정이 떠올라 있었다. "아슬아슬하게 던지긴 하죠, 래그. 하지만 일부러 누굴 다치게 하려고 하는 건 아니거든요."

"아니, 넌 케이시만큼 실력이 안 되거든. 그게 다야."

"아, 래그." 로가 말했다. 하지만 그 반응은 충격을 받고 침묵하는 황당함보다 훨씬 더한 것이었다. 루니는 자신의 그 말 하나에 모두가 그렇게 반응했음을 그들의 표정을 보고 알았다.

래글런 루니. 사람들은 그가 데뷔한 10년도에 그를 '랙백Ragbag'이라고 불렀다. 그다음엔 '랙'이었다. '래거ragger'(신문기자를 가리키는 속어이기도 하다-옮긴이). 그는 UBA 역사에서 손꼽힐 정도로 유명한 음담패설을 여럿 남겼다. 헤이메이커스와 함께한 지도 올해로 연속해서 47년째. 헨리는 전율했다. 루니는 1루수였다. 노장이 되어 경기를 잘 뛰지 못할 때 마침 거스 멀로니 감독 밑에 있었는데, 거스가 불만당을 휘어잡으러 팀을 떠나면서 후임 감독이 되었다. 이후 지금까지 루니는 헤이메이커스의 키를 잡아왔다. 하지만 47시즌 동안 한 경기라도 이기려고 해본 적이 없었다. UBA가 낳은 최악의 패배자였는데, 본인은 그 사실을 엄청 자랑스러워했다. 그가 선수로 뛰던 예전의 헤이메이커스는 세 번의 우승을 차지한 것은 물론 항상 저력을 과시했다. '크록 러버터드Crock Rubberturd'('브록 러더퍼드'의 철자를 바꿔 '늙은 말이 싼 고무 똥'이라고 비하하고 있다-옮긴이)와 그의 젠장맞을 시대임에도 말이다. 이야 이거, 루니는 웃을 수밖에 없었다! 매캐프리와 플린과 밴크로프트 같은 놈들은 어떻게 그런 멍청한 아이디어를 생각해낼 수 있지? 그때가 어땠는지 정말 잊은 거야? 죽어서도 멍청할 놈들.

루니는 플린이 이제 뭘 할지 궁금했다. 아마 케이시를 없애야 할 것이다. 안 그러면 팀 전체가 골치를 앓을 게 뻔했다. 게다가 케이시는 어쨌든 별 쓸모가 없을 터였다. 사람들은 이미 그를 '킬러'라고 부르고 있었다. 하지만 루니는 시커모어 플린을 너무 잘 알고 있었다. 그가 똑똑한 짓을 절대 안 하리라는 것을 알고 있었다. 제기랄, 플린은 아마 저 어린놈을 안타까워하기 시작했을 것이다.

열차가 도착했다. 짐이 내려질 때 보니 창밖에는 루와 패니 리델이 열차를 마중 나와 있었다. 어두운 상복을 입고, 숙연한 표정을 짓고, 머리를 경건하게 기울이고, 우산을 쓰고 있었다. 심지어 롱 루는 그의 장인처럼 보이기 시작했다. 바보 같은 녀석이 자신의 명성은 잊고 총장이 되고 싶어 했다. 패니 매캐프리는 아버지가 아긴 괜찮은 딸이었다. 전혀 뚱뚱하지 않았다. 이제 50세를 바라보는 나이였을 것이다. 43년도에 롱 루가 제이버드 월과 한 내기에서 이기려고 니커바커스 덕아웃에서 그녀를 꾀었을 때처럼, 여전히 길고 너저분한 머리를 한 노처녀처럼 보였다. 그날 패니는 우는 소리도 없었고, 별다른 저항도 없었다. 모두 웃으면서 그 과정을 지켜봤다. 이후 니커바커스 선수들은 잠시 두 사람 주변에 모여 있었다. 그리고 경기 종료 후에 비슷한 장면을 기대하고 덕아웃을 들여다보는 무리들이 끊이지 않았다. 루니한테 딸들이나 심지어 부인이 있었다면, 그는 헤이메이커스 구장에서 비슷한 것을 해보려고 했을 것이다. 그래도 그 아이를 따라 하는 사람은 없었다. 롱 루는 모두를 초라하게 만들었다. 이제 롱 루는 진중하게 고개를 숙이고 손을 내밀며 말했다. "와주셔서 감사합니다."

"헨리!" 루가 소리쳤다. "이런, 내가 너 얼마나 찾았다고! 너네 집에서 막 오는 길이야. 온통 어두컴컴해서 별 생각 다 했는데, 헨리, 무슨 일이라도……? 그러니까 지퍼블래트 씨가 거의…… 헨리, 무슨 일이야?"

"루, 나 음악 좀 듣고 싶어. 괜찮지?"

"음악! 음, 괜찮아, 그런데, 헨리! 왜, 뭐가, 너 엄청 안 좋아 보여!"

"아무것도 아니야. 음…… 누가 죽었어. 나는—"

"이런!" 루의 둥글고 육중한 몸이 조용히 축 처졌다. 루는 헨리의 흰 꽃을 바라봤다. "헨리, 미안…… 미안해. 누가……?"

"루, 그 얘기 할 기분이 아냐. 그냥 내 생각에, 음, 잠깐 들러서, 내 생각에 음악을 좀 들으면……"

"이런, 헨리, **물론이지!**" 정말 걱정이 된 루는 소리를 꽥 질렀다. 그리고 숨을 살짝 헐떡이며 코트의 불룩 튀어나온 곳을 뒤적였다. 그러다가 열쇠들을 찾았지만 떨어뜨렸고, 살짝 끙 하는 소리를 내면서 몸을 구부려 열쇠들을 도로 주웠다. 그리고 자물쇠에 열쇠 서너 개를 끼워보다가 결국 맞는 걸 찾아냈다. "지퍼블래트 씨는 기분이 아주 안 좋았어. 그래서 내가 뭔가 안 좋은 일이 있는 것 같다고 설명했어. 너한테 뭔가 그런 고민거리가 있는 것 같았다고 말이야. 괜찮을 거야, 헨리, 알게 될 거야, 그 사람이 매정하진 않아, 그 사람은—" 두 사람은 안으로 들어갔다.

어두운 천장. 쉬잇. 고딕풍의 퀴퀴한 냄새. 양초. 작은 초가 무수히 불을 밝힌 트랜셉트(십자형 교회당에서 본당과 부속 건물을 연결하는 공간-옮긴이). 바로 그거다. 그만 좀 싸워. 그놈 맘에 들어 했잖아. 그것 가지고 부끄러워할 필요 없어. 이제 선수들 들어오라고 하자. 성당을 채우라고 하자. 파이어니어스는 현역이든 원로든 상관없이 먼저 들어와서 지나가도록 하고……

불빛이 들어왔다. 루가 머리 위에 있는 불을 켜자 어수선하게 어질러진 것들이 보였다. 정리가 서툰 정도가 아니라 모든 게 제자리에 없었다. 원래 있어야 할 자리는 계속 아주 분명하게 눈에 띄었다. 헨리는 거기서 눈을 돌려 어둡고 더 높은 곳을 찾아 헤맸다.

"미안, 엉망이네." 루가 말했다. 그의 환영 의식이었다. "헨리, 내가…… 내가 모자 받아줄까?"

헨리는 친구를 쳐다봤다. 연민으로 가득한 둥근 얼굴. 잘못된 감정들. 언젠가 둘 사이가 멀어질 것이라고 느꼈다. 헨리는 루한테 모자를 건넸다. 루는 그 모자와 자기 모자를 갖고 방 한가운데로 터벅터벅 걸어가더니 망설였다. 모자들을 가지고 뭘 어떻게 해야 할지 모르는 것 같았다. 헨리가 근처에 있던 전기스탠드의 스위치에 손을 가져가면서 물었다. "켜도 괜찮아?" 머리 위에 있는 저 빌어먹을 불 좀 끄자.

"괜찮아!" 그러더니 루는 양손에 모자를 들고 근심 어린 표정으로 기어 왔다. 그리고 헨리의 모자로 삐딱하게 있던 스탠드의 갓을 쳤다. 루는 "내가 손재주가 없어" 하고 투덜대고는 헨리의 모자를 자기 머리에 쓰고는 다시 팔을 앞으로 쭉 뻗었다. 헨리가 뒤로 물러서자 불이 들어오고 갓이 똑바로 세워졌다. 거의 기적이었다. 헨리를 향해 돌아선 루는 두 사이즈 작은 모자를 쓴 채 겸연쩍게 웃었다. 헨리는 머리 위 불을 껐다.

루가 방에서 모자들을 들고 멍하니 돌아다니는 사이, 선반 쪽으로 돌아선 헨리는 음반들을 유심히 넘겨봤다. 조심해야 돼, 한심할 정도로 슬픈 노래는 안 돼, 하면서 자신에게 어느 정도 주의를 줬다. 싸구려 감상에 빠지면 안 돼. 속에서 감정이 북받치고 있었다. 신중함, 규율, 통제의 뭔가가 필요했다. 어린애 같았다. 그래도 듣기 좋은 것으로. 귀에 거슬리는 것 말고. 콘크리트 바닥은 눅눅하고 서늘했다. 그러다가 우연히 〈대공Archduke〉이 눈에 띄었다. 귀족. 3악장, 세 번째의 마지막 부분. 매캐프리는 풀 오케스트라를 원했다. 그 아이만이 아닌 협회 전체를 위해서 말이다. 하지만 아니, 밴크로프트는 자기 생각대로 했다. 그게 맞았다. 그는 음반을 틀었다.

"뭐 줄까? 술, 커피, 탄산음료……?" 루는 모자들은 해치웠지만 외투는 계속 입고 있었다.

"아니…… 음, 셰리주 있으면 좀. 크게 문제가 안 된다면 말이야."

"문제없지!" 하고 장담한 루는 무심하게, 스펀지처럼 가벼운 동작으로 탁자와 큰 안락의자를 벗어나 부엌 쪽으로 튀어나갔다. 기기에서 웅웅거리는 소리가 방 전체를 채웠다. 흔들의자에 앉아 눈을 감은 헨리는 피아노가 처음에 내는 부드러운 선율을 기다렸다. 그때 사람들이 들어왔다. 우울한 군중, 총장과 그의 부하들, 아군과 적군이 들어왔다. 이 아이가 보인 정신, 투구하는 팔의 동작에서 고스란히 묻어난 위엄, 포수의 사인을 완벽히 이행한 능력에 적들은 두 손을 들 수밖에 없었다. 마법, 그렇다, 마법이었고, 마법이었었다. 울림이 깊은 현악기들이 진지한 대화로 공기를 가득 메웠다. 바이올린이 탁월함과 섬세함을 이야기하고, 첼로는 원숙미와 힘을 이야기했다. 위로 올라가기 위해 펼치는 매일의 분투와 근본적인 연속성을 가진(현악기들이 그렇게 말을 많이 했을지 밴크로프트는 궁금했다), 아니, 아니다, 아무 말이 없었다. 현악기들은 그저…… 그저 솔직했다.

헨리는 셰리주를 홀짝였다. 매장지의 벽에서 지워진 문구의 눅눅한 잔해. 헨리는 거기에 온화한 미소를 지었다. 그리고 성당의 텅 빈 어둠 속에서 턱을 괸 채 말없이 고통스러워하고 있는 바니 밴크로프트를 바라봤다. 데이먼의 아버지와 형제나 다름없는 바니에게 데이먼은 아들과 같았다. 그리고 아름다웠다. 그렇다, 아름다운 야구 선수였다. 그랬다. 과거 시제에 살해당하고 외진 무덤에, 역사의 나락에 묻혔다. 이제 과거의 얘기였다. 아름다운 것도 과거의 얘기였다. 진정해, 바니. 그냥 사랑하는 거야. 나머지는 잊어.

똑딱똑딱. 새된 퍼커션 소리가 스테인드글라스 창문에서 천박한 진리를 떨구어냈다. 그 사이에 저음부에서는 현악기들이 시간을 되돌리려는 것처럼 길고 고통스럽고 구슬픈 코드들을 계속 연주했다. 그런데 바니, 그 곡으로 충분해? 매캐프리는 궁금했다. "이건 한 사람을 위한 장례식 정도가 아닌데." 피아노는 "끝났어" 하고 말했다. 하강. "맞아, 음, 네가 말하는 건 '레퀴엠' 같은데." 매캐프리가 고개를 끄덕였다. 바이올린은 반기를 들었다. 부당함에 분개해 들고일어났지만 결국 그것도 부질없음을 알고 단념했다. 첼로는 겸손한 자세로 동의했다. 바니는 "알겠어" 하고 말했다. 성당에서 "아멘" 하는 소리가 들렸다. 루가 '레퀴엠'을 틀었다.

"그 사람…… 자식이 있어?"

아들? 그렇지, 있을 수 있었다, 거기선 있을 수 있었다. 그 사람 이름이……? "아니. 딱 아버지 한 명. 그리고 형제 한 명." 브록 주니어는 동생의 죽음을 어떻게 받아들였을까, 무슨 생각을 했을까?

"헨리! 그거 혹시 너희, 너희⋯⋯?"

헨리는 망설였다. 뜻밖의 질문이었다. 그리고 결국 말했다. "아냐, 그런 건 아니야."

자비를 바라는 그들의 다급한 호소가 갑자기 사방에서 그의 귀를 파고들었다. 심장들의 고통스러운 맥박이 그 자신과의 통합을 강력하게 요구했다. 급기야⋯⋯ 아아 제엔장, 지금! 하고 뒷좌석에서 익숙한 목소리가 중얼거렸다. 헨리는 수줍은 듯이 웃었다. 루의 얼굴을 보니 모든 걸 잘못 이해했다는 걸 알 수 있었다.

"그럼⋯⋯ 아직 애야?"

"열아홉, 스물."

"아!" 루는 고개를 가로젓고는 발쪽을 내려다봤다. 지금은 코트를 벗은 상태였다. 코트는 탁자 위에 사람 몸뚱이마냥 얹어져 있었다. "끔찍하다, 헨리!"

"있잖아, 루, 짐 크레이튼이 죽었을 때, 애들이 그 사람 무덤에 끝내주는 기념비를 세워줬어. 거기에 배트들이 가로놓였고, 야구 모자도 있었고, 심지어 베이스도 있었고. 맨 위에는 대형 야구공이 있었어. 그게 애들한테는 세상 그 자체였을지도 모르지. 걔들은 그 차이를 더는 몰랐을 거야.

"그 사람도⋯⋯ 죽었는지 몰랐어. 유감이야, 헨리. 언제⋯⋯?"

"1862년에." 루는 눈을 깜박였다. "그리고 루, 그 기념비

위에 걔네가 뭘 놨는지 알아? 깜짝 놀랄걸!"

"모르지. 뭐, 뭔데?"

"점수 기록부!"

루의 표정은 그대로였다. 루는 이해하지 못했다. 그가 할 수 있는 말이라고는 이것뿐이었다. "그러면 그 사람…… 그 사람 야구 선수였구나."

"누구, 짐 크레이튼?"

"아니, 너희…… 어……" 녀석, 생각하는 거 하곤.

"맞아." 그리고 바니는 뭘 부탁했을까? 바니와 브룩과 총장은?

    ……아, 내가 죽으면, 그냥 날 묻어줘

    내 배트랑 공 몇 개랑 같이

    그리고 얘들아, 걔들한테 그냥 번이 삼진당했다고 전해줘

    누가 부른다면 말이야……

그렇다, 번 매켄지는 어딘가에 큰 기념비를 뒀을 것이다. 하지만 데이먼은 아니다. 음악이 그에게 뭔가를 전하고자 했다. 단순하지만 복잡하고, 난해하지만 조화로운 곡이었다. 데이먼이 리그에 들여온 빛. 그렇다, 램프일지도 모른다, 알라딘의 램프, 마법의 팔을 가진 아이……

하지만 그때 갑자기 어린 소년의 가는 목소리가 터져 나

왔다. 공포에 사로잡힌 소년. 죽은 거인이 생전에 선물로 준 야구공을 손에 쥐고 있었다. 상처받고 두려워하는 소년들. 공허함, 혼란. 헨리는 숨이 턱 막혔다. **이건 뭔 놈의 세상이지?** Cum…… vix…… iustus…… iustus(의로운 자일지라도-옮긴이), 어린이들! sit securus!(쉬이 마음 놓지 못하기에!-옮긴이) 헨리는 한숨을 쉬고 고개를 푹 숙였다. 아냐, 아냐, 그것보다 더 안 좋아, 훨씬 더 안 좋아. 바니는 감정을 못 이길까봐 두려워 다른 생각을 하려고 애를 썼다. 더 큰 그림, 다가올 시즌을 말이다. 그들을 어떻게 다시 움직일 것인가, 어떻게 마음을 되돌릴 것인가? Salva me! Salva me!(나를 구원하소서!-옮긴이) "여러분, 데이먼도 그렇게 하길 원했을 겁니다……" 아니, 절대 그럴 수 없었다. 플린이라면 모를까. 늙고 시니컬한 루니까지는 그럴 수 있었겠지만 바니 밴크로프트는 그럴 수 없었다. 그는 신도석을 가로질러 시커모어 플린과 니커바커스 선수들 쪽을 바라보았다. 어린 포수 천시 오셔는 또 눈물을 흘리고 있었다. 끝이 없었다. 그 빈볼 때문에 얼마나 많은 선수의 장래가 망가질까? 무언가…… 무언가 바뀌었다…… 하지만 협회 전체는 그대로였다. 바니는 생각을 해보려고 했지만, 음악 소리가 너무 컸다. 걔가 던지게 하지 말았어야지, 그렇게 하지 말았어야 했어! 바니는 정신없는 크레셴도와 싸웠다. 퍼펙트게임은 믿기 어려운 황금기 속에 이미 잠겨버렸다. 오래전에 잃어버린, 영원히 닿을 수 없는 황금기 속으로 말이다. **내가 우릴 어디로 데려온 거지?**

틀렸어! "아니야, 다 틀렸어!" 바니는 홀로 소리를 질렀다. 갑자기 떠오른 생각은 모차르트의 독창적인 작품이 연주되는 동안 머릿속을 헤집고 다녔다. 그가 뜬공을 쫓고, 땅볼을 잡아 1루로 던지고, 배트를 휘두르고 달리듯이…… 곡은 매끄럽고 흠잡을 데 없이 흘렀다. 하지만 어딘가 틀렸다. 가사뿐 아니라 음악도 마찬가지다. "교묘한 속임수야! 오만이야!" 지옥보다 안 좋은 건 없다는 식의 거짓된 위로. 갑자기 깨달았다. 자신이 그런 상태를 싫어한다는 것을, 비참한 기분을 감추거나 과장하기 싫어한다는 것을 깨달았다. 선수들을 모조리 혼내고 싶고, 경기 중에 패버리고 싶고, 지쳐 쓰러질 때까지 주루와 노래를 동시에 시키고 싶었다. "정말 싫어!" 그가 소리 질렀다. **"그만해!"**

루는 휘청하더니 마시던 걸 내던지고 말았다. 축음기 바늘은 음반 위를 미친 듯이 가로질러 중앙 축에 부딪혔다. 다중 채널 방식의 스피커 전체에서 **덜컥!** 소리가 울려 퍼졌다. 바늘은 돌아와서 **"lux aeterna!"**(영원한 빛!-옮긴이) 부분을 재생하더니 공중에 그대로 떠버렸다.

"미, 미안해, 루." 그에게 무슨 일이 일어나고 있었던 걸까?

"혹시…… 혹시 또 필요한 게……?" 친구가 눈을 휘둥그레 뜨고 그를 바라봤다. 침착해. 어쨌든 웃기다. 불쌍한 루를 보라. 우울함이 넘쳐서 양탄자의 흙빛 보풀로 어둡게 스며든다. 멍했다. 펜과 바니는 멍했다. 루니가 윙크를 보냈다.

헨리는 활짝 웃었다. "퍼셀 틀어줘."

"그러니까…… 장례식에……?" 루는 애석해하면서도 완전히 당혹스러워했다. 그날은 계속 어둡고 어수선한 것 같았다. "헨리, 진심이야? 그건 일종의……" 루는 코를 찡긋했다.

"상관없어, 틀어." 혼란과 공허, 웃음과 흐느낌. 그것을 거장의 울음소리에서 파악하는 것이다!

"음…… 알았어, 네가…… 그렇게 하고 싶다면 뭐" 하고 루는 말했다. 예기치 못한 비바람을 맞은 불쌍한 뚱보는 마지못해 몸을 돌려 음반을 뒤졌다.

헨리는 일어서서 셰리주를 더 따랐다. 그리고 잔을 단숨에 거칠게 들이켰다. 매장지의 이슬이다. 하하! 헨리는 술을 버번으로 바꿨다. 옥수수 술, 정말 기초적인 술이다. 그래, 살짝 불 좀 때보자, 애들아! 정신 차리고! 운명의 시간이 한 걸음에 찾아온다!

적당한 거리에서 색벗sackbut이 푸-푸-디-푸- 하고 구슬프게 울렸다. 모진 추위 속, 검게 물든 거리 위로 상여꾼들이 천천히 앞으로 나아갔다. 뛰고, 뛰어오르고, 길고 차가운 다리를 끌며 걷는다. 꽁꽁 언 시체는 빈 상자 안에서 흔들거렸다. **쿵!** 텅텅텅 **탁!** 죽은 여왕이여, 영생하소서! 그렇다, 솔직히 말하면, 추하게 취해야 했다. 하하! 이 세상을 떠나 자신의 침착함을 뛰어넘는 축복의 땅으로 떠난 이여, **쿵!** 헨리는 위스키를 마시고 크게 웃었다.

　루는 그늘진 곳에서 몸을 움츠린 채 배불리 음식을 먹었다. 그리고 어둠 속에서 "헨리……?" 하고 겨우 입을 열었다.

　트럼펫! 바-아-암! 배에서 나는 소리 같은 팀파니 연주! 여자의 몸에서 태어나는 남자, 남자에게서 씨를 받는 여자! 바-아-암! 나온다! 들어간다! 트럼펫들의 자극적인 웃음소리. 상여를 멘 루니가 킬킬거린다. 미친 듯이 킬킬거린다. 그 웃음이 모두에게 감염된다. 아, 저 빌어먹을 놈의 루니! 히히히히! 주여, 우리를 지켜주소서!

　"헨리, 그만…… 끝까? 아니면……?"

　"아, 아니야! 그 사람을 진심으로 애도하는 중이라고!" 히히히히, 흑흑흑흑, 히히히히, 흑흑흑흑, 하하하하…… 앗! 시체가 튀어나온다! 다시 가볍게 넣는다! 나온다! 넣는다! 유가족들과 원올드캣(one-old-cat, 야구처럼 두 개 팀으로 나뉘지만 홈플레이트 외에 베이스가 하나만 있고 인원이 적어도 할 수 있는 게임-옮긴이)을 하고 있는 것 같다! 히히 하하하 호호 히하하아!

　"아, 루! 우리 왜 계속 이러고 있지?" 헨리가 양 옆구리에 손을 얹고 소리 질렀다.

　갑자기 뭔가 번뜩인 헨리는 기계 쪽으로 가서 회전수를

높였다. "전지전능하신 주여!" 코러스가 목소리를 높였다. 그렇다! 그는 깨달았다! 결국 술집 노래다! 우리 마음속의 비밀! "오늘 밤!" 루니가 관을 멘 채로 춤을 추면서 속삭였다. "제이크네로!" 일명 '벽에 난 구멍'. 쩍쩍뿌우, 그리고 기뻐 날뛰는 텅 빈 두개골 위로 양철 스푼이 달그락달그락.

헨리는 모자 없이 자리를 떴다. 그의 젖은 얼굴 위로 찬바람이 불었다. 장례식은 아수라장이었다.

경기 재개. 죽을 날이 가까운 늙은 꼰대들의 절망은 모두 반복되게 마련이다. 하지만 그 전날 밤에 먼저 팻시스파크(패스타임클럽 홈구장) 뒤에 위치한 제이크네 바에 원로들이 모였다. 물론 브록은 그 자리에 없었다. 매캐프리도 자리를 비웠지만 파이어니어스의 게이브 버데트와 프로스티 영은 있었다. 윌리 오리어리, 조너선 눈도 있었고, 슬픔에 잠긴 바니 밴크로프트도 있었다. 그리고 배불뚝이 서리 모스, 모스 스탠퍼드, 채드 콜린스, 투스브러시 테리건이 있었다. 어린 브록 주니어는 불참자 중 하나였다. 브록 주니어는 매장이 끝나자마자 서둘러 집으로 갔다. 그리고 부인을 끌고 와서는 그녀가 입고 있던 검정 치마를 그 자리에서 벗겨버렸다. 설명하기 힘든 절박함이 그를 부추겼다. 그러고는 바지를 벗을 새도 없이 부인에게 잔뜩 씨를 뿌렸다. 부인은 응, 잡았어! 했고, 그 역시 씨가 깊이 박혔음을 느꼈다.

이 추모 모임은 래그 루니의 아이디어였다. 당연히 그는 현장에 있었다. 자신의 궤양을 버번의 산으로 절이고 있었다. 루니와 함께 그의 과거 상관이자 친구인 거스 멜로니도 모임을 찾았다. 그는 담배를 뻑뻑 피우거나 당 간부진에게 사근사근히 이야기하고, 어쩌다 술을 돌리기도 했다. 내부 관계자도 심리 샘 터커와 빅 빌 맥고너길을 포함해 열 명 넘게 있었다. 연고지 팀인 패스타임클럽 선수들은 다음 날 비니터스를 상대로 원정 경기가 있었기 때문에 밖에 있었지만, 감독인 캐시 베일리는 모습을 드러냈다. 비니터스 감독인 원슬로우 비버도 거기 있었기 때문에 양쪽의 상황은 같았다. 다른 팀 감독들도 모임을 찾았다. 안 될 게 뭐람? 익셀시어스의 멜버른 트렌치, 브라이드그룸스의 월리 위커셈, 키스톤스의 팀 섀드웰이 왔다. 섀드웰은 지난해만 해도 '올해의 감독'이었지만 올해에는 구멍이 될 가능성이 가장 높았다. 술이 필요했다. 시커모어 플린도 있었다. 일명 '시켐'은 어딘가 달라져 있었다. 정말 순수한 그 녀석은 모두의 사랑을 받았다. 하지만 이날 밤에는 그와 가까워질 수 없었다. 그의 잘못은 없었다. 하지만 뭔가 일어나고 있었다. 니커바커스가 대가를 치를 거라고 다들 느꼈다. 상황이 평등해져야 했다. 얼간이 자크가 그들 모두를 불행하게 만들었다. 플린은 모두에게 술을 한턱 쏘고 일찍 자리를 떴다. 모두 안심했다.

샌디 쇼는 기타를, 롱 루 리델은 소문난 그것을 가져왔다. 현장에 있던 제이슨 (제이버드) 월은 음료마다 고무 벌레를 넣고, 폭발성 있는 시가를 돌리고, 자려고 하는 사람이 있으면 엉덩이 밑으로 요란한 소리를 내는 쿠션을 밀어 넣고 있었다. 유일한 위안이 있다면, 머지않아 제이버드가 기절해서 그곳에 기력을 다한 평화가 찾아올 예정이라는 것. 제이버드의 학대에 비하면 더 나은 일이었다. 20년대의 황금기에 활약한 명선수 겸 코치 두 명도 현장에 나타났다. 니커바커스의 위퍼 윌 앤더슨과 브라이드그룸스의 퓨리턴 벌루, 둘 다 명예의 전당 헌액자였다. 그리고 중국계 좌완 입익핑, 프린스 할 스칼렛, 친친 치커링, 큐볼 매콜리프, 아가피토 바시가무포도 있었다. 브루저 브루새티, 노히트 닐리, 버디 디튼, 점핑 조 갤러거, 그리고 그들의 옛 동료 여러 명도 모임을 찾았다.

열의 넘치고 영리하면서도 고고한 먼데이도 현장에 들렀지만 오래 머물지는 않았다. 모두가 보기에 먼데이는 세속적인 사교계를 초월하는 포부를 갖고 있었다. 그는 거스 노인도 싫어해서 오래 있다가는 험한 상황을 낳을 수도 있었다. 거스는 불만당을 만드는 데 평생을 허비했다. 그가 매캐프리의 법치당 패거리를 누르는 것은 거의 확실시되었다. 올해 아니면 60년도에. 그런데 그 노인이 마침내 기회를 잡았을 때, 먼데이가 그를 누르기 위해 나타났다. 먼데이는 자신의 새 정당을 아무것도 없이 시작한 상태라서 결국 어딘가에서 지지자들을 모아야 했다. 그래서 불만당원들을 못마땅해한 사람들 중에서 대부분의 지지자들을 모은 듯했다. 특히 젊은이들이 그랬다. 젊은이 여러분, 인내하십시오. 우리는 모두 죽습니다. 여러분은 여러분의 기회를 잡을 것입니다. 구석 테이블에서 거스가 담배를 빨고, 농담에 자지러지고, 술을 사서 돌리고 있는 동안, 먼데이는 자신감에 충만한 채로 바에 태연하게 서서 이제 익숙해진 구문들을 이야기했다. 탁월한 의무, 초지일관을 통한 자유, 혼란의 확산, 주권을 향한 순례…… 거스는 웃음을 터뜨리고 동전 소리를 내면서도 먼데이의 말을 놓치지 않으려고 귀를 쫑긋 세우고 있었다. 그리고 제이버드 월에게 1달러를 찔러줬다. 먼데이는 "타협하지 않는 역사의 의지!" 하고 외치더니 자리에 앉았다. 부우욱! 하는 축축한 소리. 먼데이는 바를 뒤덮은 언쟁에 엷은 미소를 짓고는 자리를 떴다.

바니가 생각하기에, 진짜 우울하다는 데에는 웃기는 구석이 있었다. 변덕이 핵심이었다. 가혹한 것을 부드럽게 만들고, 바보 같은 것을 진실되게 만들고, 암울한 것을 웃기게 만들었다. 궁지에 몰린 심리는 자기 방어를 하기 마련이다. 바니는 합리주의자임에도 이성을 믿지 않았다. 이성은 결국 짐승의 아버지가 아니라 아들이다. 가끔 감당하기 어려워져도 거기에는 항상 한계가 있다. 노인의 간계가 부족하다. 쓸 수 있는 손도 전혀 없다. 다시 돌아가면 원시 상태, 생각 없이 움직이는 물체에 불과하다. 아들일 뿐이다. 아들을 위협해 굴복시킬 수는 없어도, 늑골을 간지럽히고 연결된 뼈들을 전부 끊어버리는 건 언제나 가능했다. 협회 역사상 가장 심술궂은 인물로 꼽히는 루니는 바를 비틀거리며 돌아다니면서 노인답게 열심히 침을 튀겨가며 수다를 떨었다. 술을 마셔서는 안 되는데, 곤드레만드레 취해 있었다. "젠장, 몇 시간 전에 불어터져버렸어. 소독해야 돼!" 그러더니 주변은 아랑곳하지 않고 미친 듯이 웃었다. 중요한 것은 루니가 죽음을 두려워한다는 것. 나이는 거의 일흔, 소화관 전체가 하나의 길고 쓰라린 상처일 뿐이었다. 그걸 진지하게 생각하면 계속 살 수 없었다. 그래서 늙은 대뇌는 스위치를 돌렸다. 하지만 자살은……? 어둠을 갈구하면서 일부러 내면의 화산을 키우고 있었던 것일까? 그럴 수도 있고 아닐 수도 있다. 결국 술에 취한 그의 몸은 풀리고 말았다. 쓸개즙이 펌프질을 멈췄다. 버번이 확실히 약은 아니어도 더 느리고 달콤한 독이 될 수는 있었다. 바니는 버번을 마시고 샌디와 손님들의 노래를 들으면서 조금씩 정신을 잃었다. 정신없는 보루 안에서 다른 친구가 전달한 감사의 말을 들으며……

푸른 잔디가 자라는 이곳에 나와

볼펜에 서면 난 계속 물집이 잡혔어

하지만 당신, 날 너무 오래 기다리게 했지
잔디는 온통 눈으로 덮여-어-버렸어!

우리 에이스가 마운드에서 내려왔을 때
잔디는 온통 누렇게 변하고 있었어
하지만 당신이 나가서 다른 친구를 올렸고
버려진 난 여기서 꽃을 꺾고 있지!

푸른 잔디가 자라는 이곳에 나와
볼펜에 서면 난 계속 물집이 잡혔어……

"바니, 장례식 훌륭했어." 팀 섀드웰이 몸을 가까이하고 말했다. 브록 러더퍼드가 나와서 모든 기록을 갈아치우기 전까지 섀드웰은 협회 역사상 최고의 투수였다. 장례식이 훌륭했다니, 바니는 어떤 기분이었을까? "펜이 그러던데, 관련해서 네가 할 게 많았다며."

"그렇게 많진 않아." 바니가 엷은 미소를 지으며 말했다. 슬픔이 그토록 무겁게 그를 짓누르고 있었던 것일까? 바 모퉁이에 앉은 바니 옆을 지나며 침울한 표정으로 조용히 탄식한 사람은 섀드웰이 네 번째였다. 죄책감. 아들들이 똘똘 뭉쳤다. 노인의 마음은 혼란스러웠다. 법치주의. 섀드웰이 법치파였나? 모두가 그랬다. 매캐프리도 일원 아니었나?

그만해, 바니! 정말 갈피를 못 잡네. "말도 안 되는 소리 하지 마."

"뭐시라고라?" 섀드웰이 가까이 기댔다. 취해 있었다, 정말. 정말 취해 있었다. 눈은 정말 사팔뜨기가 될 것 같았다. 오래되어봤자 일주일 전에, 바니가 이끄는 저돌적인 파이어니어스는 섀드웰이 이끄는 위기의 키스톤스를 처참하게 깨부쉈다. 3연전을 완벽히 쓸어담아 키스톤스를 2위에서 끌어내렸다. 키스톤스는 여전히 가파르게 추락하고 있었다. 박살난 섀드웰, 기진맥진한 팀 섀드웰. 원망스럽지 않았을까? 음, 그 대신에 장례식 얘기를 하자. 고통과 아름다움의 공동체를 말이다.

"한잔 살게, 라고 말했어."

"너 나한테 하나 신세졌지." 몸을 가누지 못하던 섀드웰이 이렇게 단호하게 말하고는 몸을 멀리 떨어뜨렸다.

알아, 난 볼넷을 많이 내주지
알아, 난 더 이상 애가 아니야
하지만 나를 향한 당신의 사랑은 이 잔디 같지
나를 향하-앙한 당신의 사랑은 다 말라버렸어!

볼펜에 서면 난 계속 물집이 잡혔어……

바니는 제이크 브래들리의 시선을 사로잡았다. 제이크는 들을 채웠다. 그가 슬픈 표정으로 민머리를 가로저으니, 다른 사람들도 그 행위를 허락하듯 슬프게 고개를 가로저었다. 가혹했다. 정말 그랬다. 불쌍한 브록. "넌 괜찮을 거야" 하고 바니가 말했다.

"그러면 좋겠어, 바니." 바의 어두운 공기를 깊이 들이마시며 새드웰이 대답했다. "'침몰하는 스톤스'. 야, 기자 양반들은 못하는 인간은 그냥 잡아먹어버려." 올해의 감독이 전하는 덕담이었다. 새드웰은 잔으로 손을 뻗었다가 잔을 엎고 말았다. 가파른 추락. 올해의 멍청이. "하느님, 이제 그만하세요." 그가 소심하게 말했다. 잔을 바로 세우는 새드웰의 손은 떨리고 있었다. 만취한 새드웰. 그 모습을 본 바니는 다시 제이크를 불렀다. "제이크, 한 잔 더. 그리고 바에서 쓰는 걸레도 하나 줘."

당신 다시 생각해서
부-울쌍한 나를 경기에 내보내줬으면 해!
갈색 잔디밭, 따끔따끔한 잔디밭
그리고 당신은 내 이름을 잊고 말았네!

푸른 잔디가 자라는 이곳에 나와
볼펜에 서면 난 계속 물집이 잡혔어

하지만 당신, 날 너무 오래 기다리게 했지

잔디는 온통 눈으로 덮여-어-버렸어!

이 경야는 어떤 모임이었다. 사람이 넘쳐났다. 무엇을 위한 경야였을까? 말하기 힘들었다. 다들 이 거대한 증류기에, 제이크네 대형 증류기에 들어가 변화하고, 지속할 수 있는 방법을 찾는 것 같았다. 다시 말해, 아이의 죽음에도 변치 않는 실행 가능한 본질로서, 그들에게 시작점이 될 수 있는 것. 당연히 열기가 피어올랐다.

한 여성이 다가왔다. 그녀가 거기 있는지 헨리는 모르고 있었다. 그녀가 윙크를 천박하게 하고는 말했다. "오늘 밤 데이먼 팔은 어때?"

"걔 죽었어."

"응?"

"데이먼 러더퍼드가 죽었다고."

그녀의 따귀를 때린 거나 다름없었다. 제이크에게 한 잔을 더 부탁했다. 다시 봤을 때 그녀는 가버리고 없었다. 팀 새드웰에게 몸을 돌렸다. "애는 어떻게 지내?"

"누구?"

"네 아들, 손튼. 내년 준비할 거야?"

질문이 안 좋았다. 새드웰은 무너지기 시작했다. 눈물이 쏟아져 나왔다. "오늘 거기서 내가 걔를 봤을 때, 바니…… 그 박스…… 그 안에서…… 그래서…… 그래서 죽었잖아…… 계속 생각했어…… 계속 느끼고 있어…… 내 아들…… 두려워, 바니…… 걔는 너무 어려……"

그리고 넌 너무 늙었지. 농담하지 마, 섀드웰. "팀, 걔는 혼자 알아서 잘할 수 있어." 상황을 더 안 좋게 만들려는 듯, 샌디는 〈행복한 젊은 시절〉을 연주했고 섀드웰과 다른 사람들은 노래를 슬프게 따라 불렀다.

아, 신인들아, 어서 와서
내 슬픈 노래를 들어봐!
노년은 인간의 골칫거리!
그러니 가능할 때
화창한 봄날을 만끽하렴,
비시즌이 곧 오니까!

아, 행복하고 눈부신 옛날이여!
그때 우리 발은 빨랐고, 우리 마음은 담대했지!
행복한 젊은 시절만큼
보기 좋은 건 이 세상에 없어!

창창한 시절
깨끗한 안타가 쏟아지면

너는 선수들 사이에서 명예를 얻지
하지만 어느 날 그들이 올 거야
그들이 너를 뛰게 하지 않을 때,
우리처럼 넌 야구화를 벗어야 해!

아, 행복하고 눈부신……

영광의 나날들, 두려움을 모르던 때. 바니, 다른 사람들처럼 넌 그냥 바보 노인네야. 사람들이 코러스에 화음을 넣는 동안 어떤 애들은 코를 훌쩍이고, 대부분은 눈을 반짝였다. 멀리서 루니가 토하는 소리가 들렸다. 너무 많이 마셨다, 그게 아니면 싸구려 감상일 수도 있다. 해이해지지 않는 것이 루니의 성공 비결이었다. 난센스, 하지만 강경한 난센스, 벽돌만큼 강경한 난센스다. 루니는 분명히 엄청난 열의를 갖고 있었지만, 거기에는 영혼이 없었다. 그의 열의는 살인적이고 파괴적이고 분열적이었다. 그런데 바니, 정말 그렇게 생각하는 거야? 어쩌면 루니가 진리였을지도 모른다. 루니의 옆에서는 완전히 목이 멘 팀 섀드웰이 아무렇게나, 만취한 채로 크게 노래를 부르고 있었다. 그 모습은 짜증스러웠지만 인간미가 묻어났다. 루니가 진리였다고 해도 바니는 그것을 바라지 않았다. **살짝** 귀찮은 일에…… 휘말렸으니……

신인 시절은 딱 한 번뿐

선수 생활이 얼마 남지 않아도

번트는 치고 나갈 수 있어

하지만 네 다리가 말을 안 듣고,

네가 이 리그에 안녕을 고하게 되는

그날은 올 거야

오, 행복하고 눈부신 옛날이여!

(오, 행복하고 행복하고 눈부신 눈부신 영광의 옛날이여!)

그때 우리 발은 빨랐고, 우리 마음은 담대했지!

(그때 야구화 신은 우리 발은 빨랐고, 진실한 마음은 담대했지!)

행복한 젊은 시절만큼

(행복하고 눈부신 젊은 시절만큼)

보기 좋은 건 이 세상에 어-없어!

(좋은 건 우리가 아는 넓은 이 세상에 없어!)

"헤-헤이!"

"야-후!"

"아, 샌디, 아름다운 곡이었어!"

"옛날 생각나네!"

"행복한 젊은 시절!" 하고 외치고 팀 섀드웰은 코를 풀었다. 여기에 동의하는 우울한 입속말들이 바 안을 맴돌았다.

그리고 살짝 정적이 흘렀다. 분위기가 무르익었다. 이때를 위해 샌디가 신곡을 준비했을 것이라고 매캐프리는 생각했다. 루니의 구역질은 멎은 것 같았다. 루니 녀석 죽었을지도 모르겠는데……? 그렇지는 않은 것 같다. 나이 지긋한 거스 멀로니도 눈물을 글썽이는 듯했다. 싸구려 여송연을 입에 박아 두툼한 턱살을 도드라지게 하고는 중산모를 대머리에서 코 쪽으로 기울여 쓰고 있었다. 하지만 아무도 확신할 수 없었다. 멀로니 놈은 선거 점수를 따려고 그렇게 연기를 했을지도 모른다.

UBA 총장 페니모어 매캐프리는 어둡고 음울한 사무실에 홀로 앉아 여러 텔레비전 화면 중 하나를 통해 바 안의 모습을 침울하게 바라보고 있었다. 제이크 브래들리는 충직한 법치당원이었고, 그의 바는 인기 있는 집합 장소였다. 그래서 거기에 카메라를 설치하는 것은 당을 생각하면 당연한 일이었다. 이런 모임들이 거기에 온 사람들에게 항상 뭔가 영향을 미친다는 점을 펜은 의식했다. 사람들은 자신의 정치적 견해를 바꿨고, 현실을 바라보는 관점을 수정했고, 그것을 미묘하지만 주로 놀랍고 곤란한 방식으로 변형했다. 그게 펜이 주목해야 하는 부분이었다. 본인이 여러 사람 사이에서 제 기능을 못했기에 더욱 그랬다. 그는 법치파였다. 사회적 구성이 주요 관심사였고, 집단행동이 주된 연구 대상이었다. 하지만 역설적이게도 펜은 래그 루니보다 더 심

한 외톨이였다. 운 좋게 그는 사교성이 뛰어난 사위를 두고
야 말았다. 롱 루는 펜이 해야 하는 대외적인 역할을 맡았다.

그래서 사람들이 모이고, 패피 루니가 사람들을 섞고, 거
스 멀로니와 패트릭 먼데이가 정치 공작을 하고, 먼데이가
일찍 자리를 뜨는 (물론 미행당하는) 모습을 지켜봤다. 그리
고 멀로니의 심복인—틀니를 직감으로 끼는—제이버드 월
이 평소처럼 몹쓸 장난을 치면서 멀로니의 얘기까지 엿듣는
모습, 사람들이 앞으로 일어날 일들을 궁금해하면서 마시고
노래하며 감상적으로 변하는 모습을 지켜봤다.

이제 샌디 쇼는 가볍게 기타 줄을 퉁기며 음을 맞추고 있
었다. 샌디는 예전에 윈스럽과 플린과 갤러거가 활동할 때
브라이드그룸스 선수였다. 펜은 신인 시절 처음 샌디를 상
대해야 했을 때를 기억한다. 19년도 우승 팀 브라이드그룸
스에서 샌디는 에이스 투수였다. 그해 그가 거둔 22승은 개
인 최고 기록이었다. 주근깨 난 동안에 날씬한 체격, 우아한
투구 폼, 상냥하고 부드러운 화법까지. 그는 얼핏 보면 만
만해 보였다. 하지만 샌디는 타자를 정말 혼란스럽게 만드
는 투수였다. 펜은 그날만큼 다채로운 구종을 본 적이 없었
다. 세 번 삼진을 당한 후에야 샌디에게 안타를 뺏어냈다.
중앙 펜스를 맞히는 2루타였다. 하지만 그때는 브라이드그
룸스의 승리가 거의 확실해서 샌디가 대충 던졌던 것 같다.
그의 최대 약점. 펜과 딴판이었다. 샌디는 20년대부터 팀 동

료들을 응원하기 위해 포크송을 만들기 시작했다. 그때는 그룸스에게 암울하고 실망스러운 시기였다. 〈최하위 팀 블루스〉…… 〈안타들은 다 어디로 갔나?〉…… 〈대기 선수 비가悲歌〉…… 〈그저 집을 그릴 뿐〉…… 〈그들이 번 매켄지를 해고한 날〉…… 〈노히트 닐리〉…… 〈어쨌든 삼진 블루스〉…… 〈3루에서 투스브러시가 거스를 털었을 때〉…… 노래가 50~60곡은 있었다. 나이는 이제 60대였다. 그만한 사람이 없었다. 샌디가 죽으면 큰 손실이 될 것이다.

샌디는 친구들을 쳐다봤다. 다들 그를 바라보고 있었다. 숨을 죽이고 있었다. 샌디에게 특별한 곡이 있다는 것을 다들 느낀 것 같았다. 그걸 기다리고 있었다. 물론 펜은 그게 무엇일지 알고 있었다. 그 곡 때문에 성가셨다. 하지만 다른 한편으로는 그 곡을 전통으로 만들어버리는 것이 해결책이 될 거라는 판단이 섰다. 그러면 걸릴 게 없었다. 샌디는 야들야들한 목주름 안으로 턱을 집어넣었다. 그러면서 머릿속으로 가사를 확인했을 것이다. 이어서 그늘 같은 것이 그의 얼굴을 스쳐지나갔다. 그리고 고개를 든 샌디는 부드럽고 그윽한 테너로—천천히, 호젓하게, 한 음절씩 길게 이어서—노래하기 시작했다.

용자들이여, 고개를 숙이고 눈물을 흘려라!
어린 데이먼에게 불행이 닥쳤다!

그들은 어둡고 깊은 무덤으로 그를 옮겼어

마법의 팔을 가진 소년!
그의 아버지가 쌓은 위대한 커리어를
축하하기 위해 우린 그곳에 모였지
그때 기박한 투구 하나가 홈베이스에서 그의 목숨을 앗아갔어
용맹한 파이어니어의 최후!

용자들이여, 고개를 숙이고……

펜은 사람들의 얼굴을 바라봤다. 어른에서 아이로 변한 그들은 경외감을 느끼며 청춘의 아쉬움을 달래고 있었다. 어떻게 보면 샌디는 그들에게 몹쓸 짓을 한 거나 마찬가지였다. 그들에게 꿈과 전설을 전하면서 그들이 진실을 깨닫지 못하게 했기 때문이다. 하지만 과연 진실은 무엇일까? 사람에게는 어쨌든 이런 의식이 필요했다. 그것도 진실의 일부였다. 그리고 당연히 협회는 거기서 덕을 봤다. 인간의 마음이 대체로 어떻든 상관없이, 대부분의 인간에게 영향을 주는 유일한 방법은……

아, 퍼펙트게임을 던지면서
그토록 슬픔을 안겨준 이는 누구였나?

누구의 인생이 그토록 밝고, 그토록 짧았나?
그 사람은 바로 데이먼 러더퍼드!

용자들이여, 고개를 숙이고 눈물을 흘려라!
어린 데이먼……

펜은 볼륨을 껐다. 그리고 화면을 계속 주시하면서 마루 위를 서성였다. 하필 가장 안 좋은 시기에 이런 사망 사건이 발생하다니. 상황이 막 나아지려고 하던 찰나에. 물론 그의 잘못은 아니었다. 그것을 피하기 위해 할 수 있는 일이라곤 아무것도 없었다. 하지만 이 사건이 올겨울 선거에 영향을 미칠 건 뻔했다. 데이먼은 리그에서 훌륭한 청량제 역할을 했다. 그전까지 모든 과정에서 속도가 나지 않았고, 짜임새에서 빛이 나지 않았으며, 리그의 목적이 무의미하고 미흡하다는 불평이 들끓고 있었다. 그와 함께한 법치당은 여당이라는 이유만으로 지지율 하락을 면치 못하고 있었다. 바로 그때 데이먼 러더퍼드가 나타났다. 데이먼은 펜을 포함한 모두의 마음을 사로잡았다. 브록 러더퍼드의 날은 펜이 직접 고안한 아이디어였다. 갑자기 UBA 전체가 빛과 흥분과 열광의 도가니에 빠졌다. 펜은 선거의 압승을 예상했다. 멀로니와 그의 불만당에게는 새로운 이슈가 하나도 없었다. 패트릭 먼데이가 위협적인 존재로 부상했지만 적어도

4년 동안은 괜찮았다. 조합당은 입후보자를 찾지 못했다. 전면 권한 위임. 그리고 나서 그 투구가 있었던 것이다.

이와 관련해 자신이 뭘 할 수 있을지 펜은 확신이 서지 않았다. 물론 사건 조사는 해야 했다. 하지만 케이시가 일부러 빈볼을 던졌다는 최악의 사실을 알아낸다면? 모든 투수가 빈볼 하나쯤은 가끔 던졌다. 자, 그러면 스트라이크존을 1~2인치 낮추고, 처벌의 수위를 높이는 식으로 새로운 규칙을 마련하는 건 어떨까. 하지만 그런 조치를 정말로 바라는 사람은 아무도 없었다. 이럴 때 의미 있는 조치로 상상할 수 있는 방식들은 모두 규칙에 어긋났다. 말하자면 무슨 일이 일어나든 그는 불리한 입장에 서야 했다는 뜻이다. 물론 펜은 케이시를 없애버리라고 시커모어 플린과 니커바커스 경영진에 압력을 가할 수도 있었다. 하지만 그다음에는? 먼데이나 멀로니나 누군가가 그걸 문제 삼을 것이다. 맞다, 그렇다. 그러면 먼데이는 4년을 기다릴 필요가 없었다. 그리고 공석인 조합당 후보자의 표도 꽤 매력적으로 보이기 시작할 것이다. 펜이 보기에 오늘 밤 제이크네에서 열리는 이 모임과 유사한 모임들은 위험했다. 펜은 익숙한 얼굴들을 쭉 훑었다. 갤러거, 오리어리, 스탠퍼드. 그중 한 사람이 오늘 밤 갑자기 새로운 정치인으로 등장할 수도 있었다. 그리고 이 의식의 매력이 그에게 더해질 수도—그를 더 돋보이게 할 수도—있었다. 예를 들면 샌디 쇼 본인에게 말이다. 그렇다,

분명히 지금은 다들 그의 편이다. 총 80명에서 90명 정도의 아이들이 있는데, 전체 유권자를 구성하는 살아 있는 UBA 베테랑 천여 명 중에서는 낮은 비율이었지만 일제히 큰 힘을 발휘하기에는 충분한 수다. 그렇다, 젠장, 어떻게든 놈들을 분산시켜야 했다.

샌디의 노래가 끝나고, 사람들은 장소를 배회했다. 작은 그룹이 만들어지고, 흩어지고, 다시 만들어지기를 반복했다. 그들은 그 노래를 듣고, 눈물을 흘리고, 기분을 풀었다. 이제 시끄러워지기 시작할 것이다. 샌디 쇼는 저쪽에서 새드웰, 밴크로프트와 함께 술을 마시고 있었다. 제이버드 월은 다시 성가신 장난을 하느라 바빴고, 확실히 다시 살아난 래그 루니는 새로운 희생자를 찾아 나선 상태였다. 여기저기서 서너 명이 모여 어깨동무를 하고 같이 노래를 부르고 있었다. 음, 펜이 그걸 할 수 있는 방법, 이 상황을 망쳐서 그들을 밖으로 내보낸 다음 집으로 돌려보낼 수 있는 방법은 여럿 있었다. 펜이 전화기로 손을 뻗었다. 하지만 망설였다. 즐거움, 도대체 즐거움이 사람들과 인생과 빌어먹을 야구 리그 운영과 무슨 관계가 있는 걸까? 펜은 암울하게 TV 상황을 지켜봤다. 그리고 의기소침하게 전화를 걸었다. 제이크가 화면에 나타나 전화를 받고 카메라 쪽을, 유니버설 야구협회 총장 페니모어 매캐프리 쪽을 쳐다보는 모습이 보였다. 홀로 슬픔에 가득 차 있던 펜은 자기 연민에 빠져 자신을 죽을 때까지 쫓아다닐 짙은 어둠 속에 둘러싸여 있었다. "제이크, 펜일세. 잘 들어…… 애들한테 술 좀 몇 번 내줘…… 날 위해서. 괜찮겠나?"

현장은 활기를 띠었다. 가정이 있는 남자들은 일부 자리를 떴지만, 제이크네는 여전히 사람들로 꽉 차 있었고, 아직 다 비우지 않은 술병이 허다했다. 사람들의 눈은 제이버드월에게 향해 있었다. 그만의 신나는 밤도 거의 끝나가고 있었다. 제이버드는 예전에 공을 쫓던 모습, 좌측 외야에서 태양 때문에 뜬공을 놓치는 모습을 흉내 내고 있었다. 커다란 딸기코만 튀어나오게 눈 위까지 야구 모자를 눌러쓰고, 이 빠진 입은 헤벌리고, 멀로니의 중산모를 가져다가 글러브로 쓰고 있었다. 셔츠 자락은 내놓고, 바지는 바보처럼 늘어뜨리고, 신발 끈은 풀어놓은 채 바 안에서 다리를 휘청거리며 떨어지는 공을 보려고 했다. 기타를 집어 든 샌디는 높은 줄에서 트레몰로를 연주했다. 구호와 함성이 터져 나왔다. "조심해!" 웃음이 터져 나왔다. "보인당! 보인당!" 제이버드는 이 빠진 잇몸 위아래를 붙이고 미식축구의 페어캐치를 하려는 것처럼 깡마른 두 팔을 쭉 뻗었다. 그러더니 "꿀꺽!" 하고 뭔가 삼킨 듯했다. 턱을 낮추고, 모자를 뒤로 밀고, 사팔눈을 하고, 목을 움켜잡은 채 비틀거렸다. 그러더니 손가락 하나를 주둥이에 넣고 멀로니의 중산모에 기댔다. 뭔가를 캐내고 있는 듯했다. 뽁!(제이크의 음향 효과) 제이버드는 크게 미소를 짓더니 모자에서 야구공을 꺼냈다. 박수와 웃음이 터져 나왔다. 제이버드는 활짝 웃고 공을 멀로니의 모자에 도로 떨어뜨렸다. 그리고 비틀비틀 걷고 과장된 몸짓을 하다가 중산모를 거만하게 썼다. 쾅!(제이크가 맥주병으로 바를 내려친다.) 제이버드가 저쪽으로 갔다. 줄어드는 휘파람 소리(모두 일제히), 그리고 쿵!(음향 효과 필요 없음) 제이버드는 다시 일어날 것 같지 않았다. 어쨌든 오늘·밤은 아니었다. 사람들이 제아무리 고함을 지르고 찬사를 보내도 소용없었다.

트렌치와 루니는 제이버드가 밟히지 않도록 그를 밖으로 끌어냈다. 그리고 뒷방 침대 위에 급히 내려놓고는 거기에 일부러 놔뒀다. 거기서 안 자본 사람이 누가 있을까? 제2의 고향. 트렌치한테는 어쨌든 그랬다. 그리고 샌디한테는 이에 관한 노래가 하나 있었다.

……얘들아, 난 끝났어
잘렸어, 몸까지 아파
이제 너희들이 나를 원하면
제이크네 뒤편에 있는 침대에서 날 볼 수 있을 거야

멜버른 트렌치는 여기 이 도시에서 선수 생활을 마쳤다. 강한 타구를 담장 밖으로 넘기는 일이 부쩍 적어졌음에도 비거리가 아직 나오고 있을 때 익셀시어스에서 패스타임클럽으로 트레이드됐다. 10피트 차이였을 텐데, 그것으로 충분했다. 무덤만 해도 지상에서 6피트 차이 아닌가? 오늘 사람들이 아이의 몸을 내려 땅속에 묻는 모습을 트렌치는 지켜봤다. 기분도 매우 가라앉아 있었다. 익셀시어스가 그를 패스타임클럽로 트레이드했을 때 느꼈던 기분과 비슷했다. 패스타임클럽에는 아무 문제가 없었다. 사람들도 좋았다. 하지만 익셀시어스에서 전성기를 보낸 후 그는 하락세였다. 익셀시어스에 있던 7년 동안에는 우승만 다섯 번 있었다. 그때 익셀시어스 선수들은 굉장했다. 그리고 그중에 '미친 경찰봉', '장사' 멜버른 트렌치는 최고였다. '저승사자' 멜버른. 조심해! 홈런왕에다가 UBA 역사상 2년 연속 MVP를 수상한 유일한 선수였다. 브록 러더퍼드도 그렇게는 못했다. 그러다가 트렌치는 갑자기 추락했다. 그래서 익셀시어스는 그를 내보냈다. 트렌치는 그런 대접을 받을 사람이 아니었다. 신문에서도 다들 그랬다. 대우받아야 하는 남자. 부당 대우. 하지만 본인은 억울해하지 않았다. 그것을 알고 다들 그를 좋은 친구라고 이야기했다. 멋쟁이 멜. 그리고 트렌치는 한 번이라도 더 우승하길 바라면서 패스타임클럽을 위해 사납게 굴었지만, 펜스는 점점 더 멀어지기만 했다. 그 시기에 패스타임클럽은 우승 도전도 제대로 하지 못했다. 시간이 갈수록 트렌치는 대타 신세를 면치 못했다. 벤치 멤버 트렌치. 결국 48년도에 팀은 그를 내보냈다. 그리고 그다음 해에 패스타임클럽은 우승을 차지했다. 멋쟁이 멜에 대한 언급은 없었다. 그 시절에 트렌치는 제이크네 뒤편에 와서 자주 잠을 청했다. 저승사자.

하지만 마침내 트렌치를 구제한 것은 예전 소속 팀이었다. 익셀시어스는 재작년 겨울에 이곳에 나타나 그에게 감독직을 제안했다. 특별히 할 일은 별로 없었지만, 적어도 더 못할 수는 없었다. 54년도에 익셀시어스의 최종 순위가 최하위였기 때문이다. 그래서 트렌치는 제안을 받아들이고 자신의 모든 걸 쏟아부었는데…… 지난해에도 팀은 최하위에 머물렀다. 그리고 지금도 여전히 그 자리에 있었다. 아주 말뚝을 박았다. 트렌치는 뭔가 해야 했지만 뭘 해야 할지 갈피를 못 잡았다. 그 생각만 하면 울고 싶어졌다.

그래도 오늘 밤 이렇게 밖에 나와서 좋았다. 덕분에 그 어느 때보다 긴장을 좀 풀고 더 큰 그림을 볼 수 있었다. 어떻게 해도 결국 다 똑같다는 걸 이제 알았다. 누구는 이기고, 누구는 지는 것, 그건 별로 중요하지 않았다. 중요한 건…… 음…… 협회였다. 모두를 아우른 것보다 더 큰, 이 기구 전체였다. 그 안에 모두 휘말려 있었다. 그것을 머릿속에 그려보려고 하면 희미해지고 말았지만, 이렇게 모두 모이면 자신이 의미한 바를 마음으로 알 수 있었다. 그렇다, 오늘 이곳에 사람이 엄청 많았다. 그들 대부분이 원로, 그가 어려서 보던 선수, 옛 영웅이었다. 그는 이제 50대 후반이었는데, 간간이—여기 있는 루니와 월처럼—더 나이 든 사람도 있었다. 그럼에도 다들 여전히 야구 선수처럼 보이고, 말하고, 웃었다. 뭔지는 모르겠지만, 피나 심장이나 거시기의 뭔가가 그들을 계속 나아가게 만들었다. 나이 지긋한 샌디 쇼가 기타를 다시 조율하는 소리가 들렸다. 60대인 샌디는 여전히 주근깨 많은 아이처럼 보였다. 트렌치는 자신의 두툼한 배를 만졌다. 이 중에 내가 제일 먼저 죽을 거야, 하고 생각하면서도 정말 그렇게 믿지는 않았다. 나이 든 루니를 바라봤다. 패피. 역사상 손꼽히는 명선수. 이제는 주름이 깊게 파인 마른 얼굴. 흰머리. 잔주름 가득한 목덜미 피부는 수백 년은 된 것 같았다. 그가 암에 걸렸다고 누군가 말한 적이 있었다. 하지만 보라. 그는 여전히 엄청난 싸움닭이고, 여전히 매일 현장에 나간다. 자신의 모든 걸 쏟아붓는다. 훌륭한 노인, 명예의 전당 헌액자. 트렌치는 팔로 그를 감싸 안고 싶었다. 그렇게 해서 자신이 그 노인을 신경 쓰고 있고 그가 죽으면 진심으로 아쉬워할 것임을 알리려고 했다. 하지만 내일 그가 맞설 가장 악독한 적이 바로 루니였다. 익셀시어스를 지하에서 구해내지 못하면 트렌치는 끝이었다. 내일 나서서 루니의 헤이메이커스를 눌러야 했다. 하지만 오늘 밤까지는 그 고약한 노인네를 팔로 감싸 안고 '형씨, 난 당신 편이오' 하는 목숨 건 맹세를 할 수 있었다. 그리고 만일의 경우 루니한테 기댈 수 있다는 것도 알고 있었다. 그게

이 게임의 방식이었다.

바로 그때 루니가 그에게로 몸을 돌리고 입을 열었다. "트렌치, 이 말을 해주고 싶네. 우리가 내일 널 **존나게** 박살낼 거야."

트렌치는 허를 찔렸지만 간신히 말했다. "어떻게, 배트 말고 바늘로요?"

루니는 크고 거만한 미소를 짓더니 아주 부드럽게, 아주 분명하게 말했다. "우리가 자네를 **묻어버릴** 거야, 친구. 영원히."

트렌치는 등골이 오싹해지는 느낌을 받았다. 하지만 맞받아칠 생각을 하기도 전에 루니는 앞쪽으로 멀리 가버렸다. 돌아선 트렌치는 간이침대 위에서 코를 골고 있는 제이버드 월을 내려다봤다. 아, 아저씨, 좀 비키지……

더 이상 함성 소리는 들리지 않아
경기장에선 더 이상 들리지 않아
지하에서는
문을 찾을 수가 없어……

이런 젠장! 래글런 (패피) 루니는 신이 축복한 자들의 땅으로 가기 위한 마지막 변신에 여념이 없었다. 그렇지! 계속해, 게으름 피우지 말고 계속해. 그것이 야구의 제1법칙! 힘을 모았다가 다 태워버려! 오늘 밤 루니가 처음에 마신 술은 그의 배를 황산염에 타버린 것처럼 만들었다. 그래서 변에는 피가 섞여 나왔고, 루니는 심하게 겁을 먹고 말았다. 하지만 루니는 이내 심호흡을 하고 복부의 낡은 관들이 열에 융화되었으니 이제는 승화될 거라고 생각했다. 불그레한 오줌을 길게 싸고 다시 활력을 얻은 루니는 희생양을 찾으러 또 나갔다. 이 사람들과 술을 마시는 게 정말 흥분됐다. 소중한 것을 포기할 정도로 소위 우정을 중히 여기지는 않았지만, 술 마시는 걸 정말 좋아했고 혼자 마시는 건 싫어했다. 사람들이 웃고 욕하는 걸 듣는 게 좋았고, 오래된 샌디의 노래를 듣는 게 좋았고, 소음, 추잡함, 긴장감, 열기가 좋았고, 그 모든 게 가득 차서 계속 끓는 게 좋았다. 그리고 무엇보다 사람들을 놀리는 게 너무 좋았다. 하하! 뚱땡이 트렌치는 폭발 일보 직전이다. 푸우우! 걔들이 트렌치를 제대로 까려고 한다. 트렌치는 끝이다. 이제 죽었다. 루니는 낄낄거렸다. 애들아, 놈들을 피투성이로 만들어버려! 진실을 가르쳐줘! 진실? 그것은 추잡하고 소름 끼치고 무미건조하지만 도처에 널려 있으니 치켜세울 만하다.

그래, 넌 아무것도 가진 게 없어

모든 플레이는 끝났지

넌 열심히 해봤지만 실패했어

이제 아무것도 아니야……

이건 루니를 위한 파티였다. 루니 말고 즐기는 사람은 아무도 없었다. 제이크네에서 맞는 경야! 루니는 노래하고 소리를 지르고 자극을 일삼았다. 모두 모습을 드러내자 그는 너무 즐거워했다. 다들 그 자리에 안 낄 수 없었다. 오기도 불안하지만, 안 오기는 더 불안했다. 시커모어 플린이 빠진 게 너무 아쉬웠다. 루니가 건드리기 좋아할 만한 요소가 플린에게 조금 더 많았기 때문이다. 데이먼이 자기 처녀 딸을 함부로 꾀었다고 그를 맞혀서 죽인 게 아닐까, 하는 것처럼 말이다. 하지만 플린은 겁이 났다. 그게 당연했다. 사람들은 그와 어린 투수가 야구를 관두도록 괴롭힐 터였다. 팬시 댄 케이시의 증손자. 케이시가 혈통은 끝이야! 미친 기수는 말에서 내리라고!

노히트 닐리, 호호호!
공이 높게 날아오면, 그는 방망이를 낮게 휘둘렀지

"어이, 바보! 그렇게 울지 말고 얼른 관두지 그래!"
"어우, 이 사람들 듣는 귀가 없구만!" 루니는 사람들과 함께 웃었다. 그들은 그를 다 놀리고 나서 묻어버릴 터였다.
루니는 앞쪽으로 가던 뱅크로프트를 막아 세웠다. "어이,

철학자 양반, 내가 투수 몇 명 좀 소개해줄까?"

"어떤 투수들인데?" 밴크로프트가 물었다. 만취해 있었다.

더러운 투수들!" 루니는 혼자 좋다고 야단법석을 떨었다. "철학자 양반, 상황이 꽤 힘들어질걸!"

그러자 밴크로프트는 어눌한 말투로 답했다. "러더퍼드의 영혼이 우리를 승리하게 할 거야!"

"아 그래? 너네 영혼의 E-R-A(야구에서 투수를 평가하는 지표인 평균 자책점Earned run average의 줄임말이면서 '시대era'를 뜻하기도 한다-옮긴이)가 뭔데?" 루니가 키득거렸다. 이야! 아주 그냥 죽여주는구만! "E-R-A! 알아들었어?" 루니는 밴크로프트의 옆구리를 쿡 찌르고 (철학자는 개뿔, 열심히는 한다만 절대 잘나갈 리가 없지) 다른 사람들 쪽을 향했다. 그리고 "야! 새로운 러더퍼드 시대가 왔어!" 하고 외쳤다. "영혼의 E-R-A!" 그는 웃으며 소리쳤지만 혼자 웃고 있었다. 아무도 이해하지 못했다. "제이크, 전부 술 돌려! 가만히 두지 마!"

술집에 다시 활기가 도는 사이에 루니는 섀드웰한테 슬금슬금 다가가 그가 감상에 젖어 옛 시절을 떠들어대게 만들었다. 루니와 섀드웰은 같은 해에 신인으로 데뷔했고(그게 10년도였다. 어떤 놈이 19년도가 신인의 해래?) 이후 열다섯 시즌 동안 섀드웰이 루니를 여러 번 털었다. 그렇게 섀드웰이 열변을 토하며 정신없이 말하자 루니가 몸을 가까이 숙이고 이렇게 속삭였다. "팀, 솔직히 이젠 그 브록 러더퍼드 시대라는 헛소리가 좀 짜증나지 않아?"

섀드웰은 한 대 맞은 순둥이처럼 얼굴이 빨개졌다. 그는 당황스러워하면서 주위를 둘러보더니 "글쎄……" 하고 입을 뗐다. 손이 흔들리고 잔 속의 각얼음이 달그락거렸다. "물론, 음, 브록한테도 단점은 있지. 하지만…… 그러니까, 너도 알다시피, 적절한 타이밍은 아닌 것 같은데……"

"브록 러더퍼드는 개뿔, 크록 러버터드지. 늙은 말이 싼 고무 똥이라고."

섀드웰은 자제력을 잃었다. 하얀 백합 같은 순수한 마음에 충격을 받고는 킥킥거리기 시작했다. "루니, 넌 진짜 최악이야" 하고 그를 치켜세웠다.

"어이, 샌디!" 루니가 소리를 질렀다. "〈롱 루와 패니〉 부탁해!"

그 노래에 루 리델은 반대했지만 나머지는 찬성했다. "**롱 루와 패니!**" 샌디가 코드 하나를 쳤고, 느슨한 웃음이 바를 울렸다. "샌디, 있는 거 그 여자한테 다 줘!" 웬 떠버리가 소리쳤다.

"그러기엔 너무 늦었어." 샌디가 느릿느릿 말했다. 사람들은 다시 좋다고 소리를 질렀다.

얘들아, 이리 와서 소리 질러

나 맥주 한잔 사줘

그리고 잠깐 내 옆에 앉아봐

내가 패니 매캐프리 양과 롱 루 리델에 얽힌

희한한 이야기 하나

들려줄게!

그렇다, 멋진 경야였다. 모두가 농담을 하고 소리를 지르는 모습을 보면서 루니의 기분도 들떴다. 하지만 아직 부족했다. 뭔가 빠져 있었다. "어이! 별난 노인네들! 이쪽으로 와봐!" 루니가 소리쳤다.

"무신 일이셔, 패피?"

"이쪽으로 와봐!"

"패피, 내 팔꿈치 밑에 이 바가 없으면, 나를 지탱해줄 게 아무것도 없다고!"

그래도 루니는 계속 고집을 부렸고, 결국 모두가 그곳으로 향했다. 그가 모두를 모이게 했다. 그렇게 그가 모두를 불러 모았을 때, 그들은 바가 있는 쪽을 돌아봤다. 거기에 바로 그 여자가 있었다. 그전까지 그 여자를 알아본 사람이 아무도 없었는데, 어느새 그 여자가 바에 혼자 서 있었다.

"참 웃긴 세상이네." 제이크가 말했다.

"응, 그렇지. 맞는 말이야."

그의 이름은 영원히 빛날 거야
영원한 불꽃처럼 빛날 거야
그는 한창 젊을 때 목숨을 잃었지만
그의 영혼은 경기에서 살아 숨 쉴 테니!

용자들이여, 고개를 숙이고 눈물을 흘려라!
어린 데이먼에게 불행이 닥쳤다!
그들은 어둡고 깊은 무덤으로 그를 옮겼어
마법의 팔을 가진 소년을……

홀로 겉돌게 된, 울적해진 시커모어 플린은 차창 밖의 어둠을 가만히 바라봤다. 아무것도 보이지 않았다. 자신의 창백한 얼굴 모습도 비치지 않았다. 시선을 객차 안으로 힘없이 돌렸다. 익사한 사람처럼 아무 생각도 들지 않았다. 근심만 가득했다. 심란한 마음은 여기저기 요동치고, 철커덩 하는 열차의 요란한 바퀴 소리에 흔들리고, 연속성 없이 주춤주춤 나아갔다. 이곳과 저곳, 녹색과 금색, 태양과 그림자, 아들과 아버지, 아들과 아버지…… 동네 아이들의 외침. 뛰어오르기, 던지기, 달리기, 스윙. 승리한 모든 경기와 패한 모든 경기. 공이 그에게 튕겨져 오고, 던져지고, 옆으로 날아오고, 머리 위로 넘어가고 있었다. 그는 뒷걸음질 치고, 또 뒷걸음질 쳤다.

플린은 눈길을 돌렸다. 뒷걸음질 쳤다. 내일의 경기. 그러니까 어제의 경기. 철커덩 철커덩, 역이 점점 가까워진다. 글쎄, 거기에는 패턴, 전설, 그래프, 예언이 있을 수 있었다. 하지만 다른 무언가도 있었다. 그것은 느닷없이 찾아왔고, 견고했고, 실체가 있었다. 가끔은 그것을 잘 받아내 영예로 바꿀 수 있었지만, 가끔은 그것이 큰 실망을 낳기도 했다. 그리고 막을 수 없었다, 몸을 움직여 피할 수도 없었다. 거기에 이름을 붙이는 것조차 불가능했다! 그는 두려웠다. 본인만 생각해서 그런 게 아니었다. 자신의 팀만 생각해서 그런 것도 아니었다. 모두를 생각했을 때 그랬다. 모두 거기 있을 것이다. 파이어니어파크에서 열리는 브록 러더퍼드의 날 경기…… 그리고 그 외의 두 경기. 다시 시작. 선수 교체 알림이 있었다. **파이어니어스, 대주자**……

시커모어 플린은 모든 가능성을 염두에 두었다. 케이시 없애기. 최소한 대기시키기. 관두게 하기. 시즌 잔여 경기에서 소속 팀 닉스를 모두 기권 처리하기. 남은 시즌을 취소하고 어쨌든 바로 뒤에서 2위를 달리고 있는 파이어니어스를 우승시키기. 심지어는 협회 문을 아예 닫는 방법도 있었다. 안 될 게 뭐람? 지금의 과정이 없으면 과거가 죄다 무슨 의미를 갖겠는가? 아무 의미도 없다. 그런데 그래서 뭐? 정답은 없었다. 두려움뿐이었다. 그리고 그 외의 답은 전부 부족하거나 싸구려로 보였다. 결국 그는 경기를 다시 하고, 본인은 단순히 자기 역할만 해야 할 것이라고 생각했다. 하지만 그것마저 두려웠다.

플린의 딸은 사라지고 없었다. 아무런 메모도 남기지 않았다. 그럴 필요는 없었다. 플린은 딸의 마음을 이해했고, 그와 관련해서 아무것도 할 수 없었다. 딸을 돌아오게 할 수 있는 방법은 아무것도 없었다. 이제 해리엇은 플린에게 죽은 거나 다름없었다. 딸이 사랑했던 데이먼이 브록 앞에서 모습을 감추고 만 것처럼 말이다. 아니, 그보다 더 비참할지도 모른다. 죽은 데이먼은 아무런 증오도 남기지 않았기 때문이다. 그런 의미에서 플린은 브록이 부러웠다. 하지만 아니다, 그건 사실이 아니다. 자신의 감정을 속여서 죄책감을 덜려는 것뿐이다. 딸이 자신을 싫어한다고 해도 자신은 여전히 딸을 사랑할 수 있지만, 브록은 어떻겠는가? 시체를 사랑할 수는 없는 노릇이다.

황제 브록. 브록의 시대. 그렇지, 그렇지, 맞는 말이다. 하지만 모두를 앞에 두고 그런 말을 하는 것은 시커모어에게 상처였다. 속은 것 같은 그런 느낌. 시커모어를 화나게 했다. 매캐프리한테 화나고, 밴크로프트한테 화나고, 브록 러더퍼드한테 화가 났다. 하지만 그건 사실이라 어쩔 수 없었다. 시커모어 플린, 나이 57세, 명예의 전당 헌액자, 19년도부터 30년도까지 브라이드그룸스 유격수로 활약한 올스타, 28년도 MVP, 53년부터 니커바커스 감독을 맡아 2회 우승, 그런

그도 그 사실을 알고 있었다. 당시 현장에 바로 그가 있었기 때문이다. 시커모어는 19년도에 브록과 함께 데뷔했다. 그가 이룬 한 가지 쾌거가 있다면—브록을 비롯한 모두를 제치고—신인왕으로 뽑혔던 것이다. 하지만 브록은 시커모어에게 제대로 복수를 했다. 그렇다, 한두 번이 아니었다. 예를 들면, 3년 후 시즌 막판에 시커모어와 브록의 팀메이트 윌리 오리어리가 타격 부문 타이틀을 놓고 다툴 때 그랬다. 그해 파이어니어스는 우승을 쉽게 확정지었다. 막판에는 경기를 조금 슬렁슬렁하기까지 했다. 하지만 시커모어 플린이 타석에 섰을 때만큼은 예외였다. 마지막 시리즈에서 브록은 시커모어를 상대로 혼자 일곱 번 연속 삼진을 잡았다. 그리고 노아웃 주자 2루 상황에서 1루가 비어 있었기 때문에 시커모어를 적어도 비켜 갔어야 했을 때도 그냥 봐주지 않았다. 그해는 '플린 잡기 해'였다. 그리고 선수들은 그를 용케 잡았다. 결국 시커모어는 타격 순위 4위로 시즌을 마감했다. 황제 브록. 음, 그렇지, 젠장, 짜증나, 맞는 말이었다.

열차가 역에 도착했다. 시커모어는 혼자 있었다. 선수들은 그보다 먼저 돌아가 있었다. 역은 파이어니어파크에서 딱 한 블록 떨어져 있었고, 니커바커스 선수단이 머무르고 있던 호텔은 그보다 한 블록인가 더 가야 있었다. 그래서 시커모어는 걷기로 마음먹었다. 긴장을 풀어야지. 어쨌든 시커모어는 데이먼의 고향인 이곳에서 택시를 잡을 자신이 별로 없었다. 사람들이 알아볼 테고 그러면 별로 안 좋을 게 분명했다. 밤공기가 따뜻했지만, 그는 깃을 세우고 거리의 어두운 쪽을 골라서 이동했다. 그를 쫓아다니면서 괴롭히는 건 무엇일까? 죄책감을 **충분히** 못 느껴서 그런 걸까?

경기장 근처를 지나갔다. 경기장은 거대하게 우뚝 솟아 있었고, 조명이 꺼져 어둠으로 싸여 있었다. 거대한 폐허처럼 보였고, 죽음과 부패의 어두운 냄새를 풍기고 있었다…… 아냐, 아냐, 오래된 건물에서 으레 나는 일반적인 땀 냄새와 쓰레기 냄새일 뿐. 특히 야구장이 그렇지. 경기장은 플린에게 극심한 두려움, 바보 같은 두려움을 안겼다. 그러한 두려움을 없애려고 플린은 길을 건너가 경기장을 만졌다. 딱딱한 돌, 있는 그대로의 평범한 사물이 느껴졌다. 야구장. 다른 장소와 다를 게 없었다. 그러다가 아치형 입구 통로에 문이 없다는 사실이 떠올랐다. 무단으로 들어오는 사람은 어떻게 막지? 그냥 통로가 나 있고, 문과 출입구는 안쪽에 있겠지. 그러고는 안을 들여다봤다. 아무것도 보이지 않았다. 칠흑처럼 어두웠다.

플린은 내심 자신이 웃겼다. 건물이 진짜인지 보려고 길을 건너다니! 장례식이 사람 마음을 이렇게 만들 수 있다니, 재밌었다. 누가 자신을 봤다면 완전히 미친 사람인 줄 알았을 것이다. 주위를 힐끗 살펴보니 아무도 없는 것 같았다. 그는 자신을 벌주기 위해 손가락 마디 피부가 까질 정도로 벽을 세게 때렸다. 그리고 호텔 쪽으로 향했다. 하지만 바로 망설였다. 문이 달리지 않은 그 입구가 바보같이 신경 쓰였다. 잊자, 제발. 밤잠이 필요하다. 어쨌든 하룻밤 푹쉬자…… 하지만 내일 경기가 신경 쓰여서 잠을 잘 수 있을지 확신이 안 섰다. 음, 맞아, 서두를 게 뭐야? 플린은 돌아섰다.

역시 없었다, 문이 전혀 없었다. 경첩도 없었다. 그리고 안쪽은 어떤가. 안쪽이 그렇게까지 어두울 리가 없었다. 여기 가로등이 평소처럼 어두워서 안쪽이 그렇게까지 보이는 걸까? 안쪽으로 발걸음을 옮겼다. 여전히 보이는 건 없었지만, 막상 들어가보니 야구장으로 가는 입구라기보다는 통로에 가깝다는 걸 깨달았다. 손을 뻗어 조금씩 오른쪽으로 움직였다. 그렇지, 벽이다. 거칠고 축축했다. 벽에 의지해 몇 걸음 더 나아갔다. 특이하네. 공사 중인가. 굴을 파놓은 것일까. 날 밝을 때 와서 봐야 할 것 같다. 꽤 불안한 마음에 몸을 돌렸다. 그런데, 아니, 분명히 있었다. 불이 어둡게 켜진 거리가 있었다. 그런데 이제는 다른 뭔가가 있었다. 목소리들이 들려왔다. 뚜렷하진 않지만 멀지 않은 곳에서 들려왔다. 기다리는 게 나을 것 같다. 사람들이 도둑으로 오인할 수도 있으니까.

시간이 지나면서 마음이 초조해졌다. 길모퉁이에서 남자 몇 명이 여자를 꾄 얘기를 하고 있었다. 분명히 그랬다. 물론 저들도 경찰일 수 있었다. 가만히 있는 게 낫겠다. 그 시간을 이용해 조금 더 살펴봤다. 왼손은 앞쪽으로 내밀고 오른손은 벽면을 따랐다. 흙으로 되어 있었다. 땀이 흘렀다. 끝이 없어 보였다. 결국 플린은 포기하고 뒤로 돌아섰다. 그랬더니 이제는 길이 없었다! 공포가 몰려온 그 순간, 생각에 열을 올렸다. 그가 따라온 벽은 분명히 곡선을 이루고 있었다. 벽에서 물러섰다. 여전히 아무것도 보이지 않았다. 온 길로 되돌아가는 게 낫겠지. 그래서 벽으로 손을 뻗었는데 벽을 찾을 수 없었다. 그러자 정말 공포에 사로잡혔다. 그 즉시 사방으로 허둥지둥 움직이며 돌아섰다. 이제는 목소리가 두려운 게 아니라 자신이 비명을 지를까봐 두려웠다. 왜? 알 수 없었다, 아! 벽이다! 그런데 무슨 벽이지? 숨이 거칠어졌다. 부끄러웠다. 잠시 정신을 못 차렸다. 자, 뭐지, 오른쪽 아니면 왼쪽? 그는 아까 그 벽과 같은 벽이라 믿기로 하고, 이제 왼손으로 벽을 따라갔다. 하지만 100걸음 정도 와서도 길이 안 보이자 자신의 판단이 틀렸음을 깨달았다. 그저 더 깊이 들어가고만 있었다. 그래서 뒤로 돌아섰다. 침착해. 쉽게 찾을 수 있을 거야. 숫자를 세도록. 그리고 100걸음을 가서 멈춰 섰다. 이쯤에서 시작한 게 분명한데. 50~100걸음 더 가면 거리가 보이는 게 맞다. 하지만 20걸음 더 갔을 때, 벽이 갑자기 오른쪽으로 굽었다. 플린은 침을 삼키고 입술을 핥았다. 계속 생각해. 침착해. 벽에 등을 기대고 수

직으로 나아갈 수도 있었다. 그렇게 해서 이내 반대편에 있는 벽을 찾는 것이다. 하지만 당장 의지하고 있는 이 벽에서 떨어지고 싶지 않았다. 그리고 막상 다른 벽을 찾는다고 쳐도, 그땐 어느 쪽으로 갈 건데? 게다가 이곳이 정말 굴착 공사 중이라면 구멍이 몇 개 있어야 했다. 그가 넘어지고 다쳐서 여기서 밤을 새야 할 수도 있다. 그런데 아니다. 생각해보자. 이 터널은 어디론가 분명히 통한다. 어떤 다른 비상구로 통할지도 모른다. 그 생각만 하고 움직이는 게 낫다. 그는 자신이 맞닥트린 오른쪽 굽이길이 꺼림칙했다. 그래서 왔던 길로 다시 똑같이 되돌아갔다. 오른손은 앞으로 내밀고, 왼손은 거친 통로 벽을 따랐다. 그렇게 100걸음을 갔을 때, 벽이 왼쪽으로 또 확 굽었다. 너무 이른 타이밍이었다. 보폭이 커진 게 이유였을지도 모른다. 이제 돌아가봤자 소용이 없다. 계속 가는 게 낫다. 생각하지 마. 안 그러면 혼란스러워지니까. 움직여, 그냥 움직여, 막 가. 그는 마음속으로 자신을 계속 채찍질했다. 그렇지. 계속 움직여. 하나, 둘, 셋. 하지만 그렇게 100걸음쯤 갈 때마다 벽은 다시 왼쪽으로 굽었다. 결국 제자리를 맴돌고 있었던 것이다. 어쩌면 나선일지도 모른다. 뭐 이런 거지 같은 야구장이 다 있어? 질문하지 마. 계속 가. 이제는 오르막인 듯. 무릎 들어. 자, 본때를 보여줘, 쭉쭉 가! 플린은 땀에 젖어 있었다. 옷이 몸에 달라붙는 느낌이 들었다. 공기는 무거웠다. 심장이 너무 빨리 뛴다! 그는 오른손을 내려 심장 박동을 느끼다가 갑자기 오른쪽으로 굽은 벽에 세게 부딪혔다.

얼굴이 쓰라렸다. 어질어질했다. 끈적끈적하다. 시커모어는 그 모퉁이에서 멈춰 섰다. 반쯤 체념하고 호흡을 가다듬었다. 그리고 그곳이 어딘지 알았다. 자신이 있어야 할 덕아웃이었다. 1루 근처 원정 팀 덕아웃. 여전히 어두워서 제대로 보이는 건 없지만 이제 아예 어둡진 않았다. 덕아웃을 통해 그라운드 위로 발걸음을 옮겨 자신의 위치를 파악하고는 신선한 공기를 마셨다. 그때 그렇게 덕아웃을 빠져나오면서 그곳에 있는 이들을 봤지만 이내 시선을 돌렸다. 아냐, 너무 나갔네. 그라운드 위에 나와서도 밤공기는 갑갑하기만 했다. 시커모어는 홈베이스가 있을, 있어야 할 쪽을 바라봤다. 하지만 등이 따끔거렸다. 또 그림자의 장난인가, 하고 생각했다. 밤은 항상 그랬다. 비이성적이었다. 하지만 그는 그들이 그곳에 있다고, 자신이 그들을 봤다고 확신했다. 벤치에 앉아 있었다. 그게 누구인지는 모르겠지만 그들은 그의 등 뒤 그곳에 있었다. 상상일까. 돌아가서 확인해봐. 아냐, 바보처럼 굴지 마. 그러다가 이런 데 와버린 거잖아. 그때 홈베이스 뒤에 있는 출구가 떠올랐다. 그쪽으로 가. 여기서 나가. 그렇지. 뛰지 말고 걸어. 침착하면서 잽싸게. 그는 먼저 베이스를 발견했다. 보이는 건 그것뿐이었다. 결국 그는 달렸다.

하지만 1루에서 갑자기 멈춰 섰다. 사람의 모습이 도사리고 있었다. 피할 수 없었다. 어두워진 그라운드 위에 플린이 혼자 있었고, 그의 뒤로 정말 귀신 같은 대기 선수들이 모인 덕아웃이 있었고, 그 뒤로 터널이 있었다. 그리고 그보다 더 무시무시한 것이 앞에 있었다. 그 사람은 2루로 향하는 베이스라인을 따라 1루에서 여섯 걸음 떨어져 있었다. 시커모어는 야구 습관에 따라 자신도 모르게 이런저런 생각을 했다. 저 사람 베이스랑 너무 가까이 있잖아. 그게 아니라 1루 쪽으로 가려는 건가. 누가 홈에서 오고 있나? 볼넷? 아니면……? 아하. 아, 아니야.

축축하고 눅눅한 바람이 플린의 두 발목을 휘감고, 그의 등을 타고 내려왔다. 그래서 그의 옷이 홱 당겨지고 흔들거렸다. 그리고 1루수의 바지는 미동조차 없는 발목 쪽에서 펄럭였다. 플린은 그 자리에 박혀버린 느낌을 받았다. "맷?" 하고 속삭였지만 답이 없었다. 입이 마르고 목소리가 잠겼다. 자신의 목소리가 거의 들리지 않았다. "맷, 너 맞아?" 얼굴은 어둠에 묻혀 특징이 잘 안 나타났지만 몸, 체형은 맷 개리슨 같았다. 항상 그렇듯이 모자는 앞으로 기울어져 있고, 턱은 돌출되어 있었다. 그렇게 그 자리에 가만히 있었다. 플린은 움직이지 않는 그 1루수를 계속 바라보면서 주위를 돌다가 물러섰다. 홈으로. 비상구로. 이런, 여기서 나가야 돼. 이건 뭔가 끔찍해.

그러다가 그는 멈춰 섰다. 신발 밑으로 잔디가 느껴졌

다. 베이스라인은 아니었다. 그곳에서는 벗어났다. 틀림없이…… 틀림없이 마운드 근처였다. 맞다. 그리고 그때, 누군가 그의 뒤에 있다는 걸 알았다. 굳이 볼 필요는 없었다. 그럴 용기도 없었다. "자크?" 여전히 맷 개리슨의 형체, 그리고 맷 너머로 자신이 나왔던 덕아웃의 검은 입구는 어렴풋이 알아볼 수 있었다. 매컬리스터 위크스는 2루 쪽에 있었다. "자크, 너야?" 이 새끼야, 돌아서봐. 안 돼요, 죄송해요, 정말 안 돼요. "자크, 끝까지 던지고 싶으면……" 그는 케이시의 얼굴을 상상할 수 있었다. 깡마른 얼굴에 툭 튀어나온 광대뼈. 푹 파이고 어두운 고독한 자의 눈. 저 고정된 차가운 시선. 그래도 돌아서 볼 수 없었다. "이것만 알려줘, 내가 할 수 있는 게……" 밤바람. 황량한 그라운드. 고장 나고, 부서지고, 사라질 자신의 심장. **"자크, 너 우리한테 왜 그랬어?"** 플린은 울고 싶어졌다. 그의 뒤로 케이시를 지나, 홈베이스를 지나 출구가 있다는 걸 깨달았다. 나가는 길일 수도 있고 아닐 수도 있었다. 하지만 불가능했다. 이곳에서 벗어나기만을 바랐지만 절대 불가능했다. 돌아설 수도 없었다. 게다가 출구로 가는 도중에 홈베이스에서 어떤 광경을 맞닥트릴지도 알 수 없었다. "나 그만할래."

바로 그때 조명이 켜졌다.

4

플린은 마운드를 등지고 섰다. 아마 두 명의 구원투수가 몸을 풀고 있는 불펜 쪽을 바라보는 동시에 파이어니어스의 대주자가 들어오자 맷 개리슨이 1루 쪽으로 가는 모습을 보고 있었을 것이다. 그런데 저 대주자가 누구지? 저 팀에 누가 있었지? 턱 윌슨일지도 모른다. 오케이, 밴크로프트는 러더퍼드를 대신해 윌슨을 내보냈다. 헨리는 식탁 위에 놓인 주사위 세 개를 멍하니 바라보면서 그 모든 광경을 다시 떠올리려고 애썼다. 시합의 진행 상황을 정상으로 되돌려놓는 것이다. 헨리는 검은 상복을 입은 페니모어 매캐프리가 되어 이런저런 명령을 내렸고, 바니 밴크로프트가 되어 이번 경기에서 반드시 이겨야 한다고 선수들을 재촉했고, 원로 집단 전체가 되어 분노한 거인 패널처럼 앉아 있었고, 포수 천시 오셔가 되어 이 사건 때문에 완전히 풀이 죽은 채 홈베이스 뒤에서 울고 있었다. 그리고 심판 프로스티 영이 되어 무슨 일이 있어도 경기를 해야 한다고 큰 소리를 내는 한편 선수들을 정해진 위치로 돌려보내야 하는 게 자기 의무이긴 하지만 힘들겠다고 생각했고, 브록 러더퍼드의 날 행사를 맞아 파이어니어파크에 온 파이어니어스 출신 은퇴자 한 명 한 명이 되어 이제 약간 놀란 상태로 스탠드에서 일의 추이를 지켜보고 있었다. 하지만 그는 무엇보다 녹초가 되고 술에 떡이 된 소유주 제이 헨리 워일 뿐. 이건 다 큰 어른이 근무일 새벽에 하기에는 정말 말도 안 되는 일이라는 생각이 들었다. 앞으로 두 시간 후에 늙은 지퍼블래트를 어떻게 보려고 그럴까?

하지만 플린은 기어이 돌아서서 자크 케이시에게 물었다.

"이 경기 계속하고 싶은 거 확실해?"

"네, 안 될 게 뭐예요?"

"교체하고 싶으면 언제든—"

"잊어요. 그냥 가자고요." 케이시는 안달을 했다.

그러자 플린은 어쩔 수 없다는 듯이 고개를 절레절레 흔들었다. 그리고 그라운드에서 내려왔다. 케이시가 근본적으로 옳았다. 끝내버려. 무슨 일이 일어났는지 봐봐. 관중석은 여전히 쥐 죽은 듯 조용했지만 붐볐다. 그들 모두 돌아왔다. 그곳에 있고 싶어 했다. 누가 알겠는가? 이것이 UBA의 마지막 경기가 될지도 모른다.

헨리는 맞아서 지금 땅에 묻힌, 평화롭게 잠든 타자의 대주자로 윌슨을 적었다. 하지만 장갑을 끼고 있다보니 손가락이 말을 잘 듣지 않아 나중에는 읽을 수 없는 글자가 되고 말았다. 그래서 장갑을 벗어 선반 위에 던져놓고 썼던 글자를 그 위에 베껴 썼다. 그래도 읽기 꽤 힘들었다. 헨리는 경기 상황을 살폈다. 3회 말, 파이어니어스 공격, 1루에 윌슨이 나가 있고 노아웃, 신인 대 신인 차트에서 케이시를 상대하는 타자 램지. 그리고 헨리는 이 경기를 재개하기 위해 구장에 있는 사람들이 어땠는지, 어때야 하는지 누가 큰 소리로 뭐라 하든 상관없이 어렴풋이 그림을 그리기까지 했다. 그리고는 주사위들을 집어 주먹 안에서 빈볼을 흐트러뜨린 다음 토비 램지 순서를 시작했다. 상황이 다시 전개되었다. GO 1B/R Adv 1 if F. 1루수 개리슨이 단독으로 땅볼을 처리해서 램지는 아웃, 하지만 윌슨은 2루까지 나갔다. 그러자 헨리는 이제 밴크로프트 감독처럼, 아니면 윌리 오리어리 같은 옛날 파이어니어스 선수 중 한 명처럼 생각하면서 갑자기 램지가 사인을 받아서 번트를 댔어야 한다고 여겼다. 하지만 정말 별일은 아니었다. 어쨌든 결과는 똑같았다. 그리고 또 이런 생각도 들었다. 밴크로프트는 왜 턱 윌슨 같은 나이 든 땅딸보를 대주자로 내보냈을까? 그는 분명히 젊은 선수 중 하나를 쓰려고 했다. 머릿속이 복잡해졌다. 하지만, 에잇, 그렇게 해서는 야구 경기를 진행할 수 없다. 헨리는 이상하게 숨이 막혔다. 알고 보니 아직 외투를 입고 있었다. 그래서 헨리는 외투를 벗어 의자 등받이에 걸쳐놨다. 이제는 원 아웃에 주자 2루, 타석엔 그래머시 로크가 들어섰다. 케이시가 고의4구를 내주고 더블플레이를 노려야 한다는 뜻이었다. 헨리는 개인적으로 로크가 치고 나가는 걸 보고 싶었고, 모두가 치고 나가는 걸 보고 싶었지만 게임의 법칙을 따랐다. 그 결과 1루에 로크, 2루에 윌슨, 타석에 해트랙 하인스가 들어섰다. 이제 파이어니어스 타자 네 명 연속으로 신인 대 스타 차트를 적용할 차례. 지금쯤 루상에 있는 선수들이나 덕아웃에 있는 선수들끼리 잡담을 좀 할 테고, 관중석에서도 끼리끼리 모여 야단법석을 떨 거라고 생각했지만, 들리는 건 없었다. 헨리가 굴린 주사위로 하인스가 볼넷으로 나가자 주자는 만루가 되었다. 이제 홈런왕 위트너스 요크가 타석에 들어섰다. 그제야 그는 미소 지을 수 있었다. 그리고 머리를 긁으면서 자기 모자를 어디에 놔뒀는지 궁금해하기도 했다. 주사위를 굴렸다. FO RF/R Adv1. 아, 우익수 뜬공 아웃이라니 꽤 실망스러웠지만, 적어도 포구 후에 노장 턱 윌슨이 3루에서 뒤뚱뒤뚱 들어오고, 다른 주자들이 2, 3루 스코어링 포지션에 서게 되었다. 투 아웃, 타석에는 스타 타자인 스탠 패터슨. 하지만 패터슨은 너무 잘하려고 했는지 삼진을 당했다. 그게 끝이었다. 삼진! 헨리는 경직된 두 팔에 의지해 탁자로 몸을 굽히고 서 있었다. 그렇게 실의에 빠져 유니버설야구협회를 내려다봤다. 아무 일도 안 일어난 거나 마찬가지였다. 케이시는 상대 타자들을 여전히 압도하고 있었다. 파이어니어스가 닉스를 여전히 1 대 0으로 앞서고 있었지만, 안타를 친 사람은 아직 없었다.

헨리는 스카프를 잡아 빼 싱크대 옆 건조대에 던져놓고 털썩 주저앉았다. 자러 가야 해. 안 돼, 그러면 영영 못 일어나서 직장에서 잘릴 터였다. 오늘은 금요일. 하루만 어떻게 버티면 주말에 쉴 수 있었다. 그래, 다음은 누구지? 아 잠깐만, 그렇지, 파이어니어스에는 새로운 투수가 필요했다. 그게 누가 될까? 에이스인 미키 핼러팩스를 쓰는 게 나을 듯. 파이어니어스는 이 게임을 이겨야 하니까. 안 그런가? 그렇다. 헨리는 한쪽 팔꿈치를 괴고 앉아 잠을 쫓아가며 계속 주사위를 굴렸다. 그사이에 지퍼블래트에 대한 막연한 두려움이 찾아오기도 하고, 샌디의 노래들이 취기 가득한 머릿속에서 방황하기도 했다. 두 이닝 동안 천시 오셔만 빼고 별일은 없었다. 눈앞이 안 보일 정도로 후회의 눈물을 쏟아낸 이니커바커스의 신인 포수는 5회에 3루타를 치면서 러더퍼드-핼러팩스의 노히트 기록을 깼다. 운 좋게 오셔가 루상에서 아웃되면서 핼러팩스는 이닝을 마무리했지만, 그사이에 파이어니어스가 한 것은 아무것도 없었다.

오케이, 이제 6회가 되면서 그 경기는 하나의 완전한 경기로 공인되었다. 경기가 중단되어도 상관없었다. 지금으로 서는 파이어니어스가 1 대 0으로 이기게 된다. 그래서 하늘 의 구름을 살펴보는 것이 프로스티 영에게는 당연한 유혹 으로 다가왔다. 하지만 반대로 케이시가 노히트 게임을 펼 치고 있었기 때문에 파이어니어스에게 그걸 깰 수 있는 기 회를 한두 번 더 주지 않으면 많이들 분하게 여길 게 분명했 다. 게다가 아직 출근 시간이 되지 않아 헨리는 뭔가를 해야 했다. 헨리는 버너에 불을 켜서 하루를 넘긴 커피를 데웠고, 자신에게 말을 걸어 예전의 흥분을 되찾으려고 했다. "좋았 어, 애들아, 기운 내, 정신 차리자!" 하고 외치기까지 했다. 너무 대놓고 목조 테이블에 이야기를 하고 있었던 셈이다. 술 취한 또라이 할배가 따로 없네, 넌 병원에 좀 갇혀야 해, 하는 생각이 들었다.

하지만 헨리는 주사위들이 내는 결과를 보기 위해 어쨌 든 앉았다. 그가 생각하기에는 확실했기 때문이다. 어떤 일 이—요컨대 데이먼의 죽음이 불러온 아픔을 **치유해줄** 일 이—일어나거나, 그가 지금까지 한 모든 작업이 쓰레기통 으로 들어가거나, 어느 쪽이든 하나는 일어날 것 같았다. 그 런데 막상 뚜껑을 열어보니 니커바커스가 핼러팩스를 탈탈 털기 시작했다. 여기에 아주 알맞게 포문을 연 사람은 직선 타구로 안타를 만들어낸 '킬러' 케이시였다. 그러고 나서 아 웃 카운트 두 개가 올라간 다음 개리슨이 2루타, 볼드윈이

1루타, 매캐미시가 홈런을 치면서 경기는 순식간에 4 대 1이 됐다. 미친 자크와 그의 팀 니커바커스가 앞서 나갔다. 물론 파이어니어스가 반격할 시간은 여전히 충분했다. 헨리는 6회 말 주사위를 던지면서 그들에게 짜증 섞인 소리를 질렀다. 그냥 주사위에 대고 지른 것일 수도 있었다. 하지만 매정한 케이시는 그들을 삼자범퇴로 처리했다. 고집불통에 냉혈한 새끼. 그리고 이어진 7회, 오래도록 행운이 따랐던 7회에는 울보 오셔가 좌측 담장을 때리는 2루타로 니커바커스 공격의 포문을 열었다. 이어서 머스그레이브스의 볼넷, 케이시의 2타점 2루타, 케이시를 홈으로 불러들인 뱃킨의 1루타가 이어졌다. 놈들은 계속 웃고 있을까? 위크스가 삼진으로 물러났지만 개리슨의 1루타와 볼드윈의 볼넷이 이어지면서 만루가 되었다. "에이, 그 에이스 새끼 교체해버려!" 헨리가 넌더리를 치면서 핼러팩스에게 툴툴거렸다. 그리고 드루 맥더모트를 구원투수로 올렸다. 이어서 매캐미시가 친 공은 3루수 해트랙 하인스 쪽으로 갔지만, 해트랙이 공을 더듬으면서 한 점이 더 올라갔다. 그리고 메이벌리가 1루타를 쳐서 한 점이 더 올라갔고, 오셔가 이번 경기 세 번째 안타를 치면서 한 점이 또 올라갔다. 오른손으로 턱을 괴고 왼손으로 주사위를 던지던 헨리는 그들이 베이스를 활보하는 모습을 지켜봤다. 아예 산책을 하고 있었다. 이어서 니커바커스의 라인업 전체에서 유일하게 안타가 없던 머스그레이브스까지 1루타를 치고 나가면서 매캐미시를 홈으로 불러 들였다. 이로써 또라이 자크가 이번 이닝에만 두 번째로 타석에 들어섰다. 이제 상황은 만루에다 경기는 완전한 참패로 치달았다. 헨리는 심한 우울함과 메스꺼움을 느꼈다. 케이시가 방망이를 휘둘러 공의 껍데기까지 찢어버릴 거라는 생각도 들었다. 하지만 실제로 그런 일은 일어나지 않았다. 책의 모든 규칙과 플린의 사인과는 반대로 케이시는 번트를 댔다. 어마어마한 상황에서 스퀴즈번트를 댔던 것이다. 그렇게 메이벌리가 3루에서 홈으로 들어왔다. 그리고 파이어니어스 포수 로이스 잉그램이 1루로 악송구를 하는 바람에 케이시는 세이프가 됐고, 그 에러를 틈타 오셔가 슬라이딩으로 홈인해 연속 득점을 올렸다. 미쳤지만 현실이었다. 거기서 끝이 아니었다. 뱃킨의 뜬공이 하인스한테 잡혔지만, 위크스의 1루타로 머스그레이브스가 홈에 들어왔고, 맷 개리슨의 2루타로 케이시가 득점에 성공했다. 결국 비프 볼드윈이 센터 쪽 직선타로 아웃되면서 대학살이 막을 내렸다. 니커바커스 15점, 파이어니어스 1점. 헨리는 파이어니어파크에서 일어나는 일을 제대로 볼 수 없었지만 거의 모든 팬이 경기장을 떠났다는 건 확실히 알 수 있었다.

커피는 아까부터 끓고 있었고, 부엌은 냄새로 가득했다. 헨리는 겨우 의자에서 일어나 버너를 끄고 커피를 통째로 싱크대에 쏟아버렸다. 별 하나 없는 바깥 하늘은 점점 어두워지고 있었다. 일부 네온사인은 어스름 속에서 환한 빛을 내며 이름과 위업을 뚜렷이 드러냈다. 새로우면서도 따분한 질서를. 헨리는 손목시계를 확인했다. 그 노인네와 마주하기까지 아직 한 시간도 더 남아 있었다. 그 사람한테 뭐라고 말하면 좋을까? 이번이 마지막일 텐데, 그래도 어쩔 수 없다. 애들아, 나 잘렸어, 몸까지 아파. 그가 가장 바랄 수 있는 건 심하게 야단맞는 것이었다. 하지만 오늘 아침처럼 기분 나쁜 건 무슨 일이 있어도 정말 바랄 게 아니었다. 지금은 가을이었지만 헨리는 한겨울 같은 느낌이 들었다. 하지만 아니다, 야구 시즌 중이었다. 기억하는가? 푸른 들판, 뜨거운 태양, 외야석에서 외투를 벗어제낀 채 포기하지 않고 남아 있는 광팬들. 헨리는 탁자 쪽으로 돌아섰다.

누구였더라? 잉그램. 데이먼의 옛 배터리 동료. 그는 삼진을 당했다. 빌어먹을, 연속 세 번째였다. 그다음으로 윌더는 1루타를 쳐서—결국—미친 자크의 노히터 행진을 깼다(묘하게도 헨리는 실망감을 느꼈다. 그런 벌은 너무 가벼웠기 때문이다). 하지만 굿맨 제임스가 병살타를 쳤다. 왜 내가 날 이렇게 죽이고 있는 거지? 그렇게 궁금해하면서도 헨리는 계속 주사위를 던졌다. 그리고 8회 초, 니커바커스의 월트 매캐미시가 볼넷을 얻어낸 다음 메이벌리가 뜬공을 쳤는데, 위트너스 요크가 그 공을 놓쳤다. 이어서 분발한 오셔가 그날의 네 번째 안타를 만들어내면서 매캐미시를 홈으로 불러들였다.

그리고 머스그레이브스가 걸어 나가면서 만루가 됐고, 케이시가 때린 공이 마운드로 날아가 맥더모트의 손가락을 강타했다. 에러로 두 점이 났다. 너무 심했다. 헨리는 부엌 너머로 주사위들을 던지고는 찬물로 샤워를 하고, 깨끗한 옷을 입고, 식탁 위 전등의 쇠줄을 당겨 불을 끈 다음 아침을 먹으러 나갔다.

버스는 정류장에 섰을 때 이미 만원이었다. 헨리는 바깥바람을 쐬니 이미 기분 전환이 되어서 내친김에 걸어갈까 싶었다. 하지만 늦게 도착할 수는 없었다. 오늘은 안 된다. 그래서 헨리는 사람들 사이를 비집고 들어가 아침 순례에 나선 그 짜증나는 단체에 가입했다. 기침하고 코 훌쩍이는 소리가 시끄럽게 들리고, 코를 비비며 크게 재채기를 하는 사람도 있었다. 머리를 무방비 상태로 두고 미생물 습격을 받은 헨리는 결코 안전한 느낌을 받지 못했다. 결국 그는 꾸역꾸역 뒤로 가서 두 정거장 전에 내렸다. 버스는 깊이 안도하듯 숨을 토했다. 헨리는 길모퉁이에 위치한 가판대에서 신문을 샀다. 거의 잊고 있었던 오래된 충동에 따라 동전을 넣고 신문을 덥석 잡아챘다. 그렇게 이 세상이나 다른 세상의 일들을 가슴에 새겨 넣으려고 했다.

카페에 도착한 헨리는 루가 있는지 찾아봤다. 아직 없었다. 헨리는 신문의 헤드라인을 힐끔힐끔 봐가면서 카운터 앞에 있는 작은 탁자들 중 하나가 비길 기다렸다. 일을 관두고 결혼한 어떤 성직자. 금은 부족. 경찰의 급습을 당한 난장 파티. 강간과 살인. 새로운 대규모 전쟁 발발. 테이블 하나가 비자, 헨리는 두 번째 의자에 스카프를 걸어 그 테이블을 차지했다. 전쟁은 모든 세대에 필수 요소 같았다. 민족정신을 북돋우기 위한 야외극. 한 칼럼니스트는 우주 전쟁을 통한 무혈 전쟁을 권했다. 헨리는 그의 말에 공감했지만 그럴 일은 절대 있을 리 없었다. 추상에 지나지 않았다. 사람들은 사상자 명단, 얻고 잃은 영역을 표시한 화면, 전략 및 보복 기능을 취한 별도의 무대 세트, 막히거나 복구된 공급 및 통신 경로, 군함의 총 톤수, 사망자, 격추된 비행기, 계산 가능한 누적 득점처럼 결집한 포로 등을 필요로 했다. 게다가 전쟁에는 모두가 참여할 수 있었지만, 우주 전쟁에는 소수만 참여할 수 있었다. 전쟁은 강한 성욕을 대량으로 발산하기 위한 매음굴과 같았다. 광기. 어쨌든 헨리가 전쟁을 만들고 있지 않은 것은 확실했다. 테이블 위의 접시들은 아주 요란한 소리와 함께 치워졌는데, 그 소리가 무방비 상태의 뇌를 강타하면서 그는 움찔했다. 포기하면 안 돼, 하고 그는 스스로에게 주의를 줬다. 웨이트리스는 걸레로 테이블을 닦았는데, 그 걸레에서 꼰대 노인과 죽은 생선 중간의 냄새가 났다. 그는 머핀과 커피를 주문하면서 그 고통이 누그러지길 바랐다.

새로 들어온 손님들이 씩씩거리며 다가와서는 스카프가

걸쳐진 의자에 앉아도 되는지 물었다. "죄송해요, 사람 있어요." 헨리는 그들의 도끼눈을 피해 신문 쪽으로 고개를 숙이고는 뜨거운 커피를 홀짝였다. 커피에 감사했다.

이윽고 손에 여분의 모자(헨리의 회색 펠트모)를 든 루가 나타났다. 루는 흥분한 채 카운터와 테이블들 사이의 통로를 헉헉거리며 지나왔다. 남의 발을 차고, 팔꿈치를 밀면서도 모자를 높이 휘두르며 벌게진 얼굴로 활짝 웃고 있었다. 그야말로 꾸밈없는 인간. "헨리, 너 어제 모자 놓고 갔더라!"

헨리는 여분의 의자 위에 있던 스카프를 치우고 모자를 받았다. "루, 고마워." 그리고 루가 그의 맞은편에 완전히 자리 잡을 때까지 커피와 탁자를 붙잡고 있었다.

"걱정됐어. 그러니까, 네가 어디 있을지…… 너 오늘은 뭐할 거야? 그러니까……?"

"몰라. 내가 해야 할 건—"

"어젯밤에 네가 집에 있을 거라고 생각하고 잠깐 들렀어. 아래층에 조리 음식점에 물어봤거든. 걱정되더라. 모르겠어, 네가 다른 데로 가버렸을지도 모르고, 아니면……"

"술 마시러 나갔었어."

"술? 아."

"주문하시겠어요?"

"어쨌든, 혹시나 해서 오늘 아침에 또 들렀어. 너한테 모자가 필요할 거라는 생각이 들었고, 내가 올라가봐야겠다는 생각이 들었고, 음, 그러니까, 네가 뭘 하는지, 어떻게 있는지 모르니까…… 그런데 디스킨 씨가 오늘 아침에 네가 나가는 걸 봤다고 하더라고. 그래서—"

"루, 종업원이 주문 기다리잖아."

"응? 아! 어, 4번, 계란은 이지 오버로 주시고 티도 주세요. 그리고 대니시도 주시고." 그는 입술 사이로 혀를 내밀고 차고 있던 손목시계를 힐끔 봤다.

"4번에 티랑 대니시빵!"

"아, 어, 저기요……" 웨이트리스가 그에게 돌아서자 루는 얼굴을 붉혔다. 그리고 수줍게 미소를 지었다. "4번을 두 개…… 주시겠어요?"

"방금 4번 두 개로!"

"야, 그 사람이 만든 패스트라미 정말 죽이더라."

"누구?"

"디스킨 씨" 하고 루는 미소를 지었다. 음, 어쨌든 루는 헛심만 쓰지는 않았다. 홀리 티베트가 따로 없었다.

"루, 있잖아, 내가 이런 생각을 해봤어. 세상을 여덟 개의 클럽으로 나눠서 재산을 대략 비슷하게 나눠준 다음에, 당장 참여 가능한 천재들로 구성된 우주 팀을 번갈아 가면서 고르라고 하면 어떨까 하는……"

"무슨 소리야, 헨리?"

"우주 전쟁. 봐봐, 통계적으로 더 재밌게 만들 수만 있다면 말이지, 예를 들어, 규칙을 만들어서 우주 팀이 구성원을 사고, 팔고, 트레이드할 수 있도록 하고, 규칙을 어기면 주요 과학자랑 비행사를 벤치에 둘 수 있는—"

"헨리, 너 혹시……" 루는 몸을 앞으로 기대고 헨리의 얼굴을 의아하다는 듯이 살폈다. 소름 끼치는 뭔가를 찾는 듯했다. "너 괜찮아? 너 말이야, 모르겠는데…… 달라진 것 같아."

"조금 피곤해서 그래, 루. 잠을 많이 못 잤어."

"아." 음식이 도착했다. 여러 접시에 담겨 나왔다. 그러자 루의 크고 둥근 얼굴에 서려 있던 괴로움이 어느 정도 사라졌다. 그리고 루에게 궁금증이 생겼다. "자, 헨리, 식사 충분히 한 거 확실해?"

"당연하지, 많이 먹었어." 루는 빈 머핀 접시를 경멸하듯이 쳐다보더니 계란을 뜨면서 다시 헨리의 얼굴을 바라봤다. 음, 내가 변하긴 했지, 하고 헨리는 생각했다. "걱정하지 마, 루, 괜찮을 거야." 헨리는 너무 피곤해서 가만히 있지 못했다. 앉은자리에서 자세를 바꾸고 심호흡을 몇 번 했다. "어쨌든 별일 아니야." 루가 정말 제대로 자세를 잡고 먹는 모습을 보면 굉장했다. 모든 어색함은 사라지고, 그의 손가락은 악기를 대하듯 음식을 다뤘다. 그리고 얼굴은 기쁨과 약간의 노고로 상기되었다. 그래도 거기에는 악마 같은, 파괴적인 무언가도 있었다. 이 엄청난 거구는 기회만 되면 보이는 대로 먹어치울 수 있을 듯했다.

"가장 좋은 건 지프한테 내가 아팠다고 말하고 그걸 지프가 믿어주길 바라는 거라고 봐."

놀란 루는 계란에서 눈을 들어 헨리를 쳐다봤다. "그래도" 그는 입에 문은 노른자를 종이 냅킨으로 꼭꼭 눌러 닦았다. "사실대로 말하는 게 어때?"

"사실대로?"

"그, 있잖아, 너희…… 그러니까, 그 친척, 장례식 치렀다는……"

"아, 그거!" 헨리는 속으로 미소를 지었다. 맞다, 그럴 수도 있다…… "모르겠어, 그러고 싶지는 않은데……"

"가족 중에 누가 죽었을 때 출근하는 사람 없잖아, 헨리. 지퍼블래트 씨도 이해할 게 당연하고. 그 사람이 인정머리가 없진 않아."

"그렇게 생각진 않아."

"너는 그러니까, 말하고 싶지가 않은 거야?"

"그런 셈이지."

루는 씹다 만 페이스트리를 볼 안에 가득 넣고 활짝 웃고는 손가락으로 자신을 가리켰다. 지지자. "내가 먼저 가서 말할게." 입안에 든 대니시 탓에 듣기는 조금 어려웠던 우호의 전언이었다.

두 사람이 모이면 적대, 세 사람이 모이면 연정, 맞는 말이다. 덩켈만·차우버 앤드 지퍼블래트 회사를 대표해 호레이스 지퍼블래트가 헨리를 맞이한 태도에는 여전히 진심이 부족했을지 모른다. 하지만 나이 든 그는 분명히 위로의 고갯짓으로서 자신의 머리를 까딱였다. 그리고 부끄러운 듯이 뭔가 위로의 말을 전하고 우거지상으로 바닥을 보면서 고인을 추모했다. 루가 미리 얘기한 덕분이다. 그리고 지퍼블래트는 시계를 힐끔 보고는 헨리가 정시에 도착했을 뿐 아니라 5분이나 일찍 도착했다는 걸 확인했다. 그러고 나서 유리로 둘러싸인 개인 사무실로 돌아가 나머지 사원들의 시간을 체크했다.

물론 그날 헨리가 자기 컨디션을 고려해 쓸 수 있는 전략은 하나밖에 없었다. 빈손으로 허세를 부리는 것이었다. 남은 거라고는 의지밖에 없었는데 그마저도 줄고 있었다. 그는 각각의 행위 의식을 체계적으로 이어나갔다. 외투와 모자 걸기, 원장 모으기와 분류하기, 연필 깎기와 펜 채우기, 서랍 정리하기, 헛기침하기, 책 펴기, 지우개 찾기, 턱 쓰다듬기, 칼라 풀기, 몸을 의자에 맞추기, 불량 펜촉 검사하기, 불량 펜촉 교체하기. 그러고 나니 하루 총 근무량 7.5시간 중 17분이 지나 있었다. 야, 넌 못할 거야, 하고 자신에게 충고한 그는 앞에 펼쳐진 장부에서 판독 불가한 항목을 읽어내려는 듯이 몸을 움찔했는데…… **정말** 읽을 수 없었다. 보이는 게 하나도 없었다.

헨리는 서랍을 열어 돋보기를 찾다가 마닐라지 서류철 세트에 있던 경마 게임을 우연히 발견했다. 그가 마지막으로 그 게임을 했을 때 '고통'이라는 세 살짜리 말이 큰 화제가 됐는데, 그래도 여전히 잘나가는 말은 '토요일의 망명'과 '전조'였다. 맞다, '머핀'과 '안장점'과 '무료승차권'도 있었다. 헨리는 폴더들을 급히 넘겨보면서 살짝 정신을 차렸다. UBA 선수로 나섰다가 실패한 자신투 아브릴은 역사상 손꼽히는 기수가 되었다. 헨리는 주변을 힐끗 둘러봤다. 다들 고개를 숙이고 근무 중이었다. 아, 유혹을 느꼈다. 아냐, 아직 안 돼. 먼저 일을 좀 처리해야지. 오늘 아침에는 지프가 그를 지켜보고 있을 것이다. 오후를 위해 아껴두자. 어쨌든 그때 필요할 테니까.

헨리는 펼쳐둔 신문 쪽으로 몸을 돌렸다. 이게 누구더라? 미오 로스의 천창보호사. 수리·방수·교체·점검 업체였다. 안타까운 경우였다. 회사가 망해가고 있었기 때문이다. 매입이 제로에 가깝게 줄었다. 재고품은 일정 수량을 유지했지만, 노후화 탓에 자산이라기보다는 저장 부채가 되었다. 총 거래 이익은 판매·관리·일반 경비보다 더 떨어졌다. 무엇보다 지대, 대출 상환, 세금을 지불해야 했다. 미오 로스 옹은 파산 수준으로 가고 있었다. "실패자 대열에 끼는구나." 헨리는 그렇게 말하고는 아차 싶어서 고개를 들었다. 한두 사람이 그가 있는 쪽으로 살짝 고개를 돌렸다. 헨리는 고칠 수 없는 어리석은 습관을 감추려고 헛기침을 하고 숫자 몇 개를 읊조렸다.

경쟁에서 탈락하는 것. 맞다, 그것이 헨리의 미래에 대한 전망이자 그가 현재 당면한 문제였다. 로스의 창고는 유지비만 나가는 유리와 잡동사니로 가득했고, 헨리의 부엌은 영웅과 역사로 가득했다. 대대적인 투자 후에 회사 전용 계좌의 액수는 순식간에 제로로 떨어졌다. 소모 자산 증대. 유연성 부재. 로스는 재고 관리에서 실수를 저질렀다. 유리를 막 팔고 플라스틱이나 섬유유리 스카이돔을 대량으로 날치기할 수 있었다면 추진력과 상상력에 따라 여전히 잘나갔을지도 모른다. 그런데 헨리의 해결책은? 분명히 방법이 있을 것이라고 생각했다. 바로 그때 집 탁자 위에 있는, 나쁜 놈들이 18 대 1로 앞서고 있는 어이없는 야구 게임이 생각났다. '나쁜 놈들'이라니, 뭔 소리야? 젠장, 걔들이 그 아이를 죽였잖아. 그리고 경기에 새로운 흥미, 새로운 가치, 발전의 기미를 안겨다준 게 그 아이였다고. 그러니까, 그전에는 상황이 안 좋아지고 있었다는……? 그렇지, 아마 그럴 거야. 일종의 장기 거래에서 나타나는 권태, 과거에 하던 복잡한 게임들의 활기를 몰살한 그런 권태에, 그는 이미 천천히 무너지고 있었던 것이다. 리그에서 최근 4~5년 동안 어떤 일이 일어났는가? 별일이 없었다. 그러다가 데이먼이 나타나 다시 불을 밝혔다. 그것이 전부라고도 할 수 있었다. 그런데 케이시가 그 불을 껐고, 모두 어둠 속에서 경기를 하고 있었다. 18 대 1 경기에서 선수들은 어둠 속에서 경기를 하고 있는 게 틀림없다! 그는 저 밑에 있는 선수들을 바라봤다. 어둠 속에서 뛰어다니고, 베이스에 걸려 넘어지면서 경기를 하고 있었다. 저기 어둠 속에서 종이 뭉치에 몸을 뒹굴고, 탁자 끝에 물을 엎지르고……

헨리는 잽싸게 고개를 쳐들었다. 그러다가 목에 쥐가 났다. 헨리는 그 부위를 문지르면서 다른 사람들을 몰래 봤지만, 지퍼블래트의 사무실 쪽은 볼 엄두가 안 났다. 심호흡을 몇 번 하고, 손가락을 풀고, 책상 밑으로 다리를 뻗고, 숫자에 집중했다. 벽에 걸린 시계는 하얗고 두꺼운 판 위에 검고 단단한 숫자가 새겨진 형태였는데, 헨리한테는 항상 호레이스 지퍼블래트를 생각나게 하는 시계였다. 그 시계가 전하기를, 30분이 지났고 7시간이 남아 있었다. 헨리는 한숨을 쉬었다. 하루 전체를 생각하지 마, 그러면 돌아버릴 테니까, 그냥 점심시간까지만 버텨봐. 한 번에 한 이닝씩. 하지만 헨리는 심한 구역질을 느끼기 시작했다. 점심 생각에 더 심해졌다. 그는 목을 비비고는 초집중 상태로 그날의 첫 기장을 간신히 마쳤다. 떨렸지만 읽을 수 있었다. 위치도 정확했다. 정말 그랬다. 승리는 그를 미소 짓게 했다.

하지만 5분 후, 헨리는 장부 위에서 코를 골고 있었다. 본인도 들을 수 있을 만큼 소리가 컸다. 지퍼블래트가 그의 얼굴 밑에 깔린 장부를 세게 흔들어 깨웠을 때, 그는 꿈속에서 미오 로스 옹과 막 계약을 체결하고 있었다. 회사도 로스 자신도 살릴 수 있는 계약이었다. 로스/지프는 감사의 눈물을 글썽였다. 그러자 헨리가 자리에서 일어나면서 말했다. "괜찮아요. 별것도 아닌데요, 뭐."

지퍼블래트는 헨리의 책상 위로 배를 불쑥 내밀고 있었다. 두툼한 두 엄지손가락은 벨트 안으로 욱여넣고, 얼굴은 놀라움과 분노로 하얗게 질려 있었다. 이번에는 당연히 연기가 아니었다. 주춧돌처럼 크고 무거운 무언가를 삼킨 것처럼 숨차했다. 지퍼블래트가 할 수 있는 거라고는 입을 여닫는 것뿐이었다. 잠시 후 그는 턱살을 자기 사무실 쪽으로 홱 돌렸다. 헨리는 자리에서 일어서서 그의 뒤를 따랐다. 모두가 그 모습을 지켜보고 있었다.

자기 사무실에 와서도 지퍼블래트는 말을 잇지 못했다. 책상 뒤에 통명스럽게 앉아 헨리를 한 번 노려보더니 회사 수표책을 꺼내 수표를 적었다. 그의 목살과 턱이 의지와 신념으로 부들부들 떨렸다.

헨리가 입을 열었다. "지퍼블래트 씨, 죄송합니다. 잠을 많이 못 잤습니다."

그러자 지퍼블래트는 씩씩거리며 얘기했다. "개인 문제는 이해할 수 있습니다. 하지만 사무실 전체를 방해하는 건 안 되죠!"

"알고 있습니다. 변명의 여지가 없습니다. 제가 오늘 출근을 안 했어야 합니다."

그러자 지퍼블래트는 툴툴거리면서 자신의 무른 입을 앞뒤로 씰룩였다. 그리고 방금 적은 수표를 가만히 보더니 책상 위로 떨어뜨리고는 회전의자 안에서 몸을 뒤로 젖혔다. "워 씨, 앉아요." 진홍색과 연녹색 책등의 책들이 벽마다 줄지어 있었는데, 지퍼블래트의 머리 뒤에 있는 벽은 예외였다. 그 벽은 졸업장, 자격증, 사진, 좌우명, 스크랩 기사, 차트, 시계, 여행 기념품, 그리고 녹색 화살에 찔린 붉은 얼룩이 DZ&Z 사무실을 가리키고 있는 도시 지도 하나로 꾸며져 있었다. 검은 테두리 속에 고인이 된 에이브 차우버와 마티 덩켈만의 모습을 담은 사진들 밑으로 **그들은 우리와 여전히 함께합니다**라는 문구가 적혀 있었다. "엥걸 씨가 그러던데요, 젊은 사람이었다고."

"그렇습니다."

"운동선수라고."

"네, 야구에서 투수를 했습니다."

"아 그래, 야구." 지퍼블래트는 주걱 모양의 단단한 엄지손가락들로 둥근 배를 눌렀고, 키스를 날리거나 침을 뱉을 것처럼 입술을 오므렸다. "위대한 미국 게임이죠." 그는 가만히 미소를 지었다. 미소가 아니면 속이 더부룩하거나 코 밑에 경련이 생겨서 그랬을 것이다. "물론 업무 다음으로." 그의 자녀들이 찍힌 사진은 모두 어렸을 적 모습이었는데…… 그가 아이들이 나이를 먹지 못하게 막은 것처럼 느껴졌다. "그럼 말해봐요. 야구와 업무 둘 다 무엇이 필요하죠, 워 씨?"

"장부를 관리할 사람이 필요합니다."

"음, 흐흠, 그렇죠. 하지만 난 열심히 하는 것, 그리고 무엇보다 **팀워크**라고 생각해요!" 그는 주먹 쥔 손으로 두툼한 손바닥을 때리더니 의자를 삐거덕거리며 몸을 앞으로 기댔다. 그의 시선은 계산서에 닿았고, 그는 그것을 찢으면서 이야기를 계속했다. "구성원 하나가 제 몫을 못하면, 기업 전체를 청산해야 될지도 몰라요. 잘하는 사람만 많다고 다가 아니에요. 조직과 규율도 갖춰야 해요. 잘 알잖아요, 안 그래요, 워 씨?" 헨리는 고개를 끄덕였다. 그 바람에 두통과 목의 경련이 심해졌지만 말이다. 지프는 자리에서 일어나더니 힘을 주어 말했다. "당신도 나이를 먹을 만큼 먹었죠, 사십, 오십……"

"쉰여섯입니다."

"쉰여섯! 9년 있으면 은퇴네! 궁금한 게 있는데, 여기서 일을 계속하고 싶은가요, 아니면 하고 싶지 **않은가요?**"

"계속하고 싶죠, 그런데……"

"음, 그러면 충고 좀 들어요, 우리 친구. 회계는 야구처럼 예술이자 과학이자 경쟁이 치열한 업무예요. 누군 해내고 누군 못 해내죠. 해내는 사람들은 일에 계속 집중하고, 주의하고, 열중하면서 불평불만 없이 자기가 맡은 일을 잘해냅니다. 워 씨, 임금은 **실적**에 달려 있어요. 여기 DZ&Z에서 우리가 원하는 건 **프로**입니다!" 그는 흥분해서 사무실 안을 서성였다. "우리가 기대하는 걸, 우리는 내놓습니다. 이게 **미국**식이에요, 워 씨! 왜, 나이 든 마티 덩켈만이 죽는 순간까지 절대 이곳을 떠나지 않았는데요! 내가 그날 아침에 사무실에 왔다가 여기서 그 사람을 발견했던 게 아직도 기억나요. 똑바로 앉은 자세에서 눈은 뒤집혀 있었고, 손가락 하나는 미수금 열에 있는 오류를 가리키고 있었죠. 바로 전날 밤에 그 실수를 나한테 보여줬었는데, 그건 내가 회계 인생 50년 동안 저지른 유일한 실수였어요. 우리는 파트너 관계였지만 우리가 고용한 사람들한테 그런 것만큼 서로에게 기대를 많이 했어요. 내가 문밖으로 나가는 사이에 그 사람이 죽은 게 틀림없어요! 내가 딱 당신 자리에 앉아 있었어요, 워! **워 씨! 잠 깨요!**"

헨리의 고개가 번쩍 들렸다. 하지만 그는 눈을 뜨고 있기 힘들었다. "죄송합니다, 덩켈만…… 지퍼블래트 씨. 제가 차라리—"

"차라리 뭘 하면 좋을지 말해줄게요. 월요일부터 매일 아침 이곳에 8시 30분까지 딱 맞춰서 나오세요. 1분도 늦으면 안 됩니다, 단 한 번도 안 봐줍니다. 그리고 하루 업무량을 다할 각오를 하세요, 안 그러면 당신은 여기서 끝입니다! 내 말 알아들었어요?"

헨리는 고개를 끄덕이고 일어섰다. 정신이 멍했다. "네, 알겠습니다."

"좋아, 이제 가보세요. 어쨌든 오늘 여기 있는 모두에게 당신은 안 좋은 모습을 보였어요. 굳이 말할 것까진 없지만, 하지 않은 일에 대한 대가를 기대하진 말아요."

"알겠습니다."

자세를 눅인 지프는 노망든 것처럼 입을 뿌루퉁 내밀고 아랫입술을 떨었다. "워 씨, 이제 좀 쉬어요. 그리고 또 하나, 우리는 모두 손해를 보긴 하지만 그걸 감수하는 방법을 배워야 합니다. 다음 주에 우리가 새롭게 시작할 수 있을지 한 번 보자고요. 당신은 DZ&Z가 있는 여기 우리 팀에서 한때 훌륭한 자산이었어요. 당신이 빠른 시일 내에 다시 그렇게 될 거라고 믿고 싶네요."

"알겠습니다."

책상으로 돌아온 헨리는 책과 자료를 제자리에 넣으면서 손이 떨리고 다리가 풀리는 걸 느꼈다. 정말로 화가 나는 게 아니라 딱 저격당한 기분이 들었다. 지프 말이 옳았다. 그는 흐트러지고 있었다. 늙어빠진 골칫거리였다.

루가 지나가다가 낮은 목소리로 말했다. "헨리! 모든 게, 그러니까 너……?"

"어, 나 월요일에 돌아올 거야. 지금은 집에 가서 잘 거고. 루, 고마워."

"아." 루는 물건을 정리하고 있는 헨리의 모습을 지켜봤다. "내가 쭉 생각하고 있었는데, 음, 몇 번 얘기한 것 같은데, 식사 말이야, 헨리, 미치네가 어떨까 싶은데……?"

루의 만병통치약이다. "모르겠어. 나는—"

"나 내일 밤에 거기 가려고 하는데……"

"음, 알았어."

"내가 들를까?"

"거기서 보자. 9시쯤."

"어디 있는지 알아……?"

"찾아서 갈게."

헨리가 떠나자 유리로 둘러싸인 사무실에 있던 호레이스 지퍼블래트는 짤막한 검지를 흔들다가 시계 쪽을 가리키고는 "월요일 아침!" 하고 입을 뗐다.

헨리는 자신의 게임이 누군가에게는 도피 같은 것으로 보일 것이라고 생각했다. 예를 들어 그가 왜 영화를 더 보거나, 박물관에 가거나, 재미난 클럽에 가입하거나 하지 않는지를 루는 이해할 수 없었다. 돈을 더 벌기 위해 다른 일을 하려는 생각은 수긍할 수 있어도 그 게임에 대해 알고 나면 아마 크게 놀랄 것이다. 헨리는 건물 엘리베이터를—그가 지내는 감옥의 요도를—타고 개인용 싱크홀로 맥없이 떨어졌다. 결국 깊이 관계하면서도 공허한 상태로 돌아가게 되자 비로소 정반대의 관점도 가능함을 깨달았다. 어떤 면에서 로스가 갖고 있던 채광창 관련 문제들은 본인이 본인을 위해 만든 오락이었다. 때로는 정말 그랬다. 예를 들어 우승 다툼을 치열하게 하고 있을 때 낮에 하는 일은 성가신 것일 수 있었다. 하지만 장기적으로 그에게는 균형이, 한쪽에서 다른 쪽으로의 리듬 있는 변화가 필요했다. 그리고 리그에만 일방적으로 치중한다면 머지않아 덩켈만·차우버 앤드 지퍼블래트에서 하는 일보다 훨씬 더 억압적으로 변할 것임을 알고 있었다.

엘리베이터 문이 활짝 열렸다. 로비로 나온 헨리는 건물 안내판과 간판을 지나 거리로 들어섰다. 햇빛이 강하고 공기가 썰렁하긴 했지만 어쨌든 날씨가 좋았다. 항상 그랬듯이 거리는 이동하는 사람들로 가득했다. 가고 또 가면서 끝없이 떠밀려가는 흐름이었다. 그 광경을 보면서 어렴풋이 숙명과 폐회로를 떠올렸다. 이동. 미국적 풍경. 방랑하는 도박꾼. 카우보이와 열차 승무원. 떠돌이는 언제나 고향을 그린다. 떠돌이는 항상 혼자이기 때문이다. 동쪽에서 나와 북쪽으로 갔다가 서쪽으로 밀려나서는 다시 남쪽을 걸어 집에 돌아온다. 야구에서 내야를 도는 주자처럼. 스타 선수들이 제 위치에서 대기 중인 적지에 홀로 나가 모든 것을 답파하며 세상을 정복하려고 하는 것 같다. 타석 안에서 계속 갑갑하기만 하니까 어떤 의미 있는 탐험을 하고 싶었을 것이다. 시즌마다 마법의 마운드에서 일정 수의 공이 타자에게 던져졌다. 타자가 맞이한 제한된 기회. 더 정확히 말하면 타자가 아닌 땅에 던져졌다. 수동적이고, 어렴풋이 적의를 드러내며, 반항적이고, 베일에 싸인 그곳. 그 와중에 타자는 의연히 모습을 드러내 거룩한 섭리에 도전하지만…… 그 도전도 섭리의 일부일 뿐이라는 건 모른다.

그렇다면 그는 어떤 전략을 사용할 수 있었을까? 게임을 그만둘 수도 있었다. 태워버리는 것. 하지만 그렇게 하면 본인은 어떻게 될까? 이 리그 같은 작업에는 희한한 면이 있었다. 먼저 한번 시작하면 본인도 어쨌든 같은 궤도에 들어서게 된다. 그 과정 속에 성장과 발전이 있었지만, 한계 설정도 불가피했다. 게다가 모두 없애버리고 싶은—과거에 느낀 적 있는—충동은 왠지 그에게 맞지도 않았고, 스스로 그걸 믿지도 않았다. 그러면 다른 방법은 없을까? 식탁 위에서 그를 기다리고 있는 저 18 대 1이라는 기형은 그를 향한 특별한 메시지, 자기 폭로, 알람 소리 같았다. 정신 차려! 나가! 그만해! 미쳤군! 햇볕이 내리쬐는 도로를 차들이 굉음을 내며 달렸다. 물론 두 가지 말고 대안이 있을 것이다.

헨리는 버스정류장으로 가는 길에 가판대에서 다른 신문을 샀다. 이 빌어먹을 신문들을 내가 왜 사는 거지? 하고 자문했다. 종이도 다르고, 헤드라인도 다르고, 내용도 다르고,

심지어 운세까지 다르다. 어딘가 다른 세상이 있는 게 틀림 없다. 자신이 만든 우주 전쟁 리그에 비추어봤을 때, 전쟁에 는 해결책이 없고 사람이 거기에 마음을 뺏기는 일만 있다. 지퍼블래트의 말처럼 프로들은 경쟁적인 환경 속에서 성과 에 따라 돈을 번다. 그들이 신사협정에 따르기를 기대할 수 없다. 그렇다면 모든 권력이 결집한 경우에는 어떤 규칙이 통할 수 있을까? 없다. 기대할 수 있는 건 뇌물, 배신, 연정, 정보 교환, 그리고 조만간 떨어질 폭탄 한두 개다. 맥그로-콥 신드롬을 보라. 다 죽여버려! 마지막에 살아남는 자가 승 자가 되는 것이다, 래그 루니와 프로스티 영이 야구를 하면 서 보인 모습처럼 말이다. 그래서 그들이 명예의 전당에 헌 액된 게 아닌가.

버스를 기다리면서 길 건너편에 있는 손튼네 가게 앞을 봤다. 음, 그렇다. 바니한테는 데이먼의 대체 선수를 올릴 권 한이 당연히 있었다. 부상과 선수의 사망은 전혀 다른 이야 기였다. 앞서 그런 예는 없었지만, 협회는 승인을 할 수밖에 없었다. 그렇다면 손튼 새드웰은 어떨까? 그 생각에 헨리는 조금 힘을 얻었다. 버스에 타서는 다른 생각이 떠올랐다. 첫 째, 인생이라는 회로는 닫혀 있지 않았다. 자신의 인생이든 누구의 인생이든 마찬가지였다. 거기에는 여러 패턴이 있었 지만 끊임없이 변화해서 복잡했다. 그러다보니 그 안으로 들어갈 수 있는 여지가 많았다. 둘째, 테이블 위에 놓인 그

게임은 메시지가 아닌 이벤트였다. 그가 받는 신호는 자신의 반응뿐이었다. 상황이 안 좋아지면 결국 협회 문을 닫고 어떤 새로운 게임을 개발하거나 실제로 어떤 클럽 같은 데 가입하는 게 최선일 테다. 하지만 그전에 이번 시즌을 끝내야 했다. 이번 주말에 끝낼 수 있었다. 그러고 나면 바라던 걸 자유롭게 할 수 있을 것이다. 어쩌면 어떤 어린 투수가 데이먼이 떠난 자리를 채울 수도 있었다. 그건 가능했다. 게다가 이치에 안 맞긴 했지만, 지금 테이블 위에 있는 그 참혹한 경기에 상관없이 파이어니어스가 우승을 차지할 것임을 그는 확신했다. 안 될 게 뭐람? 그래도 헨리는 버스에서 내리면서 잠부터 자야겠다고 생각했다.

5

힘과 제구, 안쪽과 바깥쪽. '늙은 독수리' 스와니 로는 와 인드업을 한 다음 공을 팍팍 꽂아 넣었다. 안쪽으로 꽉 차 게 핑! 바깥쪽으로 절묘하게 휙! 이제는 가슴팍의 구단 마 크를 가로질러 비행하던 공이 무릎을 지나면서 고꾸라졌다. 로 스페셜. 패피 루니는 오늘도 쓸 수 있는 선수들을 거의 다 쓰고 있었다. 몇몇 투수들을 대타로 내보내기도 했다. 헤 이메이커스 선수들이 열심히 들락날락거리며 거둔 점수는 1점밖에 안 됐지만 그걸로 충분했다. 로는 브라이드그룸스 를 상대로 빗맞은 안타 두 개만 내주고 삼진 열네 개를 뽑아 내 1 대 0 승리를 이끌었다. 스와니의 6연승. 패피는 형편없 는 타격을 놀리면서 선수들을 맞았지만, 다들 기분이 좋았 다. 실제로 최근 열다섯 경기 중에 이번이 열세 번째 승리였고, 여덟 경기가 1득점이었다. 스와니는 이번 경기로 시즌 16승째이자 네 번째 완봉승을 거뒀을 뿐 아니라 삼진 열네 개를 추가해 이번 시즌에만 삼진 219개를 기록했다. 그리고 타율 3할이라는 경이적인 기록에도 여전히 실낱같은 희망을 갖게 되었다. UBA 역사에서 이 기록을 가진 투수는 다섯 명에 불과했다. 로는 스스로 무엇을 하려는지 알고 있었다. 스포츠 담당 기자들은 그를 인터뷰할 때마다 그가 압정으로 벽에 붙여둔 큰 차트들을 마주해야 했다. 거기에는 그의 게임별 진전 상황과 그가 도전하는 역대 다섯 명의 선수들(호키 랭커스터, 팬시 댄 케이시, 티머시 섀드웰, 브록 러더퍼드, 에드거 배스)의 기록이 비교되어 있었다. 브록이 최고 기록을 갖고 있었다. 27년도에 나온 타율 0.341. 지긋지긋하고 더러운 역사의 발 앞에 굴복하는 로의 모습에 루니는 웃을 수밖에 없었다. 하지만 그게 경기를 이기도록 도와주는 이상, 신경을 덜 쓸 수가 없었다. 리그의 다른 데서 일어나는—혹은 일어나지 않는—일에 따분해하거나 불안해하거나 반감을 갖던 신문기자들은 로를 부활의 마지막 희망으로 여겼다. 스와니, 오늘 경기에서 너무 잔인하게 던지던데요. 그러자 스와니는 차트를 보면서 생각에 잠긴 채 네, 하고 말했다. 근데 우린 더 잔인해질 수 있어요, 그래야죠. 그리고 촬영이 이어졌다. 배려와 투지가 보이는 가는 두 눈, 입을 악다물어 도드라진 사각턱…… 강인한 노장의 모습이었다.

UBA의 다른 구장 상황은 불분명하고 혼란스러웠다. 더욱이 로는 헛된 희망이었다. 누구나 로가 줄 수 있는 것 이상을 원했다. 당일 경기를 훤히 꿰뚫어볼 수 있는 총장실, 그곳 의자에 앉은 페니모어 매캐프리는 TV 네 대로 동시에 경기를 보면서 골머리를 앓고 있었다. 협회가 극단적으로 바뀌고 있음을 그는 알고 있었다. 위기 상황, 극한의 상황에서만 나올 법한 변화였다. 이제 그의 고민거리들은 그저 정치에만 관련 있는 것이 아니라 생존과도 관련 있었다. 그의 옆에는 옛 코치이자 멘토이자 총장 역임자 가운데 유일한 생존자인 우드로 윈스럽이 앉아 있었다. 구장 감독관, 전산실, 특별 대리인과 연결되는 인터폰이 낮은 음조의 불협화음을 내면서 메시지를 몇 개 보냈다. 매캐프리는 메시지를 하나도 놓치지 않았다. 그의 경이로운 집중력은 리그에서 이미 전설이었다. 그것은 소싯적의 우디 윈스럽을 상징하던 자질이었지만, 나이를 먹으면서 근래에 그런 기지는 둔해졌다. 윈스럽은 앉아서 페니모어를 살펴보고 있었다. 여느 때와 마찬가지로 그에게 놀라움을 느끼면서 누가 제자인지 헷갈려 했다.

　"있잖아요, 우디, 여기 있는 선수와 팀 모두 기대 효용을 극대화하는 데 관심이 있어요. 그런데 실제로 그 효용이 무엇인지 아는 것은—**본인들**에게도—또 다른 얘기예요."

　"뭐라고, 펜?" 간발의 차로 듣지 못했다. 요즘 펜 매캐프리와 나누는 대화는 너무 일방적이었다. 펜은 분포 함수, M의 표준형, 복합 결정 문제, 우월 관계를 놓고 끝없이 재잘거렸다. 그 게임이 야구라는 걸 잊은 듯했다.

"로가 오늘 던지지 말았어야 했어요."

"아." 우디가 이해할 수 있는 이야기였다. 루니는 로를 너무 많이 던지게 했다. 나중에는 남는 게 없을 것이다.

펜은 자신의 트레이드마크인—다음 홍보 운동을 위한 정당의 상징인—회전의자에 앉아 한 화면에서 다른 화면으로 몸의 방향을 바꿨다. 긴 다리를 꼬고, 척추를 굽히고, 왼쪽 팔꿈치를 뾰족 내놓고 있었는데, 손은 인터폰 버튼을 조작할 수 있는 의자 팔걸이를 잡고 있었다. 검은 정장 차림에 하이칼라의 스트링 보타이, 앙상한 발목 위까지 올라간 바지 밑단, 상당히 길고 폭이 좁은 신발이 눈에 띄었다. 홀딱 벗겨진 머리, 안경을 쓴 얼굴을 앞으로 쑥 내밀고 있었는데, 두툼한 턱과 오른 주먹 사이에 고정된 파이프에 얼굴을 기댄 모습은 노인이 지팡이에 기댄 모습을 연상케 했다. 헤이메이커스 대 브라이드그룸스 화면에서는 게임이 끝났다. 기자들이 로와 루니를 인터뷰하고 있었다. 다른 세 개의 화면, 즉 니커바커스 대 패스타임클럽, 익셀시어스 대 키스톤스, 비니터스 대 파이어니어스 화면에서는 모두 마지막 이닝이 진행되고 있었다. 비니터스의 좌익수 바살러뮤 이건이 파이어니어스의 손튼 섀드웰을 상대로 중견수 뒤쪽으로 넘어가는 홈런을 뽑아냈다. 그러자 펜은 주먹으로 버튼을 내리쳤다. "잉그램이 무슨 사인을 낸 거야?"

"바깥쪽 낮게." 소음을 동반한 보고 하나가 다른 온갖 보고에 섞여 나왔다. 우디는 그 보고가 어깻죽지 쪽으로 나와 바로 알아들을 수 있었다.

"지금 정보 어디서 나온 거지?"

"슬롯 아래입니다."

"컴퓨터에 입력해야겠네."

"체크."

우디는 사무실에서 자신이 엄선한 후임자를 바라보다가 본인 같은 사람이 더는 없었을 것이라는 생각이 들었다. 과거에 그는 자신을 반항아로 여기면서도 옛날 방식만 써서 일을 처리했다. 하지만 매캐프리 체제하에서는 정치, 총장직, 심지어 경기까지 바뀌었다. 펜의 속셈에 모두 넘어갔다. 그는 구식처럼 보였지만 혁신을 향한 끝없는 열정을 가지고 있었다. 손 하나 까딱하지 않는 것처럼 보였지만 역대 총장 중에 가장 끈질긴 활동가였다. 옛 동료들을 아주 잘 챙겼지만 냉정하게 계산했다. 그런 그가 모든 타당성과 충고를 물리치고 자신의 사위를 차기 정당 대표로 미는 이유는 개인 감정 말고 무엇이었을까? 우디가 조심스럽게 입을 열었다. "그러니까 네 말은 루니가 경기 일정 사이에 로한테 휴식을 좀 더 줘야 한다는 거구나."

"아뇨, 내 말은 브라이드그룸스처럼 별로 중요하지 않은 팀이랑 경기할 때 최고의 투수를 내보내면 안 된다는 거죠."

"저기, 펜, 누구를 상대로 이기는지는 별로 중요하지 않아. 루니가 원하는 건 경기에서 이기고—"

"이런 젠장, 윈스럽 씨, 루니가 경기에서 이기고 싶어 한다는 건 나도 알아요. 그게 바로 문제란 말이에요!" 순식간에 몸을 돌린 페니모어 매캐프리는 UBA 전임 총장 중 유일한 생존자를 매섭게 쏘아보고 모질게 말했다. 그러고는 텔레비전 쪽으로 다시 몸을 돌렸다. 화면에서는 익셀시어스가 9회 경기를 진행하고 있었다. 백스크린 우측을 맞히는 홈런으로 2점이 났다. 그렇게 익셀시어스와 키스톤스의 경기는 4 대 3으로 끝났다. 팀, 이런 불쌍한 노인네.

"펜, 미안하지만 난 자네가 이해가 안 돼."

매캐프리가 금세 한숨을 내쉬었다. "만약에 말이죠, 우디, 우리가 모르는 사이에 연속된 복잡한 상황에서, 살아남느냐 마느냐를 따지는 근본적이고 유한한 상황으로 옮겨갔다면 어떻겠어요? 소위 말하는 균형점의 이동이 생겨서 예전의 확률적이거나 반복적인 흐름에서는 합리적이고 적절하다고 여겨진, 경기에서 이기기 위한 과거의 전술도 새로운 환경에 놓인다면 말이죠. **정신 차리세요!**"

우디 윈스럽은 "흐음" 하고 반응했다. 확실히 이해한 표현이라고는 마지막 말밖에 없었다. 텔레비전 세트 위로 각 구장과 직접 연결된 전광판이 현장의 결과를 알리고 있었는데, 메시지가 왼쪽에서 오른쪽으로 깜빡이면서 천천히 흘러갔다. 패트리지는 홈런볼을 던지고 있었고, 패스타임클럽 동료들은 마이너리그 선수처럼 수비를 하고 있었다. 오늘의 게임, 아니면 올해의 게임이 될 경기는 그렇게 서커스로 변하고 있었다(다시 리그 공동 선두가 된 니커바커스와 패스타임클럽의 경기였다. 샘 패트리지에 맞선 투수는 자크 케이시였다). UBA 최강이어야 할 패스타임클럽의 내야는 그때까지 네 개의 에러를 범하고 있었고, 8회 현재 니커바커스가 5 대 1로 이기고 있었다. 방금 경기를 마친 파이어니어스는 비니터스에게 8 대 4로 패했다. 어린 손튼 섀드웰의 3패째. 팀의 아들은 이길 기미가 안 보였다. 우디는 확실한 이유는 모르겠지만 협회 상황이 안 좋게 돌아가고 있음을 느꼈다. 그 아이가 죽었을 때부터 그랬다. 영혼이 빠져나가거나 그런 것 같았다. 마치 시커모어 플린의 니커바커스가 그걸 어떻게 훔쳐서 돌려주지 않거나 돌려줄 수 없는 듯했다. 상황의 전체적인 균형이 흐트러져 있었다. 한물가고, 어리석고, 동떨어진 느낌을 받은 우디는 한숨을 쉬며 말했다. "모르겠어, 펜. 네 말이 맞겠지."

하지만 그때 펜은 인터폰에 대고 누군가와 이야기를 나누느라 우디의 말은 안 듣고 있었다. 옆방에는 지옥의 밑바닥에서 불려온 눈 없는 큰 괴물처럼 생긴 기계들이 있었다. 기계들은 기록원, 스카우터, 공식 모니터 요원, 심지어 특별 카메라 장치 세트가 전하는 정보를 받으면서 웅웅거리고 딸깍대고 있었다. 카메라 장치는 주자의 시간 기록을 재고, 불안한 수비수를 파악하고, 포수가 주문한 공과 투수가 실제로 던진 공의 차이를 포함한 여러 사항을 기록하기 위해 매캐프리가 따로 개발한 것이었다. 그래서 나이 든 우드로 윈스럽은 머리가 정말 돌 지경이었다. "그러니까 이러한 균형점의 이동과 그 이동을 감당할 수 없다는 사실이 우리가 직접 대처할 수 없는 고유의 결함이나 차이라고 한다면—" 펜은 TV 화면을 계속 바라보고 있었는데, 알고 보니 우디에게 이야기하고 있었다. "선수들이 죄다 무능하거나 몰상식하다고 해도, 그게 리그 전체에는 더 좋을 겁니다."

"그래?"

"그렇죠. 그리고 이런 상태라면 누구도 원치 않는 대가를 치를 겁니다." 니커바커스의 공격 때 주자들이 있는 상황에서 어린 천시 오셔가 타석에 들어섰다. 오셔를 클로즈업해 달라고 요청한 펜은 몸을 앞으로 당겨 그의 타격 자세와 배트 손잡이 부분의 그립을 살폈다.

펜이 그런 행동을 할 때마다 우디는 움찔했다. 당장은 그런 정밀 검사를 받는 오셔가 본능적으로 불쌍하게 느껴져 움찔했다. 사실 우디는 그 친구를 잘 몰랐다. 다만 어린 러더퍼드가 죽었을 때 투구 사인을 낸 사람이라는 건 알고 있었기 때문에 그를 특별히 따뜻하게 볼 이유가 당연히 없었다. 하지만 우디에게는 이 모든 기계가 관여하는 게, 이러한 세부 정보 수집이 관여하는 게 불편했다. 기록 서류, 강도 높은 패턴 연구와 클로즈업, 영상, 펜이 '컴스CUMS'(우디가 활동할 당시에는 비속어였다)라고 부른 누적 파일 등 모든 게 맘에 안 들었다. 숨 막히고 매정하게 느껴졌다. 그리고 자신이 거기서 무엇을 하고 있는지 스스로 물어보지도 않고 기능적인 역할만 하는 사람이 너무 많다는 생각이 들었다. 게다가 펜은 지금 정치 상황을 파악하고 다룰 때도 동일한 방법을 쓰고 있었다. 물론 사람들이 자신이 하는 역할을 자문하기 시작한다고 해도 상황이 무조건 바뀌지는 않을 것이다. 그리고 펜이 항상 말한 것처럼, 사람들은 몇 년 안에 거기에 익숙해져서 자기들이 어떻게 그렇게 계속 지내왔는지 궁금해할 것이다. "게다가 사람들은 자신한테 푹 빠져 있어요. 관심받고 주목받는 걸 좋아하죠." 그리고 당연히 사람들은 올드 펜을 따를 것이다. 그에게는 빈틈이 전혀 없었다. 다른 두 정당은 물론 모든 클럽마다 최소 하나씩은 있는 에이전트들은 롱 루 리델과 컴퓨터가 표로 정리한 데이터를 모았다. 우디는 페니모어가 말한 대가란 게 무엇일지 궁금했지만 그렇게 두렵지는 않았다. 그게 자신에게 영향을 줄 수 없다고 판단했고, 무엇보다 다시 굴욕을 당하고 싶지 않았기 때문이다.

오셔가 2타점 2루타를 쳤다. 펜은 몸을 뒤로 기댔다. 9이 닝에 케이시는 삼자범퇴로 패스타임클럽을 무너뜨리면서 니커바커스에게 7 대 1이라는 일방적인 승리를 안겼다. "거 기에 대해 내가 할 수 있는 게 젠장, 하나도 없어요." 페니모 어 매캐프리가 조용히 말했다. 유니버설야구협회의 제7대, 8대 총장은 매일 변화에 시달리는 리그 순위 판을 뚱하게 쳐다봤다.

실망스러웠다. 헨리는 그 판을 힐끗 돌아보고는 문을 닫 고 밖으로 나갔다. 검정 계단을 내려간 그는 울타리 문턱을 넘어 거리로 들어서면서 그 결과를 잊으려고 했다. 맛있는 식사에 신경을 쓰려고 했다. 당연히 그게 필요했다. 더욱이 루의 말이 맞았다. 헨리는 자기 삶에서 어떤 질서를 되찾아 야 했다. 특히 지금 그랬다. 헨리는 지금껏 60경기를 연속으 로 치렀다. 여태껏 한 번에 이어서 한 것 중에 가장 많은 횟 수였다. 신장에 이상을 느꼈고, 목이 아팠고, 두 눈은 너무 피곤해서 뭘 제대로 볼 수 없었다. 그렇다, 마음을 편하게 하고, 신체에 고루 휴식을 주고, 협회에게는 줄 수 없는 안 정감을 자신에게 주는, 그런 휴식이 필요했다. 하지만 아무 리 노력해도 그게 머릿속을 떠나지 않았다. 그 불만은 자신 의 상처 입은 가슴에서 부화한 이상한 검은 새 같았다. 결국 토요일 밤 헨리는 미치네 바 앤드 그릴로 발걸음을 옮겼다.

헨리는 전날 저녁 해가 진 다음에 일어나서 다른 건 아무 것도 안 하고 게임만 했다. 보통 한 시즌을 치르는 데 6주 정도 걸렸다. 한겨울 비시즌에 요약, 분석, 기록 관리를 하는 데 또 한두 주가 걸렸다. 그런데 최근 24시간 동안 헨리는 15일 치 경기를 몰아서 해버렸다. 한 시즌의 4분의 1에 해당하는 60경기였다. 그래서 일지 항목도 최소화해야 했고, 끝내 모든 통계를 관리하기를 포기해야 했다. 그리고 자신이 원하는 한, 시즌 끝까지 쭉 가려고 했다. 펜 매캐프리가 효율성을 고려하는 척했음에도 기록은 유지되지 않고 있던 게 사실이고, 무슨 일이 일어나는지 제대로 아는 사람도 없었다. 유일한 예외는 투구 기록이었다. 자크 케이시가 뭘 하고 있는지 알려면 헨리는 투구 기록을 파악해야 했다. 케이시가 특유의 비타협적 태도로 그 난장판의 핵심이 되었기 때문이다. 그는 이전보다 훨씬 더 냉철해졌다. 가끔 타자에게 위협구를 던지긴 했지만 많은 경기를 이기면서 이제는 협회 내 방어율 4, 5위를 지키고 있었다. 그리고 니커바커스 팀 동료들은 여전히 리그 선두를 지키고 있었다. 반면에 파이어니어스는 최근 열다섯 경기에서 11패를 기록하며 관심 밖으로 밀려났다. 그렇다. 영혼의 E-R-A는 분명히 별 가치가 없었다.

하지만 헨리가 여기서 뭘 더 할 수 있을까? 무기력해진 헨리는 어두운 거리를 힘없이 걸었다. 스물한 경기가 더 남앉다. 어떻게 멈출 수 있을까? 루니의 투수진은 균형을 전혀 이루지 못해 조만간 무너질 게 뻔했고, 패스타임클럽은 계속 헛발질만 해댔고, 파이어니어스는 추락 중에 기수를 돌릴 기미가 없었다. 니커바커스가 사냥감이 될 수도 있었는데, 사냥꾼이 하나도 없었다. 헨리는 니커바커스가 거의 에이스만 상대하도록 나머지 일곱 팀의 투수 스케줄을 바꿨고, 개인 문제, 잔병, 경기장 내 외설 같은 이런저런 핑계를 대며 니커바커스의 라인업을 흔들었다. 그러면서 스타 몇 사람을 잠시 벤치에 앉히기도 했다. 그럼에도 니커바커스는 어떻게든 이겼고, 여전히 승리한 횟수가 패한 횟수보다 더 많았다. 펜 매캐프리의 말처럼, 실제로 겉으로 드러나지 않는 상호의존 관계가 있긴 했지만, 상호의존을 위한 전략을 허용하는 규칙은 없었다. 그리고 더 안 좋은 것은 협회의 현 상태에 대한 거의 총체적이고 필연적인 무지였다. 케이시의 경우 헨리가 최악의 순간마다 그를 출전시켰다. 가끔은 안타를 맞게 하려고 실제로 그의 이름을 적기도 전에 미리 주사위를 던지기도 했다. 그렇게 하면 케이시는 그 상황을 어떻게든 극복하곤 했다. 더 잘 알지 못했더라면 헨리는 주사위의 부주의를 넘어 악의를 의심했을 것이다. 컨트롤에 문제가 있는 것은 케이시가 아닌 헨리였다.

  음식 냄새에 정신을 차렸다. 헨리는 미치네를 거의 지나치고 있었다. 그의 머리 위로 3단계로 변하는 네온 화살이 사냥감 쪽을 가리켰다. 그쪽에 있는 문은 루비가 박힌 것처럼 붉은 빛으로 둘러싸여 있었다. 루는 대기실에서 창밖을 보고 있었다. 그는 "헨리!" 하고 꽥 소리를 지르더니 멍청한 물개처럼 황급히 뛰쳐나왔다 "야! 네가 길이라도 잃은 줄 알고 걱정했잖아! 무슨 일 있었던 건……?"

헨리는 미소를 짓고 친구와 악수를 나눴다. "나 배고파 죽겠어. 냄새만 따라왔다고."

두 사람이 들어가자 뜨듯한 냄새가 지그시 몰려들었다. 두 사람은 "너는 가서 기쁨으로 네 음식물을 먹을지어다"라고 쓰인 표지판을 지나 이동했다. 문이 쾅 하고 닫히는 소리, 칵테일 셰이커가 달그락대는 소리, 손님들이 웅성이고 재잘대는 목소리 위로 라디오 음악 소리가 흘러나왔다. 금빛 반짝이가 섞인 싱그러운 녹색이 칠해진, 삼나무 징두리판벽이 차분하게 빛나고, 바닥은 리놀륨, 부스는 싼 티 나는 인조 가죽으로 되어 있었다. 테이블 위에는 주름 장식이 많은 램프가 작은 꽃처럼 놓여 있었고, 벽에는 포경선과 죽은 꿩의 모습이 담긴 거대한 그림과 사진이 붙어 있었다. 바는 낭만파풍의 목조로 만들어져 우아했지만, 테이블 윗면은 싸구려 포마이카로 칠해져 얼룩덜룩했다. 한쪽 부스에서는 어두운 색 정장을 입은 사업가들이 무언가를 논의 중이었고, 그 옆 부스에는 어린애들이 서로 껴안고 비비느라 정신없었다. 그럭저럭 한데 어우러져 있었다.

턱시도 차림의 통통하고 작은 남자가 그들 옆으로 불쑥 나타났다. "안녕하세요, 엥걸 씨, 두 분인가요?" 보나 마나 주인이었다. 루는 어딜 가든 주인은 꼭 알고 있었다.

"안녕하세요, 포터 씨. 여긴 전에 내가 얘기했던 내 친구 위예요." 별 웃음기 없이 헨리의 늘어진 상태와 분명한 식욕을 살핀 미치 포터 씨는 이 멋진 만남에 예를 표하며 고개를 숙였다. 그러고는 가게 중간에 있는 기둥 밑 테이블로 두 사람을 점잖게 안내했다. 약간 프로스티 영 같았지만 그보다는 더 예의가 발랐다. 그렇다고 3루수는 아니었다. 아마 프로스티 같은 2루수, 아니면 포수. 그래, 그거다. 그를 홈베이스 뒤로 넣어서 홈을 지키게 하는 거다. "여기 음식이 내 말대로 괜찮다는 걸 이 사람은 안 믿는단 말이에요. 그래서 본인이 직접 확인하러 왔어요."

"실망하지 않으셨으면 좋겠습니다, 위 씨." 이렇게 예의 바르게 반응한 주인은 고갯짓으로 그들을 조심스럽게 자리에 앉혔다. 그리고 오른손으로 그들에게 메뉴를 건네고, 왼손으로 부엌 쪽을 향해 숙련되고 근엄한 지시를 내렸다. 헨리의 눈에는 그 지시를 받는 사람이 안 보였는데, 잠시 후 한 웨이트리스가 테이블보와 은식기를 들고 그들 쪽으로 왔다. 미치 포터는 자신이 잘하고 있음을 알고 있었다. 침착함. 정말 위대한 스타라면 누구나 갖고 있었다.

"포터 씨, 루가 농담하는 거예요." 헨리는 분명한 어조로 말했다. "야구로 따지면 홈베이스에서 허풍을 심하게 떠는 사람이 이 사람이죠. 난 정말 믿는다고요." 웨이트리스는 상반신을 구부려 웨딩 소파를 준비하듯이 새 흰색 보를 펼치며 미소 지었다. 뱃속의 벌레가 꼬르륵 소리를 냈다…… 그렇지, 균형, 어둠의 세력을 일으킨다. 툭! 툭! 냅킨, 그리고 긴 은식기. 자기야, 거기엔 내 꺼 말고 이걸로 찌르는 게 더 좋을 것 같아. 머릿속에서 윌리 오리어리가 말을 건넨다. 하지만 웨이트리스는 가버리고 말았다.

헨리는 메뉴판을 들고 읽었다. 하지만 이미 메뉴판을 옆으로 치워둔 루는 큰 덩치를 옆으로 기울여 미치 포터와 논의에 나섰다. "내 생각에는…… 스테이크가 어떨까 하는데." 그는 고백을 하듯이 부드럽게 말했다.

미치는 생각에 잠긴 채 부엌 쪽을 바라보다가 주위를 둘러보며 스파이가 없는지 확인했다. 그리고 살짝 허리를 굽혔다. "엥걸 씨, 오늘 밤 스테이크는 전혀 만족스럽지 않습니다. 괜찮아 보이긴 하지만—엥걸 씨한테만 말씀드리는 건데—나무에서 조금 많이 설익은 과일을 딴 것 같다는 거죠. 무슨 말인지 아실 겁니다." 무슨 말인지 잘 알고 있던 루는 몸을 조금 더 앞으로 당겨 그의 말에 귀 기울였다. 포터 씨는 속삭였다. "하지만 오리는 아닙니다." 포터 씨는 엄지손가락을 포함한 세 손가락 끝을 오므린 입술에 갖다 댔다. 암시를 담은 부드러운 키스가 손끝을 축복하자 손이 꽃처럼 펼쳐졌다.

"난 오리!" 루는 몸을 뒤로 기대면서 힘주어 말했다.

"나도." 헨리가 말했다.

"전채는?"

"헨리, 여기 시푸드 칵테일이 아주 기가 막혀."

"나 그걸로 할게."

미치 포터가 활짝 웃었다. "칵테일 둘, 그리고 음료는?"

"우선 올드패션드로 할게요." 추천 메뉴를 이미 확인한 헨리가 말했다. 포터 씨는 미소를 짓고 루를 보면서 눈썹을 치켜올렸다. 루는 고개를 끄덕였다. 포터 씨는 남자 바텐더와 웨이트리스들에게 생전 처음 들어보는 지시를 내리면서 사라졌다. 쿵! 활짝 열려 있던 부엌문이 그를 삼켜버렸다.

헨리의 시선을 따라가던 루는 돌아보며 속삭였다. "저 사람 혼자서 오리 요리를 만들어!" 미치 포터 씨를 안으로 들인 부엌은 이제 웨이트리스를 내보냈다. 웨이트리스는 멋진 엉덩이로 문을 밀고는 은덮개 접시들이 높게 쌓인 쟁반을 높이 들고 나왔다. "헨리, 두 눈이 다 시뻘개! 뭘 한 거야?"

"일했지." 열심히 하긴 했지만 충분히 열심히 하진 않았다. 헨리는 월요일을 깔끔하고 상쾌하게 시작하고 싶었다. 그렇게 결심은 했다. 하지만 내일 시즌을 끝낼 수 있을지는 지금 확신할 수 없었다.

"집에서 다른 일을 계속하고 있는 거야, 헨리?" 루는 고개를 절레절레 흔들었다. "그냥 내 생각인데, 네가 정오에 겨우 사무실로 나온다면, 돈 몇 푼 더 벌려다가 DZ&Z라는 안정된 직장에서 잘리고 마는 거야. 그건 그럴 만한 가치가 없어, 헨리. 왜 부자가 되고 싶은데? 그렇게 벌어서 누구한테 물려주려고?" 루는 못마땅하다는 듯이 혀를 끌끌 찼고, 때마침 음료가 나왔다. 헨리는 그걸 누구한테 물려주려고 했던 걸까? 검은 새가 그의 가슴속에서 다시 날개를 퍼덕이고 부리로 그의 목을 쪼았다. 다른 테이블에서는 어린 커플이 요리를 앞에 두고 폭풍을 맞은 바다에 있는 것처럼 서로 키스를 퍼붓고 있었다. 그리고 맞은편에서는 한 해군 장교가 젊은 여자의 가슴에 기대고 있었다. "정말 안 돼, 헨리."

"내가 하는 건, 내가 하고 싶어서 하는 거야." 헨리는 잔을 들어 건배를 하고는 음료를 마셨다. 한쪽 구석에서는 두 노인이 금붕어 수족관 옆에서 체스를 두고 있었는데, 왠지 노인과 물고기 모두 이곳과 잘 어울려 보였다. 협회를 이곳으로 옮길 수도 있겠다 싶었다. 살릴 수도 있겠다 싶었다. 헨리는 미소를 지었다.

루는 고개를 돌려 헨리가 뭘 보고 웃는지 확인했다. 금전등록기 뒤, 모란 앵무새 한 쌍 밑에서 턱 없는 대구 같은 얼굴을 한 여성이 시무룩하게 웅크리고 앉아 영화 잡지를 읽는 모습이 보였다.

"포터 부인이야." 그가 말했다. "안 믿기지?"

"당연히 믿기지!" 헨리가 웃음을 터뜨렸다. "그 사람이 아니면 누구겠어!" 루는 의미를 파악하지 못하고 엷은 웃음을 지었다. 노인의 손이 내려와 왕관을 건드리고, 거기서 방향을 틀어 사자死者처럼 하얀 해마를 택했다. 그것은 앞으로 나아갔지만 해류에 비스듬히 실려 갔다. 잘하려면 체스 선수도 자신의 영역을 우주로 바꿔 그 사유지의 지배자가 되어야 했다. 물론 폰pawn이 보기에 그것은 사유지가 아니라 끝없이 광활한 우주였지만 말이다. 헨리도 체스를 즐겼다. 하지만 나중에는 체스가 너무 기하학적이고, 너무 전투적이고, 궁극적으로 비이성적이라는, 그리고 정확성을 갖고 있음에도 정말 형체 없는, 이름 없는 움직임일 뿐이라는 생각이 들었다.

루가 지퍼블래트와 한 면담에 대해 묻자, 헨리는 이야기를 털어놨다. 그사이에 시선은 체스 하는 사람들, 흥분한 젊은이들, 온갖 그림과 시무룩하게 있는 포터 부인, 바에 있는 사람들, 웨이트리스들, 해군 장교와 있는 여자아이를 향했다. 그런데 저 장교 남자가 누구더라? 전에 봤는데…… 젊은 브록 러더퍼드 주니어일지도…… "그래서 무역을 관장하는 그리스신이 도둑이었고 죽은 사람들을 지옥으로 이끌었다고 내가 말하니까, 지프가 이러더라고. '그래요? 그러게, 그리스 사람들이 어떻게 됐는지 봐봐요. 레스토랑 조금 갖고 있는 것뿐이잖아요!'"

루는 킥킥거리며 숨을 씩씩 내쉬었다. 바보 같은 지퍼블래트 생각에 둥근 얼굴이 발그레해졌다. "그 사람이 정말 그렇게 말했어, 헨리?"

"아니, 농담이야, 루. 사실대로 말하면, 우리가 무슨 얘길했는지 모르겠어. 내가 잠이 들어버렸거든."

루는 계속 킥킥거리는 동시에 고개를 절레절레 흔들었다. 그리고 올드패션드를 홀짝였다. 잠이 들었다는 말을 대화 내용보다 더 믿기 힘들어하는 것 같았다. "난 지퍼블래트 씨 앞에서 잠 못 자. 내가 마취됐다면 모를까!"

상추와 파슬리가 무성한 해안으로 떠밀려온 분홍빛 바다 괴물이 차디찬 상태로 모습을 드러냈다. 그리고 거기서 나온 자극적인 소스 냄새가 올드패션드의 비터스 향을 화살처럼 꿰뚫었다. 찡! 그리고 바로 코를 찌르고, 입천장까지 찔렀다! 끔찍했다!

헨리는 체리를 아작아작 씹으며 가까이 있던 웨이트리스에게 술을 추가로 주문했다. 그리고 그녀에게 윙크를 보내고는 한때 위풍당당하던 갑각류의 남은 부위를 해체했다. 위스키는 엄청난 진통 효과를 발휘했다. 그곳에 온 게 기뻤다. 루는 작업의 원재료를 마주한 예술가처럼 조용히 있었지만, 평가를 내리거나 기쁨을 드러내면서 웅얼대는 소리는 간신히 들렸다. 아랫배에 하얀 앞치마를 두른 웨이트리스가 가벼운 걸음으로 와서는 달걀을 낳듯이 앞에 새 술들을 놓왔다. 그리고 몸을 돌려 장미색 치마를 보이며 걸어갔다. 풀기 먹은 앞치마 끈들이 그녀의 뒤에서 흔들거렸다. 다른 사람들도 그녀를 보고 있었다. 테이블 밑에서 여자애의 무릎과 허벅지를 만지작거리고 있던 장교도 마찬가지였다. 한 사람으로는 만족할 수 없다. 절대 그럴 수 없다. 어떤 메커니즘일까? 테이블 밑에 있는 장교의 손가락에 눈이라도 붙어 있을지 모른다. 아빠, 쟤는 이미 우리 거야, 계속해! 하는 식으로 말이다. 롱 루가 패니 매캐프리에게 사과를 전한다. 패니, **나도** 결혼하고 싶어. 그건 멋진 생각이지. 그런데 내가 **이걸**로 뭘 할까? 루는 매번 밑으로 늘어져 있는 나이 먹은 큰바다뱀을 들고 있다.

힘이 없는 걸까? 딱히 그런 건 아니다. 하지만 힘도 가끔은 지나치면 모자람만 못했다. 법치당의 전언에 따르면, 법이 없으면 힘은 형태를 이루지 못했다. 그래서 케이시는 항상 당당했다. 그는 원래부터 체제 순응적이었고, 법으로 자신을 판단했다. 그래서 앞날을 생각하지 못하고, 과거를 돌아보지 못했다. 누가 스트라이크 세 개가 원 아웃이 된대? 하는 식이었다. 만약에 케이시를 마이너로 보내고 규칙 따위는 무시하면 어땠을까? 원한다면 그렇게 할 수도 있었다. 연감에 설명할 수도 있었다. 그건 힘이 없는 게 아니다. 하지만 문제를 불러올 수도 있었다. 어떤 문제? 선수들의……어떤 선수들? 생각해보니 거기에는 한계가 있을 수밖에 없었다. 선수들의 저항을 진압할 수도 있겠지만, 그 저항을 항상 똑같이 느낄 수밖에 없었다. 선수들의 저항이란? 나의 저항이다. 똑같았다.

UBA에서 실패한 브록 러더퍼드 주니어는 미치네 구석 부스에서 순항하고 있었다. 그가 공을 던지던 팔은 군청색 치마 밑에 들어가 있었다. 인생이라는 알 수 없는 배여, 나아가라, 나아가라! 다른 곳에서는 검정 퀸이 남쪽으로 날아갔다가 비숍들의 제휴로 반격을 당했다. 멀리 있는 벽에 걸린 그림에는 빨간 외투를 입고 말을 탄 남자들이 산울타리를 뛰어넘어 무언가를…… 뒤쫓고 있었다. 캔버스의 그 부분이 어둡고 희미하게 처리되어 쉽게 알 수 없었지만 여우같았다. 어쩌면 불쌍한 시커모어 플린일 수도 있었다. 험난한 바다 그림 밑에 있던 어린 커플이 갑자기 잠잠해져 있었다. 미치 포터 씨가 갑자기 나타났기 때문이다. 아까까지만 해도 두 사람은 아무것도 개의치 않고 서로만 바라보며 순수하게 냅킨을 손에 쥐고는 입맞춤을 하고 있었다. 미치 포터 씨는 왼손으로 애들에게 나가라는 명령을 내렸고, 오른손으로 웨이트리스에게 계산서를 가져오라고 했다. 그녀의 당당하고 하얀 가슴이 통로를 따라왔다가 다시 돌아가자, 솟구치는 욕정에 몸을 구부리고 부끄러움과 기대에 얼굴을 붉히고 있던 남자아이가 일어서고 말았다. 그사이에 해군 장교는 테이블 위로 상냥하게 담소를 나누는 동시에 테이블 밑으로 일행 여성과 함께 맨살을 드러내고 있었는데, 포터 씨는 그걸 모르는 척하고 있었다. 해석의 문제다. 그럼 왜 결혼을 여태 안 한 거야, 헨리? 누가 물은 거지? 루? 하지만 헨리가 봤을 때, 루는 알맞은 크기의 노르스름한 오리 고기 조각을 삼키고 있었고, 반짝이는 오렌지 껍질이 그의 포동포동한 턱에서 번들거리고 있었다. 정말 맛있었다. 그 음식만의 야생적인 맛이 살아 있었다. 진정한 요리였다. 미치 포터는 어느 팀에서나 뛸 만했다. 명예의 전당감이었다.

이윽고 그는 얼음 통에 담긴 로제 와인 한 병을 들고 왔다. 손목과 손가락을 요란하게 움직여 코르크 마개를 마술처럼 뽑아내고, 두 사람의 잔에 술을 알맞게 따랐다. 두 사람은 와인을 맛보았다. "음, 좋아!" 루가 말했다. "그런데……?"

"좋으시다니 저도 기쁘네요." 그러면서 포터 씨는 가볍게 인사를 하고 두 사람의 잔을 채운 뒤 감사 인사를 제대로 받기도 전에 사라졌다.

"와, 정말 죽인다, 안 그래, 헨리?"

"음. 오리도 맛있네."

"그러니까 말이야."

웨이트리스는 쫓겨난 10대들이 두고 간 자잘한 동전들을 짜증스럽다는 듯이 손가락으로 집어냈다. 그리고 더러운 접시들을 들고 신발 소리를 딸깍딸깍 내면서 돌아갔다. 넉넉한 치맛자락에서 쉭쉭 소리가 났다. 여전히 낚시 중이던 장교는 그쪽을 흐뭇하게 바라봤다. 그런데 그의 먹이가 된 어린 아가씨가 헨리와 눈이 마주치자 얼굴을 붉히더니 장교의 손을 뿌리치고 옷을 급하게 정리하고는 여자 화장실로 사라졌다. 말하자면 먹다 남은 셈. 알고 보니 화장실 문도 부스와 같은 싸구려 인조 가죽으로 덮여 있었다. 이윽고 장교는 활짝 웃으며 웨이트리스에게 뭔가 말을 걸었다. 쾌활한 몸짓으로 엉덩이를 둥글게 내민 웨이트리스는 어깨 너머로 앞치마 끈을 힐끗 보더니 손목에 힘을 빼 장교를 툭 치고는 (장교는 크게 웃었다) 혼자 심하게 즐거워하면서 부엌으로 돌아갔다.

왜 결혼을 안 한 거야? 물어본 사람이 헤티였을지도 모른다. 아니면 15분 후 진지하게 존경의 표시를 받으러 들른 미치 포터였을지도 모른다. 아니면 영화 잡지를 보면서 심하게 하품을 하던 미치 부인이었을지도 모른다. 그렇다, 브룩 주니어는 나름 멋지고 품격 있었지만, 실제 경기에서 통하는 면이 없다는 건 쉽게 알 수 있었다. 뭔가 패기 같은 게 없었다. 그의 아들(헨리는 남자아이일 거라고 가정했다)은 어떻게 되었을까? 할아버지의 유전자가 지배했을지도 모른다. 그건 괜찮았다. 그런 원초적인 힘, 바라건대 삼촌의 품격이 필요했을 것이다. 그러면 엄마 쪽은? 때마침 아까 그 아가씨가 몸 앞 중심에 핸드백을 움켜쥔 채 화장실에서 나오는 모습이 보인다. 그녀는 헨리 쪽을 매서운 눈으로 한 번 쳐다보고는 장교에게 돌아갔다. 성깔이 꽤 있고, 입고 있는 바지는 조금 헐렁하다. 기다리면서 지켜봐야 한다. 찾는 데만 스무 시즌 이상의 가치가 있을 것이다. 브록 주니어처럼 달리 할 일이 없는 남자는 결혼을 할 수 있지만, 헨리는 할 수 없다. 단지 그뿐이었다. 아름답고 다정하며 헌신적인 부인, 특별한 상처와 행복을 나누는 아이들. 이들이 함께하는 가족이란 커다란 위안, 커다란 기쁨이 될 수 있다. 하지만 헨리는 외톨이 인생, 보편적인 고통을 선택했다. 왜냐하면…… 왜냐하면…… 그렇게 할 수밖에 없었으니까.

아, 젠장! 패피 루니가 신경질을 냈다. 미혼인 루니는 자신이 아직 죽지 않고 살아 있음을 증명하는 고통을 제외하면 그 어떤 고통과도 연이 없었다. 루니 같은 사람이 있는가 하면, 그렇지 않은 사람도 있다. 루니는 행운을 빌며 여자의 엉덩이를 꼬집었다. 비장의 무기를 꺼낸 셈이다. 좋았어! 루니는 깔깔댔다. 걔들이 바로 **그걸** 기다린 거야!

"헨리, 이런 말 해도 될지 모르겠는데, 내가, 음, 내가 보기에 너 요즘 가끔 혼잣말하더라고……"

헨리는 땀을 뻘뻘 흘리고 있는 통통한 친구의 얼굴을 올려다봤다. 그의 얼굴에 오렌지 소스가 발려 있었다. "난 사는 내내 혼잣말했어." 헨리는 이렇게 말하고는 접시 위에 칼과 포크를 엇갈리게 겹쳐두었다.

웨이트리스는 테이블을 치우며 그 위로 몸을 뻗었다. 툭 튀어나온 엉덩이와 흔들거리는 풍만한 가슴. 훌륭한 자태다. 과하면서도 솔직한, 그녀만의 스타일이다. 윌리 오리어리는 이 사이에 이쑤시개를 넣고, 그 가슴에 축복을 내리기 위해 오른손을 들고 말했다. "그가 한 손을 앞으로 뻗으니, 산들이 흔들렸노라." 그러자 반사적으로 여자의 가슴이 떨렸다.

"아, 이 양반이!" 하면서 웨이트리스는 젖은 손으로 그를 가볍게 때렸다. 오리어리는 여자의 옆구리를 집었다. 웨이트리스는 배의 근육을 오그라뜨리면서 테이블에서 뒷걸음질했다. 그리고 활짝 웃으면서 그가 보는 쪽으로 엉덩이를 홱 돌렸다. 그때가 바로 꼬집기를 할 순간이었다. 하지만 어쨌든 여기는 제이크네가 아닌 미치네였다. 오리어리는 움직이던 손을 갑자기 멈추고 손가락을 튕겼다. 웨이트리스는 정말 꼬집힌 것처럼 움찔하더니 혼자 웃으며 접시를 들고 부엌 쪽으로 사라졌다.

"왜 여태껏 결혼을 한 번도 안 한 거야, 헨리?" 질문을 한 루의 뺨은 지나칠 정도로 빨개졌다. 질문을 하는 사람은 항상 루였던 것 같다.

"모르겠네, 그렇게 많이 생각해본 적이 없어." 헨리는 거짓말을 했다. "네가 안 하고 싶었던 거랑 같은 이유겠지."

"하고 싶지 **않았다!**" 식사를 배불리 한 후, 루의 거슬리던 목소리는 부드러워졌다. 달콤할 정도였다. 좀처럼 듣기 힘든 목소리였다. 루는 냅킨으로 얼굴을 문지르더니 바로 입을 열었다. "헨리, 내가 어디서부터 시작해야 할지 알면 내일이라도 결혼하겠어. 넌 항상 상황에 맞는 이야기를 할 줄 알잖아. 그런데 난 아니야. 헨리, 난 한 번도 말이지, 있잖아, 나가서……" 그렇지, 피부가 빨갛고 살이 덜덜 떨리는 홀리 티베트, 좋았어. 아무것도 없는 곳에서 마술 같은 일이 펼쳐졌다.

"그러면 우리 웨이트리스랑 시작해볼까?" 오리어리가 제안을 했다. 윌리 오리어리는 얌전하면서도 놀랄 정도로 취해 있었다. 기둥 뒤에서 게이브와 프로스티를 비롯한 아이들이 홀리를 꼬시고 있었다. 그들은 홀리를 몰리에게 데려갔고…… 윌리가 신호를 보냈다.

"**안 돼!**" 홀리는 말도 제대로 못하고 도망갈 곳을 찾았다. 하지만 사람이 너무 많아서 뚫고 나갈 수가 없었다.

오리어리는 다른 사람들이 배꼽을 잡고 웃는 모습을 봤지만 애써 진지한 표정을 지으려고 했다. 그쪽으로 다가오던 웨이트리스가 그 모습을 보고 활짝 웃었다. 됐어, 이제 다 걸렸어. 그들은 홀리를 몰리에게 데려갔어/ 그녀가 말하길, 그녀가 하고 싶은 것은 바로, 어머나/ 샤워를 하면서 뜨거운 타말레를 먹는 것…… 윌리 오리어리는 홀리의 시가에 불을 붙였다. 그리고 웨이트리스의 배꼽 높이에 있던, 루의 하얗고 둥근 얼굴에 묻은 새우 소스 얼룩을 보고 감탄하며 말했다. "우리 몰리 씨, 어떤 불쌍한 친구가 아주 꼼짝도 못하고 힘들어 하고 있는데 우리가, 그러니까 당신이랑 내가 어떻게 도와줄 수 있을까요?"

"어떤 친구라니요……?" 조금 무딘 여자였다.

"응, 여기 있는 우리의 이 친구, 전미연합교향악단 부사장이고, 실기시험을 책임지고 있어요. 자기랑 돈을 무한정 쓰면서, 음, 같이 세계를 돌아다닐, 존경할 만하고 인정 많은—물론 재능도 있는—여성 동반자를 찾고 있거든요. 소개해줄 만한 사람 누구 없을까요?" 비음 섞인 아일랜드 사투리가 조금 서툴렀지만, 그녀가 그 울림을 좋아한다고 봤다.

"누구, 여기 엥걸 씨 말이에요?" 몰리가 말했다. "농담하지 말아요!" 정말 무뎠다.

헨리가 활짝 웃었다. "물론 농담이죠." 수줍은 홀리는 어딜 가든 유명했다. 수줍음의 이면이랄까. 오리어리가 윙크를 했다. "이 사람 정말 사장이에요."

웨이트리스는 미소를 지으면서 한쪽 손으로 코를 비비고, 다른 손으로 자신의 크고 둥근 엉덩이를 쓰다듬었다. 그리고 수치심과 욕정 탓에 울 것만 같은 불쌍한 루를 얕봤다. 음, 우울한 홀리한테/ 그 타말레는 잘못된 선택이었어/ 그녀가 그의 아주 작은 꽃을 훔쳐갔거든…… "월요일에 제시간에 출근하게 해줄 거죠?" 웨이트리스가 물었다.

홀리는 어쩔 줄 몰라 하며 피식피식 웃었다. 얼굴의 홍조는 갑자기 멋진 반점으로 변했다. 숨어 있던 아이들이 함성을 질렀다.

"자, 대장, 어떻게 할까요?" 오리어리는 그렇게 묻고는 근처에서 날개를 퍼덕이는 새처럼 흥분한 녀석들에게 시가 연기를 뿜었다. "라운드 더 월드로 할까요, 아니면 레몬 셔벗 둘로 할까요?"

홀리가 "나도 같은 걸로!" 하고 외치자 모두 자지러졌다.

"그리고 커피 좀" 하고 말한 헨리는 삶에서 머리를 들고 먹이를 찾는 늙은 괴물을 위해 몸을 움직여 바짓가랑이 한쪽에 공간을 만들었다.

몰리는 오리어리에게 기분 좋게 윙크를 하고는 그들 곁을 떠났다. 무디지만 참 좋은 사람이었다.

"헨리! 정말 취했구나!" 씩씩대는 루의 목소리는 원래대로 쉬고 거칠어져 있었다.

"나 기분 정말 좋아." 헨리가 말했다. 머리가 어지럽긴 했지만 마음은 가벼웠다. 오래된 피부에서 탈피하듯이 의무를 다한 그는 흥분을 감추지 못했다. "오길 잘했어."

단골손님의 불편을 감지하고는 다시 불쑥 나타난 미치 포터는 안부를 확인하고 안심했다. 하지만 헨리는 잠시 의심의 눈총을 받았고, 몰리도 충분히 경고를 받았다. 그녀가 셔벗을 가져왔을 때 재미있는 일은 없었지만, 루의 얼굴은 다시 똑같이 빨개졌다. 그 모습을 본 헨리는 깨달았다. 뭐야,

저 여자애를 정말 좋아하잖아. 너무 단순하네. 실제로 홀리는 얼마나 많은 여자를 좋아했을까? 그리고 머릿속에 저 버섯구름을 피우고 나가서는 어떤 여자를 꿈꿨을까? 딱 한 사람일지도 모른다. 보통 그랬다. 보아하니 해군 장교는 가고 없었고, 같이 있던 여자도 없었다. 두 사람이 있었던 빈자리 위로는 놀란 오리들이 호수에서 날아올랐다. 총소리가 울리고, 깃털이 날리고, 그 예쁜 새의 머리가 뒤로 젖혀졌다. **아!** 늘 눈부시도다. B급 야구 선수, 허리를 느슨하게 한 포수, 여전히 눈부시도다. "제이크네 가자."

"어디?"

"내가 아는 바야."

계산서가 나왔다. 그리고 미치 포터 씨가 나와 코트 입는 걸 친절하게 도왔다. 헨리는 계산서의 7분의 1 정도 되는 동전들을 찾아 접시 옆에 놓았다. 루는 충동적으로 거기에 1달러를 더했다. 루는 부끄러워서 목이 빨개진 물개 같았고, 웨이트리스는 너무 늦게 오는 바람에 그 모습을 얼핏 보기만 했다. 루가 쏜살같이 계산대로 가자, 뭉툭한 다리를 가진 펭귄 같은 사장이 그의 뒤를 따랐다. 짝짓기를 하는 한 쌍처럼 붙어서 루가 코트 입는 것을 계속 도우려고 했다. 뭔가에 놀라서 도망가려고 한 웨이트리스는 어쩔 수 없이 벙벙한 상태에서 조심스럽게 현금을 모았다. "저 남자 꽤 괜찮아요." 헨리가 말했다.

"맞아요." 웨이트리스가 말했다.

루는 계산대 앞에서 머뭇거리다가 온 바닥에 지폐를 떨어트렸다. 하지만 배를 채운 거스 멀로니가 대신 돈을 냈다. 당에서 나온 돈이야, 내 돈은 하나도 없어. "더 줄 수도 있어." 위대한 원로 선수로 손꼽히는 거스는 어떻게든 자기 맘대로 해내고 마는 이해할 수 없는 성격을 가진 대표적인 인물이다. 헨리는 그를 전혀 좋아하지 않았지만 막을 수는 없었다. 결국 그 타락한 노인네한테 정까지 들었다. 불만당의 거물.

두 사람은 나가서 같이 담배를 피웠다. 즐거운 저녁 시간 보내세요, 워 씨! 즐거운 저녁 시간 보내세요, 엥걸 씨! 지금은 밤이에요! 다시 한 번 감사드립니다! 곧 또 오세요! 그럴게요! 그럴게요! 밤공기는 조금 쌀쌀했다. 스토브리그에 어울리는 날씨였다.

"곧 겨울이네." 루가 말했다.

"그런 것 같네." 겨울이 있을까? 있겠지. 어중간한 모든 걸 확실히 매듭짓고 싶었다. 왜? 한번 끝나면 끝이잖아? 글쎄, 궁금했다. 손튼 섀드웰이 빅리그 진입에 성공할 것인가 말 것인가. 스타와 에이스 중에 누가 떨어지고, 그 빈자리를 누가 올라와서 차지할 것인가. 스와니 로는 목표한 기록을 세울 것인가 말 것인가. 하하! 기록을 세우자마자 야구 경력이 끝나면, 저 크고 거만한 놈도 놀랄 것이다! 그때 스와니가 턱에 발동을 거는 모습이 보였다. "난 멈추지 않아!"

"뭘 멈춰, 헨리?"

"아무것도 아니야, 어떤 노래에 있는 가사야." 헨리가 둘러댔다. "그걸 생각해내려고 머리를 짜다가 방금 기억났어."

"헨리, 내 말 잘 들어. 너 하고 있는 다른 일, 그거 그만둬야 돼. 그건—"

"그건 일이라고 할 수 없어, 루. 게임이야."

"게임?"

"주사위로 하는 야구 게임이야."

"야구 게임!" 루는 곰곰이 생각했다. "으음." 어떤 희미한 빛이 비추기 시작했다는 의미다. "하지만 그때……?" 이윽고 루는 지난 몇 주 동안 헨리에게 있었던 일을 생각했다. "주사위로……" 충혈된 두 눈, 결근을 떠올렸다.

"그게 정말로……?"

"보고 싶어?"

"음, 난…… 당연하지! 그러니까, 그게 뭔가, 어, 뭔가 둘이 할 수 있는……?"

"되고말고. 내일 밤에 들르지 그래? 오는 길에 피자 좀 사오고. 맥주는 많아."

"당연하지!" 목소리에서 더 큰 열의가 느껴졌다. 두 명이 할 수 있다. 그래, 이걸로 게임을 다시 진행할 수 있을지도 모른다. 그리고 루가 게임을 배우는 동안 루한테 니커바커스를 맡기면…… 다른 팀들이 유리한 경기를 할 수 있을지도 모른다. "우리 영화를 먼저 보고 나서—"

"음, 난 됐어, 루. 난 집 안 청소 좀 해야 돼." 그렇다, 루는 일요일이면 항상 영화를 보러 갔다.

"아, 집 안이 어떻든 난 상관없어, 헨리. 그러니까 가자, 우리—"

"싫어, 난 영화 별로 안 좋아하잖아, 루." 조심해야 한다. 게임을 한낱 사교 행사로 타락시킬 수는 없다.

"난, 난 네가 야구에 그렇게 빠삭한지 몰랐어, 헨리, 어떻게……?"

"안 그래."

"하지만……?"

"아, 가끔 야구와 관련해서 뭘 읽는 건 좋아해. 하지만 진짜로 하는 야구는 정말 옛날 얘기야. 이젠 지루해."

"너 진짜 야구 보러는 안 가?"

"안 간 지 몇 년 됐어. 내가 생전 처음 본 경기에서는 말이야, 루, 그해 리그 최고 투수가 나와서 3피안타 완봉을 했어. 자기 팀은 4안타를 뽑았는데 그중 3안타가 한 이닝에서 나왔어. 그래서 2 대 0으로 이겼고. 희한한 경기였지. 거의 잘 뻔했어. 그 후로 한동안 야구장을 계속 다녔어. 경기에서 내 맘에 드는 것도 있었고. 예를 들면 관중. 거기서 내가 뭔가의 일부 같다는 느낌이 들더라고. 교회처럼 말이야. 그 어떤 교회보다 더 직접 와닿았어. 그리고 난 점수 기록도 하고, 소리도 지르고, 핫도그도 먹고, 콜라랑 맥주도 마시고 그랬고. 얼마 동안은 미국에서 진짜 신성한 장소가 유럽식 교회가 아닌 야구장이라는 생각까지 들더라." 여러 에너지 구성 공식에 따라 도시 아이들이 와서 자국의 기원이 극화되는 것을 보고, 과거에 있다가 사라진 유대감을 확인하고…… 잘했다고 할 수 없는 연기를 봤다. "그런데 다른 사람들이랑 부대끼면서 구장을 나오다가 내 인생이 그렇게 허비될 수 있겠다는 불안감 같은 게 생기더라고. 야구장에서 재미없게 있다가 나오지만 그래도 또 가고, 뭐 하자는 거지? 그러고 나서 며칠 있다가 집에서 내 스코어보드를 찾았을 거야. 갑자기 죽어 있던 게 살아나고, 따분했던 게 신나고, 아름답고, 믿을 수 없을 정도로 생생해지더라고."

"그런데 왜 그만 가게……?"

"보니까 스코어카드면 충분하더라고. 진짜 경기가 필요 없었어."

루는 담배를 빨면서 곰곰이 생각했다. "야구 선수처럼 되고 싶었던 적은 없었어, 헨리?"

"없었어. 아, 가끔 영웅적인 뭔가를, 엄청나면서 전설적인 뭔가를 할 수 있었으면 했어. 기록 시스템에서 최종 한계를 시험하는 것처럼 말이야. 스포츠 기자들이 무슨 일이 있나 가만히 보다가 심장마비가 걸려버리게 말이지. 그런데, 그건 아니었어. 땅볼이 오면 몸을 구부리고 나쁜 공을 걸러내는 그런 평범한 야구 선수가 되고 싶었던 적은 한 번도 없었어. 감독이 되고 싶었던 적도 한 번도 없었어. 물론 리그의 모든 팀에서 감독을 한 번씩 해보는 건 생각보다 괜찮을지도 모르지."

"그 사람들이 너한테 감독을 맡기진 않을 것 같아, 헨리."

"그렇지, 맞는 말이야." 헨리는 미소를 지었다. "나한테 감독은 안 맡기겠지. 다 왔다."

루는 네온 불빛에 눈을 찡그렸다. "피트네잖아. 네가 아까 제이크네라고 한 것 같은데."

"두 이름 다 써."

"안녕하세요, 워 씨."

"안녕, 제이크." 헤티는 저쪽에서 어떤 남자와 같이 있었다. 너무 늦었다. 젠장, 너무 늦었다. 바에서 헨리가 말문을 열었다. "피트, 내 친구 루 엥걸이라고 해."

피트가 "잘 부탁드립니다" 하고 말하자 루도 맞장구를 쳤다.

"제이크, 늘 주던 걸로 부탁해." 사실 오늘 밤은 축배를 들 대상이 부족했다. 하지만 그렇게 훌륭한 식사도 했고……

피트가 병으로 손을 뻗었다. 그걸 본 루는 빠르게 고개를 끄덕였다. 오늘 밤 피트는 평소보다 더 과묵해 보였다. 음, 충분히 그럴 이유가 있을 것이다. 헤티도 그가 있는 쪽으로 수상쩍은 듯한 눈길을 보냈다. 헤티와 함께 있는 사내는 어린 남자였는데, 엄청 어리지는 않았다. 마흔 정도 되는 지저분하고 혈색 좋은 농부 스타일이었다. 그래도 인정하자. 어리긴 어리다. 나이. 누구도 피할 수 없다. 선수들은 서른이 되면서 움직임이 조금 둔해지고, 도루에도 애를 먹고, 3루타가 될 만한 장타도 제대로 못 쳤다. 부상도 더 심각해지는 경향이 있었다. 그라운드에 나가 수비를 할 때도 조금 느렸다. 그러다가 서른다섯 때 속도가 확 줄었다. 그것이 차트에 모두 반영되었다. 그러한 변화는 선수들이 반드시 감내해야 할 부분이었다. 일부는 나이가 들면서 그 부분을 이해하고 받아들였다. 속구가 느려짐에 따라 싱커와 슬라이더를 개발하기도 하고, 새로운 포지션을 익히기도 했다. 그리고 나중에 코치가 되고, 감독이 되고, 심지어 구단주까지 되는 선수도 있었다. 그런가 하면 거기에 저항하면서 계속 재능 있는 어린 스타처럼 굴려고 하는 선수도 있었다. 프로스티 영이 바로 그런 경우였다. 누구나 야구를 관둬야 할 때가 오면 자연스럽게 관두지만, 이런 선수는 말년이 기이했다. 프로스티는 도루 시도를 너무 많이 하다가 끝내 골반이 골절되었다. 5년만 빨랐어도 좋았을 텐데. 나중에 그는 심판이, 훌륭한 심판이 되었지만 왠지 자신이 특이하게, 유별나게 늙어가는 운명을 진 것처럼 골절 부위에 판을 댄 채 딱하게 다녔다. 그런 로맨틱한 괴로움은 헨리를 불쾌하게 만들곤 했지만, 헨리는 이해했다. 실제로 리그의 멋진 인물 중에는 캐릭터 완성을 위해 이런 지나친 뭔가를 필요로 하는 경우가 있었다. 모든 선수가 브록 러더퍼드나 제이크 브래들리라면 UBA가 어떻겠는가?

제이크가 나타나 다시 빈 잔을 채웠다. 헨리가 말했다. "피트, 내가 요전 밤에 여기 있었을 때 무슨 일이 있었는지 별로 기억이 안 나. 내가 진상은 안 부렸나 모르겠네."

"아, 아니에요, 워 씨." 하지만 피트는 우울한 과거를 떠올렸을 때나 나타날 수 있는 어두운 표정을 잠시 지었다. "누구나 가끔은 술도 마시고 놀아야 하잖아요." 그는 머뭇거리다가 미소를 지었다. "그 사람 이름이 뭐였더라, 그 롱, 있잖아요…… 그 사람에 대한 노래는 잘 들었어요."

"롱 루와 패니 노래. 내가 그걸 불렀다고?"

"네네." 그는 다시 미소를 짓더니 루에게 윙크를 보냈다. "부른 거라고 봐야죠."

세 사람 모두 크게 웃었다. 그게 무슨 이야기인지 어렴풋이 알고만 있던 루는 헨리를 묘한 표정으로 바라봤다. 그래, 얼마 안 가서 잊히겠지, 하고 헨리는 생각했다. 그리고 생각해보니, 그날 밤 여기서 100달러 넘게 썼기 때문에 피트가 거기에 대해 불평을 할 수가 없었던 것이다.

제이크네 고양이 중 한 마리가 헤티의 다리를 휘감고 지나갔다. 그러자 헤티는 손을 뻗어 고양이를 쓰다듬었다. 그때 구애 중이던 남자가 그녀에게서 몸을 떨어뜨리고 초점을 제대로 맞추지 못한 상태에서 한 잔 더 달라는 신호를 보냈다. 진홍빛 넥타이, 불그레한 두 뺨, 딸기코, 주근깨 많은 정수리 위로 듬성듬성 난 빨간 머리카락 때문에 그는 곧 폭발할 것처럼 보였다. 이윽고 두 사람은 마치 어떤 자기력으로 당겨진 것처럼 서로의 허벅지에 손을 얹고 다시 붙어 앉았다.

이 사람 역할은 누가 할 수 있을까? 오리어리가 괜찮을 것 같다. 아니면 어린 손튼 섀드웰, 아마 아직 총각일 것이다. 아니면 '미친 곤봉' 마이티 멜. 아니다, 트렌치는 요즘 안 좋았다. 그걸 세우는 데만 걱정이 태산일 것이다. 가여운 트렌치. 헨리는 브랜디 잔을 들여다봤다. 바와 모든 사람이 그 황색 구 안에 비집고 들어가 있었고, 그 위로 환한 불빛들이 타오르고 있었다. 그리고 자신의 모습이 보였다. 시선을 돌렸다. 해밀턴 크래프트는 어떨까? 큰 찬스라 기분은 분명히 좋을 것이다. 아니면 혹시…… "너 저기 있는 재랑 한번 해보는 거 어때?"

가슴이 철렁한 루는 스툴에서 최소 6인치는 물러섰다. "조용히 좀 말해, 헨리!" 루는 목이 메어 말했다.

"그래서 어쩌냐고?"

루는 그쪽을 보지도 않고 괜히 브랜디 잔에 코를 박았다. "아니, 음, 내 스타일 아닌 것 같아."

"네 스타일이 아닌 것 같다! 야, 저 여자라면 누구나 좋아할 스타일이야, 루!"

루는 코냑을 거칠게 홀짝였다.

"그러면 내가 가서 한번⋯⋯?"

"아, 안 돼, 안 돼! 나한테 신경 꺼!"

잠시 헤티의 곁을 떠난 구애남은 비틀거리며 이리저리 빠져나가다가 숨을 뜨겁게 내쉬며 그들 옆으로 지나갔다. 그리고 테이블에 부딪히더니 뒷문으로 사라졌다. 뒤편 침대. 아니, 여기에는 없다. 정말 없다. 성수반처럼 생긴 변기 한두 개뿐. 피트는 성인이 가질 만한 더 미묘한 욕구에 대해서는 신경 쓸 사람이 아니다.

"안녕하십니까, 사모님! 우리 야구 게임 한판 하는 거 어떠신지요!"

"헨리! 쉬잇! 나 바쁜 거 안 보여?"

"자기야, 거기 타자가 없잖아. 자기를 찾지도 못할 거야!"

"아닐걸. 그런데 그 사람이 여기 돌아와서 당신을 못 찾는 게 낫긴 하겠네. 찾으면 당신 갈비 하나 날아갈 테니까!"

"에이, 그 사람은 기다릴 수 있을 거야. 걘 내일로 미뤄, 자기야. 나 오늘 밤에 자기가 필요해!"

헤티는 헨리의 투구를 계산하면서 다소곳이 말했다. "그 아이가 살아난 거야, 헨리?"

헨리는 잠시 움찔했지만 계속 이야기를 이어나갈 수 있

었다. "아가씨, 여기 이 야구 게임에서 투수 한 명만 있는 게 아니야." 헨리는 졸려서 감기던 그녀의 눈을 뜨게 하려고 20달러 지폐를 한 움큼 내보였다. 그러자 헤티는 눈 대신 다리를 벌렸다.

"그러면 그 사람 오기 전에 나가자." 헤티가 낮은 목소리로 말했다.

헨리는 고갯짓으로 루에게 작별을 고했다. "내일 밤이야."

헨리는 헤티의 뒤를 따라 어깨부터 내밀고 밖으로 나갔다. 기분이 좋으면서도 창피했다. 실은 얼마나 저질스럽고 상스러운지. 이번에는 다를 것이다. 이제 마법은 없다. 하지만 그것은 그것대로 좋은 점이 있었다. 포인트에 집중하고 괜한 꾸밈이 없다는 것. 안쪽과 바깥쪽, 높게 그리고 낮게. 와인드업을 한 다음, 팍 꽂아 넣는 것이다.

6

 유니버설야구협회가 56번의 시즌을 거치는 동안, 협회의 소유주는 자기혐오에 빠질 뻔하거나 협회를 포기하고 싶어 안달이 난 적이 한 번도 없었다. 인생을 헛살았다거나 늙은 이가 애들 장난감을 갖고 논다는 느낌도 가져본 적이 없었다. 그래도 왠지 10대 애가 자위를 하다가 걸린 느낌은 있었다. 새로운 신인들이 등장했음에도, 새로운 팀의 전력이 가파르게 상승했음에도, 기록이 계속 쌓이고 거인들이 고꾸라지고 그 아이가 죽었음에도, 56년도는 따분함 그 자체였다. 아니면 일요일인 그날 오후에 그가 부엌 창문 너머로 세상이 겨울로 변하는 모습을 빤히 바라보고 있었기 때문인지도 모른다. 루가 곧 온다. 헨리는 두려우면서도 기뻤다. 루가 야구 게임을 구해낼 수도 있었다. 아니면 야구 게임에서 헨리를 구해낼 수도 있었다. 게임에 깊이 빠져버린 느낌이 있었다. 데이먼이 죽은 후 너무 많이, 너무 열심히 경기를 했다. 덜 해야 했다. 잠시 연감을 정리하는 것도 고려했지만, 그 자체가 지루한 탓에 그러지는 못했다. 그래서 서서 보기만 했다.

그날 아침은 시작부터 안 좋았다. 헤티의 냄새로 가득한 침대에서 잠을 깨고, 동물원인가 서커스인가에 관한 꿈을 조각조각 꾼 게 모두 관련이 있었다. "그 스와니라는 사람, 정말 괜찮네." 헤티는 노부인다운 끙 하는 소리와 함께 일어나면서 입을 열었다. 그리고 높은 음에서 시작한 가벼운 웃음은 가래 끓는 기침으로 변했다. 하지만 헨리는 스와니 로처럼 느껴진 게 아니라 오히려 너무 늙어서 거의 죽다시피한 우디 윈스럽이나 최하위에 처박혀서 머리가 이상해진 불운한 멜 트렌치처럼 느껴졌다. 헤티가 방에서 나와 욕실로 들어갔다. 헨리는 헤티가 얼마 동안 그 안에 있을 것임을 알고 다시 잠을 청했다. 어떤 말도 안 되는 먼 곳에 있는 꿈을 꾸었다. 아마 이탈리아였을 것이다. 아니면 스페인. 거기서 헤티에 대해, 헤티가 침대 위에서 얼마나 끝내줬는지 하는, 옛날 자랑거리를 루한테 늘어놓고 있었던 것 같다. 하지만 어느새 두 사람은 전원을 보며 감탄만 늘어놓고 있었다. 살짝 구불구불한 언덕, 포도밭, 울창한 계곡, 옆에서 졸졸 흐르는 푸른 강물, 석조 농가, 꽃이 활짝 핀 아몬드 나무. 넌 그저 착각하고 있는 거야, 하고 누가 말했다. 루 같진 않았지만 루였을지도 모른다. 어쨌든 헨리는 그 말을 무시했다. 멀리서 이륜 수레에 매인 노새 한 마리가 삐걱 소리를 내며 비탈을 오르고 있었고, 어떤 사람이 그 노새와 나란히 걷고 있었다. 경사가 가팔라서 노새는 어쩌다 뒤로 미끄러지거나 완전히 멈추기도 했다. 그러자 헨리와 옆에 있던 누군가가, 계속 있었다고 추정되는 누군가가 함께 밀어줬다. 꽤 힘들었지만 진척은 없었다. 나귀 한 마리라도 있었으면, 하고 농부가 말했다. 정말 그랬다. 동물이 없었다. 그가 잘못 알고 있었던 것이다. 못 찾겠으면 하나 만들어요, 하고 헨리가 말했다. 추잡한 농담으로 한 말을 농부는 이해하지 못했다. 그를 멀뚱멀뚱 바라만 봤다. 헨리는 설명하려고 안간힘을 썼다. **그냥** 나귀 한 마리요, 아니면 **특정한** 나귀 한 마리요? 하고 말을 바꿨다. 하지만 소통이 안 됐다. 언어 문제였다. 헨리는 자신이 짐승처럼 상스럽고 바보같이 느껴졌다. 그때 엄청난 무게가 그를 짓눌렀다. 그리고 헤티가 담요 밑으로 와서 그의 엉덩이를 필요 이상으로 세게 꼬집었을 때, 오늘은 정말 힘든 하루가 될 거라는 생각이 들었다.

헤티가 커피를 내는 동안, 헨리는 옷을 입고 스위트롤을 사러 나갔다. 돌아와서 문을 열어보니 때마침 헤티가 소처럼 크게 하품을 하고 있었다. 연한 목살이 접히고, 이 사이가 벌어져 있었다. 헤티는 그것을 감추려고 애쓰다가 얼굴에 주름을 만들고 말았다. "밖에 추워?"

헨리도 반사 작용을 막지 못하고 입을 벌려 하품을 했다. "꽤 추워."

헤티는 아침에 일어나면 곧잘 침대를 정돈하고 방을 살짝 정리했다. 하지만 헨리가 방 안을 힐끗 보니 너저분한 상태 그대로였다. 왜 누가 안 도와주지? 그렇게 자문하는 자신의 목소리가 들렸다. 헤티는 헨리가 가져온 꾸러미 안을 졸린 듯이 살폈다. "맛있겠다." 그러더니 식탁 위에 있는 종이들을 치우고 그 자리에 롤을 올렸다.

"조심해! 내가 하는 일인데……!"

"귀퉁이만 쓸게, 헨리."

두 사람은 자리에 앉아 탁자의 깨끗한 귀퉁이에 롤과 커피를 두고 먹었다. 그들은 서로에게 익숙해서 편안함을 느꼈지만, 상대방의 존재가 특별히 힘이 되지는 않았다. 대화를 시작할 이야깃거리가 그에게 떠올랐다. 헨리는 그것을 쏟아냈다. 누구는 침대로, 누구는 문으로 돌아갈 것이고, 누구는 덧없이 돌고 돌 것이다. 이따금 협회에 눈이 가면 헨리는 우울함을 느꼈다. 헤티가 생각 없이 지저분하게 있어서 그런 게 아니라, 본인이 어제 급하게 게임을 하다가 수습을 제대로 못했기 때문이다. 그걸 전부 정리하려면 시간이 꽤 걸릴 것이다. 자료 입력에만 몇 주가 걸릴 것이다. 그렇게 공을 들일 만한 일이 아닌데 말이다.

"나 교회 가야겠어." 헤티가 말했다.

"어디 교회 가는데?" 헨리가 물었다. 별로 관심은 없었다.

"아무 데나. 처음 간 데로 가." 헤티는 부스러기를 털어내며 한숨을 쉬었다.

"네 죄를 사하는 거야?" 헨리가 물었다. 약간 논쟁적인 것 같았지만 비꼬려는 의도는 없었다.

"죄? 아니, 난 그런 거에 대한 느낌 전혀 없어. 그냥 가서 아무도 귀찮게 안 하고 사람들이랑 같이 가만히 있을 수 있는 데가 필요한 거야." 헤티는 커피 안에 갈색으로 비친 자신의 모습을 침울한 표정으로 바라봤다. "헨리, 받아들이자. 난 나이 들고 못생겨지고 있어."

"헤티, 잘 들어." 헨리는 지갑을 뒤지더니 20달러짜리 지폐를 꺼냈다. "이거 받아. 나가서 새 모자든 뭐든 사 와. 거기에 꽃까지 해서 말이야."

"꽃은 봄에 피잖아."

"음, 그러면 오래된 마른 잎. 아무거나 괜찮아. 새 거들이든 장식 달린 서랍이든, 아무거나 상관없어. 그냥 당신이 행복한 모습을 보고 싶어."

헤티는 미소를 지으며 그의 손을 가볍게 두드렸다. "그렇게 쉬운 게 아니야. 그래도 고맙네, 헨리. 멋져." 헤티는 받은 돈을 핸드백에 넣었다. 그리고 그 가방을 탁자 위에 올려놓고는 주사위들로 시선을 옮겼다. 그녀는 주사위들을 재미있다는 듯이 바라봤다. 그러더니 팀 순위판, 청동으로 된 명예의 전당 명판, 책장, 계산기, 그리고 탁자 위에 놓인 이름으로 가득한 종이 뭉치를 힐끗힐끗 봤다. "헨리, 이게 다 뭐야? 도박해?"

"그런 셈이지." 헨리가 당황해하며 말했다.

"잘 이해가 안 가. 주사위들이 당신 일이랑 무슨 상관이 있는데?"

"음, 어떻게 보면 내 직원들이야." 헨리는 아무렇게나 말했다. 손에서 땀이 나는 걸 느꼈다.

"아직도 모르겠어." 헤티는 머리를 기울이고 입을 꼭 다문 채 호기심 가득한 눈으로 그를 봤다.

헨리는 한숨을 내쉬었다. "게임이야, 헤티. 야구. 보통 말하는 진짜 일이 아니고."

헤티는 두 눈을 깜박였다. 그러더니 웃음을 터뜨렸다. 헐렁해진 턱을 열고 크게 소리를 질렀다. "게임!" 그리고 탁자를 돌아봤다. 날이 밝아왔다. "그러니까…… 그럼 저게……! 이런!" 그녀는 벌떡 일어서더니 종이들을 막무가내로 파헤쳤다. "장담하는데 그 나이 든 사람 이름이 뭐였더라, 스와니 여기 있어. 그치?" 헤티는 종이를 뒤지고 넘기면서 킥킥거렸다. "이 이름들 좀 봐! 헨리, 우리 아주 **난잡하게 놀 수 있겠어!**" 그녀의 웃음소리가 그의 몸을 순식간에 훑고 지나갔다. 헤티는 몸을 돌려 그의 코를 잡아당겼다. "헨리, 당신

완전 괴짜네!" 크게 웃으면서, 활짝 웃으면서 헤티는 그를 내려다보고 한숨지었다. "그래도 당신 너무 멋있는 건 그대로야." 그리고 몸을 숙여 그의 이마에 부드럽고 달콤새금한 입맞춤을 남겼다.

헨리는 어깨에 랩을 두르는 헤티의 모습을 바라봤다. 의자에서 차마 일어날 수 없었다. "그러고 있지 마!" 하고 그녀는 소리 내어 웃었다. "너무 심각하게 받아들이지 마, 그냥 농담이었어!" 헤티는 벌어진 이 사이로 나온 스위트롤 덩이를 핥고는 코트를 입고 서서 커피의 마지막 한 모금을 마셨다. "그리고 이 세상에 안 이상한 사람이 어디 있어? 난 정말로 센스라곤 없다고!" 헤티는 준비를 하면서 창밖을 빤히 바라봤다. 그리고 헨리 쪽으로 돌아섰다. "잘 들어, 헨리. 나이 든 여자를 모두가 당신처럼 계속 만족시킬 수 있는 건 아니야." 헤티의 말은 맞는 게 하나도 없었다. 나름대로 맞는 말일 수는 있어도 무자비했다. 헨리가 할 수 있는 일이라고는 그 말을 묵묵히 들으며 자리에 앉아 있는 것밖에 없었다. 헤티는 잠시 생각에 잠겨 있다가 흠칫거리며 부엌에 와서는 지난밤에 있었던 문란한 더블헤더에서 알맞은 대사를 떠올렸다. **"자기야, 나 자기한테 던진다!"** 그리고 고개를 뒤로 돌려 신호를 보낸 다음 재잘거리며 문 쪽으로 갔다.

하지만 헤티는 헨리가 자신을 따라오지 않는다는 걸 알고는 돌아섰다. "얼른 와, 헨리, 인사해줘." 헨리는 빤히 바라만 봤다. 못생긴 늙은이. 헤티가 그랬다. 둘 다 그랬다. 헤티의 미소가 서서히 사라졌다. "까칠하게 굴지 마. 우리 재밌게 보냈잖아, 안 그래? 나 그냥 가긴 싫은데……" 자기 엉덩이를 때려주길 바란다는 뜻이었다. 헤티는 항상 그 부분을 그에게 고마워했다. 남자가 나가는 길에 그렇게 안 때려주면 항상 자기가 왠지 실패한 느낌이 든다고 말했다. "헨리, 미안해, 그게 아니라……" 헨리는 고개를 가로저었다. 그런데 놀랍게도 헤티가 갑자기 울음을 터뜨렸다. **"야, 뒈져라, 이 미친 개새끼야!"** 헤티는 흥분해서 지갑을 뒤지더니 그에게 받은 돈을 꺼내 떨리는 손으로 방 안에 던졌다. 그리고 계속 울면서 문을 박차고 나가 계단을 내려갔다. 그녀의 신발 뒤축이 목조 계단을 내리치고 바닥을 긁으며 딸각딸각 밖으로 나가는 소리가 들렸다. 헨리는 오랫동안 그 자리에 앉아만 있었다.

이후 헨리는 기계적으로 아침 식사를 치우고 모든 종이를 다시 정리했다. 그러고는 다시 게임을 하기 시작했다. 해질 녘이 되었을 때는 시리즈 4회분, 24일 치, 48개 경기가 마무리된 후였다. 점수나 선수는 기억이 나지 않았다. 하지만 니커바커스가 첫 경기를 제외한 모든 경기에서 졌다는 건 알고 있었다. 거기까지 신경 썼고, 나머지는 그냥 주사위만 많이 던진 것밖에 없었다. 헨리는 협회를 망치고 있었다. 이제 그것을 알게 되었다. 기록도 보관하지 않고, 엔트리 하나도 기록하지 않았다. 선수가 규정된 타석이나 투구 이닝을 채웠는지도 몰랐고, 누가 치고 있고 안 치고 있는지도 몰랐고, 법적으로 제한된 투구 이닝을 넘어선 투수가 있는지 없는지도 몰랐고, 누가 선두에 있는지도 전혀 신경 쓰지 않았다. 한 가지 생각뿐이었다. 케이시와 니커바커스를 굴복시켜 파이어니어스보다 낮은 순위로 떨어뜨리는 것. 단 하루만이라도 말이다. 하지만 아이러니하게도 헨리가 니커바커스를 박살낼수록, 파이어니어스는 더 추락했다. 헨리는 파이어니어스에게, 특히 밴크로프트에게 도움의 손길을 뻗어 무엇이 문제인지 알아내려고 했다. 하지만 이상하게도 파이어니어스 선수들은 그에게서 달아나려는 것처럼, 그의 계획을 감상적인 바보 노인네의 어리석은 열의로 보고 두려워하는 것처럼 보였다. 그리고 지금 그들은 최대한 멀리 달아나 있었다.

누가 문을 두드렸다! "헨리!" 갑자기 두려워졌다. 실수다! "헨리, 뜨거워!" 쿵쿵!

헨리는 자신에게 진정하라며 주의를 줬다. 심장이 심하게 뛰는 걸 느끼며 문을 열었다. 루가 마늘 냄새를 풍기며 집 안으로 곤두박질쳤다. 포장된 큰 피자 한 판을 들고 있었다. 그리고 "즙이 흘러내려!" 하고 큰 소리로 말하더니 식탁 쪽으로 갔다.

헨리는 "안 돼! **게임 중이야!**" 하고는 루의 팔꿈치를 거칠게 잡아 멈춰 세웠다. "여기에! 스토브에 놔!" 헨리가 커피 주전자를 치우자, 루가 피자를 급하게 갖다 놨다.

"후우!" 루는 한숨을 쉬었다. 그리고 끈적끈적한 두 손을 보더니 뭔가를 하려고 부엌 주변을 서성였다.

"자, 거기 있는 싱크대에서 씻어. 비누랑 수건 가져올게." 헨리가 말했다.

욕실에서 헨리는 비누를 떨어뜨렸다. 왜 이렇게 예민하냐고? 루는 저기서 혼자 우왕좌왕하다가 무슨 일이든 벌일 수 있으니까. "헨리, 이거 맛있어!" 루가 큰 소리로 말했다.

루는 물을 떨어뜨리며 달려나오다가 중간에 헨리와 맞닥뜨렸다. 헨리는 앞으로 달려들어 루의 손을 수건으로 감쌌다. 놀란 루의 눈썹이 동그래졌다. "헨리, 혹시 뭐가……?"

"아니야!" 헨리가 억지로 싱겁게 웃었다. "너 왔을 때 좀 졸고 있었거든. 갑자기 소리 나면 많이 놀라잖아. 아까 놀란 게 지금도 좀 남아 있어서……"

그러자 루는 미소를 지었다. "아, 헨리, 미안해. 그냥 뜨거워서 그랬고—"

"이야, 진짜 맛있겠다!" 헨리가 포장을 벗기면서 말했다. 오레가노와 구운 치즈 냄새가 그를 한껏 들뜨게 했다. 그걸 보니 배가 고플 수밖에 없었다. 스위트롤 이후로 먹은 게 전혀 없었다. "먼저 게임을 한 라운드 하고 싶어, 아니면……?

"뜨거울 때 먹는 게 낫지." 이렇게 말하면서 루는 외투 던질 곳을 찾았다. 헨리가 손을 앞으로 쭉 뻗었지만, 너무 늦었다. 외투는 등받이 쪽으로 날아갔고, 강풍이 탁자 위에 있던 리그를 휩쓸고 지나갔다. 루는 피자 위로 자신의 거구를 들이밀고 냄새를 맡았다. 그리고 눈으로 피자의 윤곽을 따르며 재료를 살피고 허용치를 따졌다. 마치 보물 지도를 해독하는 것 같았다. "우와! 너무 배고파!"

"칼 가져올게."

"우리 어디서……?" 루의 시선이 다시 탁자를 향했다. "공간을 만들 수 있을까?"

"다 만들어놨어. 탁자 대신 의자 몇 개 더 쓰는 거 괜찮지?"

"그럼!" 루는 손을 문지르며 미소를 지었다. "밖이 추워지네. 그래도 그럴 때 식욕이 더 당기니까."

헨리는 피자만의 특별한 지형을 그대로 따라 한 조각씩 잘랐다. 오일과 즙이 천천히 흐르며 거품을 냈다. 허브가 표면을 메웠다. 양파, 소시지, 버섯, 그리고 세인트앤드루 십자가처럼 나열된 페퍼로니가 가득했다. 루 엥걸, 흔하디흔한 특별 손님. 헨리는 루가 가운데에 놓은 의자에 피자 절반을 놓고 맥주를 땄다. 루는 한 조각을 집으면서 "아!" 하는 소리를 냈다. 헨리도 온힘을 다해 "으음!" 하는 소리를 냈다. 두 사람은 음흉하게 웃었다. 피자를 씹으면서 맛을 음미하고, 맥주를 마시고, 피자를 더 먹었다. "훌륭해!" "으음!" "축제야!" "이게 바로 맛의 세계지!" "교향곡 같아!" "하하!" "헨리, 성찬이네!" "으음!" "두세 판 더 샀어야 했어." "아직 반 남았어." "나 준비됐어!" "맥주 더?" "당연하지!" "예술이 네!" "맞는 말이야!" "이건 말도 안 된다, 루!" "저 버섯들, 으음! 멈출 수가 없다!" "망설이지 말고 그냥 막 먹어!" "양파 도 맛있어!" "천국일세!" "으음, 맞아, 아담과 이브가 피자를 먹을 수 있었을까?" "못 먹었다면 말이야, 루, 둘은 거기서 나가길 잘한 거야!" "하하! (손가락을 빨며) 맞아! 거기(마저 마 셔서 잔을 비우며), 아! 맥주 더 있어?" "많지!"

피자가 컸다. 정말 컸다. 헨리는 여태껏 그렇게 큰 피자 를 본 적이 없었다. 피자가 없어질 즈음 되자 두 사람은 더 천천히 먹고 더 꾸준히 마셨다. 게임을 해야 했지만, 헨리 는 두툼한 담요에 싸인 듯한 동물적인 만족감을 느꼈다. 움 직이는 것조차 죄악 같았다. 정작 게임 얘기를 꺼낸 건 루였 다. "헨리, 벽에 붙은 게 뭐야?"

"팀 순위판. 각 팀이 지금 몇 위에 있는지 보여주는 거야. 내가 직접 만들었어."

"팀들?

"음, 루, 설명하자면 좀 길어." 헨리는 트림을 하고 맥주 를 마시면서 미리 연습했던 걸 기억해내려고 했다. 우선 팀 순위판으로 시작하진 않으려고 했다. "자, 그 게임은, 음,

하나의 야구 리그야. 팀은 여덟 개. 로스터가 있고, 스물한 사람—"

"사람?"

"선수야. 이름이고. 모든 팀이 서로 경기를 하고, 내가 지키는 건—"

루는 실망한 것처럼 보였다. "두 사람이 할 수 있는 게임인 줄 알았어. 피너클이나 모노폴리나 그런 것처럼 말이야."

"못할 이유가 없지. 네가 한 팀 맡고 내가 다른 팀 맡으면 되지."

"오케이" 하고 말한 루는 끈 풀린 비행선처럼 갑자기 의자에서 튀어 올랐다. "갑시다! 경기 시작!"

"더 몰라도 되는 거 확실해? ……규칙 말이야."

"하면서 파악할게." 탁자에서 루는 종이 뭉치를 내려다봤다. 한낱 게임이랑 그 종이 뭉치가 무슨 상관이 있는지 잘 모르겠다는 눈치였다.

헨리는 불안해하며 싱크대에서 손을 씻었다. 이게 원했던 바가 아닌가? 정확히 그런 건 아니다. 경험 부족과 완벽한 객관적 무지는 다른 문제였다. "손 안 씻을래?"

"괜찮아." 루는 무심결에 손을 바지에 닦았다. 그리고 여러 차트를 발견하고는 쭉 훑어봤다.

"보기보다는 안 복잡해." 헨리는 손을 말리며 살짝 웃고는 말했다.

"그러길 바라." 루는 주사위들을 집어 만지작거리고는 가볍게 던졌다. 그리고 차트를 살폈다. "S if PR/LO; Others Ret S 1B." 루는 머리를 긁적이며 주사위들을 내려다봤다.

"그건 2루 도루에 관련된 특별 차트야." 헨리가 설명했다. "도루 시도를 한 주자가 대주자거나 라인업의 선두 타자면 성공하는 거야. 그게 아니면 1루로 돌아와서 세이프가 되는 거고. 여기, 애네는 어떤 차트냐면—"

"헨리, 내가 이걸 다 이해할 수 있을지 모르겠네." 루가 솔직하게 말했다. 프로젝트를 관둘 준비가 된 것처럼 보였다. 그런데 그 대신 자리에 앉더니 묵묵히 차트를 더 읽기 시작했다. 그리고 다시 주사위를 굴린 다음 여러 차트를 보면서 결과를 비교했다. "어떤 차트를 쓰는지 어떻게 알아?"

"음, 봐봐, 선수 카테고리가 여섯 개로 나뉘어 있어서 차트가 아홉 개 있는 거야. 투수는 에이스거나 신인이거나 일반일 수 있고, 그건 타자도 마찬가지. 그러니까 그 선수는 스타일 수도 있다는 거—"

"그걸 어떻게 알아?" 루는 농담하지 말라고 말하려는 듯 헨리를 쳐다보고 있었다.

"이름 옆에 표시가 있어. 루키는 음, 봐봐, 연도마다 등장하는데—"

"연도?"

"루, 설명해줄게. 기다려. 매년 마지막에 방어율이 가장 안 좋은 투수 여덟 명이 은퇴를 하거나 마이너로 보내져. 돌아오는 경우도 가끔 있고. 나이가 너무 많지 않다면 말이지."

"나이가 많다!" 루가 눈을 깜박였다. "나이가 얼마인지를 안다……?"

"그 차트가 따로 있어. 봐봐…… 여기 있다. 처음 등장한 신인들을 정리한 차트야. 여기에 나이가 적혀 있어. 얘네가 마흔이 되면 나가야 돼. 더 젊은 나이에 하위 타자 스무 명이나 하위 투수 여덟 명 안에 들면 나가야 되고. 물론 마흔이 돼서도 아직 스타나 에이스라면 괜찮아." 헨리는 루가 전혀 이해를 못하고 있다는 걸 알 수 있었다. "자, 지금은 그 부분 신경 쓰지 마. 타자가 세 종류 있고, 투수가 세 종류 있어. 신인은 일반보다 조금 더 유리하고, 스타랑 에이스는 신인보다 더 유리해. 그래서 차트가 아홉 개 있는 거야. 가능한 조합마다 하나씩 있는 거지. 에이스 대 스타, 에이스 대 신인, 에이스 대 일반, 이런 식으로. 신인과 일반 투수한테도 그렇고. 어쨌든 얼마 안 있으면 그냥 다 외워질 거야. 이 부분은 신경 안 써도 돼."

"외워지다니! 헨리, 너 이걸 다 외우고 있어?" 루가 흥분해서 큰 소리로 말했다.

"거의 다."

루는 고개를 가로저었다.

"야구판은 어디 있어?"

"음, 그걸 상상한다고 생각해야 돼. 한때 야구장 모형을 갖고 있었는데 방해만 되더라고."

루는 침울한 표정으로 종이 뭉치를 바라봤다. "그래, 어떻게 되나보자." 그러고는 팀 순위판을 쳐다봤다. "내가 어느 팀 해?"

"다음은 니커바커스랑 파이어니어스 경기야. 그런 식으로 조합이 이루어져."

"맨 밑에 있는 팀 말이야? 우리 맨 위에 있는 두 팀 갖고 하는 거 어때? 더 재미있을 것 같은데."

"루, 이게 그냥 한 게임으로 끝나는 게 아니야. 긴 시즌이 하나 있어. 팀마다 84경기를 치르고. 빅리그처럼 공식 일정이 있어. 지금 75라운드째 진행하고 있는데, 그중에 한 경기만 안 했어. 그게 파이어니어스 대 니커바커스 경기야."

루는 으쓱하더니 관대한 미소를 지었다. 억지였지만 말이다. "상관없어. 내가 누구 해?"

"네가 니커바커스 해." 헨리는 양심의 가책을 느꼈지만 이내 떨쳐냈다. 불쌍한 플린, 어리석은 혼란에 빠지고 말았다. 헨리는 스코어카드를 가져왔다. 라인업은 이미 채워져 있었다.

파이어니어스

2루수 토비 램지(신인)

좌익수 그래머시 로크

3루수 해트랙 하인스(스타)

중견수 위트너스 요크(스타)

우익수 스탠 패터슨(스타)

포수 로이스 잉그램(스타)

유격수 랜스 윌더

1루수 굿맨 제임스

투수 미키 핼러팩스(에이스)

니커바커스

유격수 스캣 뱃킨(신인)

2루수 매컬리스터 위크스

1루수 맷 개리슨(스타)

중견수 비프 볼드윈(스타)

우익수 월트 매캐미시(스타)

좌익수 아치 문

포수 천시 오셔(신인)

3루수 게일런 머스그레이브스

투수 자크 케이시(신인)

"이 두 팀이고, 여기 너희 팀 나머지 선수들 명단이야. 교체하거나 필요할 때 쓰라고."

루는 감탄을 하며 득점표들을 살폈다. "이야, 애네 죽이네. 어디서 산 거야?

"프린트했지."

"아하! 프린터에서 나셨군!"

"그렇지." 헨리는 멋쩍어하며 웃었다. 루를 게임시키려고 데려온 건지, 사실만 캐내게 하려고 데려온 건지 분간이 안 갔다. 조심해야 한다. 헨리는 루 옆에 앉아 루가 전부 볼 수 있도록 차트를 다시 정리한 다음 차트 간의 차이점을 설명했다. "여기 애네는 특별한 작전을 쓰거나, 에러나 부상이나 다른 일이 생겼을 때 쓰는 거야. 우리가 수시로 쓰는 거지. 그리고 우리 투수들이 에이스랑 신인이니까, 지금 우리한테는 차트 아홉 개 중에 여섯 개만 있으면 돼." 헨리는 왠지 모를 거리감을 느꼈다.

"아하!" 루는 스코어카드를 살피며 말했다. "우리 팀 투수 옆에 붙은 R이 신인Rookie이라는 뜻이군?"

"그렇지." 헨리는 그렇게 답하면서 갑자기 죄책감을 느꼈다. 불공평해 보였기 때문이다. 이제 투수 로테이션, 투수들이 언제 던질 수 있고 던질 수 없는지에 대한 규칙들을 설명해야 했다.

"그리고 너네 투수는 A(Ace, 에이스). 더 좋은 거 아니야?"

"글쎄, 별 차이는 안 나는데⋯⋯"

"우리 팀엔 에이스가 하나도 없어?" 루가 눈을 가늘게 뜨고 명단을 살폈다.

"응, 그런데 봐봐⋯⋯"

"그렇지! 그중에 둘이 있네!" 루는 고개를 들고 활짝 웃으며 비난하듯이 손가락을 까딱였다. "헨리⋯⋯!"

"그런데 이번에는 케이시 차례야."

"아 진짜, 얘네 중에 다른 애로 던지면 안 돼? 이 휘틀로우클레이라는 친구 어때?"

"괜찮은데, 걔는 이틀 전에 던졌어."

"그렇지, 그런데 걔가 잘하잖아." 루가 활짝 웃으며 목소리를 높였다. "난 노장 휘틀로우로 시작할래." 루는 케이시의 이름을 지우고 거기에 클레이의 이름을 적어 넣었다. "이 이름들 다 어디서 딴 거야? 신문에 있는 만화란?" 모든 것이 순식간에 무의미해졌다. "자, 이 작은 별들, 얘네가 가리키는 게⋯⋯?"

"맞아, 타자들. 얘네가⋯⋯"

루는 차트와 명단 무더기를 보고 크게 움찔했다. 그리고 R의 수를 셌다. "난 두 개, 넌 하나. 그런데 여기, 넌 타자 별이 넷이고, 난 셋밖에 없는데. 만약에 내가 그 케이시라는 친구를 투수 대신 타자로 넣으면 어떨까. 그러면 우리가 거의 비슷해질 거야."

"투수가 갖는 신인 자격은 오로지 투수한테만 효과가 있어. 타자한테는 아니야."

"어? 왜 안 돼?" 호기심을 넘어 짜증이 섞인 질문이었다. 루는 어안이 벙벙했다.

"루, 그게 규칙이야. 난 규칙을 말했던 거라고. 우리가 시작하기 전에 나한테 설명 좀 더 시키지 그랬냐. 봐봐. 여기엔 온갖 사항과 관련해서 별의별 게 다 있어. 에러, 부상, 구원투수, 대타, 선두 타자, 대주자, 4번 타자, 그리고—"

"야, 가만있어봐!" 루가 외쳤다. "여기 별이 네 개나 있어! 너 하나 빼야 돼!"

헨리는 얼굴이 확 달아오르는 것을 느꼈다. "브랜 메이벌리, 얘가 요즘 좀 슬럼프였어. 그리고 플린 생각에—"

"아하!" 루는 명단에서 브랜의 이름을 확인했다. 좌익수. 그리고 점수표에서 문을 지우고 메이벌리를 적어 넣었다. 문은 지난 두 경기에서 8타수 6안타를 쳤다. 플린이 그걸 어떻게 설명했을까? 루는 "얘가 슬럼프에서 벗어나는지 한번 보자고" 하며 헨리에게 윙크를 보냈다.

"루, 들어봐, 내가 일부러 불공평하게 한 게 아니야. 여기에 모든 역사가 담겨 있을 뿐이야. 그러니까, 시즌은 이미 꽤 진행됐고, 넌 일정의 중간에 낀 거지. 더 잘 이해하려면—"

"헨리, 괜찮아. 사과할 필요 없어. 난 똑같이 할 거야." 루가 활짝 웃으며 말했다. 그리고 맥주 캔을 흔들었다. "더 있어?"

"당연하지. 더 가져올게." 헨리는 싱크대에서 뚱뚱한 루 엥걸을 바라봤다. 루는 평소에 헨리가 앉던 자리에 앉아 차트를 보고, 주사위를 던져보고, 바로크 선율을 흥얼거리고 있었다. 어쩌다 이런 일이 생긴 거지? 헨리는 의아할 수밖에 없었다.

"누가 먼저 해?"

"내가 먼저 할게. 네가 말에 공격해." 경기는 니커바커스 홈구장에서 열렸다. 이렇게 설명하는 게 가장 쉬운 방법 같았다. 달리 방법이 없었다.

헨리는 앉아서 주사위들을 집어 들었다. 경기에 집중하려고 했지만 루의 육중한 몸에 정신이 멍해진 듯했다. 보이는 거라곤 종이뿐이었다. 루와 함께 게임을 하는 게 아니라 루를 통해 게임을 하는 것 같았다. 복잡하고 까다로운 방식이다. 헨리는 "타석에 토비 램지" 하고 공지를 했지만, 스스로 의식한 탓에 그 목소리는 짧고 조용했다.

"개 뭐야?" 루가 헨리를 가로막고 라인업을 살폈다. "R. 신인. 어떤 차트……?"

헨리가 루에게 차트를 보여줬다. "우리한텐 이 세 개만 필요해. 지금 양쪽 다 에이스들이 있어."

"에이스 대 스타, 에이스 대…… 그래, 알겠어." 루는 이렇게 말하고는 지퍼블래트 흉내임을 드러내면서 입술을 오므렸다.

헨리가 주사위를 던졌다. "중견수 플라이 아웃."

"잠깐 잠깐, 그렇지 FO CF…… 그런데 이건 뭐야?"

"주자들 한 루씩 진루. 그런데 주자들이 하나도 없으니까."

"오, 그래, 알겠어. 좋았어. 나 다 제대로 알고 싶어. 이제 뭐야? 원 아웃……?"

"그렇지." 헨리는 점수표에 표시를 하고, 다시 주사위를 던졌다. 일반 타자 그래머시 로크의 순서였다. 1루타. 헨리는 루가 이해하기를 기다렸다.

루는 "1루타, 두 루씩 진루" 하고 읽었다. "1루타 치고 어떻게 두 루나 갈 수 있어?"

"주자들이 그러라는 뜻이야. 주자가 있으면 두 루씩 가는 거지."

"난 평범한 유형이 불리할 줄 알았어."

"맞아. 일반 타자가 에이스를 상대로 안타를 칠 확률이 18퍼센트밖에 안 되거든. 스타는 25퍼센트가 넘어."

루는 놀란 모습을 보였다. "너 정말 다 꿰고 있구나!"

"그렇지."

"그래도 평균들이 그렇게 좋지는 않네."

"음, 다른 변수들이 있어. 볼넷, 에러, 부상, 그리고 조합도 다양하고, 차트도 다양하고—"

"변수가 **뭐?** 어휴!" 루는 상체를 뒤로 젖히고 무심코 코를 후비며 고개를 절레절레 흔들었다. "헨리, 나 이거 절대 이해 못하겠다."

"네가 그냥 아직 안 익숙해서 그래. 조금 해보면 쉬워져." 해트랙 하인스 차례에서 헨리가 주사위를 굴렸다.

루는 맥주를 마셨다. "헨리, 오늘 영화 좋았어. 너도 와서 봤어야 해."

"그랬어? 봐봐. 하인스는 스타고, 삼진을 당했어. 자, 루, 절대 알 수 없는 거야."

헨리가 득점표에 K라고 적는 모습을 루는 유심히 지켜봤다. "꿀벌을 치는 사람이 있었어. 그 사람은 꿀벌들이 내는 소리를 테이프로 녹음했고. 자, 왜냐하면 자기가 꿀벌들이랑 의사소통을 할 수 있을지 궁금했거든."

위트너스 요크는 좌중간에 직선타로 1루타를 쳐서 로크를 3루로 보냈다. "잘한다!" 헨리가 말했다.

"이게 뭐야?" 루는 맥주를 내려놓고 주사위를 자세히 봤다. 그리고 주사위의 숫자들을 읽은 다음 차트를 살폈다.

"루, 그건 신인 거야. 여기, 이거야." 이대로 밤을 셀 것 같았다.

"어디 보자, 4-4-6. 또 그 1루타-진루-2잖아."

"맞아. 그래서 요크는 1루, 로크는 3루로 가는 거지."

루는 탁자를 내려다보면서 상황을 이해하려고 했다. "헨리, 난 이미 졌어."

그러자 헨리가 못 참고 소리쳤다. "아, 루, 제발, 그렇게 어려운 게 아니야. 봐봐, 투 아웃에 주자 1·3루, 얘네가 누군지는 잊어. 이제 스타가 타자야. 잘 봐."

내야 플라이, 유격수 아웃. 공격은 별 소득 없이 끝났다. 왠지 루의 잘못인 것 같았다. 어떻게 보면 맞는 얘기였다. 케이시의 차트를 따랐으면 볼넷이 나와서 만루가 됐을 것이다. 물론 로크는 안타를 치지 못했겠지만…… 잊자. "음, 그게 뭐야?"

루는 얼굴을 찌푸리더니 다시 잘못된 차트를 살폈다. "나는 잘—"

"루, **이거**라고!"

"헨리, 화내지 마. 열심히 하고 있잖아…… 여기 있네. 그게 뭐라고?"

"내야 플라이."

"얘 아웃이다, 그치?" 헨리는 고개를 끄덕였다. "헨리, 이제 아웃이 몇 개지?"

"세 개."

"그럼 이제 내 차례?"

"어." 헨리는 주사위들을 루에게 건넸다.

루는 들떠서 라인업을 살폈다. 타자가 루키인 걸 확인하고는 손가락으로 에이스 대 신인 차트를 짚었다. 그리고 주사위를 던졌다. 삼진. 루의 손가락이 차트를 쭉 내려갔다.

"앗, 삼진이네" 하고 루가 말했다. 이번엔 매컬리스터 위크스 순서에 주사위를 던졌다. 다시 삼진. 어쨌든 핼러팩스는 오늘 컨디션이 좋았다. "볼넷."

"루, 너 또 다른 차트 보고 있잖아."

루는 움찔하더니 좌절하고 말았다. 그리고 이내 맞는 차트를 찾아냈다. "삼진, 젠장." 루는 다시 주사위를 굴렸다. 세 번을 연속해서 던졌다. "내야…… 아냐, 기다려봐. 헨리, 나 기억나. 이 사람 스타야. 으음, 삼진! 또! 이 게임에서는 삼진당하는 게 정말 쉬운가봐."

이어서 헨리가 주사위들을 집었다. 잉그램과 윌더가 뜬공으로 물러나고 제임스가 중견수 뜬공으로 아웃되는 사이에, 루는 양봉가 이야기를 꺼냈다. "그래서, 어쨌든, 자, 그 사람은 결국 성공해서 꿀벌들이 하는 말의 일부를 번역해서 걔들한테 대꾸를 해줄 수 있었어. 벌집으로 돌아가기, 위험, 이런 거에 대해서 말이지. 그리고…… 아, 이 여자에 대해 얘기하는 걸 깜박했네—"

"루, 네 차례야."

루는 자기 차례를 맞으면서도 꿀벌 이야기를 계속 중얼거렸다. 루가 자신이 주사위를 던져 나온 결과를 알아서 파악할 수 있게끔, 헨리는 그를 거들어 조금 속도를 냈다. 비프 볼드윈은 투수 뜬공으로 물러나고, 월트 매캐미시는 파울로 아웃된 반면, 브랜 메이벌리는 우측 담장을 맞히는 2루타를 쳤다. "봤지? 내가 걔에 대해서 뭐라고 했어!" 루는 흡족해했고, 헨리는 자기도 모르게 활짝 웃을 수밖에 없었다. 살찐 플린과 그의 대피 딜리즈. 니커바커스의 새로운 이미지라고나 할까? 루는 퉁퉁한 주먹 안으로 주사위를 퍼 올렸다. 그리고 쇄된 소리로 별 뜻 없이 "7이나 11 나와라!" 하고 외치고 주사위를 던졌다. 결과는 3만 세 개, 부상이었다.

루가 자신이 주사위를 던져서 나온 결과의 의미를 파악하자 헨리가 설명에 나섰다. "다시 네가 던져. 그리고 이 차트를 써. 봐봐, 그 부상은 너네 팀이나 내 팀에서 일어날 수 있어. 어떤 건 상대적으로 심각하고. 선수의 나이에 따라 차이가 나. 너네 선수인 오셔를 예로 들면, 얘는 스무 살이고 올해 올라왔어, 56년도에."

"**몇** 년도라고……!"

헨리는 얼굴이 다시 빨개지는 것을 느꼈다. 오늘 밤에 진도를 그렇게 많이 나갈 생각은 없었다. "루, 그건 내가 나중에 다 설명해줄게. 그냥 계속 어서 던져."

의심과 불신을 담은 지퍼블래트 같은 차가운 표정이 루의 너부데데한 얼굴에 퍼졌지만, 루는 주사위들을 집어 다시 던졌다. 헨리는 그 결과를 머릿속에서 펼쳐 보이려고 했다. 우중간으로 날아가는 오셔의 직선 타구, 그 공을 잡으러 달려가는 중견수 위트너스 요크, 자기가 잡겠다고 콜을 보내는 우익수 스탠 패터슨, 큰 환호성으로 둘의 목소리를 지워버리는 니커바커스 팬들…… 하지만 정작 보이는 거라고는 끈적끈적하고 땅딸막한 손가락으로 차트를 훑으면서 의아하다는 듯이 입술을 오므리는 루의 모습뿐이었다. "RF Inj Collision w/CF: D Adv 3, RF out 4G." 루는 비난조로 한숨을 쉬었다. "헨리, 이게 무슨 뜻이야?"

"2루타야. 너네 팀에서 2루에 있던 다른 선수는 홈에 들어오고. 내 팀 우익수는 경기에서 빠졌어." 헨리는 패터슨을 대신해 턱 윌슨의 이름을 라인업에 적어 넣었다. 네 경기를 통째로 못 뛰다니! 엉망진창이군.

"내가 득점을 낸 거야?"

"그래. 투 아웃 주자 2루."

"도루 어떨까? 내가 저 사람을 도루하게 할 수 있어?"

"해볼 수는 있지." 아, 인간아, 투 아웃에 3루 도루라니. 잘한다, 플린. "네가 하고 싶으면 해."

"그래, 안 될 게 뭐야? 다 해봐." 결국 오셔는 도루에 성공했다. 핼러팩스와 잉그램이 방심한 틈을 이용했다. 헨리는 항상 포수가 느리다고 생각했는데 예외가 있었다. 아마도 오셔가 그중 하나였을 것이다. "나 아직 결과를 못 찾았어."

"거기. 걔가 성공했어. 세이프야."

"보라고! 야, 나 이 게임 좋아지기 시작했어. 다음 누구야?"

"너네 3루수. 게일런 머스그레이브스."

"그냥 평범한 타입이다, 그치? 누구를 대타로 내보내야겠어. 좋은 생각이지?"

"글쎄, 대타한테 이점이 조금 있긴 한데, 루, 이제 고작 2회야. 그리고 너한테 남은 3루수는 지금 한 명밖에 없어."

"아, 그거면 충분하지. 여기 이 시커모어 플린이라는 친구 어때?"

"걔는 너네 감독이야."

"타자는 못하는 거야?"

"못해. 게다가 50대야."

"아, 불쌍한 사람이네. 그럼, 어, 커크 아발론 어때?

"원한다면." 루가 선수들 이름을 발음하면, **정말** 만화책 등장인물 이름처럼 들렸다.

"오케이, 거기 걔 적어." 루가 통통한 두 손바닥 사이에 주사위들을 끼고 비볐다. "자, 빅 커크, 해보자고!"

그러자 헨리가 말했다. "아발론은 키가 작아."

루는 놀란 눈으로 헨리 쪽을 힐끗 쳐다봤다. "그러면 오케이." 루는 정신없다는 듯 고개를 가로저으며 말했다. "리틀 커크, 해보자고!" 그리고 주사위를 던졌다. 말도 안 돼. 헨리는 의자에 털썩 주저앉아 맥주를 단숨에 들이켰다. "야, 헨리, 봤냐! 저기 PH라는 게 대타라는 뜻이지, 그치?" 헨리는 고개를 끄덕였다. "그러니까 대타면 1루타에다가 한 루씩 진루하는 거야. 그게 아니면 우익수 뜬공 아웃에 주자들이

한 루씩 진루하는 거고." 루가 손뼉을 쳤다. "좋았어!" 하며 기뻐했다. "근데, 지금 다들 어디 있는 거야?"

"2득점 했고, 투 아웃 주자 1루, 타석에는 너네 팀 투수고."

"타자가 별로네, 그치?"

"개 성공 확률이 보통 타자 성공 확률보다 조금 낮긴 해. 하지만—"

"오케이. 내가 알고 싶었던 게 그거야. 내가 누구를 대신 넣을 수 있는 거지? 저기 문이라는 친구는 어때? 선발에서는 빠졌으니까 지금 내보낼게. 느낌이 안 좋은 건 싫으니까."

"괜찮아, 루, 그런데 아직 7이닝이나 남았고, 너네 에이스—"

"나 다른 애 또 있어. 이 아치 문이라는 애는 덩치가 큰가, 작은가?"

188센티미터, 76킬로그램. 나이 30세, 협회 경력 7년. 환상적인 중견수이자 강견. 부드러운 스윙과 넓은 타구 범위를 자랑하는 초크 히터. 최고의 해는 타율 0.281을 때리며 스타 지위를 아깝게 놓친 52년도. 환한 금발, 그을린 피부, 담배 광고에 나올 법한 멋진 미소. 봄에는 프로 테니스 경기를 치르기도 했다. "그 사람은…… 아주 커."

"오케이, 슈퍼 빅 아치, 가보자고!" 루는 새된 소리로 기분 좋게 입을 열었다. 그리고 트림을 하고 주사위를 던졌다.

"뭐야?"

"장타."

루가 결과를 확인했다. "맞네. 이제 뭐……?"

"다시 던져. 이 차트 쓰고."

"야, 이 경기 끝나지를 않네." 루는 주사위를 던졌고, 문은 3루타를 쳤다. 차트에서 결과를 파악한 루는 "이야!" 하고 소리쳤다. "이럴 수가. 나 이제 이 게임 이해한 것 같아. 내가 거기에 그 투수를 그대로 뒀다면 어떻게 됐을까?"

"똑같지."

"그래?" 루의 열기가 가라앉았다. 루는 맥주를 마셨다. "네가 잠깐 공격할래?"

그러자 헨리가 웃었다. "너 아직 투 아웃밖에 안 됐어. 계속해." 헨리는 핼러팩스를 빼야 했겠지만 그럴 여력이 없었다.

루는 어깨를 으쓱하고는 주사위를 굴렸다. 스캣 뱃킨은 헛스윙으로 물러났다. 드디어 끝. "저 친구 홈스틸 시킬 걸 그랬어." 루가 말했다.

"3 대 0, 네가 이기고 있어. 투수랑 3루수는 누가 해?" 헨리가 말했다.

"음, 저기 저 다른 에이스, 섀넌, 엉클 조 섀넌. 그리고 한 번 보자, 이 홀든 체이스라는 사람—"

"걔는 외야수야. 커우앤이 너네 팀에 있는 다른 3루수고."

"오케이, 커우앤." 루는 기분 좋게 웃으며 의자에 편히 기 댔다.

미키 핼러팩스는 커우앤 쪽으로 땅볼을 쳤고, 커우앤은 그 공을 1루에 던져 아웃시켰다. 루는 결과를 살폈고, 헨리 는 그 결과를 설명했다. 루는 약간 취한 채로 입을 열었다. "저 친구를 저기 집어넣은 거, 좋은 아이디어였던 것 같네." 헨리의 머릿속에는 핼러팩스가 계속 떠올랐다. 그런데 그 러면 누굴 던지게 했을까? 루는 맥주를 더 가지러 냉장고로 갔다. "헨리, 더 마셔도 괜찮지?"

"응, 맘껏 마셔."

"너도 하나 더?"

"으음." 램지는 삼진 처리됐다. 헨리는 서둘러 다시 주사 위를 던졌다. 로크는 파울 플라이로 아웃됐다. 매캐미시가 우측 외야에서 내려와 공을 잡았다.

"야, 잠깐, 어떻게 됐어?"

"네 차례야. 우리 팀 1번 타자는 삼진당했고, 다음 타자는 파울 플라이를 쳐서 너네 우익수한테 잡혔어."

"헨리, 대타를 썼어야지. 매번 먹힌다니까. 어쨌든 자, 들 어봐. 이 영화가 어떻게 끝나는지 말해주고 싶었어. 자, 이 여자는 실제로 여왕벌이었어. 변…… 뭐라 그러지?"

"변성."

"그래." 루는 맥주를 마셨다. "자, 이 벌들은 생각보다 훨

썬 더 많은 걸 알고 있었어. 과학자까지 있었고, 네가 아까 뭐라고 했더라…… 그걸 하는 방법도 알고 있었어. 음, 그거 있잖아, 그 몸을 바꾸는 그런 거. 개네는 그 남자한테 그 조촐한 실험을 하도록 하고는 실제로 엄청난 전복을 계획하고 있었던 거야. 음, 요점은 말이지, 내가 이 사람 부인에 대해서 얘기를 했었나? 안 했어? 음, 다시 뒤로 가야겠군. 자, 이 사람 부인은—"

"저기, 루, 그거 설명하는 동안 주사위 좀 굴리시지?"

"잠깐이면 돼. 그 사람 부인은 이 여자애를 처음 봤을 때부터 맘에 안 들어 했어. 그거 있잖아, 여자의 직관. 그 여자애, 그러니까 그 비서 하러 온 애, 실제로 여왕벌이었던 애는—"

"루, 늦어지잖아, 우리 시간도 별로 없고—"

"이런!" 루가 손목시계를 보더니 소리를 질렀다. "이미 거의 10시네! 나 그렇게 오래 있지는 못하는데." 루는 주사위를 굴렸다. 위크스가 1루타를 쳤지만, 개리슨, 볼드윈, 매캐미시가 연속으로 내야 땅볼을 치는 바람에 모두 1루에서 아웃됐다. 그사이에 위크스는 2루에 묶이고 말았다. 루는 주사위를 던질 때마다 그 의미를 주의 깊게 살피는 동시에, 자기가 본 영화의 줄거리에 점점 더 깊이 빠져들었다.

"그래서 이 여자애가…… 아니, 이 남자가 왔어. 부인이 오라고 했거든. 왜냐하면…… 너 내 얘기 듣고 있어?"

"그다지."

"다시 얘기할게. 이 남자가 벌들을 키우는데 개네랑 말을 하려고 해. 어느 날 이 여자애가 비서 같은 그런 일자리를 알아보러 와. 그리고 그 남자는…… 이러니까 어젯밤 그 여자 생각나네. 어땠어? 전부……?"

"뭐?"

"그거 있잖아, 그러니까, 잘됐어?" 루는 볼이 발개져서 수줍다는 듯이 웃었다. 아니면 그냥 맥주 때문이었을 수도 있다. "그러니까 그 여자, 네가 말이지, 너 그 여자 좋아해?"

"음, 당연하지. 그런데 루, 그 여자는 그냥 술집에서 일하는 사람이야. 아무 관계도 아니—"

"어, 음, 그러니까 내 말은, 그러니까, 그 여자가 마치……" 루는 말을 멈추더니 맥주를 마셨다. "그래서 어쨌든 이 여자애가 오고, 부인은 여자애한테서 바로 특이한 걸 발견해. 후각, 뭐 그런 거."

"화장실에서 유심히 보고 말았지." 헨리는 심술궂게 말했다. 하인스가 친 땅볼은 1루수가 직접 잡아서 아웃시켰다.

루는 피식 웃고 가볍게 트림을 했다. "맞아, 그 여자애가 정말 벌이었다면……" 루는 머릿속에서 여러 가능성을 뒤쫓았다. "하지만, 아니야." 루는 진심을 다해 결론을 내렸다. "그 여자애가 바뀌어서 인간의 눈과 이 같은 걸 가졌더라면, 음, 아마…… 다른 것도 다 가졌겠지."

"루, 하인스 아웃됐어. 나 이제 요크로 타격할 차례야."

"어떻게……?"

"너네 1루수가 단독 처리했어."

그러자 루는 "잘했네" 하고 칠칠치 않게 말했다. "물론, 아마 아니겠지만……"

"뭐가 아마 아니야?"

"음, 눈이랑 이랑 모든 건 어떻게 보면 바깥에 있는 거잖아. 그런데 그, 알잖아, 우리가 말하는 거, 다른 거, 그건 오히려 안쪽에 가깝고 바꾸기도 더 어려울 텐데—"

"아, 루, 됐어!" 헨리는 주사위를 굴렸다. "요크 1루타, 우중간 직선타!"

루는 의심스럽다는 듯이 눈살을 찌푸리며 결과를 확인했다. "1루타, 그래. 그런데 나머지는 모르겠어."

"요크는 좌타자고 당겨 치는 유형의 타자야."

루는 "아" 하고 반응했다. 그러고는 뺨을 비비며 차트를 확인했다.

"나 이제 윌슨한테 희생번트 시킨다." 헨리가 말했다.

"왜 스타를 빼고 쟤를 넣은 거야?"

"걔가 다친 선수야. 기억 안 나?"

"으음, 까먹은 듯." 루가 한숨을 내쉬었다. 그러고는 "하나 더 줘?" 하면서 일어섰다.

"난 아직 있어, 고마워. 마음껏 드셔."

천시 오셔가 번트 타구를 잡아 2루 쪽으로 팔을 굽혔지만, 요크가 그보다 훨씬 앞서 있었다. 그러자 천시는 공을 1루로 던져 윌슨만 겨우 잡았다. "요크는 2루에서 세이프, 윌슨은 아웃, 포수가 1루로 송구했어."

"잠깐만, 나 좀 볼게." 루가 말했다. 습관적인 제안, 헨리는 느꼈다. 얼른 해, 얼른 해. 루는 맥주 캔 두 개를 갖고 왔다. "지금 **저건** 무슨 차트야?"

"희생 번트. 봐봐, 여기—"

루는 앓는 소리를 내더니 눈길을 돌렸다. "헨리, 우리 지금 몇 회 하고 있는 거야?"

"4회."

"그런데 9이닝까지 있다고?" 루는 손목시계를 확인했다. "헨리, 우리 이거 절대 못 끝내."

"젠장, 어쨌든 해보자고. 이 정도 시간이면 나 혼자서는 보통 네다섯 게임을 한다고. 2루에 요크 있고, 투 아웃, 타석엔 잉그램." 헨리는 주사위를 굴렸다. "장타! 자, 얘들아, 가보자!" 헨리가 목소리를 높였다. 루는 손가락으로 차트를 훑어 내려갔다. 하지만 루가 그 결과를 찾기도 전에, 헨리가 다시 주사위를 굴렸다. "홈런! 아자아자! 점수는 3 대 2!" 헨리는 득점표에 점수를 적었다.

"여자애가 창에서 떨어지는 장면까지 얘기도 못했는데." 루는 암담하다는 듯이 말했다. "헨리, 너 그 영화 꼭 봐야 돼."

"다음 타자는 윌더…… 유격수 땅볼 아웃. 스리 아웃. 하지만 점수가 바뀌었어."

"너 정말 더 자주 보러 가야 돼. 생각을 하게 해준다니까. 다음 주에 정말 좋은 영화도 있고—"

"네 차례야."

루는 무심코 주사위를 집어 굴렸다. "남부가 배경이야. 이렇게 두 형제가 있는데, 한 명이 살해를 당해."

"너네 팀 메이벌리가 방금 좌익수 플라이로 아웃됐어."

헨리가 아웃을 기록하는 동안, 루는 그 결과를 근심 어린 표정으로 지켜봤다. "모두가 다른 형제 애가 그 짓을 저질렀다고 생각하지만, 놀랄 만한 결말이 기다리고 있지."

"자, 어서 던져."

루는 주사위를 굴렸다. "헨리, 들어봐—"

"볼넷. 이제 너네 팀 커우앤 차례야."

루는 약간 활기를 얻었다. "커우앤? 걔가 바로 내가……? 으음." 그리고 주사위를 던졌다. "걔 어떻게 했어?"

"삼진이야, 루."

"걔 빼버려."

"안 돼. 너한테 남은 유일한 3루수라니까."

"다른 애들은 뭐가 문제인데? 여기, 케이시를 거기에 넣어." 루는 술에 취해서 약간 짜증을 부리고 있었다. "루, 걔는 투수야."

"이 팀의 결정권이 누구한테 있는 거야, 너야, 나야?" 루는 성마르게 소리를 꽥 지르더니 곧 자신의 반응을 후회했다. 그리고 미안하다는 듯이 미소를 보이고는 맥주를 조금 마셨다. "아아, 난 신경 안 써. 다음 타자 누구야?"

"너네 투수."

"대타."

"너네 에이스가 더 없는데—"

"괜찮아, 차이가 뭔데? 한번 보자, 이 체이스라는 친구……" 헨리가 착실하게 이름을 적어 넣는 사이 루는 주사위를 굴렸다. "어디로 쳤어?"

"투수 쪽으로."

"아웃됐다는 뜻이야?" 루는 지쳐서 한숨을 푹 내쉬고는 손목시계를 봤다.

루가 시간을 말하기도 전에 헨리가 물었다. "놀랄 만한 결말이란 게 뭐야?"

"놀랄 만한……?"

"다음 주 영화 말이야."

"몰라. 절대 말 안 해주니까. 거기에 여자가 얽힌 것 같아."

"보통 그렇지. 너 이제 누가 던져?"

"던져……?"

"너 대타 썼잖아."

"아! 헨리, 너 너무 왔다 갔다 하잖아. 내가 따라가질 못하겠어. 난 누구든 상관없어. 나한테 누가 있는데? 지금 이 케이시는 어때?"

"오케이, 케이시." 말도 안 되는 경기였지만, 어쨌든 헨리는 처음 원했던 상황에 놓이게 되었다. 물론 루가 또 대타를 쓰기 전까지 케이시가 던지는 건 2이닝 정도가 될 것이다. 라인업 아래쪽에 있는 선수가 타석에 서는 상황은 정말 맘에 들지 않았다. "타석엔 제임스. 신인 대 일반. 내야 뜬공. 2루수가 잡아서 아웃." 루는 정말 신경을 더 이상 안 쓰는 것 같았지만, 헨리는 차트의 해당 부분을 루에게 보여줬다. 이어서 다시 핼러팩스 차례. 그 자리에 필요한 사람은 에이스였지만, 파이어니어스는 케이시를 때려눕혀야 했다. "핼러팩스 대신에 대타로 액셀 로울링스." 바니 밴크로프트는 그렇게 하지 않았을 것이다. 하지만 어떻게 보면 그렇게 했을지도 모른다. 지금쯤이면 이 경기에 정말 어쩔 줄 몰라 하면서 뭐든 그냥 했을 것이다. 하지만 로울링스는 삼진을 당했다. "아, 젠장!"

"왜 그래, 헨리?" 갑자기 걱정이 된 루가 물었다.

"삼진당했어."

"아아. 난 또 네가, 뭘…… 음." 그는 맥주를 들고 뒤로 기댔다.

램지, 좀 잘해봐, 젠장! 애들아, 힘 좀 내자. 놈을 좀 끌어

내려버려…… 하지만 램지는 케이시의 공을 고르기만 하다가 삼진을 먹고 말았다. "네 차례야."

"헨리, 너 뭔가에 화가 난 거야?"

헨리가 한숨을 내쉬었다. "아냐, 어서 던져."

"자, 나가서 아까 먹었던 피자 하나 더 사 먹자."

"이미 너무 많이 먹었어. 던져."

"헨리—"

"루, **던지라고!** 짜증나네."

루는 눈을 게슴츠레 뜨고 심란한 표정을 지었다. 하지만 똑같이 주사위를 던졌다. 잠깐만. 새 투수 올려야지. 누가 괜찮을까나……? 새드웰. 안 돼, 걔는 어제 던졌어. 상관없어, 니커바커스는…… 아니야, 안 괜찮아. 맥더모트로 하자. 앞서도 그런 실수가 몇 번 있었다. 투수 대신 대타를 내세우고는 투수가 빠졌는지도 모르고 계속 그 투수를 썼다. 그러고 나서 전체 상황을 바로잡을 때면 정말 죽을 맛이었다.

주사위가 던져질 때마다 헨리는 차트의 해당 부분을 가리키며 루에게 그 의미를 설명했다. 그때를 제외하면 두 사람은 말없이 게임을 했다. 뱃킨과 위크스가 볼넷으로 나가면서 맥더모트는 바로 위기에 처했다. 개리슨이 좌익수 뜬공으로, 볼드윈이 우익수 뜬공으로 물러나는 사이에 뱃킨은 태그업으로 3루에 이어 홈으로 들어왔다. 볼드윈은 타점을 올렸다. 이후 매캐미시가 볼넷으로 나간 후 메이벌리가 1루타를 쳤다. 그렇게 만루가 되자 "내가 뭐랬어" 하고 루가 입을 뗐다. 하지만 오서는 삼진으로 물러났다. 4 대 2. 다음 이닝에 케이시가 타석에 들어설 예정이었지만 루는 대타를 쓰게 빤했다. 꼭 그랬다. 루가 너무 졸려서 잊지 않는다면 그러고 말 것이다. 그래도 그런 위험을 감수할 수는 없다. 바니는 로크의 대타로 러스티 파머스를 내보냈다. 로크가 이 경기에서 2타수 1안타인데도……? 괜찮다. 확률로 간다. 밴크로프트 스타일, 그치? 하지만 통하지 않았다. 파머스는 2루수 땅볼로 아웃됐다. 그래도 선수들은 그를 박수로 맞이했다. 기죽지 마. 저기 나온 놈이 누군지를 기억해. 다들 알고 있었다. 바니가 굳이 설명할 필요가 없었다. 데이먼을 죽인 놈. 그리고 결국 일이 벌어졌다! 해트랙 하인스가 과감하게 친 공이 장외로 깔끔하게 나갔다. 6-6-6! 야, 매력 돋지 않냐! "자, 가자! 저놈 도망치려고 하네! 소리 질러! 일어나! 야유! 얘들아, 저기 미친 자크 있다! 저 쓰레기 같은 새끼! 이제 타석에는 요크 차례. 가자, 우리 위트너스, 야, 루! 너 어디 가?"

루는 이미 코트를 입고 있었다. "헨리, 너한테 계속 말하려고 했는데 네가 들을 생각을 않더라." 루는 약간 비틀거렸다. 평소보다 다리를 조금 더 넓게 벌리는 것만 아니면 쉽게 알아챌 수 없었다. "자정이 넘었어. 내일 일하는 날이야. 우리 회사 가야지…… 너 거기 가야 돼, 헨리. 네 마지막 기회야."

"루, 기다려봐! 나 방금 홈런 나왔어."

"헨리, 그건 다음 주에 끝내자."

"다음 주! 다음 주면 난 다음 시즌에 들어가 있을 텐데!"

"헨리, 지퍼블래트 씨 잊지 마."

"아, 루, 지퍼블래트고 뭐고! 잘 들어, 방금 트리플 식스가 나왔어. 이렇게 되면 특별 압박 차트로 가야 돼!"

"음, 잘됐네, 헨리, 그래도—"

"루, 이런 경우는 세 경기에 두 번씩밖에 안 나와! 모르겠어? 이제 무슨 일이 일어날지 모른다고! 이리 와, 어쨌든 이번 이닝은 끝내자."

루는 "아, 헨리……" 하고 우는소리를 냈지만 돌아왔다.

헨리는 주사위를 던졌다. 주사위에 대고 "하!" 하고 소리를 질렀다. 하지만 나온 결과는 2-6-6이었다. 그가 바랐던 것보다 한참 더 못 미쳤다.

루가 "으아아아아!" 하고 하품을 하더니 모자로 탁자를 쳤다. **탁!** 그러자 맥주 캔이 엎어지고, 맥주가 차트와 득점표, 그리고 펼쳐져 있던 일지와 로스터와 기록지 위로 쏟아졌다.

"루!" 헨리는 서둘러 수건을 찾아 나섰다. 하지만 충격과 취기에 휩싸인 루가 갑자기 일어나면서 둘의 몸이 부딪혔다. **"너, 이 칠칠맞은 새끼!"** 헨리는 소리를 지르며 루를 거칠게 떠밀었다. 그리고 수건을 낚아채 탁자 쪽으로 몸을 돌리니 루가 손수건 모서리로 물에 젖은 부분을 불쌍하게 두드리고 있는 모습이 보였다.

"미안해, 헨리." 루는 울먹이며 웅얼거렸다.

"저리 비켜!" 헨리는 수건으로 맥주를 최대한 빨리 닦았지만, 보이는 곳마다 잉크가 얼룩져 있었다. 세상에! 헨리는 종이들을 분리해 방으로 들고 가 침대 위에 펼쳐놓았다. 어느 순간 문이 닫히는 소리, 계단을 내려가는 루의 무거운 발소리가 들렸다. 최악이 된 부분을 모두 펼쳐놓고 난 뒤, 그는 의자에 주저앉아 협회가 엉망이 된 모습을 바라봤다. 파이어니어스와 니커바커스의 경기가 앞에 펼쳐져 있었다. 젖어 있긴 했지만 아직 알아볼 수는 있었다. 하지만 비참하게도 다 글렀음을 깨달았다. 끝이다. 유니버설야구협회 소유주는 알 수 없는 곳으로 가버렸다. 한숨을 쉬면서 몸서리쳤다. 기분이 안 좋았다. 탁자 위에 팔꿈치를 대고 팔을 포갠 뒤 거기에 머리를 기댔다. 과거의 위대한 순간들이 머릿속을 스쳐갔다. 과거의 명선수들이 배트를 휘두르고, 무시무시한 에이스들이 와인드업을 한 다음 강속구를 던졌다. 장외 홈런을 날리는 마시 윌리엄스, 발 빠른 번 매켄지, 키스톤스의 간판인 팬시 댄이 보이고, 점핑 조 갤러거가 중앙 담쟁이벽에 몸을 던지는 모습, 수줍음 많은 시커모어 플린이 직선타를 말도 안 되게 점프 캐치해내는 모습이 보였다. 계속해서 우승을 노리는 강팀 파이어니어스가 보이고, 샌디 쇼, 팀 섀드웰, 노장 브록, 에드가 배스의 와인드업이 이어졌다. 여기에 4할의 장벽을 무너뜨린 강타자 캐시 베일리, 보이지 않을 정도로 멀리 장타를 날리는 저승사자 멜버른 트렌치. 그리고 엉클 조 섀넌, 월리 위커샘, 턱 윌슨, 윈슬로 비버, 해밀턴 크래프트…… 그리고 데이먼 러더퍼드. 결국 거기까지 내려왔다. 한 주 내내 원상태로 돌아가려고 모진 애를 썼는데, 소용없었다. 데이먼 러더퍼드. 헨리는 맥주 냄새가 밴 수건으로 눈물을 닦고 탁자 위에 있는 게임을 내려다봤다. 이렇게 된 건 그 사건 때문이다. 손을 쓸 수 없을 것 같다. 좋은 생각이 떠오르지 않는다. 리그 전체가 망가졌다. 헨리는 일어나서 등을 돌렸다. 늙고 지친 느낌이 들었다. 계속 갖고 있어야 하나, 아니면……? 아니다. 기록, 규칙, 연감, 모든 걸 완전히 태워버리는 게 낫겠다. 그게 어딘가에 있으면 절대 자유롭지 못할 테다. 헨리는 싱크대 밑에 있는 종이 쇼핑백을 찾은 다음 득점표 더미를 모아 그 안에 버렸다. 그리고 그날 밤 경기의 득점표와 마주했다. 여전히 2-6-6으로 놓인 주사위들이 보였다. 그리고 거의 본능적으로 손을 앞으로 뻗어 주사위 2를 세 번째 6으로 바꿔놨다. 이로써 요크와 윌슨은 백투백 홈런의 주인공이 되고, 게임은 특이 상황 차트로 이어졌다. 이렇게 간단하게 할 수 있는 걸.

아이러니함에 쓴웃음이 나왔다. 그 경기를 살리게 될지도 모른다. 그러면 선수들이 어떻게 생각할까? 정말 묘할 것이다. 몸이 부르르 떨렸다. 냉기가 돌았다. 이마에 손을 대니 뜨거운 것 같진 않았다. 오히려 축축했다. 아니다, 완전히 미친 짓이다. 헨리는 그날 밤 득점표로 다시 손을 뻗었다. 하지만 다시 망설였다. 6을 가리키는 주사위 세 개가 집이 밀집해 있는 작은 마을들처럼 그를 올려다봤다. 다음 타자가 누구였지? 포수 로이스 잉그램. 데이먼의 배터리 동료. 정말 시적이다. 헨리는 즐거운 마음에 자기도 모르게 코웃음을 쳤다. 그리고 자리에 앉았다. 물론 그가 다시 트리플 원을 던질 수도 있었다. 그러면 케이시는 던지는 팔에 두 번째 표시를 해두겠지. 그렇다고 헨리가 정말 빈볼을 생각하고 있는 건 아니었다. 그때 그의 시선은 차트의 마지막 줄에 가 있었다.

6-6-6: 투수는 타자가 친 직선타에 맞아 치명적인 부상을 당한다. 타자는 1루에서 세이프 되고, 주자들은 한 루씩 진루한다.

헨리는 득점표에 요크와 윌슨의 홈런을 적었다. 그리고 로이스 잉그램이 배트를 뽑아 홈베이스 쪽으로 성큼성큼 위협적으로 걷는 모습을 지켜봤다. 자, 멈추고 생각해보자. 헨리는 스스로에게 주의를 줬다. 정말 게임을 살리길 **원하는**가? 이제 그만하고 태워버린 다음에 다른 것을 하는 게 낫지 않을까? 다시 규칙적으로 일을 하고, 일상 업무로 돌아가고, 영화를 보는 게 낫지 않을까? 그 인터모노프 게임의 저작권을 얻어서 시장에 낼 수도 있겠고, 아니면 여행을 좀 다니고, 책을 읽는 건……

헨리는 일어나서 부엌을 하릴없이 서성거렸다. 약간 어지러웠다. 맞아, 거기 들어간 애를 죽여놓고 관둘 수 없지, 안 그래? 아냐, 그렇게 되면 희생이 너무 커, 죽을 때까지 묶여 있을 거야, 걔들이 안 놔줄 거야. **누가** 안 그러겠어? 너 혹시 잊은 거…… 신경 꺼, 신경 꺼. 결과들을 생각하는 동안 머리가 더 어지러워졌다. 우선 오늘 밤은 잊고 잔 다음에 내일 결정하기로 했다. 하지만 침대 위에는 협회가 문지기처럼 쫙 퍼져 있었다. 아, 맞다, 맥주를 엎질렀지. 헨리는 종이들을 잘 포개서 쇼핑백에 버리는 대신 탁자 위에 잘 놔뒀다. 여전히 무슨 일이든 일어날 수 있었다.

헨리는 옷을 벗고 속옷 차림으로 침대에 기어들어갔다. 잠옷으로 갈아입거나 이를 닦지도 못할 정도로 머리가 띵했다. 하지만 침대 안에서 그의 기분은 최악이었고, 잠도 오지 않았다. 자크 케이시가 마운드에서 기다리는 모습만 계속 머릿속에 떠올랐다. 왜 기다리는 거지? 누구를? 끈질기네. 그래, 그렇다고 인정해주자. 잘 버틴다. 그리고 이것만은 인정해야 한다. 케이시는 열과 성을 다해 경기에 임했다. 자신이 최초인 것처럼 경기에 임했다. 헨리는 케이시의 주위를 빙 돌면서 모든 각도로 그를 살펴봤다. 호리호리하고, 진지하면서도 우울하다. 그리고 혼자다. 그렇다, 무엇보다 혼자다. 관중석에는 사람이 꽉 차 있는데, 얼굴은 알아볼 수 없고 다양한 색깔의 웃옷들만 보인다. 필드를 가득 채운 선수들도 얼굴을 알아볼 수 없기는 마찬가지. 모래 덮인 다이아몬드, 푸른 잔디, 태양 밑에 서 있는 선수들, 팬들로 가득 찬 경기장, 심판들, 그리고 그 중간에 있는 케이시까지, 하나의 장면을 이룬다. 케이시는 밑에서 헨리를 힐끔—정말 순식간에 고통, 애원을 담아—올려다보긴 했지만 주로 타자인 잉그램을 바라봤다. 잠이나 자자. 내일 시간이 있을 거야. 기분도 상쾌할 거고. 하지만 잠이 안 왔다. 케이시가 거기서 기다리고 있는데…… 하지만 몸이 너무 안 좋아서 일어날 수 없었다. 그냥 불가능했다. 하지만 케이시는 여전히 기다리고 있었다. 그리고 또 힐끔 쳐다봤다. 얼른 와서 마저 해, 그 방법밖에 없어. 여전히 잉그램은 배트를 돌리고 있었고, 여전히 천시 오셔는 쭈그리고 앉아 있었고, 여전히 관중석은 놀랄 정도로 조용했다. "누구 좀—!" 헨리는 말을 제대로 잇지 못했다. 시커모어 플린이 정적을 깼다. 그렇지, 그리고 마운드로 걸어 나갔다. 하지만 그 역시 아무 말이 없었다. 교체 의사를 물으며 고개를 살짝 기울였을 뿐. 고개를 가로 젓는 케이시와 돌아가는 플린. 지독한 적막. 그리고 눈길을 주는 케이시……

헨리는 침대에서 나왔다. 그리고 반바지 차림으로 비틀거리며 부엌으로 갔다. 주사위들을 집어 들고 흔들었다. 그리고 "얘야, 미안하다" 하고 속삭였다. 그는 왼손바닥에 있던 주사위들을 오른손으로 집어 조심스럽게 내려놓았다. 하나씩 하나씩. 6. 6. 6. 직선타에 맞은 충격으로 갑자기 경련이 찾아오자, 그는 어느 정도 응고되어버린 피자를 게임 위로 뿜었다. 피자는 붉은빛과 황금빛이 감도는 무지개 아치를 그렸다. 그는 간신히 싱크대에 가서 대부분을 해결했다. 그렇게 다 게우고 나서, 다 끝내고 나서 침대로 돌아가 아주 깊은 잠에 빠졌다.

7

그 시즌은 묘하게 끝났다. 누구는 더위를 탓하고, 누구는 습도를 탓했지만, 거기에 속는 사람은 없었다. 선수들은 공을 치고, 베이스를 돌고, 뜬공을 잡았다. 하지만 마치 형태가 바뀐 고대 의식에 참가해 쉬엄쉬엄 하고 있는 듯했다. 기자들은 기사 작성을 관두고 넋 놓고 보기만 했다. 누구를 인터뷰하는 사람은 아무도 없었다. 사인을 구하는 사람도 없었고, 자신의 우상을 보고 소리를 지르거나 기절하는 여자도 없었다. 매캐프리는 조용히 회전의자를 돌렸고, 윈스럽은 잠자코 있었다. 심판들은 엄지를 홱 움직이거나 손을 폈지만, 불평하는 이는 없었다. 좋은 투수는 스트라이크를 던졌고, 나쁜 투수는 좋은 타자에게 안타를 내줬고, 나쁜 타자는 안타를 못 쳤다. 어두운 표정으로 경기를 지켜보는 아이들은 노인보다 더 늙어 보였고, 노인들은 거의 보지도 않고 눈을 감은 채 고개만 계속 끄덕였다. 땀에 흠뻑 젖은 패피 루니 역시 앙상한 두 어깨를 수건으로 감싼 채 헤이메이커스 벤치에 주저앉아 무슨 일이든 받아들이기만 했다. 시커모어 플린과 니커바커스의 구단주들은 남은 일정을 몰수하는 이슈 때문에 총장인 매캐프리를 찾아갔다. 지금은 아무도 그들을 막지 않았지만, 그들은 이길 수 없을 것처럼 보였다. 펜, 너무 과해. 매캐프리도 이해했다. 이상해, 맞아. 하지만 시커모어, 우리가 아는 게 뭔데? 넌 그냥 맡은 일 하고, 경기 잘 치르고, 잘 마무리해. 그들은 그 말을 따랐고, 마지막 아홉 경기를 모두 졌다. 이와 대조적으로 바니 밴크로프트의 파이어니어스는 말로 표현할 수 없는 어떤 짐을 벗은 것처럼 경기에서 이기기 시작했다. 바니는 교활한 작전을 전부 멈추고 수를 빤히 노출했다. 다른 팀들도 무슨 수가 쓰이는지 완벽히 알고 경기에 임했다…… 그래도 모든 게 잘 돌아가는 것 같았다. 요란한 구석은 없었다. 그는 그저 선수들을 루상으로 내보내고 불러들였고, 그의 야수들과 투수들은 평소처럼 상대편을 아웃시켰다.

우승은 가장 많은 스타와 에이스를 보유한 패스타임클럽이 차지했다. 패스타임클럽은 두 게임 차로 2위에 머물러 있던 헤이메이커스를 상대로 마지막 3연전 시리즈를 홈구장에서 치렀다. 노련한 루니는 일어서서 열심히 선수들을 다

독였지만, 선수들은 너무 오랫동안 승리에 대한 압박을 받은 탓에 자멸하면서 첫 경기를 내주고, 결국 우승까지 놓쳤다. 패피는 또 주저앉았다. 스와니 로는 결국 1승을 더 추가했다. 시즌의 마지막 승리였지만 20승째였다. 삼진은 303개째를 잡아냈는데, 이는 UBA 역사에서 다섯 번째 최고 기록이었다. 아주 멋진 기록이었지만 그걸 축하해주는 사람은 많지 않았다. 그가 MVP를 차지했을 때도 마찬가지였다. 마지막에 파이어니어스는 키스톤스를 상대로 3승을 따내며 3위로 시즌을 마감했고, 니커바커스는 모든 게임을 내주며 최하위를 굳혔다. 56년도의 최종 순위는 다음과 같다.

팀	승	패	승률	게임 차
패스타임 클럽	49	35	.583	-
헤이메이커스	46	38	.548	3
파이어니어스	42	42	.500	7
비니터스	41	43	.488	8
키스톤스	41	43	.488	8
브라이드그룸스	40	44	.476	9
익셀시어스	39	45	.464	10
니커바커스	38	46	.452	11

이제, 비시즌으로. 모든 기록을 업데이트하고, 그해의 플레이를 요약하고, 미래를 계획할 시간이 되었다. 이 휴지기

활동은 게임에서 정적인 부분이기도 했지만 활동인 건 매한가지였다. 어떻게 보면 역사, 발전, 균형에 기초해 깊이 사고해야 하는, 야구 경기 자체보다 더 빡센 활동이었다. 특히 이번 시즌이 그랬다. 헨리는 시즌 후반을 되는대로 진행했고, 그에 따라서 밀린 일도 많았다. 하지만 무엇보다 이번 시즌은 평소보다 더 많은 생각을 요구했다. 그런 일이 한꺼번에 일어났다는 것 자체가 이미 믿기지 않았다.

헨리는 이번 시즌을 기념하는 어떤 특별한 행사를 협회에서 하길 바랐다. 펜도 그렇고, 과거 선수들이나 원로 회의 쪽에서도 생각은 하고 있었지만 아직 나온 건 없었다. 물론 그들은 이미 데이먼 러더퍼드와 자크 케이시를 명예의 전당 헌액자로 지명했다. 이로써 두 사람은 데이먼의 아버지와 자크의 증조할아버지를 포함한 역대 스타 스물여섯 명과 어깨를 나란히 했다. 하지만 이것으로 충분해 보이지 않았다. 헨리는 UBA 노래, 기념비, 더 나아가 경기 규칙의 대대적인 변화, 패트릭 먼데이가 주도할 만한 변혁, 종국에는 라이벌 리그 설립으로 이어질 반란까지 고려했다. 그는 항상 월드시리즈 같은 것을 바랐다. 하지만 리그 전체가 새로워지면 시즌 진행 속도가 엄청나게 느려질 수 있었다. 제대로 해보니 한 시즌을 진행하고 기록하는 데 꼬박 두 달이 걸렸다. 어떻게든 속도를 높이는 방법이 필요했다. 또 하나 가능한 방법은 메이저리그를 본떠 열 개 팀 리그를 만드는 것.

하지만 그렇게 하면 첫째, 기록 장부가 어그러졌다(시즌당 6게임이 더 늘어나야 할 것이다). 둘째, 어떤 두 세력이 만들어내는 균형을 유지하는 것이 게임에서 가장 중요하다고 생각했다. 어떤 팀이 '제1지구'로 시즌을 마쳤다는 것은 다른 지구의 존재 가능성을 암시했다. 하지만 다섯 개 팀 지구는 더이상 나뉠 수 없었다. 게다가 7이라는—현재 각 팀이 상대하는 타 팀의—수는 야구에서 아주 중요했다. 물론 3의 제곱인 9도 중요했다. 9이닝, 아홉 명의 선수, 각 이닝당 세 타자에게 돌아가는 세 개의 스트라이크 등등. 하지만 메이저리그에서도 열 개 팀 리그에 대해서는 불평이 많았고, 세기 초에는 월드시리즈를 전통적인 7전 4선승제 대신 9전 5선승제로 하는 방안을 냈다가 이해를 구하는 데 실패한 적도 있었다. 이 모든 게 9이닝을 했을 때 득점을 많이 한 팀이 이기는 게 아니라 3 곱하기 7, 즉 21점을 먼저 얻는 팀이 이기던 시절로 거슬러 올라가는 것인지도 모른다. 지금은 세 명의 외야수와 네 명의 내야수로 구성된 일곱 명의 야수들, 홀로 마운드 위에 선 천재, 홈베이스 뒤에 위치한 팀의 플레이메이커 겸 안방마님이 있었고, 스트라이크 세 개와 볼 네 개로 이루어지는 총 일곱 개의 투구, 네 개의 베이스에서 이루어지는 세 가지 기본 행위(던지기, 치기, 수비하기)가 있었다(헤티는 자기만의 마법 같은 버전을 발명했다. 사지를 뻗어 그라운드를 만들고, 왼손을 1루로 하고……). UBA에서는 각 팀이 일곱 팀을 상대해 팀별로 열두 번씩 경기를 치렀고, 경기마다 9회까지 치르되 7회 중간에 치러지는 스트레칭 의식으로 활기를 되찾았다.

음, 그는 고민했다. 샌디의 노래들을 녹음하거나, 기념 그림을 주문하거나, 어떤 프로젝트를 진행하고 싶었다. 아직 시간은 있었다. 그사이에 겨울철 선수 트레이드 및 계약, 57년도 신인 선수진 발표, 클럽의 재정관리대장 결산, 팀별 투표 및 시상을 진행해야 했다. 이번 시즌으로 예정된 범UBA 차원의 총장 선거, 경영진 및 코치진 개편, 사망자 관리, 연감에 들어갈 에세이, 부고, 전망 기사 작성도 마찬가지였다. 여기에 전통으로 내려오는 비시즌 농구 및 볼링 리그, 아이스하키, 당구, 자동차 경주, 그리고 봄에 하는 UBA 골프 오픈, 테니스, 연례행사인 올림픽 대회도 진행해야 했다. 어쩌면 핀볼 토너먼트까지 진행해야 할 수도 있다. 이런 스포츠 중 일부는 현역 선수만 할 수 있었지만, 대부분 은퇴자에게도 열려 있었다. 이로써 1년에 한 번은 모두 모여 어울릴 수 있었다. 예를 들면, 빅 빌 맥고너길은 50대 나이에도 골프 코스에서 계속 두각을 나타냈고, 윌리 오리어리는 오랫동안 모두가 인정하는 당구왕으로 군림했다. 비니터스의 유격수로 실패한 친친 치커링은 농구의 센터로 성공 가도를 달리고 있었고, 브록 러더퍼드 주니어는 자동차 경주에 매진했다. 이 게임들은 즐거웠다. 보통 속도가 빠르고 움직임이 계속되었다. 한두 시간 안에 경기가 끝났다. 하지만 야구 리그에 비교도 안 될 만큼 지나치게 단순하고 깊이가 없었다. 휴식 삼아 하는 일에 불과했다. 그리고 실제 볼링장과 당구장에서 볼링 토너먼트와 당구 경기를 한다는 면에서 일종의 운동이기도 했다.

그래도 당장은 56년도 통계를 정리해야 했다. 그래서 베니 디스킨이 해질녘에 샌드위치와 비시즌 보급품을 가져오기 전까지, 그는 이 작업을 꽤 많이 진척시켰다. 그 결과 패스타임클럽의 보 맥빈이 타격왕에 올랐고, 데이먼 러더퍼드가 숨졌을 때 기록한 방어율이 단연코 리그 최고였으며, 그의 팀 동료인 위트너스 요크가 최다 홈런과 최고 장타율을 기록했고, 스와니 로가 등판 횟수, 완투, 승리, 완봉, 삼진 기록에서 모두 수위를 차지한 동시에 방어율 2위를 기록했다는 사실 정도는 알 수 있었다. 여느 때와 마찬가지로 56년도 스타 중 여럿이 기준선 밑으로 떨어졌다. 헨리를 가장 당혹스럽게 만든 이는 데이먼의 씩씩한 배터리 동료이자 케이시가 죽었을 때 타석에 들어섰던, 파이어니어스의 포수 로이스 잉그램이었다. 그는 최종 타율 0.284로 전체 타자 중 26위를 기록하면서 57년도 스타 그룹 스물네 명 안에 들지 못했다. 물론 그는 그다음 해에 다시 돌아올 수 있었다. 헨리는 그것을 바라 마지않았다. 하지만 더 안 좋아질 수도 있었다. 희생자가 될 수도 있었다. 데이먼에게 정신이 팔려 있다가 케이시를 잃었고, 케이시에게 정신이 팔려 있다가 잉그램을…… 끝이 어디란 말인가?

영구 기록지에 모든 통계를 올리기 전에는 물론 모든 박스 스코어와 계산을 완벽히 검사해야 했다. 실수가 없어야 했다. 그는 이 작업이 두려웠다. 하지만 정리가 어느 정도 되면서 MVP는 스와니 로에게, 올해의 신인상은 고인이 된 데이먼 러더퍼드에게 줄 수 있었다. 그리고 올해의 감독상은 헤이메이커스의 래그 루니에게 돌아갔는데, 래그 루니로서는 이 부문에서만 세 번째 수상이었다. 이어서 UBA 올스타, 56년도 드림팀은……

1루수: 버질(버진) 도노번, 패스타임클럽

2루수: 케스터 플린트, 키스톤스

유격수: 보 맥빈, 패스타임클럽

3루수: 해트랙 하인스, 파이어니어스

좌익수: 바살러뮤 이건, 비니터스

중견수: 위트너스 요크, 파이어니어스

우익수: 월트 매캐미시, 니커바커스

포수: 빙엄 힐, 헤이메이커스

투수: 스와니 로, 헤이메이커스

투수: 데이먼 러더퍼드, 파이어니어스 Ⓚ

감독: 래글런 (패피) 루니, 헤이메이커스

베니는 샌드위치를 비롯해 괜찮은 커피 몇 캔, 담배 한 상자, 맥주 여섯 캔들이 몇 팩, 신맛 나는 피클, 코울슬로 한 통, 크래커, 두꺼운 리치 치즈 한 조각, 베이컨, 마른 소시지, 오렌지주스 몇 쿼트 등을 가져왔다(시브루크 팜스…… 시브루크 오렌지…… 시브루크 베이컨…… 스토지 시부르크…… 흐음, 그래, 스토지 시브루크, 포수로 괜찮겠네). 그리고 워 씨가 휴가 중인지 어떤 상태인지 알고 싶어 했다. 하루 결근을 하니까 디스킨 노인이 집세 걱정을 하기 시작했다. 헨리는 베니에게 50센트를 팁으로 주면서 나가서 브랜디 한 병을 사다달라고 했다. 회사에서 잘린 얘기는 전혀 입 밖에 내지 않았다. 여름이든 봄이든 겨울이든, 비시즌은 헨리에게 항상 뜨거운 스토브리그 기간이었기 때문이다. 그래서 헨리는 항상 뜨끈한 그로그주를 마셨다. 그래, 난 끝났어, 애들아, 잘렸어, 몸까지 아파……

헨리는 정오 조금 전에 울린 전화벨 소리에 깊고 평화로운 잠에서 끌려 나왔다. 결혼 전 성이 매캐프리인 패니 리델에 관한 꿈을 꾸고 있던 참이었다. 패니가 그에게 무슨 이유로 감사를 전하고 있었는데, 그게 뭔지는 기억이 안 났다. 중요한 건 아닌 것 같았다. 그러고 나서 벨소리에 잠을 깼다. 하지만 전화의 주인공은 패니가 아닌 루 엥걸이었다. DZ&Z를 대신한 전화였다. 그는 자기가 할 수 있는 건 다 해봤다, 이제 할 수 있는 게 없다, 너 짐 싸라, 하는 말을 전했다. "그런데 내가 말이지, 내가 전화한 이유는 말이야, 헨리, 음, 지퍼블래트 씨가 여기서 이것들을, 음, 네 책상 위에서 종이들을 찾았어, 거기에 재미있는 게 보이는데, 그러니까, 그 위에 이름들이랑 그런 것들이 있고……"

"루, 경마 게임이야. 거기에 주사위도 몇 개 보일 테고—"

"아하. 음, 우리가, 어, 그 사람이 찾았어, 그래. 그런데 그 사람이 알고 싶어하는 건, 그 사람이 나더러 너한테 전화하라고 한 이유는, 그 사람이 그것들을 어떻게 했으면 좋겠는지, 네 생각이 궁금하다고 해서."

헨리는 하품을 했다. "그 사람 옆에 있어, 루?"

"응."

"음, 그 사람한테 이렇게 전해, 걔네를 어디에 두는지 알고 싶으면, '더비'라고 표시된 폴더에서 연도, 그러니까 49쪽 리스트에서 맨 위에 있는 말을 보라고 해."

"(지퍼블래트 씨, 걔네를 어디에 두는지 알고 싶으면 말이죠, 이 사람 말이, '더비'라고 표시된 폴더에서, 어, 49쪽을 보라네요. 네, 그거요, 49쪽, 맨 위에 있는 말, 그러니까 이름이……) 헨리? 뭐라고 적힌 거야? 말로 해보지……?"

"'지프 엿 먹어라'라고 돼 있어."

전화기 너머로 꽥 하는 소리가 들렸다. "(지퍼블래트 씨, 저기요, 신경 쓰지 마세요, 제가 처리할—)"

"(젠장, 이게 무슨 뜻이야……!)"

"**자**, 헨리, 이게 네가 벌인 짓이야!" 딸깍! 그게 다였다. 그
날은 더 이상 없었다. 그게 왜 그렇게 그 사람한테 화가 날
일인지 알 수 없었다. 그 말은 경주에서 우승한 적이 한 번
도 없었다.

팻시 구장 뒤에 있던
제이크의 오래된 술집
평소대로 제이크는 세팅을 하고 있었고
밤은 점점 더 깊어만 갔지

바에는 나이 든 번 매켄지가 서 있었어
두 눈에는 빨갛게 핏발이 서 있었지
그는 고개를 돌려 사람들을 보고
정확히 이렇게 말했어

"나 방금 감독실에서 오는 길이야
왕년의 넘버원을 보러 갔었어
그 사람이 이렇게 말하더라
번, 이제 옷 벗어,
네 선수 생활은 다 끝났으니까

그래, 난 끝났어, 얘들아

잘렸어, 몸까지 아파

이제 너희들이 나를 보고 싶으면

제이크네 뒤편에 있는 침대에서 날 찾을 수 있을 거야!"

번 매켄지! 그동안 뛰어난 유격수가 몇몇 있었다. 시커모어 플린부터…… 윈슬로 비버…… 조녀선 눈…… 어린 보 맥빈도 무난했다. 하지만 가장 뛰어난 유격수는 아마 번일 것이다. 그를 기용하고 자른 사람이 어린 케스터 플린트의 증조할아버지인 에이브 플린트였다. 훈훈한 노신사이기도 한 그는 UBA에서 처음 12년 동안 총장으로 있었다. 당시 총장실은 리그 사무국에 지나지 않았다. 그래서 그는 익셀시어스의 감독도 겸할 수 있었다. 에이브 플린트는 UBA에서 뛴 적이 없었지만, 아들인 피니어스(선수들은 그를 말라깽이라고 불렀다)는 딘 설리번이 이끈 비니터스가 우승할 때 투수로 뛰었고, 손자인 매디슨 플린트는 브라이드그룸스에서 몇년 동안 우익수를 봤다. 그다음으로 어린 케스터가 뛰고 있었다.

바로 이게 아닐까, 하고 헨리는 생각했다. 바로 이게 이번 비시즌의 프로젝트일 것 같다. 리그의 약사, 처음 56년을 다룬 책을 만드는 것이다. 공식 문서일 필요도 없고, 조금 이견이 있어도 상관없다. 어떤 숨겨진 규칙성을 드러내는 것이면 된다. 그리고 맹세컨대 사실상 샌디의 〈번 매켄지〉라는 노래의 다음 구절이 여기에 완벽한 비문碑文이 될 수 있었다.

음, 얘들아, 난 지금껏 야구를 해왔어
공을 때릴 수도 있었고, 뛸 수도 있었지
어떤 경기에서 우리는 졌어도
대부분의 경기에서 우리는 이겼어……

　그렇지, 어떤 경기에서 우리는 지고 있었지만, 대부분의 경기에서 우리는 이겼다…… 곱씹을수록 흥분되는 구절이다! 그래, 모든 걸 다루자. 기원, 초창기 스타, 기록의 수립과 경신, 정치체제의 진화와 변화, 딘 설리번이 이끈 잔인한 비니터스와 팀 새드웰 시절의 키스톤스, 브록 러더퍼드 시대, 저승사자 멜버른 트렌치의 전성기가 함께한 막강한 익셀시어스, 펜 매캐프리가 이끈 니커바커스의 선전, 그리고 56년도에 있었던 환상적인 이벤트에 이르기까지. 여기에 명예의 전당 헌액자 전원에다가 제이버드 월, 번 매켄지, 노히트 닐리, 롱 루 리델, 샌디 쇼, 제이크 브래들리, 홀리와 몰리, 입익핑 같은 위인들을 전부 다루자! 이 모든 게 연감과 다른 기록 자료에 남아 있었지만 이제는 새로운 순서와 관점, 개인적 시각, 규칙성의 노출이 필요했다. 왜냐하면 그 사람(누구? 바니일지도 모른다)이 발견했기 때문이다. 그렇다. 완벽, 시점의 완료, 고정된 사실이 중요한 게 아니라 **과정**이 중요함을 바니 밴크로프트가 발견했기 때문이다. 그 과정이란 변화하는 것이다. 따라서 케이시도 거기에 완벽하게 관여했던 셈이다. 아마 누구보다도 열심히 했을 것이다. 거기서 헨리도 영향을 받았다. 바니는 그것을 쓰려고 했다······

　얘들아, 이제 그 사람들이 난 더 이상 못 뛴다고 해
　내가 나이 들어간대
　늙은 에이브가 나를 문으로 데려갔어, 얘들아
　번 매켄지를 추운 바깥으로 내보낸 거야!

　그래서 난 오래된 내 저지를 벗었어
　그래, 오래된 등번호 7번을 벗었어
　얘들아, 난 야구를 절대 다시 하지 않을 거야
　저기 천국에 리그가 있다면 모를까!

　아 그래, 난 끝났어, 얘들아
　잘렸어, 몸까지 아파
　이제 너희들이 나를 보고 싶으면
　제이크네 뒤편에 있는 침대에서 날 찾을 수 있을 거야!

그러면 밴크로프트는 그걸 뭐라고 부를까? '시작', 아니면

'UBA 이야기', '에이브 플린트가 남긴 유산', '미지의 UBA'.

"그래, 이거야!"

"그게 뭔데요, 워 씨?"

"'미지의 UBA'…… 베니, 어떤 것 같아?"

"워 씨, 수수께끼예요? 저 수수께끼 잘 못 해요."

"하하! 응, 맞아! 수수께끼야! 바로 맞혔네!"

"엇, 그런데 미국산 브랜디밖에 없었어요. 그 사람들한테 말하기를—"

"괜찮아, 베니, 우리가 미국산에 악감정은 없잖아. 미국인들이 야구도 만들었고, 그치?"

"음, 그런 것 같네요, 그런데 그—"

"베니, 25센트 더 줄게. 아버지한테 안부 전해줘!"

음, 나 애인을 보러 갔었어

그리고 말했지, "자기야, 나 우울해!

감독이 날 내보냈어, 자기야

내 선수 생활은 끝났어!"

그러니까 나의 귀염둥이가 웃기 시작했지

그리고 말했어, "번, 연락하지 마

나 새 남자 생겼거든

그 사람은 젊은 데다가 아직 야구도 해!"

아 그래, 난 끝났어, 얘들아

잘렸어, 몸까지 아파……

하지만 꼭 그렇진 않았다. 루의 연락을 받은 후, 헨리는 자신이 등록된 직업소개소에 전화를 걸어 현재 반퇴직 상태고, 크리스마스가 지나고 나서 할 수 있는 반일급 업무를 원한다고 말했다. 그러자 소개소에서는 그에게 신상 기록을 업데이트해달라고 하면서, 새해 둘째 날부터 회계사와 관련된 시간제 업무가 빌 수도 있다고 했다. 그리고 한편으로 그에게는 현금으로 바꾸지 않은 수표가 충분히 있었다. 그러니 늙은 지프는, 하하, 영원히 안녕.

음, 애인을 보러 갔었어…… 흐음, 사실이다. 오늘 밤 제이크네에 여러 사람이 모일 것이다. 비시즌 중 월요일 밤이면 열리는 조촐한 정치활동 때문이다. 자기 조직에 기름칠 좀 하고, 상대 조직에 견제구 한두 개 던지고, 그러면서 점수를 올리려는 것이다. 실제로 이야기할 게 많았다. 시커모어 플린이 사임해 충격에 빠진 니커바커스를 누가 맡을 것인가, 침몰한 익셀시어스의 멜 트렌치와 회생 불가능해 보이는 브라이드그룸스의 윌리 위커샘은 어떻게 할 것인가, 매캐프리와 멀로니에 맞서 총장 선거에 나설 조합당 후보는 누구로 할 것인가, 올해 패트릭 먼데이가 자신의 새로운 정당을 진수할 것인가, 만약 그렇게 된다면 정당의 명칭은 무엇으로 할 것인가. 모범당, 일품당, 최선당, 완벽당. 그렇다, 새로운 월요일, 이 모든 문제를 다루기에도 좋은 밤이고, 가볍게 한 잔하기에도 좋은 밤이고, 여자랑 조금 진도를 빼기에도······

그래도 헨리는 먼저 사망자 명단을 확실히 정리하기로 마음먹었다. 사망자 명단은 경영과 정치 상황에도 영향을 미치곤 했다. 누가 살아남을지 확실히 알기 전에 그 부분을 고민하는 것은 무의미했다. 사망자 명단을 정리하는 작업은 엄숙한 일이라 헨리도 절대 가볍게 보지 않았다. 나중에는 보통 즐겁게 부고를 썼어도 그들의 죽음으로 충격에 빠지는 경우가 적지 않았다. 한마디로 불의의 죽음에 따른 충격이 두려웠다. 하지만 연감에 담긴 각각의 커리어를 이렇게 마무리해야 모든 인생에 아름다움을 부여할 수 있었다. 한 번도 성공하지 못한 무명 선수의 경우도 마찬가지였다. 헨리는 그들의 부고를 살피다가 잊었던 과거 속으로 깊이 들어가곤 했고, UBA 역사에서 흔치 않으면서 가슴 아픈 순간을 다시 마주하기도 했다. 그러면서 판단 근거 없는 탁월함 같은 건 없음을 매번 상기하게 되었다. 대머리 제이크 브래들리가 항상 말하던 것처럼 말이다. 그래, 우리도 그 사람이 필요했어, 그 사람까지도 말이야.

사망자 명단 산출 방식은 보험 통계표와 리그 내 인구 조합에 기초했다. 헨리는 은퇴한 생존자 수가 1,000명 밑으로 내려가지 않도록 신경 썼다. 사망 원인은 부고를 작성하면서 알아서 결정했다. 잘 모르겠으면 대략적인 키워드가 나와 있는 다른 차트를 확인했다. 하지만 보통은 알고 있었다. 선수들의 과거를 생각하다보면 그것에 대한 어떤 확실한 느낌이 갑자기 생겼다. 에이브 플린트의 심부전, 번 매켄지의 간 질환, 홀리 티베트의 종양, 루퍼트 앨런의 자살이 그렇게 결정됐다. 기록지에 사망은 Ⓚ로 표시됐다.

　……아, 내가 죽으면, 내 배트랑 공 몇 개랑 같이
　그냥 날 묻어줘
　그리고 얘들아, 누가 부르면
　그냥 번이 삼진당했다고 전해줘……

올해 사망자 명단에는 놀랄 만한 이슈도 없었고, 정말 훌륭한 스타급 선수도 별로 없었다. 케스터의 할아버지인 피니어스 플린트, 그리고 특출하지 않은 경력의 연장자 세 명이 더 있었다. 정치인들은 모두 살아남았다. 아이러니하게도 주사위는 젊은 기수인 자신투 아브릴의 운명을 겨냥했다. 사고로 인한 횡사가 틀림없었다. 사람들이 경마장을 잠시 폐쇄하기로 결정한 이유도 바로 여기 있었을 것이다. 그리고 전체 명단에서 정말 큰 충격은 딱 하나 있었는데, 그것 하나 때문에 숨이 턱 막힌 헨리는 뒤로 기대 앉아 깊은 생각에 잠긴 채 눈물을 뚝뚝 흘렸다. 2루수 겸 바 주인, 후원자

겸 중재자인 제이크 브래들리, 나이 든 제이크가 급성심장
마비로 숨졌던 것이다!

그리고 내가 죽으면, 얘들아
건배를 하고 노래를 불러줘
그리고 늙은 번 매켄지가 젊고 강했을 때의 모습을
너희는 알고 있다고 사람들에게 말해줘!

그래, 난 끝났어, 얘들아
잘렸어, 몸까지 아파
이제 너희들이 나를 보고 싶으면
제이크네 뒤편에 있는 침대에서 날 찾을 수 있을 거야……

헨리는 현관문을 닫고 층계참을 비추는 고요한 전구 불빛
밑에 잠시 멈춰 섰다. 그리고 어두운 계단통을 내려가 밤거
리로 나섰다. 밖에는 보름달이 떠 있었다. 계단 맨 밑에 특
이한 광채가 일렁인 건 그 달 때문이었을 것이다. 제이크 브
래들리! 정말 충격이었다! 그 대머리하며, 살짝 냉소적인 태
도며, 참 좋은 사람이었는데! 아, 그가 펜 매캐프리에게 설
치하게 한 카메라에 관한 이야기는 누구나 알고 있었다. 그
가 가끔 농담 삼아 그 이야기를 했다. 다들 그 고얀 노인네
를 좋아했기에 알면서도 신경 쓰지 않았다. 그런 그가 지금

316

은 이 세상에 없었다.

헨리는 제이크 브래들리를 생각하며 달빛 밝은 월요일 밤
거리를 헤맸다. 그러면서 지금 어디서 술을 마실 수 있을지,
사람들이 어디서 밤을 새고 있을지 생각했다. 제이크네겠
지, 피트네는 아닐 거야. 어쩌면 문을 닫았을지도 모른다. 그
곳에서 제이크를 못 본다는 게 너무 가슴 아팠다. 그러면 어
디로 가지? 알 수 없었다. 운에 맡겨, 바니한테 맡겨. "바니,
안내를 부탁해!" 그래, **안내를 부탁해!** 너밖에 없어! 갑자기
모든 게 딱 맞아떨어졌다! **바니 밴크로프트를 총장으로!** 결국,
그래서 그가 역사를 쓰고 있었던 것이다! 그게 이유가 아닐
수도 있지만 밴크로프트가 총장이 되면 정말 잘된 것이다.
바니야말로 협회의 역사와 쭉 함께한 산증인 아닌가? 그렇
다, 조합당에서 그를 후보로 뽑자 그는 거절했지만, 당원들
은 그를 설득했다. 포기를 모르는 남자. 노철학자. 여러분,
난 정치할 사람이 아니에요. 바니, 그러니까 딱이에요! 그렇
게 되면, 그렇게 되면 파이어니스는 바니의 후임으로 시커
모어 플린을 고용할 것이다. 그러면 니커바커스는? 그야 물
론 브록 러더퍼드지! 와아! 완벽한 진용이 아닐 수 없다! 그
것이 바로 '미지의 UBA'! 하하! 결국 협회가 조합당의 신조
를 향해 점차 발전해가는 과정을 드러내고, 러더퍼드-케이
시 사건을 클라이맥스 삼아 새로운 시대로 나아가는 것, 다
시 말해 리그가 개인주의와 자기중심주의에 빠져 있다가

(불만당), (단순히 인구 증가의 영향을 받은 듯하지만) 타인을 점점 인식하면서(법치당), 결국 인간과 사회의 본질에 대한 도덕적·철학적 관심을 갖게 되는 과정이 바니가 정리한 협회의 역사가 되는 것이다. 물론 패트릭 먼데이는 그러한 전개를 조금 더 밀고 나가고 싶을 것이다. 하지만 신경 쓸 필요는 없다. 먼데이가 당장은 두려워할 만한 대상이 아니기 때문이다. 사실 언뜻 생각해보면 먼데이는 매캐프리의 기계를 망가뜨리기 위해 밴크로프트를 지지했을 것이다. 정말그 기계를 말이다! "지금 우리가 이 협회에 필요로 하는 것은—실시간이 아닌—**상징적인** 시간에 참여하는 것이다!"

몇 사람이 이쪽으로 고개를 돌렸다. 헨리는 팔을 내리고 고개를 숙이고는…… 어서 어디로 들어가는 게 낫겠다 싶었는데…… 저쪽 몇 블록 앞에 불빛이 보였다. 앞장서, 바니! 앞장서! 그렇다, 맹세컨대 데이먼을 위한 경야와 관련해서 페니모어가 했던 말은 틀리지 않았다. 잿더미에서 UBA를 이끌 새로운 빛이 솟아났다. 그리고 그것은 오늘 있을 또 다른 경야를 완성했다.

서클 바. 바깥에서 보기에는 피트네와 매우 흡사했다. 안에서는 컨트리 음악이 흘러나왔다. 들어가보자. 문을 밀고 들어갔다.

음, 얘들아, 난 지금껏 야구를 해왔어

공을 칠 수도 있었고, 뛸 수도 있었어

어떤 경기에서……

안으로 들어간 헨리는 갑자기 멈춰 섰다. 좀처럼 믿을 수 없었다! 바 뒤에 바로 그가 있었다. 하얀 앞치마를 두르고 둥근 얼굴로 환하게 웃는 배불뚝이 저승사자 멜버른 트렌치! 헨리는 속으로 거의 자지러지듯 웃었지만 겉으로는 미소로 답했다. 그리고 모자와 코트를 벗어 걸고 최상급 VSOP 브랜디를 주문했다. 그렇다, 그는 익셀시어스 감독이라는 희망 없는 일을 그만두고 바를 열어 제이크 브래들리의 훌륭한 전통을 계승한 게 틀림없었다. 그래, 좋았어. 다른 이들도 모두 모이고 있었다. 입구로 들어오고 있었다. **개장!** 시즌이 끝나고 훈련 금지령이 내려진 상태라 더 어린 애들도 있었다. 위트너스 요크, 햄 크래프트, 매기 에버츠, 월트 맥캐미시, 보 맥빈까지! 그리고 래그 루니, 제이버드 월, 우승팀 패스타임클럽의 감독 캐시 베일리와 선수들도 있었다. 어마어마한 함성과 고함이 쏟아졌다! 그리고 천시 오셔, 로이스 잉그램! 익셀시어스의 새 감독을 찾아야 하는데, 누가 될까? 글쎄, 그건 내일 걱정해. 그런데 낙천적인 모스 스탠퍼드가 될지도 모르지. 이봐, 모스, 어때? 그러자 입구로 들어온 모스는 어깨를 으쓱하고는 확답을 피했다. 그리고 제이버드가 자신의 유명한 와인드업 자세를 취하고 공 대신 자신을 홈베이스에 내던지는 모습에 웃음을 터뜨렸다. 그의 뒤를 따른 거스 멀로니도 중산모를 들고 큰 검정 시가를 입에 문 채 활짝 웃었다. "자, 한잔씩 돌려! 오늘은 휴일이다!" 그리고 제이크 브래들리의 옛 팀 동료들도 있었다. 깜빡했다! 버지스, 파슨스, 바시가무포! 달링 할랜 핸섬, 필포트 러빈! 그리고 윌리 오리어리, 브록 러더퍼드, 시커모어 플린, 이런, 펜 매캐프리까지…… 너무 좋다, 펜! 어서 와서 한잔해! 샌디, 음악 부탁해! 그렇다, 분명히 작업 중인 새 노래가, 제이크 브래들리에 관한 노래가 있었다. '위로하는 사람 paraclete'이라는 발상이 발음을 따라 '야구화 한 켤레pair o' cleats'로 이어졌다. 2루 베이스, 그 뒤쪽 침대, 좋았어! 여자애들도, 그렇지, 들여보내, 채워 넣어. 얘들아, 걔들이 우리한테 감추려 들면, 나중에 윌리 오리어리가 미치 포터네 가게에 들러서 귀여운 몰리가 오늘 밤을 위해 어떤 치마를 입었는지 확인할 거야! 이것이야말로 위대한 미국 게임! **어이!** 저기 턱 윌슨, 그래머시 로크, 팀 새드웰이랑 아들 손튼도 있다! 그리고 투스브러시, 하드 존, 스와니, 점핑 조까지! **다들 왔네!**

8

157년도 데이먼의 날. 파이어니어스 라커룸에서 니커바커스의 신인 하디 잉그램이 굵은 옛날 글씨체로 '1'이라고 적힌 오래된 유니폼을 입는다. 정말 데이먼의 옷일까? 아닐 것이다. 너무 잘 맞는다. 숫자술일까. 최근 그 분야에서 흥미로운 사실을 밝히는 경우가 많다. 그래서 많은 부분에 대한 궁금증이 일었다. 예를 들어 데이먼이 죽은 경기는 49회차. 49는 7 곱하기 7. 게다가 세 번째 이닝. 믿기지 않는다. 그런가 하면 이닝 구성을 비롯한 야구의 모든 구조가 복식 부기와 사실상 동일함을 발견한 남자도 있다. 그 사람 주장으로는 21만 곱하면 다 알 수 있다. 무시무시한 생각이다. 하디가 머리 위로 유니폼을 잡아당기니(그때는 항상 등골이 서늘해진다는 말이 있었다) 다른 선수들이 동작을 멈추고 하디를 바라본다. 하디는 내색하지 않는다. 하품하는 척한다. 하지만 여전히 뭔가 이상하다. 뭐지? 유니폼이 너무 잘 맞는다. 우연의 일치. 아니면 예전 유니폼이 아니라 새로 만들어진 것일지도 모른다. 실제로 진짜 유니폼은 지금쯤 누더기가 되어 있어야 한다.

몇 분 전 경기장에 도착했을 때, 하디는 평소처럼 사인을 바라는 꼬마 무리에게 습격을 받았다. 그런데 한 명은 가장자리에 서서 마냥 쳐다보고만 있었다. 희한했다. 그것 때문에 계속 신경이 거슬렸다. 그래서 어쩔 건데? 아무것도 아니야, 잊어, 장난이겠지. 당황하게 만들어, 하는. 교리문답에 나오는 그 이야기는 다들 안다. 나중에 크게 웃어넘겨. 하디 옆에서는 유니버설야구협회가 낳은 최고의 신인 포수 폴 트렌치가 야구화를 신고 있다. 폰치는 하디의 할아버지의 아버지의 아버지로 분할 예정이다. 그는 실력이 좋긴 하지만 브라이드그룸스 선수다. 하디는 그와 호흡을 맞추는 게 익숙하지 않다. 잘되길 바랄 뿐이다. 폰치는 할 말이 많지 않다. 무대 공포증. 하지만 하디는 명예의 전당 헌액자이자 '복수자'인 로이스 잉그램을 보고 활짝 웃는다. 양심의 가책을 느끼고 UBA의 밑바닥까지 추락했다가 재기해 최고의 포수가 된 '위대한 속죄의 전설'을 말이다.

갑작스러운 함성 소리! 군중, 어마어마한 규모다. 의식이 시작된다. 아직 한 시간 정도 남아 있으니 서두를 필요는 없다. 그럼에도 하디는 갑갑해하며 아주 급하게 바지를 입는다. 침착해, 시간 많아. 아직도 그를 보고 있다, 나쁜 놈들. 하디 잉그램은 오늘 무슨 일이 일어날지 확신이 안 선다. 연례 신인 입회식, 데이먼의 날맞이 '대결 우화' 재연식은 협회의 비밀이다. 소문도 많고, 불안한 얘기도 전해지지만 아무도 확신할 수 없다. 어쩌면 사람의 목숨을 앗아가는 의식일 수 있는데, 그러면 그는 영영 돌아오지 못할 것이다. 재능이 가장 뛰어난 젊은이를 매년 죽인다는 게 이해가 가지 않는다. 하지만 잘 알다시피 인간이란 항상 이성적이지는 않다. 그게 모두가 원하는 방식이고 그렇게 되어야 한다면, 하디 잉그램은 그것을 남자답게 받아들이고 싶다. 침착하고, 영리하고, 냉정한 데이먼처럼 말이다.

저 위쪽에는 사람이 정말 꽉 들어차 있다. 오늘이 휴일이고 멋진 쇼가 마련되어 있을 뿐 아니라 또 하나의 100주년이 한창인 시기이기 때문이다. UBA 9대 총장인 명예의 전당 헌액자 바니 밴크로프트의 암살, 이후 이어진 먼데이의 반란이 딱 100년 전에 있었다. 그때는 정말 하 수상했다. 그런데도 아홉 번째 총장, 9이닝…… 커스의 말처럼 모든 게 정말 헛소리일지도 모른다. 요즘은 죄다 100주년이다. 누구에게는 섬뜩할 만한 이야기다.

"기분 어때?" 폰치가 일어서서 묻는다. 배 밑의 벨트를 한 칸 더 조여 매고, 야구화를 시멘트 바닥에 몇 번 부딪고, 마스크와 보호 장구를 집어 든다.

"괜찮은 것 같아, 폰치." 하디는 일부러 실명을 쓴다. 그리고 눈을 깜박이는 폰치의 모습에 활짝 웃는다.

"좋았어! 걱정할 필요 없어. 그라운드에서 보자…… 데이먼." 폰치는 눈길을 피한 채 하디의 팔을 꽉 쥐고는 자리를 떠난다. 다른 선수들은 이 소통을 보면서 뭔가를 찾는다. 무엇을? 어떤 징조를. 나약함의 징조, 아니면 그가 알고 있는 징조…… 걱정할 건 없어. 하! 말은 좋다! 갑자기 살짝 욱한 하디는 속바지를 확 잡아당긴다. 왜 하필 **나**지? 젠장, 네가 최고니까. 그게 이유야. 차라리 스콰이어 같은 이류 선수였으면? 됐어. 그러니까 제대로 해. 하디는 그렇게 혼잣말을 하고 용기를 낸다. 의심 중에 흘러내린 식은땀에 그의 얼굴이 따가워지기 시작한 것을 다른 사람들이 모르길 바랄 뿐이다.

폴 트렌치는 하디와 동갑이지만, 겉모습이나 행동은 이미 늙은이 같다. 조직 생활에 알맞은 스타일, 충직한 데이먼 추종자, 세상에 거리낌 없이 조화를 이루지만 호기심은 없고 둔한 성격을 가진 남자. 아버지가 데이먼 추종자였고 본인도 마찬가지인데, 단지 그뿐이다. 음, 그렇게 단순하게 받아들일 수 있으면 좋을 텐데, 나쁘지 않을 텐데. 하지만 하디는 인정할 수밖에 없다. 기성 체제를 사랑하기란 쉽지 않다. 하지만 다른 한편으로, 데이먼 추종자가 탄생한 시대에 태어났다면 그 무리에 가담했을 것이다. 데이먼이 선이고 자크가 악이라는, 지나치게 단순하고 경건한 것처럼 보이는 관점으로 돌아갔을 것이다. 지금은 어이없게 느껴지지만, 그때는 케이시 추종자가 독단적이고 괴팍하게 변한 상황이었다. 게다가 참을 수 없는 평범함이 협회를 지배하던 암울한 20년이 막을 내리려고 했다. 모두 어느 정도 의미가 있었던 게 틀림없다. 그리고 전설이든 아니든 인간 데이먼은 항상 하디를 설레게 했다. 천재. 그렇다, 하디도 그 무리에 가담했을 것이다.

데이먼 추종자들은 팔을 치켜들거나 하지 않으면서 계속 자기 방식을 고수했다. 정의와 진실이 가진 궁극적인 힘에 대한 소박하고 단순한 믿음을 지켜나갔다. 자신의 생각대로 일이 벌어지는 것을 보고는 분명히 가슴 설렜을 것이다. 물론 한번 궤도에 올랐다 하면 세력이 조금씩 커졌다. 원하는 걸 얻는 방법은 다양하지만, 갖고 있는 걸 지키는 방법은 하나뿐.

하디는 양말을 잡아당기며 일일 팀 동료들이 그라운드로 몸을 풀러 나가는 모습을 바라본다. 그들이 자신에게 고개를 끄덕이면, 그도 고개를 끄덕이며 그들의 등번호를 읽는다. 스탠 패터슨…… 그래머시 로크…… 해트랙 하인스. 그들의 이름에서 묘한 울림이 전해진다! 유년기 프로그램, 교리문답서, 그리고 일상 속에 묻혀 감춰진 온갖 신화적 잔재.

그것을 못 느낄 리 없다. 스콰이어 플린트가 의기소침한 표정을 하고 무거운 발걸음으로 지나간다. 누구 역할을 하더라……? 아, 맞다, 드루 맥더모트. 음, 이해할 만하다. 그는 핼러팩스에 이어서 나와 굴욕적인 난타를 당하다가 끝내 케이시의 직선타에 손가락이 부러져야 한다. 대부분의 실패자가 그렇듯이 스콰이어도 케이시에게 푹 빠져 있다. 그는 새로 생긴 극단적인 케이시 추종파 중 한 명이다. 이 이단 종파는 패트릭 먼데이의 황금기를 부활시키려고 하고, 케이시의 개성이 가진 신비, 그의 불가결한 자유, 인간의 형태를 한 신성, 그리고 커스 매캐미시의 말마따나 그런 온갖 잡다한 것을 기념하려고 한다. 하디가 깨달은바, 이 사람들은 "~하지 않으면 안 된다"라는 표현을 자주 쓴다. "인간은 진정한 초월을 이루지 **않으면 안 된다**…… 케이시를 우리 시대와 관련짓지 **않으면 안 된다**…… 인간은 내면성을 갖지 **않으면 안 된다**…… 실현을 절실히 요하는 인간의 열망을 우리는 지지하지 **않으면 안 된다**……" 여기에 반대하는 사람은 크게 혼쭐이 난다. 물론 하디는 인정해야 한다. '매드 킬러' 얼간이 자크에게도 특출하고 흥미로운 데가 있고, 그가 UBA 역사의 전체적인 흐름을 바꾼 방식에도 매력적인 데가 있다는 걸 말이다. 단 한 번의 투구로. 하디는 왼쪽 귀 바로 뒤편에서 따끔함을 느낀다.

  그래서 스콰이어 플린트 같은 사람들은 데이먼주의를 왜

곡이자 압제라고 말하고, 다른 사람들은 원래 데이먼 추종자들이 진정성을 갖고 있었는데 기회주의자들한테 배신을 당했다고 말한다. 또 다른—폴 트렌치와 그의 아버지 같은—사람들은 권력 그 자체가 권력자들이 여전히 옳다는 것을, 이 이야기가 오래도록 힘을 유지하는 것은 그 이야기가 본질적으로 옳다는 것을 증명한다고 여긴다. 그리고 커스 매캐미시 같은 사람들은 모든 관계자가 허튼수작을 부리지 말고 협회를 가만히 놔둬야 한다고 생각한다. 하디는 거기에 전적으로 동감하지만 밀려드는 죄책감에 괴로움을 느낀다. 자기 같은 막돼먹은 변절자가 어떻게 오늘 데이먼 러더퍼드의 역할을 할 수 있는 걸까? 트렌치는 거기에 어떤 느낌을 받을까? 아이러니하다? 아니면 알맞은 제물이 아닐 수 없다? 야, 생각하지 마. 그 엄청난 공을 던지고 요절한 그 둘째 아들을 네가 얼마나 좋아하는지만 기억해. 그 사람을 제대로 보여줘.

하디는 최근에 《의심하는 자》라는 책을 읽고 있다. 사후 100주년을 맞은 올해 쏟아져 나온 밴크로프트 전기 중 하나다. 저자가 말하고자 하는 바에 따르면, 지금 사람들이 '대결 우화'라고 부르는 사건에서 실제로 중심이 되는 인물이자 핵심은 러더퍼드나 케이시나 하디 본인의 선조인 로이스 잉그램이 아닌 바니 밴크로프트다. 러더퍼드와 케이시가 거물처럼 보이긴 하지만 실제로 불완전한 인간의 가면을 쓰고 예정된 역할을 한 반면, 밴크로프트는 그 믿기지 않는 드라마에서 유일하게 제대로 된 원숙미를 갖춘, 정말로 인간적인 참여자라는 것이 저자의 주장이다. 어쩌면 그가 유일한 **진짜** 인간일지도 모른다. 회의, 의심, 두려움. 하지만 행동하고 참여하는 능력도 갖추고 있다. 괜찮은 생각이다. 끝없는 무지와 절망을 바탕으로 만들어진 진부한 휴머니즘이긴 하지만, 그 누가 인간의 조건이 영원히 두려움과 의심뿐이라고 하던가? 이처럼 야구를 보는 견해가 많다는 게 재미있다. 다른 의견에서는 브록 러더퍼드, 시커모어 플린, 페니모어 매캐프리, 천시 오셔, 심지어 플린네 혹은 매캐프리네 딸들까지 중심인물로 친다. 단순한 **사실들**조차 확신하지 못한다. 심지어 어떤 저자들은 러더퍼드와 케이시가 존재한 적이 없다고 주장한다. 고대 태양 신화의 하나로 치부해 괴물이나 어둠의 힘에 목숨을 잃는 희생자로 상징화한다. 역사란, 결국 증명할 수 있는 게 아무것도 없다.

위쪽에 자리한 군중의 소음은 이제 규칙적인 패턴을 따르고 있다. 연설. 시상식. 추도사. 그리고 올해에는 데이먼 러더퍼드를 감독했던 인물을 위한 특별 의식이 마련되어 있다. 명예의 전당 헌액자 바니 밴크로프트. '노철학자', '포기를 모르는 남자', 정말 눈물나게 하는 사람, 그와 동시에 재미있는 남자. 하디가 처음 읽은 책이 《미지의 UBA》였는데, 그는 그 책에서 받은 충격을 여태 벗어나지 못하고 있다. 밴크로프트의 암살을 생각하면 그 이야기가 계속 돌고 돈다. 하지만 그 암살이 이야기 자체를 얼마나 인간적으로 만들었는지는 말하기 어렵다. 누가 그를 죽였는지는 중요하지 않다. 그것 때문에 롱 루 리델이 처형을 당했지만, 그가 그랬다고 진심으로 믿는 사람은 아무도 없었다. 우화의 일부일 뿐. 커스 매캐미시는 롱 루와 패니의 발라드를 패러디했다. 여기서 롱 루는 줄에 목이 매달렸을 때 자신의 거대한 성기를 버팀목 삼아 목숨을 부지한다. 이때 패니가 나타나 자기가 또 아이를 가졌다고 그에게 말한다. 그러자 성기는 줄어들고, 롱 루는 숨을 거둔다. 데이먼 추종자들은 패트릭 먼데이가 권력을 빼앗기 위해 밴크로프트를 죽였다고 주장한다. 익숙한 관행이 무너지고 사람들이 흥분한 것을 감안하면, 확실히 먼데이를 비롯한 보편당원들이 권력을 빼앗기 쉬웠다. 반면에 스콰이어 플린트는 바니가 스스로 목숨을 끊었다고 확신한다. 양심의 가책. 하지만 러더퍼드와 케이시가 정말 어떤 사람이고 무엇을 의미한다고 생각하건, 결국 누가 살인을 저질렀건, 중요한 것은 밴크로프트의 죽음이 '대결'에 관한 일종의 총합이었다는 점이다. 밴크로프트를 쏜 사람은 분명히 시인이었을 것이다. 어쩌면 샌디 쇼일지도 모른다. 노래를 하나 더 만드는 데 좋은 소재였을 테니까. 아니면 그냥 죽음이 찾아왔을지도 모른다. 희한하게, 독립적으로, 아무 의미 없이 말이다. 일련의 사고 속의 사고랄까. 이건 날조보다 더 안 좋다. 날조는 먼데이나 트렌치가 의도한 것이라도 어떠한 필요를 암시하고, 그런 필요는 목적을 암시한다. 하지만 사고는 아무것도, 정말 아무것도 암시하지 않는다. 이러한 무無야말로 하디 잉그램을 겁먹게 하는 것이다.

"오, 정말 오랜만이군! **좆같은 놈들아, 고개 숙이고 오줌이나 지려라. 성냥개비 팔을 가진 소년이시다!**" 익숙한 목소리가 들린다. 턱 윌슨의 유니폼을 입은 친구 코스텐 매캐미시다.

그와 함께 있는 사람은 술친구 그링 그리고 그린이다. **"그 시체에서 최고로 사랑스러운 악취가 나는구나!"** 하고 노래한다. 그린은 굿맨 제임스의 유니폼을 입고 있다. 다 거저먹기다. 둘 다 운이 좋다.

하디가 입을 연다. "너희들 날짜를 헷갈린 것 같은데. 홀리 앤드 몰리 쇼는 다음 주야." 두 사람은 거하게 취해 있다. 그 모습이 왠지 오늘 하디를 짜증나게 한다.

"우리의 영광스러운 영웅 나리. 자, 말해봐. 성모 마리아에 얽힌 소문이 사실이야?"

"난 모르겠는데, 사람들이 뭐라고 하는데?"

"아, 이러더라고."

누구나 해리엇 플린한테
들어갈 수는 있어

문제는 어떻게 나오느냐!
그 딸이 널 꼼짝 못하게 하고 있으면
아버지가 냉큼 들어와
널 크게 한 방 먹일 거야!

하디는 그 노래를 듣고 크게 웃을 수밖에 없다. 하지만 귀 뒤쪽이 다시 쑤신다. "술에 떡이 된 이 버러지 새끼들! 우리 모두의 어머니를 욕하다니!"

그렇고는 "**제이크네 뒤편에 있는 침대에서!**" 하고 노래를 하더니 조용히 몸을 앞으로 내민다. "야, 내가 중요한 정보를 얻었는데 말이야, 이 게임은 이미 정해져 있대!"

"**그거야말로** 그 불멸의 우화가 전하는 메시지네!" 커스 매캐미시가 열변을 토한다.

"무슨 메시지? 게임이 정해져 있다는 거? 아니면 그렇고가 정보를 얻는다는 거?" 하디가 묻는다.

"내가 얻는 거라고는 골칫거리밖에 없는데." 그렇고가 투덜댄다.

"너한테는 좀 과분하지." 커스가 말한다.

"그건 아니지!" 그렇고가 쉰 목소리로 말한다. "나한테는 사랑, 진실, 아름다움, 의미, 영생…… 이런 게 어울리지. 그런데 그냥 술로 만족하지 뭐."

두 사람이 그곳에서 나가려고 하다가 먼저 코스텐이 뒤를 돌아보고 입을 연다. "자, 하디, 규칙 알지? 총장한테 일부러 폭투 던지기 없기, 진실의 순간에 불멸의 속옷 더럽히기 없기, 안 마신 술은 네 오랜 친구 커스한테 넘기기. 그리고 잊지 마, 네가 먼저 놈의 대가리를 깨는—"

"이 새끼들아, 꺼져!" 하디가 소리를 지른다. "내가 너네 대가리 다 깨버리기 전에!" 하디는 던질 공을 찾지만, 공을 발견하기도 전에 두 사람은 함성을 지르고 코웃음을 치면서 아주 빠르게 비틀거리며 나가버린다.

하디의 룸메이트인 스키터 파슨은 신인 토비 램지의 이름이 적힌 유니폼을 입고 돌아다닌다. 하디와 스키터는 서로 잘 어울려 지내고 함께 열심히 플레이한다. 두 사람은 모든 것을 에누리하곤 하고, 농담으로 서로의 기분을 풀어주며, 의심이 생기면 함께 파고든다. 스키터는 평소처럼 일방적인 미소를 띠고 있는데, 여느 때처럼 무사태평해 보이지는 않는다. 하디는 신발 끈으로 몸을 구부린다. 그리고 오른손을 보면서 갑자기 이런 생각을 한다. 맹세코 오늘 나한테 무슨 일이 생긴다…… 뭔가 다른 일이 생긴다. 하디는 손가락을 푼다.

"우리가 왜 이 오래된 엉터리 연극 대신 '롱 루와 패니'를 재연할 수 없는지 모르겠어." 스키터가 불평을 한다. 하디는 살짝 미소를 지으면서 자세를 바로잡는다. 스키터의 얼굴에 있던 웃음기가 희미해진다. 뭔가 묘한 표정이 그의 얼굴에 어린다. 경외감 같은, 하디가 여태 보지 못한 표정이다. "하디…… 너 맞아?"

"당연하지!" 하디는 깜짝 놀라 웃는다. 보아하니 이제 라커룸에 남은 사람은 자신과 스키터뿐이다. "무슨 일인데?"

"모르겠어." 스키터의 얼굴에 혈색이 돌아오고 다시 미소가 퍼진다. 하지만 하디를 묘한 눈길로 계속 쳐다본다. "잠시 거기에……"

"너 나를 패니 매캐프리로 생각했구나."

스키터는 소리 내어 웃지만, 묘한 눈길은 얼굴에 그대로 남아 있다. "친구야, 나 부탁이 하나 있어."

"말해봐."

"오늘 그 투구가 날아오면 뒤로 물러서."

"농담이지?"

"아니야, 하디, 나 완전 심각해." 스키터의 얼굴에서 웃음기가 사라지고, 시선은 하디에게 고정된다. 하지만 그가 스키터까지 믿을 수 있을까? 그가 꺾이는지 보기 위한 또 다른 함정, 미리 계획된 또 다른 계략이 아닐까? 3회 초에 케이시에게 공을 던질 때, 커스는 죽이라고 부추기고, 스키터는 겁을 주면서 그를 주눅 들게 하는 것이다. 이건 입회식이 끝날 때까지 확실히 알 수 없을 것이다. "지금 거기에 있는 너를 보면서, 모르겠어, 이 빌어먹을 협회 전체가 미쳐버렸을지도 모른다는 생각이 갑자기 드는 거야, 하디."

"지금 안 거야?"

"아니, 기다려봐, 하디, 농담 아니야. 어쩌면…… 어쩌면, 하디, 오늘 너 정말 죽을 수도 있어!"

하디는 등골이 오싹하면서 왼쪽 귀가 쑤시고, 장기가 짓이겨지고, 관절이 떨어져 나가는 느낌이 든다. 하지만 겉으로는 소리 내어 웃는다. "스키터, 헛소리하지 마. 노인네들이 매년 신인들한테 겁주려고 이렇게 만든 거야. 그 사람들이 정말 미쳐야—" 그 말을 바로 후회한다.

"바로 그거야!" 스키터가 큰 소리로 말한다. "미친 거야! 왜 우리는 그 사람들이 안 그럴 거라고 계속 가정해온 걸까? **들어봐!**"

두 사람 위로 군중이 발작하듯 으르렁댄다. 조금은 미친 것처럼 들린다. 덩치 크고 눈먼 짐승처럼. "글쎄, 그 사람들이 바라는 거라면 어쩔 수 없지." 불안해진 하디는 이렇게 말한다. 그리고 글러브를 겨드랑이에 낀 채 스파이크화 소리를 내며 라커룸을 빠져나온다.

스키터는 한숨을 쉬며 느릿느릿 걷는다. 하디에게 계속 뭔가를 말하려고 한다. 하지만 통로에서 사인을 받으려는 사람들이 너무 시끄럽게 구는 탓에 목소리가 전해지지 않는다. 라커룸 밖에는 늘 그렇듯이 대부분 꼬마와 앳된 여자아이들이 있고, 성인 여성도 몇 있다. 하디는 활짝 웃고 멈춰서서 스코어카드 몇 개에 사인을 한다. 스키터도 그렇게 한다. 규칙에 따라 두 사람은 오늘 자신이 분한 선수의 이름으로 사인을 한다. 스키터가 '램지Ramsey'에서 'e'를 빼놓고 사인하고 있다는 사실을 하디는 알아챈다. 반항적인 모습. 언젠가 문제가 될 것이다. 이 스코어카드 중 다수는 결국 총장 사무실로 들어가기 때문이다.

두 사람은 군중의 환호에 떠밀려 어린이 무리를 뚫고 나아간다. 시간이 임박한다. 몸을 풀어야 한다. 햇빛이 지붕 없는 외야석을 뚫고 앞쪽에 있는 오르막길에 닿아 있다. 화창한 날이다. 데이먼의 날에는 항상 그렇다. 아니, 그렇다고들 한다. 그런데 야구공에 사인을 하던 하디는 그 공에 이미 많은 사인이 있음을 알아챈다. 자세히 보니 전부 데이먼 러더퍼드 사인이다! 그는 침을 꿀꺽 삼키고 불안한 마음으로 고개를 든다. 그렇다, 맹세컨대 **바로 그 꼬마**다! 너 도대체 누구야, 하고 묻고 싶지만 무언가 그를 막아선다. 그는 자기 버전으로 데이먼 러더퍼드의 이름을 사인으로 남긴 다음 (보아하니 다른 것들과 별반 다를 게 없다) 그 공을 다시 돌려준다. 그때 어떤 여자아이가 그가 입고 있던 바지의 지퍼 부분을 잡는 바람에 그의 주의가 흐트러진다. 그가 그 여자아이의 손을 떼어낼 무렵, 아까 그 꼬마는 사라지고 없다.

"야, 얼른 올라가자!" 하디는 스키터에게 잔소리를 한다. 그런데 스키터 어디 있지? 저기, 앞쪽 오르막길에서 홀로 뒤를 보고 서 있다. 이상할 만큼 시큰둥하다. 하디는 앞으로 있는 힘껏 나아가지만 사람들이 그에게 몰려 있다. 흥분해 있다. 이런 광경은 처음이다. "데이먼!" 사람들이 소리를 지른다. "데이먼!" **"데이먼!"** 젠장, 그까지 흥분시킨다. 그들의 손과 입이 그를 갈구한다. 그러던 와중에 하디는 자신이 그들 중 일부를 밟으며 걷고 있음을 알아챈다. 밑을 보지만 사람들이 심하게 몰려 있어 어쩌다 허벅지나 얼굴이 보일 뿐이다. 사람들은 그의 스파이크화 밑에서 신음하면서도 그의 이름을 연호한다. 하디는 몸부림친다. "얼른! 제발 좀 가게 해줘요!" 그때 갑자기 그는 햇빛을 받으며 자유의 몸이 된다. 태양에 눈은 부시지만 추진력을 받은 하디는 자신에게 필사적으로 매달린 사람들을 질질 끌고 비틀비틀 앞으로 나아간다. 그리고 깜짝 놀랄 만한 엄청난 함성에 갑자기 멈춰선다! 경기장에 있는 팬들은 하나같이 일어서서 환호하고, 하나같이 일어서서 마법의 이름을 외친다. "러더퍼드! 러더퍼드! 러더퍼드!" 깜짝 놀라면서 고통스럽고 두려워진 그는 어깨에 붙어 있던 한 꼬마를 떼어내고, 다른 꼬마를 차내고, 다리 사이에 매달려 있던 여자아이의 손가락을 풀어낸다. 여자아이 얼굴은 스파이크화에 채여 말이 아니다. 하디는 반바지와 속바지를 올리고 불펜 쪽으로 걸어가면서 예상한 것보다 더 심한 괴로움을 느낀다. "러더퍼드! 러더퍼드!"

자, 이제 매춘부가 보기에 좋은 광경이 나타난다! 불볕에

붉어진 거친 불멸의 뺨, 오래된 유니폼 바짓부리에 조인 불멸의 발목, 피루엣의 요란한 발걸음으로 불펜 쪽을 향하는 불멸의 육신. 매춘부 중의 매춘부인 '속세'라는 이름의 부인은 불멸의 열정을 하나로 모아 불멸의 시선으로 그곳을 주시한다. 그리고 작은 것 하나 놓치지 않으면서 장엄한 남근을 머릿속으로 그린다. 음, 작년 남자 것보다 조금 더 크긴 한데 그다지 많이 늘어나진 않을 것 같네. 2년 전 명예의 전당 헌액자 것에는 당연히 비교도 안 되지. 그래도 잠깐 한 번 하기에는 괜찮을 거야. 자기야, 괜찮을 거야. 그리고 동굴처럼 어둡고 깊은 불멸의 가슴속에서 음란한 소리를 낸다. "러더퍼드! 러더퍼드!"

'뚱보 방랑자' 코스텐 매캐미시는, 그가 지금 입고 있는 퀴퀴한 냄새를 풍기는 파이어니어스 모직 언더셔츠를 소유하던 옛 일인자와 다른 사람이고, 대가장인 월터 R. F. 매캐미시와도 다른 사람이다(오늘 그의 역할을 하는 사람이 누구더라? 워웍? 아니면 래즈베리 슐츠?). 남들과 무시를 주거니 받거니 하는 커스 자신일 뿐이다. 그는 눈을 거의 감다시피 한 무신론자 그렁과 나란히 있다가 스타들만 모인 이 이상한 광경을 보고 말문을 연다. "그렁고, 내가 성자인 황제 브록의 성스러운 거시기에 맹세하는데, 우린 희한한 세상에서 태어났고 희한한 꼴을 당하고 있어!"

"우리 어머니들한테 신의 축복이 있길 빈다." 그렁고가 하품을 하며 반응한다.

"그리고, 우리한테는 엄마들이 없잖아. 자궁의 성숙이란 건 형식적인 우화에 불과해. 우리는 알에서 나온 하나의 불운한 관념에 불과하고, 저항과 부패에 관한 오래된 의례를 연기하려고 여기 있는 거야. 그런데 내가 궁금한 건, 이게 누구를 위한 일이냐는 거야. 누구를 위한 걸까? 저 늙은 매춘부?"

그리고 그린은 그 노녀를 향해, 다시 말해 침을 튀기며 목청껏 케이시의 이름을 연호하는 관중을 향해 다정하게 몸을 돌려 키스를 날린다. (오늘 케이시가 되는 사람은 누구일까? 소문대로 게일린 플린일까? 애정과 정해진 체위를 원하는 저 노녀의 영원한 욕정에는 딱이긴 한데……) "그대가 바로 진실이요!" 그리고가 목소리를 높인다.

"못 믿겠어, 그리고. 이 온갖 난리가 노녀의 사타구니에 생긴 뾰루지일 뿐이라면 말이지, 그러면 노녀는 그 뾰루지를 어디서 받아온 걸까?" 부정조차 부정하는 커스 매캐미시는 역설에 굴복하고 만다. 죽은 이의 마음이 자연스럽게 안착하는 곳이 역설, 불가능, 혼란, 공허임을 확신하기 때문이다. "우리 얼른 불멸의 불펜으로 가서 저기 있는 영웅들한테 인사하자!"

"알았어, 펜 매캐프리!" 이미 술에 취한 듯한 그리고가 힘을 주어 답한다. 홀쭉이와 뚱뚱이, 선량한 굿맨과 뚱뚱한 턱.

전통적인 의식에 마지못해 참가한 두 사람은 너무 현명하기에 미래의 운세를 꾸며내지도 못하고, 고통이 너무 크기에 자신의 어린 시절을 날조하지도 못한다. 그러한 두 사람은 잔디밭과 통로에 스파이크 자국만 남기며 불펜으로 향하고 있다. 통로는 헤아릴 수 없을 만큼 광활한 우주상의 어떤 한정된 공간에서 미칠 듯한 공간으로 이어진다. 두 사람의 등 뒤로는 전자 음성들이 이런저런 기적을 이야기하고 있다. 명예의 전당 헌액자인 고귀한 바니 밴크로프트가 이끈, 끝내 무너지고 말았지만 여전히 눈부시게 빛나는 치세를 아름답게 꾸민 것이다. 음, 지금보다 더 안 좋은 시대도 있었다. 사실 신인 선수인 그링고에게 올해는 자신의 부끄러운 혈통이 시작된 지 100년째 되는 해다. 그의 시조인 카퍼 그린은 57년도에 타율 0.411를 찍고 이듬해 0.138의 기록과 함께 리그를 떠나면서 협회 역사상 최고의 거품 선수로 꼽혀왔다.

"안녕, 거물 여러분!" 잔쳉이 코스텐 매캐미시가 인사를 전한다. 하디 잉그램 **겸** 데이먼 러더퍼드와 함께 나온 사람으로는 그의 왜소한 들러리인 스키터 파슨스, 정치 전향자이자 허수아비에 불과한 폴 트렌치, 지독한 성격을 가진 비운의 우상 파괴자 스콰이어 플린트가 있다. 그런데 그중에서도 가장 뛰어난 선수인 위트너스의 유니폼을 입은 저놈은 누구더라? 아, 민속학자이자 야구 선수인 점잖은 래즈베리 슐츠. 으음. 그렇다면 할아버지의 유니폼을 입은 사람은 짓굿은 윌리 워윅일 것이다. 이번 출전이 불멸의 기록으로 남지는 못해도 행복한 가문에는 명예가 되기를.

"바 어디 있어?" 그리고 그린이 묻는다. 그만의 인사 방식이다.

"아아, 커스랑 그링고잖아!" 래즈베리스러운 위트너스 요크가 혹투성이 머리를 돌리며 투덜거린다. "안 좋은 일이 더 있으려나보네!"

"거기 있는 스위치 좀 당겨봐!" 그링고가 태양을 향해 목소리를 높인다. "내 술도 못 찾겠잖아!" 그러더니 다짜고짜 손으로 앞을 더듬다가 스콰이어 플린트의 가슴에 주먹을 날린다. 전혀 보이지 않는 건 아니다. 그 일격에 애정은 없기에 무기력한 플린트는 그 손을 뿌리친다.

"착한 아저씨, 고개 들고 그 눈부신 이름 좀 봐봐." 커스가 진지하게 말한다. "자, 찬양해봐!"

그링고는 입을 헤벌리고 위를 바라본다. "아, 그러네!"

"보여?"

"어!"

"뭐라고 적혀 있어?"

"100와트."

"생각을 좀 해봐!" 모두가 웃음을 터뜨린 사이에 커스가 목소리를 높인다. "난 항상 '샌디는 살아 있다!'라고 적힌 걸로 생각했다고."

"이 말은 턱 윌슨이 하는 거지?" 뒤로 돌아 마법의 등번호를 확인한 래즈베리 슐츠가 말한다.

"매캐미시가 자기 좋으라고 그렇게 억지를 부릴 거라는 건 알고 있었을 거야." 스콰이어 플린트가 화난 듯이 두 눈을 가늘게 뜨고 쏘아붙인다. 당연히 맞는 얘기다.

"거인의 유니폼을 입은 나는 럭키 턱!" 커스가 말한다.

"그렇게까지 거인은 아니지." 스키터 파슨스가 대꾸한다. "너 유니폼 솔기 터질 것 같아."

"그렇지, 턱 윌슨 님이 조금 볼품은 없으셨지." 뚱보 코스텐이 순순히 인정한다. 그리고 선수들은 그의 터질 것 같은 유니폼을 보고 놀린다. 한편 피로 얼룩진 과거를 경험하고 복수에 나선 거인의 자랑스러운 자손 하디 잉그램, 겸손한 데이먼 추종자 폴 트렌치, 이 두 사람은 다른 선수들과 어울리지 않고 경기 전 임무에 열중한다. 하디는 투구 사이에 주먹을 풀면서 그것을 묘하게 바라본다. 오늘 그 손도 뭔가 특이하다는 생각을 할 것이다. 그런 불쌍하고 바보 같은 하디의 모습이 커스의 눈에 들어온다.

"볼품이 **있었다**는 뜻이겠지." 착한 그런이 헤살을 부린다. "그런데 가랑이가 좀 조인다."

그때 관중이 짐승처럼 으르렁대자 선수들이 화들짝 놀란다. 케이시는 니커바커스 불펜에 들어가 있어 보이지 않는다.

"누가 케이시 역할을 하는지만 알면 좋을 텐데." 스콰이어 플린트가 멀리 떨어져 있는 이를 보면서 혼잣말처럼 이야기한다.

"깨소서! 깨소서!" 푸르른 초원 너머로 코스텐 매캐미시가 목소리를 높인다. "리그의 팔이여, 능력을 베푸소서! 옛시절, 오래전 시대에 깨신 것처럼 하소서! 러더퍼드를 조각조각 잘라버리고, 다이몬을 때려눕힌 이가 어찌 그대가 아니시나이까? 또한—"

"그만해!" 스콰이어 플린트가 호통을 친다.

"좀 지나치네." 래즈베리 슐츠가 진지하게 말한다. 모두 죄를 지은 것처럼 잉그램과 트렌치 쪽을 힐끗 쳐다본다. 두 사람은 아무런 방해도 받지 않고 공을 던지고, 던지고 또 던지고 있다. "본인이 잘 모르는 걸로 남을 놀리는 건 좀 아니라고 봐."

"이게 뭐야? 래즈, 너 개종했어?" 스키터 파슨스가 묻는다.

"아니야." 위트너스가, 얼굴을 붉힌 래즈베리가 말한다. "하지만 음, 전설, 그러니까 그 유형, 긴 역사란 건 왠지 사람들의 진실, 근원적인 진실 같아. 길게 이어져 내려온 이 모든 신화적인—"

"아아, 또 그 근원적 어머님의 신화적 자궁 말이냐!" 그링고 그린이 콧방귀를 뀌며 말한다. "야, 개쓰레기 같은 소리 집어치우고, 이제 가자."

"유감이지만, 그리고, 역사의 유형이 존재론적으로 발현하는 걸 맨 먼저 증언한, 우리의 유명 민속학자 래즈베리 씨한테 난 동의한다." 노인병학 박사이자 호모루덴스 병인학 전문가인 코스텐 마이갓 매캐미시 선생이 (슐츠에게 존경의 뜻으로 고개를 끄덕이며) 선처를 호소한다. "그리고 내가 내린 결론은 신이 존재하고, 그 신이 병신이라는 거지."

스키터 파슨스 겸 터비-애스 램스-아이가 웃음을 터뜨린다. "와, 그거 참 재밌네, 내가 생각한 건 말이지……!"

"너네는 좀 닥치는 게 좋을 것 같아." 수도사 스콰이어가 어깨 너머로 말을 끊는다. 여전히 시선은 케이시가 공을 던지고 있는 니커바커스 불펜 쪽을 향하고 있다.

"와, 너 운 좋다. 맥더모트를 뽑다니." 커스가 스콰이어의 등번호에 대고 이야기한다.

그러자 플린트가 돌아서서 열불을 낸다. "이 새끼야, 웃자고 한 소리냐?" 왜 이런 말을 한 걸까……? 그야 물론 플린트도 케이시가 되고 싶었기 때문이다.

"오늘 케이시가 누군 것 같아?" 스키토비가 묻는다.

"게일런 플린래." 주술적인 성향을 가진 슐츠가 대답한다. 코스텐이 들은 바에 따르면, 슐츠는 게임 이론에 관한 민속학에 빠져 있고, 주사위를 사용해 자신이 고안한 게임을 즐긴다고 한다.

"플린이라!" 플린트가 코웃음을 치며 말한다. 그의 집안은 리그에서 가장 긴 계보를 자랑해 실제로 가장 먼저 목사를 배출하기도 했다. "그 알랑쇠 놈이!"

"진정해, 진정해!" 래즈베리 슐츠가 주의를 준다. 그리고 기성 체제의 산물로서 지금은 하디-데이먼의 준비 투구를 받고 있는 폴 트렌치 쪽을 노려보며 고개를 끄덕인다. "이 중에도 스파이가 있어!"

하지만 불같은 성격에 화까지 난 스콰이어 맥플린트는 쉽게 입을 다물고 있을 수 없다. "이 리그를 이끄는 놈들은 **병신들**이야! 케이시를 이해하는 사람이 더 이상 아무도 없어! 역사를 이해하는 사람이 아무도 없다고!" 신이 내린 강한 팔을 가진 폰치는 로이스 잉그램의 유니폼을 입고 쭈그리고 앉아 있는데, 마스크 뒤로 얼굴은 보이지 않는다.

"어쨌든 플린은 아닐 거야." 파슨 램지가 달래듯 말한다.

"당연히 아니지." 커스-틱 맥윌슨이 모두에게 고한다.

"아니야? 그러면 네 생각엔 누가……?" 위트베리 율츠가 묻는다.

"그거야 자크 케이시 본인이지!" 태양 아래 있는 모든 관계자를 만족시키기 위해, 홈에서 홈까지 발걸음을 옮길 영웅 커스가 말한다.

"하하!" 스키토비 램파츠가 환호한다. "난 생각도 못했네!"

"그런데 어떻게……?" 아둔한 저크베리가 묻는다.

"너 미쳤구나." 살아 있는 케이시가 아닌 죽은 케이시를 흠모하는 드러스콰이어 매쿼미가 투덜댄다.

"미쳤다고? 그래, 나 미쳤다." 커스턱이 당당하게 말한다. "그게 아니면 이 구질구질한 걸레 조각에 내 몸뚱이를 쳐넣고 있는 걸 어떻게 설명하겠어?" 그가 한쪽 다리를 굽혀 바늘땀이 뜯어지자, 모두가 실소를 금치 못한다. "그렇다고 케이시에 대해서 우리가 아는 게 뭔데?"

"아아, 제발 바 좀 찾자!" 착한 그링고가 안절부절못하고 불쑥 끼어든다.

"그 사람처럼 인생을 산 사람은 없다는 건 알지." 한결같이 진지한 스콰이어 플린트가 답한다.

"우선 우리가 아는 건—"

"우선 목마른 것부터 해결하자!" 그링고 그린이 투덜댄다. 하지만 커스 매캐미시가 잘 알 듯이, 전부 허세다. 오늘 파이어니어스의 1루수 굿맨 제임스로 분한 그링고는 몇 번이고 진지하게 1루를 밟을 것이다.

"쟤는 '진짜 교회'에 굶주려 있네." 래즈베리가 쓴웃음을 짓는다.

"그링고, 관중은 어쩌려고?" 스키터 파슨스가 묻는다.

"저 어머님이야 살이 뒤룩뒤룩 쪄서 질식사해도 상관없지." 그링고가 궁시렁댄다.

"독단적이네." 커스 매캐미시가 불평을 하자 모두 고개를 끄덕이며 관중을 딱하게 여긴다. "자, 케이시에 대해서 우리가 첫 번째로 알고 있는 건, 그 사람이 데이먼이 죽은 후로도 계속 오랫동안 공을 던져왔다는 거야."

"그거야 다들 알지." 스콰이어가 반응한다. "그래서 두 사람의 죽음을 하나의 의식에 맞춰 넣었고, 그렇게 해서—"

"하지만 동료 여러분, 만약 **이것**이 거짓이라면, 진실은 뭔데? 여기 있는 우리 친구 하디의—그러니까 데이먼의—시체를 누가 다뤘는지, 언제 어디에 묻혔는지, 심지어 그의 불멸의 장례식에서 어떤 음악이 흘렀는지는 우리가 다 알아. 하지만 케이시는 어떤데? 하디의 영광스러운 조상이 자크의 머리에 일격을 가해서 얼굴을 고쳐줬다는 것 정도? 감상적인 수다쟁이들이 100년 동안 병적인 공상으로 꾸며낸 동화일 뿐이야!" 하디 잉그램을 끌어들이려는 그의 노력은 무위로 돌아간다. 그는 더 이상 하디 잉그램이 아니기 때문이다. "케이시의 시체가 마운드 위에서 사라졌는지 마운드 밑으로 들어갔는지조차 우린 모른다고! 위대한 역사가 U. R. 업신이 우리한테 알려준 바에 따르면,

롱 루가 패니를 구석구석 살펴보면서
그녀에게 말했지
"어라! 안에 누가 있네!"

346

그러자 패니가 루에게 말했어

"자기야, 누군지 모르겠어?

저기 마운드 밑에서 잠자는 남자잖아!"

"매캐미시, 너 돌았구나!" 그는 고귀한 사학자로 다른 곳에서는 더 나은 대접을 받지만, 이번만큼은 격분한 플린트에게서 그런 보상을 받는다.

"그러니까 내 말은 말이지, 마운드 밑에 있는 남자, '매드 킬러' 자크 케이시가 뼈와 살을 잘 붙여서 매년 이날에만 한 번 돌아와. 그리고 풋내기라든지 아내나 딸 같은 정직한 우리 모두를 희생양으로 삼는 거지!

"케이시는 죽어서 자신의 자유를 증명했어!" 스콰이어 플린트가 불쑥 말을 꺼낸다. "그리고 우리의 자유도 마찬가지고! 그리고 우리 모두가—"

"글쎄, 케이시가 훌륭한 선수이긴 하지만 최고는 아니야."

"커스, 그러면 최고는 누군데?" 스키터가 활짝 웃으며 묻는다.

"그거야 당연히 패피 루니지."

"루니! 그 사람이 뭘 했는데?"

"143세까지 살았고, 듣자 하니 마지막까지 그걸 세울 수 있었대!"

"마지막까지 뭘?" 그린 그링고가 묻는다.

"바보 같네!" 드루 맥스콰이어가 말을 끊는다.

"바보 같다고? 절대 아니지! 애들아, 정말 우리 모두가 그런 납득할 수 있는 죽음을 맞길 바란다!"

"납득할 수 있는 죽음이 있을 리가 없지. 143살 먹은 바보 같은 노인도 똑같아." 훌륭한 부정자인 스콰이어가 주장한다.

"스콰이어 좀 봐줘." 스키터가 웃음을 터뜨린다. "걔 지금 자크 케이시에 관한 책을 쓰고 있단 말이야."

"그렇다더라." 유니폼 솔기가 찢어지고 다른 거인들에게 혐오감을 품은 커스가 말한다. "제목이 '비교 불가능한 남자' 맞지?"

"맞아." 스콰이어가 퉁명스럽게 대답한다.

"스콰이어가 그걸 쓰면, 나는 대망의 롱 루 리델 전기를 내야겠군!"

래즈베리 슐츠가 박장대소한다. "좋네! 커스, 제목은 뭘로 할 건데?"

"'비교 불가능한 거시기로 선 남자!'" 모두가 배꼽을 잡고 웃는다. 커스는 웃음이 잦아들길 기다렸다가 이렇게 덧붙인다.

망령의 힘에 쓰러지자마자
패니가 그 망령에게 말했어

348

"와, 선생님! 당신은 정말 공기 같아요!
저의 옛 친구와 다르게
다락을 어지르지 않고도
지하를 들썩이게 하네요!"

하지만 이번에는 보상이 없다. 매춘부 같은 어마어마한 관중은 거기에 반응하는 것처럼 야수의 몸속 깊은 곳에서 우러나온 듯한 소름 끼치는 함성을, 끔찍하고 무자비한 고함을 내지른다. 그 바람에 선수들은 사타구니가 움찔하고 숨이 덜컥 막힌다. 스키터 파슨스가 자신의 시계를 보더니 "시간이 됐다"고 말한다. 트렌치와 잉그램은 환호를 한몸에 받으며 불펜을 떠난다. 그런데 옳지! 바로 그들이다! 그들이 걷는 모습을 보라! 황금기에 활약한, 여전히 어린 두 영웅의 모습이다. 기적 같은 변신! 곧이어 코스텐 매캐미시도 본능적으로 턱 윌슨으로 변할 것이다. 그리고 무슨 일이 있어도 사랑을 받아야 하는 데이먼의 으깨진 해골과 시력을 잃은 두 눈을 넘은 다음, 관객이 우는 동안 마법의 베이스를 하나씩 밟을 것이다. 그를 향한 환호는 없다. 단지 생존만 있을 뿐.

폴 트렌치는 물러서려야 물러설 수도 없는 상황에 몰려 있다. 이제 와서 물러설 만큼 어리석지도 않지만, 뛰어나가지 못할 만큼 두렵기도 하다. 그는 하디 잉그램을 옆에 두고 비참한 기분으로 다이아몬드를 향해 걸어간다. 자신의 우울함과 그 이유를 이야기하고 싶지만, 어디서부터 시작해야 할지 모른다. 폴은 평소에 직언을 서슴지 않지만, 지금 느낀 절망은 직언으로 표현하기에는 너무 복잡하다. 아무도 예상하지 못하겠지만, 군중의 우레와 같은 함성은 거기에 박차를 가한다. 폴은 자신이 해야 할 일뿐 아니라 모든 것이 두렵다.

각 경기 너머에는 또 다른 게임이 있다. 그 흐름은 끝없이 절망적으로 이어진다. 그는 3루로 땅볼을 치고 1루에서 아웃될 수도 있고, 아니면 안타를 칠 수도 있다. 영원이란 두려움 속에서 그것은 어떤 차이가 있을까? 하늘을 바라본다. 그 너머로 압도적으로 거대한 하늘이 펼쳐져 있다. 그는, 폴 트렌치는 그 안으로 완전히 빨려 들어가 사라진다. 더 이상 폴 트렌치도, 그 무엇도 아닌 게 된다. 그런데 왜 다이아몬드로 걸어 나가는 것일까? 왜 스윙을 하는 것일까? 왜 달리는 것일까? 왜 아웃이 되면 가슴 아파하고, 세이프가 되면 기뻐하는 것일까? 왜 지는 것보다 이기는 게 나은 것일까? 매일이 공포다. 그리고 경기의 흥분에 정신을 못 차리다가 밤에 집에 돌아와 공포와 마주하면 그야말로 최악이다. 수치심과 후회가 범벅이 된다. 그만두고 싶다. 하지만 '그만두다'라는 건 무슨 뜻인가? 야구를? 인생을? 둘을 구별할 수 있는가?

연장자 열두 명이 관중석 상단에 앉아 장수의 보상을 만끽하고 있다. 그중에 트렌치의 할아버지도 있다. 집행부 임원석에는 트렌치의 아버지가 총장 옆에 앉아 있다. 그는 그들의 시선을 느끼면서도 자신의 불안을 들킬까봐 두려워서 그들이 있는 쪽을 보지 않는다. 결국 그들이 이 의식을 시작한 것이다. 그는 그들의 과오를 발견하면서 인생 전체의 파토스와 마주했다. 그리고 그 황금기가 자신이 무명인 지금 이 시기와 다르지 않다고 판단했다.

처음에 폴 트렌치는 그것을 비극이라 생각하고 자신을 데이먼 러더퍼드와 비슷하게 여겼다. 어리고, 똑똑한…… 죽은 데이먼과 말이다. 그러다가 그러한 생각이 어떤 암울한 기쁨으로 다가오자 의구심을 가졌다. 그러면서 자크 케이시에게 흥미를 갖고, '일대 대결'의 공포와 흥분을 느끼고, 자기주장을 하고, 남을 증오하는 방법을 배웠다. 하지만 여기서도 헛된 자존심이 만들어낸, 그릇되어 보이는 무언가를 자신이 즐기고 있음을 깨달았다. 마지막으로 그를 공허함으로 몰아넣은 것은 바니 밴크로프트였다. 인생의 모든 지점에서 밴크로프트는 자신에게 물었다. 왜 계속 가는 거야? 밴크로프트는 계속 갔지만 이유는 대지 않았다. 결국 그건 일종의 겁이 아니었을까?

내야 가장자리의 푸른 잔디가 스파이크화에 부드럽게 느껴진다. 하디 잉그램과 폴 트렌치는 너무 좋아하고 기뻐하는 사람들에게 큰 소리로 축복을 받으며 다이아몬드로 말없이 걸어간다. 그의 아버지의 표현에 따르면, 그것은 '신성한 의무'다. 하지만 여기서 '신성'이란 뭘까? 코스텐은 관중을 '매춘부 엄마'라고 부른다. 두 사람을 위해 그것을 정의하는 이는 관중, 그러니까 매춘부 엄마일까? 오늘 그가 사람을 죽여야 하는 건 그녀 때문일까? 아니면 우리가 자신의 운명을 드러내면서 계속 나아가는 건 기록 장부 때문일까? '우리의 운명을 드러내는 것', 래즈베리에게서 받은 《비타협을 통한 균형》이라는 책의 주제다. 언젠가 래즈베리 슐츠가 그에게 이렇게 말했다. "폰치, 저 위에 기록원이 정말 있는지 없는지는 나도 잘은 모르겠어. 하지만 없다고 해도 있는 것처럼 우리는 경기를 해야 할 거야." 과연 그럴까? 그게 충분한 이유가 될까? 야구 자체의 이해하기 힘든 목적을 위해 계속 간다?

폴 트렌치는 이미 불펜에 있을 때 모두가 그를 피하고 있고, 그를 화제로 삼으면서도 전부 틀린 얘기만 한다는 걸 눈치챘다. 다들 그를 데이먼 추종자로 생각하고 있지만, 그건 틀린 얘기다. 그는 한동안 협회의 역사와 관련해서 확인할 수 있는 모든 것을 읽어서 지금은 자신이 아무것도 아님을 잘 알고 있다. 그는 불만당, 법치당, 조합당의 기원과 성장을 쭉 훑으면서 그들이 가진 포부와 그것을 실현하기 위한 노력을 확인했고, 밴크로프트의 살해에 큰 고통과 충격을 느껴으며, 패트릭 먼데이가 이끄는—나중에 케이시 추종자들로 불리는—보편당이 협회를 구해내는 모습을, 혼돈을 수습하기 위해 그들이 진심으로 노력하는 모습을 목격했다. 나중에 그들이 야기한 최악의 폭정에 시달렸지만 초기의 용감한 데이먼 추종자들이 가진 작은 비밀회의에 참석했고, 이후 경건하면서도 항상 놀란 마음을 잃지 않는 이들과 함께 천천히 오랜 시간 동안 정진하면서 권력에 다다랐다. 그리고 마지막에는 자신이 그들 모두에게서 소외되었음을 발견했다. 제대로 말하자면, 그는 모든 이단에서 적극적인 공범자 역할을 할 뿐 어떤 곳의 열렬한 지지자는 아니다. 긍정을 다시 발견할 수 있을 거라고 보지 않는 뚱뚱한 부정자 코스텐처럼 말이다. 그렇다고 커스가 그에게 도움이 되는 건 아니다. 커스는 체제를 비롯한 모든 것을 조롱하지만, 그 행위 자체가 그를 옭아매어 경외감이나 신비감에서 떨어뜨려 고립시킬 뿐 아니라 인생을 최소한의 고통과 함께 그럭저럭 살아가는 것으로 만들어버린다. 폴 트렌치에게 그런 인생은 왠지 인간답지 못해 보인다.

케이시는 자신이 남긴 글에서 '규칙을 초월하는 것'을 이야기했다. 신과 자신을 동등하게 아우른 본질에 초자연적으로 완전히 몰입함으로써 득점기록원, 심판, 그리고 어떤 옷을 입은 신을 포함한 온갖 개념화를 포기한다는 것이다. 물론 그 글을 두고 혹자는 그가 쓴 것이 절대 아니다, 확실한

출처가 하나도 없다, 먼데이와 보편당이 만든 것이다, 수없이 수정되어 왜곡되었다고 말하기도 한다. 어찌 됐든 그 발상 자체는 여전히 유효하지만 활동성 저하와 심각한 수동성을 일으키는 게 사실이다. 마운드에 선 케이시는 플린의 사인을 거절한 채 대기 중이다. 그런데 오늘은 누가 케이시가 될까? 그 사람은 기다릴까? '복수자' 잉그램으로 분한 트렌치는 홈베이스 뒤에 묵묵히 쭈그리고 앉아 하디 잉그램의 마지막 연습 투구를 받는다. 따끔거리는 두 손에서 원하지도, 찾지도 않은 힘을 느낀다.

트렌치는 하디와 역할을 바꾸고 싶어 한다. 물론 규칙에 어긋나는 일이다. 하디는 자기 조상의 역을 맡을 수 없기 때문에 불가능한 일이다. 하지만 게일런 플린이든 누구든 케이시 역을 맡는 사람과 역할을 바꾸는 게 트렌치에게는 더 내키는 일이다. 그렇게 되면 뭘 할까? 강속구를 던질 것이다. 그걸 하고 싶다. 잉그램을 삼진으로 처리하고 싶다. 그게 아니면 고의사구도 안 될 건 없다. 아니면 빈볼. 그게 어떨까? 플린-케이시도 그걸 생각하고 있을까? 넘버 투가 되는 것? 다시 말해 트렌치-잉그램을 노리고 있을까? 로이스 잉그램은 분노에 불을 지피려 하지만, 폴 트렌치에게는 분노가 생기지 않는다. 삼진으로 잡아버리자.

그런 생각에 그의 마음은 들뜬다. 굴하지 않는 것. 그래, 안 될 게 뭐람? 최근 몇 달 동안 이렇게 기분이 좋았던 적이 없다. 이렇게 간단한걸! 그런데 그다음에 그는 어떻게 될까? 지금 자신을 희생하고 있는 것일까? 상관없다. 죽음이란 상대적인 개념이고, 진실이야말로 절대적인 개념이니까! 그렇다, 그 말을 남긴 사람은 스콰이어다. 이제 그 뜻을 이해하겠다. 그런데 혹시 스콰이어가 그걸 반대로 이야기한 건 아닐까? 생각해보자. 하지만 너무 정신이 없어서 생각을 할 수 없다. 이제 뭐가 상대적이고 절대적인지도 생각이 안난다. 그게 뭐든 상관없다. 정신없이 몰려든다. 어느 쪽이든 눈앞에 닥쳐오고 있다. 그렇다. 지금, 오늘, 구름 낀 태양 밑, 불타오르는 푸른 잔디 위, 이곳으로 관중의 시선이 쏟아지고, 몸은 오그라들 것만 같다. 관중이 목소리를 높인다. 그는 땀을 흘린다. 데이먼이 던진 공에 손은 쓰라리다. 계속 버틸 수는 없다. 모두 악몽처럼 지나간다. 그리고 죽는다. 모두 죽을 것이다. 그가 어떻게 할 수가 없다. 바보 같은 생각이 머릿속을 지나간다. 143세가 된 루니, 케이시의 매장에 얽힌 미스터리, 브록 러더퍼드 시대……

"플레이볼!" 하고 심판이 목소리를 높이자, 그의 가슴이 심하게 조인다.

죽은 그 아이, 경야, 샌디의 노래, 제이크네 뒤쪽에 놓인 침대, 지금 그 침대는 그의 조상인 멜 트렌치의 서클 바처럼 밧줄로 둘러싸이고 박물관 경비원에게 보호받고 있다. 그래서 사람들이 산산조각내서 기념품으로 하나씩 가져갈 위험이 없다. 사람도! 파편이라고! 트렌치가 소리 내어 웃는다.

그는 2루로 공을 던지더니 충동적으로 마운드를 향해 걸어간다. 그렇게 하는 것이 게임의 규칙이기 때문이 아니라 그곳으로 그렇게 당겨지는 느낌을 받았기 때문이다. 공은 램지를 떠나 윌더를 거쳐 하인스에게 간다. 하인스는 3루 베이스와 마운드 중간까지 나와 공을 폴에게 토스한다. 폴은 그 공을 데이먼에게 건넨다. 큰 키에 마른 체격을 가진 데이먼은 고개를 오른쪽으로 살짝 기울이고 무표정한 얼굴이지만 눈매만큼은 날카롭다.

폴은 무슨 말을 꺼내려고 하지만 할 말이 떠오르지 않는다. 끔찍하네, 하고 말한다. 아니, 말했을지도 모른다. 나눈 이야기는 그뿐이다.

바로 그때 갑자기 데이먼이 이쪽을 본다. 본 것이 틀림없다. 그에게 이렇게 말을 걸기 때문이다. "어이, 친구, 기다려 봐! 너 이 경기 좋아하는 거 맞지?"

"당연하지, 하지만……"

데이먼이 활짝 웃는다. 빌어먹을 온 세상이 밝아진다. "로이스, 그러면 두려워하지 마."

먹구름이 갈라지고, 빗방울이 푸른 잔디에 다시 튀어 오르고, 관중은 행동을 멈춘다. 그리고 숨죽이고 있던 그의 심장은 마지막 기회를 향해 힘차게 뛴다.

그는 자신이 데이먼 추종자인지 케이시 추종자인지 누구

인지, 신이단파인지 고집 센 황금기파인지 더 이상 알지 못한다. 심지어 자신이 폴 트렌치인지 로이스 잉그램인지 패피 루니인지 롱 루 리넬인지도 알지 못한다. 누가 되든 상관없다. 그가 죽을 것이라는 사실조차 중요하지 않다. 가장 중요한 것은 그가 **여기에** 있고, 여기에 남자 중의 남자가 있고, 여기에 선수들이 있고, 저기에 군중, 태양, 시끄러운 소리가 있다는 것이다.

"그건 시련이 아니야." 데이먼이 글러브를 겨드랑이에 끼고 두 손으로 새 공을 주무르면서 말한다. 그의 뒤로 타자인 스캣 뱃킨이 타석 쪽으로 향하고 있다는 걸 로이스는 알고 있다. "교훈도 아니고, 그저 현실일 뿐이야." 데이먼은 두 사람 사이로 공을 높이 들어올린다. 그 공은 단단하고, 하얗고, 햇빛을 받아 밝게 빛난다.

그는 소리 내어 웃는다. 그 공, 정말 아름답다. 그는 데이먼의 옆구리를 미트로 툭 친다. 그리고 "침착하게 해" 하고 말한 뒤 마스크를 내리고 홈베이스 뒤로 종종걸음을 쳐 돌아간다.

이 세상엔 수많은 소설가가 있다. 그중엔 대중의 인지도가 어마어마한 스타 작가가 있는가 하면, 대중이 많이 알아주지 않아도 제 갈 길만 가는 작가가 있다. 베스트셀러라는 수식어를 거의 못 받으면서도 암암리에 무시할 수 없는 영향력을 행사하는 저자가 있다. 이 기묘한 야구 소설을 쓴 로버트 쿠버가 그런 예에 속한다. 미국을 비롯한 세계 시장에서 봤을 때 '인기 작가'라 할 수 없지만 미국 문학계에서는 거목으로 통하는 인물이다.

로버트 쿠버의 문학이 인기보다는 인정의 측면에서 더 빛을 발한 이유는 그만의 고집스러운 실험성 때문이다. 그를 이야기할 때 줄곧 따라붙는 키워드는 '포스트모던' 혹은 '메타픽션'이다. 그의 작품들을 보면 장르를 파악하기 힘들거나, 시공간의 축이 불분명하거나, 기존의 통념을 뒤집는 흐름이 자주 등장한다. 통속 소설과 거리가 멀다.

예를 들어 《잠자는 미녀Briar Rose》(1996)는 그림 형제의 동화 《잠자는 숲속의 공주》를 다시 쓴 작품이다. 그냥 다시 쓴 게 아니라 원저의 주요 인물과 기본 상황만 살린 채 해체와 변형을 거듭한 결과물이다. 저자의 해석에 따라 기존의 신화는 여지없이 무너진다. 페이지가 넘어갈수록 흥미로우면서도 기가 차다.

단편 소설 〈베이비시터The Babysitter〉(1969)에서는 베이비시터와 그녀의 남자친구, 주인집 부부의 시점이 수시로 교차하는 가운데 텔레비전 프로그램까지 극화되어 이야기 속으로 침투한다. 이러한 복잡한 구성은 독자의 혼란의 혼란을 야기하는 동시에 강한 몰입을 낳는다. 훗날 이 이야기는 1995년 앨리샤 실버스톤이 주연한 에로틱 스릴러 영화로 만들어졌지만, 텍스트의 기막힌 다층성을 시각화하는 데는 한계가 있었다.

마찬가지로 《공개 처형The Public Burning》(1977)에서도 화자의 상상과 환상이 기막힌 교집합을 이룬다. 다만 1953년 미국에서 스파이 혐의로 처형된 로젠버그 부부의 사형 집행을 주요 소재로 삼았다는 점, 거기에 실존 인물들을 등장인물로 내세워 냉전을 풍자했다는 점에서 더 자극적이다. 무엇보다 이 이야기의 화자이자 주인공은 리처드 닉슨 대통령이다. 독자는 저자가 상상하고야 만 대통령의 의식을 마주하는 셈이다.

이처럼 로버트 쿠버는 글쓰기의 관습에서 벗어나 늘 새로운 글을 쓰고자 했다. 《공개 처형》의 경우처럼 출판사들로부터 외면을 받는 한이 있더라도, 표현을 위해 사용한 소재나 방식에서 반복을 피려고 노력했다. 1999년에 그는 동료들과 전자문학기구Electronic Literature Organization라는 비영리 단체를 만들어 전자 문학, 더 나아가 하이퍼픽션을 전파하는 데 열을 올리기도 했다. 60대 노장이 인터넷 시대에 맞춰 선보인 이런 과감한 행보는 한때의 도발이 아닌, 수십 년에 걸쳐 이어진 열정에서 비롯한 것이었다.

《유니버설야구협회》는 로버트 쿠버의 초기 실험작이다. 1966년 첫 소설 《브루니스트가의 기원The Origin of the Brunists》으로 포크너상을 받고 주목을 받기 시작한 그의 두 번째 소설이기도 하다. 단도직입으로 말하면 자신이 만든 주사위 야구 게임에 몰입한 어느 중년 남성의 이야기지만, 조금 더 들어가보면 그 이상의 깊이와 특유의 실험성을 확인할 수 있다. 중년이 으레 느끼는 외로움, 그리고 성취에 대한 욕망과 자조가 실재와 환상, 그리고 일상과 일탈의 층위에서 짙은 그림자를 드리운다.

주인공인 헨리 워는 56세의 독신이자 회계사다. 직장 일과 외에 이런저런 게임을 즐기다가 주사위 야구 게임을 직접 만들어 즐기게 된 남자다. 그런데 이 게임은 단발성이 아니라 실제 프로야구와 유사하다. 협회 명칭은 '유니버설야구협회'. 8개 팀으로 이루어진 리그가 있고, 시즌이 이어지며, 선수의 데뷔와 은퇴가 있다. 심지어 선수와 감독 개개인의 인생사가 있고, 대를 잇는 선수들도 있다. 헨리는 이 모든 것을 주사위 세 개로 판가름 내고 일일이 기록한다. 그만큼 이 게임을 향한 헨리의 애정은 각별하다.

하지만 어느 순간 그 애정은 집착으로 변한다. 대투수 브록 러더퍼드의 아들이자 신인 투수인 데이먼 러더퍼드 때문이다. 데이먼이 퍼펙트게임을 달성하는 순간, 헨리는 삶의 활기를 찾는 동시에 데이먼만 바라보게 된다. 데이먼이 더 대단한 기록을 세워 자신의 삶에 더 큰 생기를 선물해주길 바란다. 그래서 헨리는 무리하게 데이먼을 내세워 다음 게임을 이어나가지만, 데이먼은 빈볼을 맞고 숨지게 된다. 그러자 헨리의 일상도, 리그의 루틴도 무너지게 된다.

이렇게 이어지는 이야기는 헨리의 일상과 상상 속에서 줄곧 정신없이 펼쳐진다. 착하지만 답답한 친구 루, 동년배인 술집 여성 헤티, 비호감인 직장 상사 지퍼블래트가 평범한 일상을 굵직하게 채우는 한편, 헨리가 상상한 수많은 야구인이 시도 때도 없이 공상을 부추긴다. 때로 공상은 성적인 망상을 불러일으키기도 한다. 이렇게 헨리의 의식에서 여과된 현상과 환상 사이에는 뚜렷한 경계가 없다. 독자는 그 혼란을 틈타 주인공을 이해하고 살피게 된다.

헨리는 늘 권태에 몸부림치면서도 욕망의 끈을 놓지 않는다. 그리고 후반부에서 우여곡절 끝에 리그의 56번째 시즌을 마감하며 생의 56번째 해를 보낸다. 저자는 이때까지의 이야기를 과거형으로 매조지고 마지막 장으로 치닫는다. 그런데 희한하게도, 마지막 장은 리그의 157번째 시즌을 배경으로 하고 현재 시제에 갇혀 있다. 리그를 계승한 머나먼 후계자들이 데이먼을 기린다. 유니버설야구협회의 이야기만 있을 뿐 소유주인 헨리의 행방은 나타나지 않는다. 헨리의 상상 속에서 꽃피운 게임이 독자 생존해 연명한 것인지, 아니면 저자가 헨리의 안녕함을 상징적으로 표현한 것인지 알 길이 없다. 저자는 마지막까지 이렇게 독자의 허를 찌른다. 헨리의 환상은 결국 영원의 날개를 얻게 된다.

이 이야기는 출간 후 지금까지 미국의 여러 매체에서 탁월한 야구 소설로 꼽혀왔다. 기본적으로 야구를 과감하고 생동감 있게 묘사했을 뿐 아니라, 저자의 독특한 스토리텔링을 통해 인간 본연의 그늘을 진중하게 그려 냈기 때문이다. 그렇기 때문에 이 책을 단순히 야구 소설로 치부하기란 어렵다. 야구를 잘 안다면 속독에는 유리하겠지만, 여기서 야구는 저자와 주인공의 의식을 투영하는 도구에 불과하다. 무엇보다 헨리의 의식과 고뇌 속에서 저자의 기발한 상상과 내러티브 모험은 완벽에 가까운 빛을 발한다. 야구 소설이지만 야구 소설이길 거부한, 비범한 텍스트가 여기 있다.

2020년 6월

김두완

유니버설야구협회

초판 1쇄 펴낸날	2020년 6월 11일
지은이	로버트 쿠버
옮긴이	김두완
펴낸이	박재영
편집	이정신·임세현
마케팅	김민수
디자인	조하늘
제작	제이오
펴낸곳	도서출판 오월의봄
주소	경기도 파주시 회동길 363-15 201호
등록	제406-2010-000111호
전화	070-7704-2131
팩스	0505-300-0518
이메일	maybook05@naver.com
트위터	@oohbom
블로그	blog.naver.com/maybook05
페이스북	facebook.com/maybook05
인스타그램	instagram.com/maybooks_05
ISBN	979-11-90422-35-2 03840

이 도서의 국립중앙도서관 출판시도서목록(CIP)은 e-CIP홈페이지(http://nl.go.kr/ecip)와
국가자료공동목록시스템(http://www.nl.go.kr/kolisnet)에서 이용하실 수 있습니다.
(CIP 제어번호 : CIP2020022346)

책값은 뒤표지에 있습니다. 잘못된 책은 바꾸어 드립니다.

만든 사람들

교정교열	양선화
디자인	조하늘